时音

SHIYIN WORKS

著

大宋小宅门

DASONG XIAOZHAIMEN

1

台海出版社

图书在版编目（CIP）数据

大宋小宅门．1 / 时音著．－－北京：台海出版社，2020.8

ISBN 978-7-5168-2657-7

Ⅰ．①大… Ⅱ．①时… Ⅲ．①言情小说－中国－当代 Ⅳ．① I247.5

中国版本图书馆 CIP 数据核字（2020）第 134537 号

大宋小宅门．1

著　　者：时　音	
出 版 人：蔡　旭	责任编辑：俞滟荣

出版发行：台海出版社
地　　址：北京市东城区景山东街 20 号　　邮政编码：100009
电　　话：010-64041652（发行，邮购）
传　　真：010-84045799（总编室）
网　　址：www.taimeng.org.cn/thcbs/default.htm
E－mail：thcbs@126.com

经　　销：全国各地新华书店
印　　刷：大厂回族自治县德诚印务有限公司
本书如有破损、缺页、装订错误，请与本社联系调换

开　　本：880 毫米 ×1230 毫米	1/32
字　　数：374 千字	印　　张：15
版　　次：2020 年 8 月第 1 版	印　　次：2020 年 8 月第 1 次印刷
书　　号：ISBN 978-7-5168-2657-7	

定　　价：69.80 元（全 2 册）

版权所有　　翻印必究

目 录

第 1 章　报恩奴婢 / 001
第 2 章　狐媚惑主 / 008
第 3 章　何家媳妇 / 018
第 4 章　旁敲侧击 / 026
第 5 章　大闹厨房 / 033
第 6 章　残疾之腿 / 042
第 7 章　郎情妾意 / 049
第 8 章　晚宴笙歌 / 056
第 9 章　诗画双绝 / 065
第 10 章　指腹为婚 / 073
第 11 章　翩翩来客 / 082
第 12 章　当家主母 / 091
第 13 章　辣手抓奸 / 098
第 14 章　回门密谈 / 105
第 15 章　芙蓉艳曲 / 114
第 16 章　不会恨你 / 122
第 17 章　丫鬟美妾 / 136
第 18 章　天价姻亲 / 149
第 19 章　阴谋重重 / 161
第 20 章　护主心切 / 172

目　录

第 21 章　上门求亲 / 190
第 22 章　雷霆拒婚 / 203
第 23 章　天妒英才 / 220
第 24 章　担惊受怕 / 237
第 25 章　以命相托 / 253
第 26 章　一荣俱荣 / 266
第 27 章　不速之客 / 280
第 28 章　动摇的心 / 297
第 29 章　骨中之媚 / 313
第 30 章　官家千金 / 329
第 31 章　请女入瓮 / 345
第 32 章　母凭子贵 / 361
第 33 章　眼中拔刺 / 377
第 34 章　窝藏钦犯 / 394
第 35 章　反将一军 / 411
第 36 章　知己翻脸 / 428
第 37 章　峰回路转 / 448
尾　声　　　　　 / 462

番　外　长相守 / 466

第1章　报恩奴婢

待素锦亲手点燃了沉香，屋里弥漫起蒙蒙的雾气。

坐在正中、面目庄严的沈府老太太才缓缓悠悠道："你家爷又要新药了？"

穿着青裙素袄的素锦便垂了头，道："先生的药方都开了，就差这一味。"

老太太旁边的马婆子便发出一声嗤笑，眼皮向上翻了翻。

随后被老太太一记眼刀止住了。

老太太捻着茶盅，吩咐一旁丫头把东西提了出来："这是首乌半两，你每日到我这里取一次。"

从台案上退下来，素锦谨慎应道："是。"

老太太这才睁眼扫她一眼，慢吞吞道："这些年辛苦伺候主子，也难为你了。"

她低垂眼眸，本本分分道："是奴婢分内事。"

老太太又把眼睛闭上了，素锦退了出来。

等素锦走了以后，马婆子撇嘴道："老太太，看这叫什么事儿，今天要人参，明天要首乌的，一天比一天要得贵重，都不知到底是真的忠心呢，还是别有居心。"

老太太眸光有些意味不明，半晌才说："你管她呢，再怎么样也翻不过天,这点东西还要不穷府里,由她折腾去。"

马婆子又撇了撇嘴,才作罢了。

在一旁等着的荔儿早就急了,几步抢上来道:"我的好姐姐!你怎地进去了这样久,难道老太太又为难你了不成?"

素锦一皱眉:"荔儿。"

荔儿悻悻然住了嘴,想起不是在东府,忙下意识看看周围有无旁人,嘟囔道:"最近要些东西越来越难,真不知老太太怎么想的……"

素锦道:"老太太怎么想的不用你多管,快跟我回东府。"

荔儿心里也一肚子气,本来她跟出来纯粹是为了帮忙,东府距离主院较远,公子爷体恤素锦一个人拿东西辛苦,让荔儿帮着分担一些。

万没想到老太太只给了这么点东西,连带着她也成了摆设。

路过归雁园的时候,荔儿打眼见到里面大红灯笼高挂着,满眼的喜庆富贵,莫名觉得扎眼,心里更来气。

当下低声连珠炮地对素锦说:"都是这个女人,凭什么我们东府荒凉偏远,她的院子就这么漂亮堂皇。自打她来了之后,府里就没有安宁过,气死我了!"

素锦一直没有说话,只快步朝前走,荔儿跟着就抱怨了一路,眼看进了东府地界,她还是不住嘴地说着:"依我看,非得把这事都禀报了公子爷,省得那起子小人敢天天欺负咱们!"

素锦猛地就顿住了脚,回身看着荔儿。

荔儿没料到她突然止住,一时不察,险险才刹住了车,小声叫道:"素锦姐姐……"

素锦眸光凝视着她,顿了顿才开口:"你刚才说的那些话,我都可以暂且不理。只一样,今日的事不许对公子爷提半个字。"

素锦并没有怎么呵斥，说话声音也不大，但荔儿接触她那眼睛，就莫名其妙地没有底气了。

但她终究还是不甘心地分辨："可是她们都欺负到咱们头上了……"

"谁欺负到头上了？"素锦脸色微沉，"你倒说说，都有谁欺负了？"

荔儿脸色变了变，终归还是有点脑子，没有说出来。别看她一口一个公子爷，她也知道，真正在公子爷跟前得脸的，只有素锦才是。

她心里起了些悔意。

没想到素锦却没有再逼问，等荔儿好容易有勇气把头抬起来，才看见，素锦竟然都走远了。她一愣神，随即踩踩脚追上去。

远远传来素锦的话："你以后不必跟着我出来了。"

荔儿是五年前被人牙子卖进来的丫头，那时候，沈府已经有了一个过继来的、名义上的沈府长子，而后来她才知道，她要伺候的人，虽则是名义上的二公子，但其实，这才是沈府真正血脉的亲子。

与其他丫鬟比，荔儿的资历比沈府家生子短，却又比新人长，许多事她没有老人知根知底，但又比新人敢说话，但饶是她，有时再不情愿承认，也得称另一个人为"大少爷"，称他娶的女人才是"少夫人"。

今日被素锦驳斥，她也知是自己冲动之下口无遮拦，不觉又气又痛。

沈府家大业大，光独立成宅的大院落就有三个，东府算其中最偏远的。素锦拎着半两首乌，走进沈洄的院子，守在门口的大丫鬟花期立即迎了上来。

素锦问她："伺候公子梳洗了吗？"

花期道："公子还没醒呢。"

素锦看了看紧闭的房门，片刻道："那你们注意听着动静，我先去药房煎药，回头若公子醒了，一定先让公子用膳。"

花期答应了声。

眼看素锦走了，荔儿后脚就跟着进门了，花期看见，自然逮着她就问怎么回事，明明一同去领的药，怎还和素锦一前一后地回来。

荔儿心里还有气，就嘟嘟囔囔了一句："咱公子才是正出，用得着这么夹着尾巴做人嘛？"

话竟是冲着素锦背影去的。

花期赶紧拍了她一下："瞧你说的什么话！"

虽然还不知具体何事，倒也不敢再问了，花期慌忙推着她往里走。

开药方容易，但熬药过程的艰难，往往是许多人不能想象的，尤其是大夫特意叮嘱的工序，更是分毫都错不得。

因此每回的新药素锦都是亲自动手，药房里的下人们都知道这点，所以只是在一旁打打下手，正中的药罐子却是一点不敢靠近。

等素锦终于熄灭火苗，用布包了小心把药罐端下，已然过了大半天工夫。

素锦小心地端着药进屋，抬眼看了看床上已半坐着的男人。

男子身上只披了件薄衣，依靠在床榻上，只是眼依然闭着，看那身形似乎弱不禁风。

素锦缓步上前，似乎也不在意眼前人是否真的醒了，便叫了一声："公子爷。"

男子果然不曾睡着，闻声转过了脸，一双如潭深眸投过来，只觉淡彩流光，先前那一丝孱弱感，仿佛倏忽不见了。

素锦低垂着眉眼，姿态恭谨地双手捧上前："奴婢有罪，请公子喝药。"

沈洵微微眯着眼，半晌道："你去了这么半天，就是为了这个？"

素锦没有答话，把热气腾腾的药碗又朝前送了送。

沈洵手一伸，握住了碗边，端着，又晃了几晃。

可是素锦刚退下的时候，他又接着手一翻，滚热的汤药就倒进了床头的花盆里。

那碗素锦精心熬制了一个时辰的药，就这样静静流淌在了乌黑的土里。

一屋子人都吸了口气，素锦在床边跪下来："公子爷，奴婢熬制了一锅还在火上，公子不愿意喝这碗，奴婢再去盛一碗。"

沈洵默默看着她，良久笑了笑："你就是不放弃，是不是？"

素锦道："是公子不该有如此想法，况且，服侍您是奴婢本分，何来放弃的说法。"

沈洵看了眼一屋子的下人，淡淡道："出去。"

话音落，所有人早就乖觉地鱼贯出屋，谁还留在这找晦气。

可是等屋里没了其他人，沈洵双手撑着床边费力向前坐了坐，眼看素锦安静地跪在床前，身子一动不动，他的表情却突然有些喟叹："知不知道，就算你不去做这些，也没人会去怪你。"

素锦仰起脸看他，慢声道："公子就算不为自己想，也该为了别人好生照顾自己，老太太每月送这么多东西，都是为了公子，公子怎么也该体恤老太太的一片心。"

沈洵噙着一丝冷淡的笑："这话，你每隔一段时间就要说一遍，我听你说了多少年了，素锦你累不累？"

素锦垂眸淡淡道："奴婢说的都是肺腑之言，请公子理解。"

沈洵宛若深潭的眼眸看了她良久，不管他目光含义为何，素锦都不为所动。低垂的颈部，似乎都带着冰冷的弧度。

不知是哪点撼动了沈洵，和以往很多次相同，沈洵不能支撑太久自己的身体,随即无力地躺回床上:"叫花期端剩下的药吧。"

素锦终于站起身:"公子肯在乎自己,奴婢便不会再烦你了。"

药喝完了一碗,还剩小半锅,素锦却吩咐把它再次放在火上烧,等晚上沈洵要洗脚的时候,那小半锅药又被一股脑倒进了滚烫的洗脚水里。

素锦再次来到床边,轻轻把沈洵身上的被子揭了,口里道:"公子恕奴婢冒犯。"

沈洵的双腿上只穿了薄薄的一层衣,素锦伸出手,小心地捧起了他的双腿,将之慢慢地放到了热水盆里。

花期在一旁只低着头,无论看多少次,心里都觉不忍。这样一个清风俊朗、隽雅无双的男子,双腿竟然是废的。

到这已经没她什么事,她默默退了出去。

那洗脚盆上还飘着丝丝热气,素锦的手指在沈洵的腿上轻轻捏着,一边问:"公子若是感觉到不适,定要告诉奴婢。"

沈洵只淡淡一笑:"这又是跟哪个大夫学的方法?"

素锦也不抬头,只回:"是奴婢从书上看来的。"

沈洵道:"说你不放弃,你还真就不放弃。"

素锦捏得很仔细,从脚踝处开始,腿上每一处,她都认真按上几遍,哪怕手下是好似没有生机的皮肉,少顷额上也起了一层密密的汗。

沈洵目光微动:"怎么不说话?"

只听素锦声音极轻地说道:"公子,奴婢一定会报答你的。"

沈洵僵了僵,望着跪在身前,努力为他捏脚的素锦,他忽然有种怎么用力都无法摆脱的负重感。

而此时素锦已经起身,拿布替他擦干了脚,便端着盆向外走。

到门口的时候身后传来沈洵幽幽的话:"素锦,我告诉过你吧,我的腿曾经请本朝最好的太医看过，而他说无药可医。"

素锦顿了顿，微微侧过脸道："身为医者，自身大多存在局限，就算是太医，也不见得就能治百病。"

沈洵眸光暗淡，仿佛没有一点光泽，盯着自己无力下垂的双腿。

"公子早些歇息，奴婢……告退。"

这世上最难过的是什么？虎落平阳，凤凰落架，再往下说，还有英雄末路，美人迟暮，每一种都叫人感叹命运的捉弄。

素锦在沈府八年中，几乎每晚都要在梦里醒来，梦里的那一场大火也烧了整整八年。就像早上她看着自己的手，若问还有什么是她不能忍的，答案是没有。

你永远不会是最悲惨的那个人，同样也永远成不了最幸福的人。

第2章　狐媚惑主

素锦得空了就想起前院的事，荔儿那丫头说起话来没轻没重，怕也因为这些年在东府过得顺风顺水，太过舒服了，荔儿就真以为东府是无比安全的地方，胆子也越来越大。

有这种想法的，不会只有荔儿一个丫头，所以素锦才要担心。这样放肆的风气如果助长，只会有百害而无一利。

毕竟东府只是东府，出了大门，那外面世界住着的，才是真正的沈府主人。

素锦有什么事，都必会先告诉沈洵，是以这天用完了早膳，素锦就把丫鬟的状况和沈洵说了。

沈洵腿不能行，除了时常一本书不离手，鲜少有其他的消遣。

当下听素锦说这些，他放下书就轻笑："这样的事也来问我，丫鬟们如果不妥当，你自己想办法不就行了。"

素锦施施然道："奴婢是怕到时公子爷见怪。毕竟这后院若不是有公子爷，她们也未必有这种胆量。"

见怪？沈洵略略挑眉："你倒试试我会不会见怪。"

得了他的话，素锦饭后简单收拾了一下，就出门把几个常在跟前服侍的丫头都叫到了一处。

这些丫头也都算是东府的心腹，素锦一般也不会在这些丫头跟前立威，只花期满心狐疑，不知出了什么事。

素锦见荔儿站在最后头，似有心躲避，她首先便盘问荔儿："荔儿你昨天在归雁园，说咱们东府荒凉，不如归雁园繁华。"

话音一落，便听丫鬟中有人吸气。

素锦接着道："如今我便问你，归雁园住的人是谁？"

荔儿哆哆嗦嗦半天没吱声，花期心里却明白了，当即咯噔一下，心说没想到荔儿这丫头如此胆大，敢在外面说这话？

荔儿见躲不过，索性也硬着头皮说："是……是少夫人。"

"原来你也知道是少夫人，"素锦轻轻道，"更不用说自从老太太把当家权放了，少夫人如今便是沈府的主母。一家主母的院子，你能拿来和东府做比较吗？"

其实说到底荔儿也不是个省事的，那脾气就任性，虽然知道自己错了，可她心里想着另一层，依然觉得气，当下就肠子不打弯地又恼道："她若是少夫人，那咱们公子算什么？"

现在不等素锦说什么，花期的脸就骤然吓白了，也不顾有人在旁，立刻就踢了荔儿一脚，又狠狠瞪了一眼。

花期已经歉然开口："荔儿年纪小，难免冲动，素锦姐姐不要同她一般见识。"

素锦淡淡地扫了她一眼："按她这样下去，就不是我同不同她见识了，而是看东府外的主子，要不要同她见识。"

在场几个大丫头都了解素锦的为人，知道这话已非常重，花期咬了咬唇，到底没再求情。

素锦缓缓道："荔儿这话，听着是为公子抱不平，可日后会惹些什么麻烦，我想你们心里都应该明白。若是真心敬重公子，就更是不该说这些会招麻烦的话。"

几个丫头都低了头，其中管小厨房的阿久小声道："素锦姐姐，我们知道了。"

别的丫头没说话，但看面色也都有了愧意。

正当几个丫头以为素锦定要继续发难时，素锦却自己起了身，朝门外走。

"这些年公子一个人，尽管力薄，也依然尽他所能护着我们这些奴婢，"素锦站在门边淡淡回首，"我不要求你们别的，只望你们知道感恩。"

将心比心，她们几个立刻就想到当初没伺候沈洵的时候，过得何尝有现在半分惬意。

这些丫头们大抵都没有什么坏心，只是在东府，与世隔绝久了，把性子都散开了。沈洵是极少管教她们的，素锦又是开明好说话的，便是不在东府，她们也知，和别的做丫鬟的比较，她们的日子是极幸福好过的。

现下被素锦这样数落了一顿，多数人心里都有些赧然，都感到不是滋味。荔儿更是满面通红，自觉有愧。

素锦这番也就是存了提点的心思，敲打敲打她们，让她们任何时候，都别没了本分，因此也没有穷追猛打。

晚上沈洵看素锦只低头为他洗脚，一句话不说，有意揶揄道："教训过了？"

素锦淡淡看他一眼："公子不愿意教训，奴婢只好代劳了。"

沈洵轻笑："你这是在怪我，恶人都让你一人做了？"

素锦悠悠道："公子言重。"

说话间一面取来干布为沈洵擦拭了，一面从随身的布包里，拿出一打针囊，抖落开来。

沈洵一见那些明晃晃的大针，就当即冷脸："你这又是想干什么?"

素锦面不改色:"奴婢想为公子,引金针度穴,把瘀血排除。"

沈洵沉着脸:"你还越来越本事了。金针度穴,你是想给我排瘀血,还是要给我放血?"

素锦慢慢看向他:"奴婢想报答公子,也请公子配合奴婢。给公子放血这回事,奴婢是断然不敢的。"

沈洵都不知自己该生气,还是不该生气,胸口憋得有些难受:"我没见过有谁报答别人,还需要配合的。"

素锦只看着他:"请公子信任奴婢。"

沈洵被她盯得没脾气了,又或许被她一口一个奴婢叫的,半天竟似苦涩地笑出来:"你可知若是老太太知道,你拿我当试验品,她会怎么想吗?"

素锦闻言静默了良久,方开口:"老太太怎么想,奴婢并不在意,奴婢所在乎的,仅是公子怎么想。"

沈洵终于放弃,干脆躺平,任她摆弄去。

素锦拔出一根长针,先用手在沈洵腿上量了量,似是在比划,最后才一针下去,扎在膝盖处。

沈洵理所当然没反应,他睁着眼望着床顶,说道:"难怪你今晚,没叫花期帮你,原来你也怕人知道。"

素锦眼皮都没抬,全神贯注地施针:"奴婢只是想多一事不如少一事。"

沈洵一笑,没说话。

话说丫头们自打被斥责过之后,本来心中就有愧意,因此在伺候上就更加尽心。这天当素锦准备出府去老夫人处拿药材时,花期赶来拽住了她,说道:"姐姐今日还是别出去了。"

素锦微微蹙眉:"为什么?"

花期咬了咬唇："姐姐不知道，前面出事了，少夫人正满院子打人呢。"

素锦吸了口气，片刻道："可知出了什么事？"

花期像有些难为情，半晌才细声道："好像是前头的那位、大少爷……他跟前有个伺候笔墨的丫头，昨夜私自爬了大少爷的床，结果，就被少夫人抓到了……"

素锦皱着眉听完，也不知想了些什么，慢慢道："公子的药不能断，我一个人去，很快就回。"

花期见劝不住，她了解素锦为人，因此也就不再说了。

素锦道："替我谢谢荔儿。"说罢便走了。

花期愣了愣，回头就脸红了红，快步转身离开，待来到屋后的井边，看到正提水上来的人影张口便道："你看你，我就说你自己去说吧，你看素锦姐姐是那等小气没度量的人吗？你还怕前怕后的，素锦姐姐这不还是知道是你了……"

荔儿被说得也没吭声，那张脸也是红了。

素锦心里知道了那些事，走路还特意绕开了归雁园，一路倒也平静。

哪知一进老太太的主院，该躲的还是躲不过，居然隔很远就听见了女人的号叫。

"老太太！老太太呀！我再也不敢了……"

等进了院子，发现那些丫鬟婆子们俱是低眉顺眼，如履薄冰走过前院的时候，摒息静声，大气也不敢出。

几个仆妇七手八脚正在厮打一个女子，准确地说是个十八九岁的女子，而她浑身已经看不见一块好肉。头发散落像个疯子，哭得惨，样子更惨。

马婆子狠狠一脚踹了过去："作死的贱婢！也得看看自己什么货

色,浑身没一块骨头是不贱的,痴心妄想什么富贵的命!"

看那场景,素锦都眼皮一跳,真难以想象,已活到天年的老太太,竟然还有这样狠毒的心肠。

再打下去,恐怕连人命都要出了。

素锦吸了口气,才硬着头皮,目不斜视地从被打的女子身边走过,进了老太太的内堂。

进去了也只敢不经意地扫了一眼老太太,老太太的脸紧绷着,隐隐呈现青紫色,显见气得够呛。素锦只垂首伫立,叫了声"老太太",便站那不动了。

老太太本就看她不顺眼许久,现在这情况,她也唯恐一开口,又触了老太太霉头。似她这把年纪,气大了更是件要命的事。

老太太颤抖着一只手抬起来指着门口,只骂:"打!给我狠狠地打!打死这作死的骚蹄子!让她以后还敢胆大包天儿地勾引主子……"

那些婆子得了令,只一声气儿地打得更欢,马婆子带头,扯了丫鬟的衣服,好几双手就在她皮肤上使劲拧,疼痛可想而知,那丫鬟好似杀猪一样号叫,哭得上气不接下气。

"老太太……求求你……求求……你,饶了我吧……"

可惜她越哭,老太太越生气,最后浑身都发抖:"把她嘴给我堵了!"

那王嬷嬷就忙不迭地拍她胸口顺气,一边劝道:"老太太,您紧着些,别为了个奴才气坏身子,可不值得啊。"

老太太重重地哼了一声,好容易才气顺了过来。只见门外,马婆子一把捂了女子的嘴,一边恨恨地又踢了几下。

王嬷嬷眼朝素锦跟前瞥了瞥,似才看见她,扑哧笑了出来:"是玉姑娘!瞧,又来给公子爷拿药来了?"

素锦不声不气地福了福:"是的,王嬷嬷。"

王嬷嬷笑得更欢,像是对老太太说:"要我说素锦姑娘也真忠心,不怪咱们公子爷也喜欢她。也从来不穿红戴绿,狐媚惑主。"

说到狐媚惑主,王嬷嬷的语调放慢了些,满含笑意地看了眼素锦。

老太太目光凌厉地上下扫了素锦几眼,看她素簪布裙,怒意才褪去了少许,只是眸中的不屑更甚。

"王嬷嬷,回头你去一趟归雁园,将那些不正经做事的丫鬟都换了,以后再胆敢有这等狐媚子出现,一律都拉去发卖了!"老太太最后一句话说得狠,眼里活像淬了两把利剑。

王嬷嬷低头应是。

随即王嬷嬷又笑道:"要不先把公子要的首乌……给了素锦姑娘吧?"

老太太隐约露出一丝嫌恶,哼了声:"天天都要些贵重东西,也不知是不是真是让洵儿那孩子吃了。"

王嬷嬷僵了一下,忙笑道:"老太太瞧您说的,这些好东西拿回去不给公子爷吃,那还能有谁吃啊?"

老太太冷冷看了素锦一眼,只看了好一会儿,嘴里才终于迸出几个字:"王嬷嬷你去取给她。"

王嬷嬷哎了声,就进了内屋。等出来把首乌递给了素锦,不多不少,还是只有二两。

素锦低眉顺眼地跪了下来:"谢老太太,奴婢告辞。"

老太太皱眉直摆手:"去吧去吧,别在跟前碍眼。"

素锦站起身向外走,来到外面芳草地,还是忍不住朝那奴婢看了眼。

她此时已经连喊的力气也没有了,渐渐就没声了,马婆子还在骂："你个骚蹄子，这下知道厉害了吧！还敢骚到了少夫人头上，看怎么让你死的！"

素锦瞧见，那奴婢一双眼亮得吓人，此时的她，恐怕恨不得一刀痛快死了，也好过被这些婆子折磨死。

在老太太身边当差的这些婆子，个个心肠比石头都硬，指望她们有怜悯之心，基本等于痴人说梦。在她们手里，真正才是求生不得，求死无门。

素锦总归是不忍再看，扭过脸迅速出了老太太的院子。

素锦原是听说少夫人要打人，没想到亲眼看见的却是老太太在打人，回去路过归雁园，那里倒是平静得一点动静都没有。只两个丫鬟守在园子外面，神色也无半点不对，好像老太太兴师动众全然和她们没干系。

不愧是……兵部尚书的女儿。

在归雁园不远处有两个交头接耳嬉闹的小丫头，素锦慢慢地走过去，两个丫头你打我、我打你玩得投入，根本没在意有人靠近。

"啧啧，不是说夫人，其实早就看大少爷身边那个墨梅不顺眼吗？怎么这次打一早就没从屋里出来过呢？"

"要不怎么说少夫人厉害呢，这叫自个儿没动一根手指头，就借老太太的手把眼中钉除了。"

"怪不得呀，咱少夫人到现在可一句话没说过，人也是老太太吩咐打的。看前院，打了足有一个时辰了吧？"

"嘿嘿，老太太好不容易娶了个尚书千金做孙媳妇，少夫人不需要如何孝敬她这个老人家，反而老太太心里，只怕还想使劲讨好巴结少夫人是真的。"

"嘘！"红衣丫头突然狠狠打了她一下，声音也一下放低了好多，"说这话你作死哪？！小心你……"

蓝衣丫头也生气了，伸手就要打人。

红衣丫头道："你也知道，娶少夫人是为了光耀门楣。如果惹恼了少夫人，那就是阖府倒霉的事了。"

蓝衣丫头这才噤声，眼睛四下一瞄，就瞥到了素锦。

素锦从一旁的树丛灌木中走出来，两个丫头都自觉地低头，立刻散开了。

素锦眸光沉凝，却仿若未闻地向前走去。

马婆子早就看到了素锦离开，眼看墨梅已经再次昏了过去。

她伸了伸似乎打酸了的手臂，冲着素锦背影就鄙夷地说道："老太太这样每日给，她也真就每日跑。成天打着公子爷的旗号来要东西，老太太对她指桑骂槐她也当作没听见，脸皮真够厚的。"

从屋里出来的王嬷嬷刚好听到这话，笑得颇具深意："我就说素锦姑娘其实才不简单，要不怎能在公子爷跟前待那么久呢？"

马婆子瞅了一眼："就她那锯嘴葫芦惹人嫌的样子还叫不简单呐？要我说，公子如今是行动不便，没有其他好人家姑娘肯上前了，才会轻易被她勾搭上！"

王嬷嬷笑得深邃："你这话说得就不妥了，公子可是人中龙凤，即便是双腿不便……那也不代表，就娶不到好人家的姑娘。"

马婆子似是忍不住地咧开嘴："哎哟你可别笑死我了王嬷嬷！我可不像你一样喜欢表面说和气话，现在谁不知道府里的天早就变了多少回了？不是我说公子的闲话，本身以大少爷那德行，那品貌，就说一不二了。如今再加上少夫人做臂膀，少夫人可是正经的何尚书嫡女，有她在，大少爷也是当定了沈府的主子了。你再瞧公子爷，他能娶得了如今少夫人这样的官家千金吗？"

王嬷嬷只笑得越发柔和，也不再接她的话，扭身自小院里离开了。

马婆子口水一堆,自己说了个没趣,看了眼地上僵挺的墨梅,不耐烦地对旁边几个小丫鬟喝道:"把人抬走,先用水泼醒了她!再关起来!"

第3章　何家媳妇

沈家在京城，已有落户百年的历史，家族中几代清流，到了沈东岩沈大人这一脉，便是达到了鼎盛，入了翰林院，做了翰林学士。

如果说，沈大人这一生，是天纵英才，一路青云直上，步步高升，那么到了沈洵这里，便是天妒英才了。沈大人中年得子，唯沈洵这一根独脉，家学渊源，耳濡目染，沈洵十四岁时一篇《京华赋》，上达天听，压了整个京城的少年公子一头。

真正是冠盖满京华，多少羡慕多少嫉妒。那一年，谁不知道沈家洵公子，若是科举入仕，一手文章提前就得了帝王青眼。

自古都是繁华有尽，福祸两双，《京华赋》的余音尚未消失，沈洵却骤然病魔缠身，沈大人请遍了天下名医，却终究还是废了翩翩少年郎的一双腿。

本该前程似锦，一切更胜其父的沈家的儿郎，自此如绚烂短暂的流星陨落在京城。沈东岩见爱子身已残，悲痛至深，上表陈情，卸了翰林院的官职，自请外放了沧州。

早年沈东岩有个经商的哥哥，离世了很多年，膝下正好留有一儿，多年来，也都是沈东岩照拂长大。

过得一年，沈东岩的母亲，沈家老太太不忍见沈家子嗣单薄，恐沈家后继无人，便选日子拜了宗祠，过继了沈东岩兄弟的遗腹子，这个人，就是沈府如今的大少爷沈文宣。

而沈洵，自身残了之后，就一直在东府自立门户，将自己与沈府外围隔绝，一晃八年，竟是从未踏出过大门半步。

东府外的人，也都渐渐地不再往这里来往。加上沈东岩外放，偌大的沈府，竟是只有老太太和沈文宣执掌了。

沈洵两耳不闻窗外事，每日素锦伺候完他洗漱用饭，又一刻不得闲地去熬药，有时花期和阿久看她忙活，有心想帮忙，都插不进去手。

东府一共四个掌事大丫鬟，其中素锦是贴身侍奉，花期负责院子里的散事，阿久就负责小厨房的开销用度，荔儿专管衣物的裁剪和浆洗。

这几个丫鬟平时得闲的时候都在沈洵身边伺候，按说素锦该是最清闲的一个，可偏偏整日就是她最忙。就连和她最亲近的花期都感叹，素锦为公子做的许多事情，细致到让她们望尘莫及。

虽说同样伺候了这些年，可有些事，她们就完全做不到。

天气渐入冬的时候，花期早晨看院子里，许多花叶干枯，便提了水壶去浇。

沿路浇到一半的时候，却看见素锦也在低头修剪一株白兰花。

她行过去笑道："素锦姐姐。"

素锦也冲她一笑："怎么起得这样早？你平日辛苦，该多睡会儿才是。"

白兰花上露珠闪烁，素锦的笑混着晨曦第一缕阳光，端的有种人比花娇的意味。其实素锦平时并非不苟言笑之人，只是往往见她终日忙碌，很少有闲能真的跟她一起聊天说话。

花期愣了少许，便低头向前浅笑："被素锦你说辛苦，我真的要羞愧地钻那边的树下了。"

二人说笑了会儿，花期就拿起小剪刀边帮素锦一起修剪枝叶，边问："近日你似乎都没去老太太那了。"

　　素锦道："嗯，公子的药方改了改，一些药材咱们自己就有。况且现在前院那边，也忙得不可开交。"

　　闻言，花期不由得感叹："少夫人真是个有福气的人，真没有想到，才进门三月，就有了身孕了。"

　　素锦的笑一时带了些模糊："是啊。"

　　花期欲言又止，良久还又叹了口气。后来她也不知想起什么，低头默不作声地将剪落的花叶收集起来。素锦也不明白她怎么了，只得也沉默住了。

　　后来素锦先开了口："前段日子被老太太惩治的那个丫鬟墨梅……你可知道后来怎么样了？"

　　刚一提"墨梅"花期手就顿了顿，似乎诧异于素锦主动问起这事，偏偏正好触动了她的心。

　　她当下也忍不住地道："姐姐有所不知……"

　　说一半似乎不忍，竟然就停住不说了。

　　素锦更诧异："怎么了？"她后来又一想到某种预见的可能，也有些不忍，有些迟疑道："莫不是，打死了？"

　　花期见状也不再掖着，只痛惜道："若真是打死了，倒也罢了。后来不知老太太怎的，居然想着要把墨梅卖入窑子里，做……做贱奴。"

　　素锦真正有些震惊了，贱奴？老太太居然能做得了这等事？她突然觉得怎么也相信不来。如若如此，那还真不如她当初的想法，索性打死了墨梅，还让她落个干净。

　　素锦缓缓道："就算老太太气她勾引大少爷，觉得她行为不检，也实在不该这样狠。"

花期直摇头,话就如竹筒倒豆子再也止不住地往下说:"虽说都是奴婢,可奴婢也是分三六九等的,不看僧面看佛面,墨梅毕竟之前是大少爷身边的一等大丫头。可她后来被打成那样,少夫人不闻不问。就连最后把墨梅卖做贱奴,她也未曾为墨梅求过半句情。好歹是大家闺秀,怎就这么狠。即便外人说少夫人千好万好,她也……"

她也未必真的很好。

素锦跟着一叹:"既是大少爷的屋里人,最该怜惜她的,不更该是大少爷吗?"

花期语塞,满腔想说的话蓦地堵塞住了。女人何苦为难女人,千丝万缕牵连的背后,都是那个默不作声的男人。可是若少夫人的舌根都嚼不得,她又怎能再去嚼堂堂大少爷呢?

一个早上,就在二人长吁短叹中度过。

默默地修剪完毕花花草草,提了水壶要走的时候,花期仍是低声和素锦道:"不是说大少爷跟少夫人恩爱吗?恩爱又怎会宠爱墨梅!都只说墨梅勾引,她一个丫鬟,总归一个巴掌不响,能怎么勾引呢?"

听了这些,素锦也是除了叹息,还是叹息。

两人并肩朝院子里走,花期在东府生活了八年,八年间也几乎未曾和外面有过交集,对于那位后来过继到沈府的大少爷沈文宣,印象也素来是淡淡的。

偶尔在府门外遇见,便行礼叫一声大少爷好。印象里,他似乎也是个谦谦如玉的君子。这次经过墨梅的事,花期现在心底对那位文宣少爷当真是没了一丝儿好感。

终是来到了沈洵的门口,素锦正要推门进去,却被花期拉了拉她的袖子。

只见花期眨着眼,轻声说道:"素锦,我是想……要是换了咱们被打成那样,咱们公子定然不会眼看着的。"

素锦微微笑起来,顿了顿道:"公子是个好人。"

花期也淡淡笑了,随即低下头,朝一旁去了。她们几个何其有幸,在这样奴婢身如浮萍的地方,能遇到沈洵这样的主人。

素锦推门而入,没想到沈洵却不在屋里,被子叠得整齐,里面只有荔儿独自在桌前发愣。

"公子呢?"素锦问她。

荔儿听见声音才回头,见是素锦,便笑了笑:"公子自己推着轮椅去外头了。"

素锦心头一跳:"没叫人跟着?怎么不叫我?"荔儿便抿嘴笑:"公子故意躲着姐姐呢,特意吩咐我们不要告诉姐姐,不然姐姐又要念经一样了。"

素锦难得被噎了一下,想了想,又无可奈何地笑。她便走上前,看见荔儿手上一直拿着一个卷轴,便问:"这是什么?"

荔儿低头看了看,不由叹道:"这些都是公子原来作的字画。"

桌上琳琅摆着的,果然都是旧时字画。素锦不由道:"好好地拿公子的字画干什么?"

荔儿眼圈有些泛红:"是公子,非要我把这些都烧了。"

素锦怔然:"为何?"

荔儿垂首看着手中画卷难过道:"今早我本是替公子把书架都擦拭干净,没想公子忽然让我烧掉这些,也不知为什么。"

沈洵的心思,历来难以猜透。他看着总是漫不经心,谁知他心里是如何想的呢?

"素锦姐姐,你说老天怎么就不公平呢,公子这样的才情,怎忍心让他……"

"别想这些了,"素锦说着扯下了她手里的卷轴,"这些东西都给我吧，你去看看绣娘，东府马上要过冬的衣裳做好了没。"

荔儿抹泪走了。

素锦望着桌子上那些东西也是沉默了良久，想想还是将它们收拾了起来，重新放回了靠墙那面书架上。

这些曾经让满京城千金都难寻的诗词画作，若是就此付之一炬，委实也可惜。

素锦如何不明白荔儿想说的，沈洵满腹文章，却屈居人下，怎解公平二字。

沈洵绕了一圈儿，回来就赶着饭点儿，阿久等忙把饭菜捧上桌，他吃了两口，却还挑剔："近日的菜色，似乎素了些。"

阿久道："公子不是一贯不爱吃油的吗？"

沈洵放下筷子："可是这些菜，不仅无油，而且无盐。"

阿久脸红起来。她抬眸看了看花期，花期赶忙端起旁边一小碟还未动过的，小小尝了一口，片刻面色也微赧道："公子，奴婢尝着……似乎还行。"

"还行？"沈洵似笑非笑望了望她，朝轮椅后一躺，"撤了吧。"

阿久更是不安起来，公子的饮食一向是她负责，从来也未有过今日这样，让沈洵竟然扔了筷子。

当然他说撤了，就只得撤了。一旁的花期道："公子今日没吃饱，要不奴婢再去厨房拿些点心来，公子凑合吃些？"

沈洵慢慢道："若有桂花糕，就端些来吧。"

花期忙接着："有的。"就朝阿久使眼色。

阿久带着小丫鬟把饭菜撤下去，一时就把糕点端上来了。看沈洵吃了且再没说什么，心底才松了松。

晚间素锦趁几个服侍的丫头都下去休息了，才得空问："公子，你为何让荔儿烧了那些字画?"

沈洵放下书,默不作声扫了一眼书架:"你没烧?"

素锦道:"公子八年间未曾再动笔作过一张书画,这些烧了,就再没有了。"

没想到沈洵说了句:"留着有什么用?"

素锦还是波澜不惊:"奴婢意思是,要是公子觉得碍眼,就赏了奴婢吧,奴婢喜欢。"

沈洵盯了她一眼:"你永远都有更好的说辞。"

他似乎今日格外的困倦,只闲闲说了几句,就有些力不从心。素锦帮他放下了靠垫,扶他躺在上面后,便准备去拉床里侧的棉被。

"现在天气越发的凉,奴婢明日将棉被拿去晒一晒,晚上盖着暖和。"

沈洵半睁着眼,默默地,忽然问:"听说何家过来的那个媳妇,有身孕了?"

饶是素锦,也脑袋一打结,险险没明白"何家过来的媳妇"指谁。

半晌,她才回道:"爷说少夫人?是,前院的人是说已有月余的身孕了。"

沈洵脸上流露出一丝笑意:"这对前院来说,岂不又是一件大喜事?还不知又要怎样操办。"

素锦看着他,不由心里动了动,倘若沈洵还是原来的沈洵,何家的千金,说不定嫁的人就是他。

她道:"马上就是重阳节了,公子若想操办一番,奴婢可以去安排。"

沈洵看了看她,笑:"你以为我说这些,是眼红他们?我不过是闲来无事,同你话话家常。"

一席话说得熨帖又暖心，素锦低了头，耳根微红。不管她怎么努力把自己摆在丫鬟的位置上，沈洵总是一两句话，就让她失去方寸。

素锦握着他的手，看着这样孱弱的手，苍白无力，纤瘦。"公子，今晚需不需要奴婢服侍您？"

她在沈家为妾为奴，是妾也是奴，奴的事她要做，妾的事……理应当她也该做。沈文宣已是娇妻美眷在怀，沈洵早已年过弱冠，却是半分未近女色。

想想却是有些……

烛火昏黄，沈洵半晌没说话，素锦才敢抬起头看他，却见他忽地抽回了手，身子翻向里侧睡了。

素锦内心伤感，跪了少许时候，便默不作声起来，离开了屋子。

第4章　旁敲侧击

素锦不知道沈洵那一翻身是不是也断了几分情意,只翻来覆去比以往夜里更沉重几分。连日来藏起来的疲惫,也都趁着时机跑出来,压着根骨,搅得不能安寝,愈加多梦。

谁知道纷扰的梦境,却是被外面不停歇的连串响动打碎的。素锦费了好大力才睁开了眼,隐约听外面像是吵架,传入耳朵里尽是气急败坏的声音。

素锦勉强抚着额头起来,打开门走到了外面。

花期正在焦头烂额,望见素锦就几步跑过来:"我的好姐姐,快去看看吧,阿久姑娘在小厨房大发脾气呢!"

等素锦和花期赶紧到了小厨房,看到阿久叉着腰,正对着厨房一排干活的婆子好大一通数落,气势汹汹得吓人。

花期说:"公子昨日吃饭不过说了一句,她就这么样了。"

阿久回头看到她,只嚷嚷个不停道:"便是公子不说,我这小厨房怕也开不下去了。先是说少夫人进门,各项填补要克扣我们东西,而今更是好,说少夫人肚子里怀的是第一个嫡孙子,格外贵重些,什么好东西都往归雁园里摆,该我们的份例也给不齐全了!这存心是让人不过了吗?!"

花期带些埋怨道:"阿久,你也注意些样子,没你这么说话的。"

阿久索性搬了板凳坐下去:"我说话怎么了?这事儿连素锦我都没说,本想着前头不过分的,我将就一下就算过去了。可你也听了,连公子都吃出味儿不对了,这还叫我们做奴婢的怎么着?这不欺人太甚么?"

素锦自来没开口说一句话,皱眉听她抱怨个没完,先是荔儿,又是阿久,这里里外外的丫头们,一个接一个都忍不住了。

不止少夫人有喜,随着年终将近,有三四个节庆日等着,前头院子流水一样地用着东西,于是不知道有心还是无意,东府的开支便样样精简了。

阿久坐在凳上跷着腿,望向素锦:"素锦姐姐,这事儿,要不你就禀了公子爷罢。不是我不情愿背这黑锅,只怕往后这黑锅太大,我着实背不起。"

素锦这才出声道:"恐怕是不需我回禀公子,公子心里都有数了。"

阿久哽住,回头就硬生生扬起声道:"无论如何,现下我这厨房是烧不出好东西的了,公子要怪罪,我和我这一群丫头,也只好生受了!"

阿久这脾气也是不显山露水,较真起来比荔儿还硬。素锦昨日一夜未好睡,早已头疼得厉害,当下两腿都有些虚浮,实在跟阿久耗不起了,她拉着花期离了小厨房,先在屋外站定了,才扯着花期的手说道:"我知道最近日子难挨,我寻空,就回禀了公子爷。你且好好叮嘱阿久,叫她把早膳先做了,这东府上下人说少也不少,都张着嘴指望小厨房呢。"

花期道:"我自是知道的,只你要怎么着?"

素锦难得沉默了一会儿才道:"老太太看我每日取东西,早已不高兴许久。若是现下去说些什么,她只会说不曾薄待了我们。弄巧成拙之外，百害无一利。"

花期根据最近听闻的事情，也知自家这位老太太比从前厉害狠了，寻常的手段也奈何不得，一时想想又是愁苦，也无良策。

素锦自是去了。却说东府树大林多，只是稍稍有了些秋意，昨夜风大了些，一地的落叶就铺了开来。

沈洵一个人在池塘边喂鱼，身上只披了件袍子。

素锦走近了，听见他说："看这满池塘，已是今夏最后一季荷花了。"

素锦放慢脚步："池水凉，公子怎么也不多穿件衣裳？"

沈洵把手里鱼食都抛出去，方转了脸："再养下去，我就要成大姑娘了。"

素锦见他眉眼平淡，与往日并无不同。

她也不欲让他多心，遂平静了自己的脸，慢慢上前来到他轮椅后。"那你推我走走吧。"沈洵说道。

沈洵的轮椅是后来请工匠专门做的，高度宽度正好，他整个身子坐在里面，便不会有多余的地方。好处就是路上颠簸，沈洵也不会感觉不适。

这轮椅，也还是当初老太太大老远请了鲁门的师傅，费心费力又费时地打造了出来。老太太那时，也是唯恐有半丝使沈洵委屈了，让他不痛快。

正如古诗里说的"等闲变却故人心，却道故人心易变"。

"公子可知昨日的菜为什么味道不同吗？"兜了一大圈，素锦语不惊人死不休，突然提起这个问题。

沈洵淡淡地说："厨房用度不够，买不起油盐了？"

素锦看他："不是没油，也不是没盐，而是缺少一味香料，叫作茴香的。"

沈洵嘴角勾出一抹笑:"我不知道你还懂做菜。"

"奴婢不懂,但公子的日常吃食,奴婢却都亲眼看过。原先公子的每样菜里,都添加了少许茴香,所以公子进食的时候,会觉得满口余香,菜的滋味也格外好。而昨天阿久端上来的饭菜里,我观之并没有这种香料。"素锦不紧不慢解释道。

沈洵也轻叹道:"茴香并不是稀罕物。"

素锦道:"但也并不是寻常物。好的茴香就更价值不菲了。通常普通人家烧菜,除了逢年过节,是很少放茴香的。"

沈洵又叹了一声:"我懂了,你是在责备我每日吃得太奢侈了。"

素锦噎了噎,顿了会儿,决定还是继续下去:"但是少夫人有孕,传少夫人喜爱茴香,所以前院拨给小厨房的用度中,便克扣了这一项。"

沈洵不知何故没立刻说话,但眼眸中隐约闪过了笑意,他开口时顿了顿:"但孕妇不食茴香。"

素锦咬了一下唇边:"所以前院用这样的理由扣除份例时,阿久便发了一通火。她掌管小厨房多年,每日与食物打交道,自然也知道孕妇不食茴香。"

沈洵终于扬起了嘴角:"阿锦,你真是越来越本事了。我昨日不过才翻过了医书,你今日就在我耳边茴香不茴香的了。"

素锦绕到他身侧,攀着轮椅扶手蹲下来,仰面望着他:"奴婢不欲给公子添麻烦。只是长此以往并无益处,希望公子担待。"

沈洵也望着她的眼,一双流转的明眸,多少年都无变化。"你想我怎么担待?"

素锦良久道:"阿久若是耐不住,去前院理论。到时就会有人一状告到公子面前。阿久是个丫头,终归是身微命贱不会有人把她看在眼里。"

沈洵道:"到时就要我回护,是吗?"

那句是的在舌尖绕了绕,素锦有些难以出口,想了想换成:"阿久的为人,公子是懂的。"

料不到下巴一凉,一根修长手指抬着她下巴掀起她的脸。沈洵的脸压下来:"我懂,东府的四个丫头,皆忠心为主,我眼前这个,就最是忠心。"

素锦的心只是骤然间提得老高,显然没让她有思考的余地,就有两片温热重重压在她唇齿间。这是个灼热缠绵的亲吻。

素锦大脑空白一片,沈洵松了她的时候,她都不知是多久已过。

沈洵声音响在头顶:"你昨晚说的那个,我开始考虑了。"

素锦慌忙间抬头,迎上沈洵暗沉的眼睛,她发现,她第一次看不透沈洵眸光的含义。

素锦双手都在微颤,沈洵嘴角微动,自己摇着轮椅走了。"随你们这些丫头怎么折腾,横竖我只是个出不了门的瘸子。"

像惊雷劈过来,素锦眼睛雪亮,八年来沈洵什么样的情绪她都经历过,却第一次吐出这样伤人的字眼。素锦仿佛面具出现了一道裂缝,露出惊惧痛呼道:"公子!"

似被这声音所扰,沈洵侧头停了停,随后却继续推着轮椅向前,如叹息一样说道:"要实在想伺候,今晚就来吧。"

素锦双腿渐渐无力,跪坐在地上。

果然阿久不需要素锦如何点拨,午时刚过,就带着厨房里自己一干人浩浩荡荡出发去大厨房讨说法。

正好掐着午饭的饭点。

大厨房里负责的张婆子正忙前忙后,张罗一锅一锅的饭菜。

阿久站在门口站了好大一会儿,没人注意到她,她清了清嗓子,忽然使劲咳嗽了几声。

张婆子回头，目光里变了几变，换上一副笑脸："哎哟阿久姑娘！好些时没见着您，您可是稀客哟！"

阿久冷笑了一下，尚且还能控制住自己没当场发难。

"张嬷嬷，你忙什么呢？"阿久也挂上一副假笑，虚假客套谁不会。

张婆子心底有数阿久来者不善，眼珠骨碌转了转也笑着应道："你来得不巧，可不，正忙着给各房烧晚饭送去呢！"

阿久扫了一圈屋内，也哂笑道："到底是张嬷嬷有能耐，忙人事多，寻常人哪能管得了那么多东西呢？"

张婆子不住地拿眼看着几个冒烟的锅，似乎真的急，一边笑："看阿久姑娘说的什么话，左右不过是我们奴才们该做的事。"

"是啊……"阿久冷不防拖长了音调，"看我这个做奴才的，就没什么事做。"

张婆子望了她一眼，也不知心底聪明了还是怎的，忽然住嘴没接她的话。

阿久笑得一抖手里帕子："哟！我说张嬷嬷，你这儿这么热闹，不如顺带把我家公子爷的饭菜也炖上了吧！我那小厨房的火，就怕没您这儿的旺呐！"

张婆子的笑有点挂不住了，还强撑着道："姑娘说这些话，我怎么越来越听不懂呢。"

阿久也收了笑，抱着手臂一脚踏进了大厨房里，扫着一圈人慢慢道："您这儿这么多的灶火，不是不能给公子爷做一顿饭吧？"

张婆子赶忙跟着她进来，几步抢到了锅前面站住，一面强笑道："阿久姑娘说笑呢，公子爷那伙食，不是一向是东府厨房自己准备的吗？哪轮得到我们呢？"

阿久冷笑："是轮不到你们，还是没那个心准备？"

张婆子毕竟是一方主事，这大厨房手底下管着的人，也有二三十号人。她平日一呼，自是极有威望极得意的。

现下被阿久一个小丫头几番抢白没脸，她心底的火气也上来了。

张婆子立刻改了口气，冷嘲热讽道："阿久姑娘自己掌管小厨房，本就该负责公子爷的膳食，如何还能找事到我们的头上了？"

阿久一巴掌拍在了锅台上，横眉立目，怒气冲冲地指了一圈人道："说本姑娘找事？你们这些人自己就是地上捡起来的饼不干不净，公子爷的膳食我倒是想负责呢！可你们个个占着鸡窝不下蛋，什么都紧着你们的，这会儿说我不负责了？！有这个理吗？嗯？我倒问问有这个理儿不？"

张婆子只气得满面通红："你，你说的这是什么腌臜话儿？你不去好好管着自己的小厨房，到这儿发什么疯？我，我不是说，也就是公子爷能单独开伙给立厨房，这要换了别人，还没有这待遇呢！"

第5章　大闹厨房

不说还好，一说阿久更怒气难消，嚷道："听你这话还看不惯公子爷有这个待遇？你个奴才好大胆居然藐视主子？！"

张婆子也全然没了顾忌，破口大骂道："我是奴才？你就不是奴才？别以为自己掌管个破厨房就作威作福的！我这屋里炖着的都是给老太太和夫人的伙食，你跟这胡搅蛮缠的误了主子们用饭，真个儿才是藐视主子！"

阿久连声冷笑，片刻，忽然转身对带来的一群丫鬟道："去，全给我砸了！"

东府出来的奴才们，没有别的特点，或许不如别院的灵巧，也或许不如别院的聪慧，但就有一点：忠心。

东府的姑娘们，个个忠心。

莫说今日让她们砸了大厨房，便是让她们砸了更贵重的东西，去得罪更得罪不起的人，一声令下，她们也不会皱一下眉头。

但是张婆子是不会懂的，她只道自己依仗着沈府最有权的两个女人，所以任谁，都不敢在她面前撒野。

但她想错了。阿久话音刚落，那群小丫头纷纷捋起袖子，气势汹汹冲上来，当先一个圆脸丫头，拽起灶上的锅就狠狠撂到地上！

地面上炸起的油烟，才让张婆子从震惊中回过神，先时她是一点心理准备都没有，没想到这阿久居然真的敢砸！

也不知是气的还是慌的，张婆子连话都说不利索了："你，你好大胆！这是老太太……老太太的膳食！"

阿久不理她，自己也走到丫鬟中间，抄起东西就砸。积怨已久，爆发起来相当不留余地。若是一直以来的暗地里克扣份例，她对此忍气吞声，昨日的茴香就是个导火索。

张婆子跳起来，大厨房其他人也看傻眼了，都愣着不知反应。张婆子扯开喉咙叫："拦着呀！快拦着她们！站着干什么！"

大厨房人才反应过来，连忙伸手去扯那些丫头。哪里扯得住。这些丫头有备而来，浑不怕，不像这些大厨房的人，拉扯间仍是不敢碰到锅上烧着的东西。

一时间阿久带来的人已经砸了个大概，大厨房的办事婆子号的号，哭的哭，竟是拿她们半点办法都没有。

阿久直捶得两手臂发酸，方拍了手道："把那些没动头的鸡鸭鱼肉都带上，茴香也拖走，今天咱们也沾光吃一回现成的饭！"

那些丫鬟们个个横眉竖眼的，老实不客气地把张婆子她们辛辛苦苦弄出来的东西伸手顺走，两个人扛着一袋未拆开的茴香，留下满地狼藉，就要出门离开。

张婆子仿佛一下机灵了，上前拖住一个丫头的手就大叫："不准走！看你们哪个敢走的！我现在就差人禀明了少奶奶，去喊老太太，我倒请主子们都来评评理，今儿这事还让不让人活了……"

阿久冷冷看着她发笑："你当我傻呢？我说张嬷嬷，咱还是省省力气吧！甭以为拉着主子们就能给你撑腰！"

别看她刚才好像光顾着砸东西，其实她老早就注意到半炷香前，张婆子就偷偷使了个丫鬟，趁乱出去了，想必就是去叫人，如今张婆子就是想方设法拖延时间。

没人会吃明摆着的眼前亏，阿久和她理论完，再一招呼，就带着自己一众丫鬟头也不回地扬长而去。把个张婆子气得咬牙跺脚，只觉今日算盘频频落空，偏偏无可奈何。

和张婆子一起，有个姓郑的婆子哭丧着脸上前道："这可怎么办？闹得这样，给主子们的饭定是上不成了！"

张婆子咬牙，又冷冷笑着："这正好，她闹得越大越是好，只看她得意这一时罢了！"

郑婆子被她脸上发狠的表情吓了一跳，到嘴边的抱怨就咽下去了。

又过得一会儿，先前支使出去的丫头就回来了，后面带来了少夫人身边的一个丫鬟喜鹊。

张婆子一见喜鹊来，她也心知少夫人不会亲自来，但派个贴身丫鬟，也足够了。

她当即就哭道："喜鹊姑娘！您可快来看看我们这厨房里吧！今日这厨房没被砸了个干净，当真算是祖上烧高香了！"

喜鹊当先一步进去，打眼瞧见里头破碗破锅乱七八糟，煮好的饭菜更是倾倒在地上，乱得不堪入目。

她素来倚仗自己是大丫鬟，又是跟着少夫人陪嫁过来的，现在她过来，也代表了少夫人的意思。因此看见这些，自然就想端出个样子。喜鹊便着意把脸拉了下来。

张婆子见她意动，忙含着眼泪又添油加醋："喜鹊姑娘，您也看见了，今儿这午饭，怕是奴才无论如何端不上桌了。"

喜鹊冷哼道："早听闻沈府的二公子也是个守礼的，如何能支使丫头做下这等事？"

张婆子作势低头去抹脸，饶是再给她个胆，她也不敢真的在背后嚼沈洵的什么舌根，就刻意转了话头道："还请姑娘禀了少夫人，给我这厨房一干人做主啊!"

左右事情做下便是做下了,阿久那起子奴婢一个也别想赖掉。

喜鹊沉着脸道:"你们且等着,我去告诉了少夫人!"

说罢,也扭身迅速走了。

张婆子等轻轻出了口气,张婆子脸上还露出一丝笑,回头对另外几个吩咐道:"先把炉子的火生出来,把能用的锅架上,把夫人的木耳羹想法子先炖出来!"

阿久提着一把吃的扬眉得意回到东府,素锦坐在厨房的火旁,拿扇子扇着冒烟的药罐。

阿久把得来的东西一股脑堆到了角落里,素锦转头看见她眉开眼笑的,不由道:"你把大厨房的东西都拿来了?"

阿久叉腰道:"可出了一口恶气,那群人,简直可恶极了。"

素锦眼珠转了转:"你莫不是逃回来的,张婆子叫了谁来?少夫人还是老太太?"

阿久冲她嫣然一笑:"我倒是听她说'去请少夫人',不过甭管她请的谁,我才不在那老老实实等着。"

素锦扇了两下扇子,方露出微笑:"这么快,大厨房的人就心向着少夫人了。"

奴才第一时间禀报的,往往才是真主子。按理说老太太才是这宅子中的第一人,出了什么大事通知的对象都该是老太太。大厨房只是前院掌管伙食的地方,居然都首先禀报少夫人知晓。

素锦低头,默默扇着扇子。

不知从何处来的花期道:"不管先通报的谁,即便是找了少夫人,少夫人也定会再告知老太太的。"

少夫人再怎样厉害,在这个宅院里,她都不会真正越过老太太去单独做事。花期眼里还是有些担忧。

"老太太会不会真的到东府拿人?"她问。

素锦淡淡道:"应该不会直接到东府来,老太太怎么着,也该会给公子几分薄面。"

阿久余怒未消:"我今个儿闹便是闹了,便是不闹,她们日后只会更欺到咱头上来。恁她是谁来,咱再不做那软柿子任人拿捏。"

东府难得在风雨前的宁静中度过一下午,到未时,来了一个老太太身边的丫鬟秋宁。

秋宁是沈府的家生子,可以说是老太太的左膀右臂。东府的很多下人也都识得她,她的威望在丫头中还是很高的。

秋宁这次只带了一个随身小丫头过来,脸上的笑也和气,进门第一句话,便是求见沈洵。

老太太身边出来的人,那浑身的礼教和气度,让东府的丫头心里明知她是为了厨房的事情而来,也一时说不出拒绝的话。

阿久早早就躲在角落里偷偷观察秋宁一举一动,秋宁在门外等了半日,片刻出来迎她的人是素锦。

"公子早前歇下了,还未曾醒转,要不烦请秋宁姑娘下次再来吧?"

听了这话,秋宁脸上还是笑得和气,也不见恼:"那奴婢就在这等公子醒吧,也不值当再跑一趟。"

阿久暗自唾骂了一声。

素锦面上也淡淡地说道:"主要是怕耽误了秋宁姑娘伺候老太太,既如此,荔儿,你且去搬张椅子来,与秋宁姑娘坐。"

秋宁笑意不变:"老太太特意遣了奴婢来的,身边还有紫宁姐姐等伺候,不打紧。"

那边荔儿面无表情地搬了椅子来,秋宁施施然坐了。

那边素锦转身进了屋子,荔儿忙跟进去,正巧花期对素锦说话:

"这秋宁看着精明,怕不是个好糊弄的。"

荔儿插嘴道:"咱还怕她吗?管她是不是好糊弄。"

素锦自顾自叹了一声,看着里间躺在床上的沈洵。

外间的秋宁,端坐的时候,亦是不由打眼细细端详着四周,面上不动声色,心里并不平静。

自从八年前那桩事以来,阖府所有人连老太太在内,都未曾再到东府来过。所以跟在老太太身边的她,这也还是八年后,第一次踏足这里。

只见眼前一草一木,修建得清爽干净,庭院芬芳,和外面的院子相比,这里的一切只会更加让人赞叹。

想不到,想不到那位爷,竟是不曾就此消沉……

和秋宁一同的只是个二等丫头,却也是立得笔直,低眉顺眼未曾有任何不耐的情绪露出。

直看得阿久啧啧,她也有些愣怔,心虚起来。她从未和外面这些丫头正面打过交道,现在只是看两眼,就知每一个都不是省油的灯。

看来老太太厉害,非得整治她不可……

阿久只心虚了一会儿,就挺直腰杆,她自觉自己没错,就算真个儿把她抓走了,她也没什么怕的。

太阳渐渐落山,素锦还吩咐给秋宁送了盏茶,秋宁还笑着谢了,捻着壶盖小口啜着。

一杯茶,从温热等到半凉,但见紧闭的房门终于开了,花期从内踏出来,微笑道:"秋宁姑娘久等,公子爷来了。"

随着声落,素锦推着轻袍缓带的沈洵慢慢出来,秋宁立时从椅上起身,眼内只望见一个极温雅的男子正抬眼望她。

她心知这便是了。秋宁深吸口气,立时拉着身边那个二等丫头跪下:"奴婢给公子爷请安。"

沈洵轻轻道:"起来吧。"

秋宁和丫头站起来,她还未开口,沈洵已问道:"老太太什么事?"

秋宁不由抬眼看了沈洵,自然也没敢打量太久,便重新低首道:"老太太令奴婢将阿久姑娘带去问话。"

如此开门见山的话让花帘咯噔了一下,她不安地看了眼墙角。现在若再说沈洵不知道中午闹厨房的事就太假了。

沈洵眸光微动:"为何要带回去?"

"请公子明鉴,阿久姑娘今儿个大闹了前头的厨房,老太太现在……还不曾用饭。"秋宁着意压低了声音,说的话却甚有条理。

沈洵半晌一叹:"我明白了,厨房的事我还未好好问过阿久,这中间恐有误会。"

秋宁闻言立时就恭恭敬敬道:"老太太也恐有误会,所以着奴婢带了人回去,好问个清楚。"

多机敏聪慧的丫头。

沈洵望着她目光闪烁,顿了顿道:"这样吧,让阿久来,当面对你说清楚。"

戏台子已经搭开,端看阿久会不会演。阿久自角落里走出,两眼就含了泪,毫不含糊地往地上一跪,"奴婢尽心尽力伺候公子,疏懒是断断不敢有的。本来我们小厨房开支任何东西,都要大厨房允了,大厨房百般推脱不给,奴婢也是没有法子!"

秋宁笑得温柔:"才刚在老太太面前,厨房的管事张嬷嬷已是将此事说了,最近因忙着年底的事,又因了少夫人的身子,所以厨房格外紧了些,在公子的小厨房上,难免犯了疏忽,张嬷嬷并非有意,她已是叫奴婢来,顺道代她向公子爷赔不是。"

阿久差点将一口银牙咬碎,早料到那个张婆子要恶人先告状的。

只是没想到秋宁一上来把话说死了,摆明了不想让阿久哭闹。

阿久抹了一把眼泪,"奴婢自然也是明白的。从三个月前八月初九,张嬷嬷少了我们二十七两三钱,一些燕窝木参等给公子素日进补的东西也不曾再送,前日奴婢做菜时,才发现居然用来调料的茴香都短缺了!张嬷嬷居然说是少夫人爱吃茴香所以扣了,天地良心,少夫人一个有身孕的人,如何能食得茴香这种重料的东西呢?!可见张嬷嬷一直包藏祸心,这般欺上瞒下,奴婢如何忍得住?!"

秋宁暗暗吃惊,她真料不到这个叫阿久的丫头这么鬼精,居然把张婆子几时几日亏了她多少钱都记得清清楚楚,最想不到的则是茴香这事……

她看了眼阿久,立时便回头轻言道:"不管张婆子有多少错处,那是该罚她的。但阿久姑娘砸了厨房这件事,本身就是错了。奴婢能体谅阿久姑娘一片护主的心,但若是以后每个人都因为大厨房的不周到,而去砸闹一通,想来是不妥当的。不知公子觉得奴婢说的,是也不是?"

秋宁一篇话从理字出发,句句拿住阿久在此事上的软肋,叫人想反对她都难。的确,阿久就是有一百张嘴,也难以推脱砸毁大厨房的过错。

跪在旁边的阿久,此时忽然运足了力气,左右狠狠扇了自己两耳光。随着啪啪两声脆响,花期直给唬得一个激灵。

这两巴掌端的是极为响亮,光是听声音,就知道阿久下手之狠。

冷不防秋宁给惊得一震,眼瞅阿久的脸,已经迅速肿了起来,一旁的鬓发都散了。秋宁一身的伶牙俐齿,都开始打结了:"阿久姑娘,你,你这是何必……"

阿久身子跪得笔直,嗓音响亮道:"奴婢知罪了,请公子爷责罚!"

谁都没料到阿久来这一下,离她最近的荔儿只"啊呀"喊了出来。秋宁话说了一半,最后也只叹口气颓然低下头。

沈洵似是累了,用手捏了几下额头,"眼看天色已晚,不值当再让老太太兴师动众,阿久暂时也不用跟去了,秋宁你便把阿久的话,原样复述给老太太听吧。"

秋宁心思敏捷,知道今日人是断然带不走了,便也轻叹道:"那奴婢就先告退了。"

沈洵这时道:"先等等。"素锦进了屋内,不一时端出了一样东西,送到了秋宁面前。

"先时你说老太太还未曾用饭,我这里还有些糕点,你拿去与老太太品尝。"

秋宁只打眼一看,就知是老太太极爱的枣泥糕。

第6章　残疾之腿

秋宁回到老太太的院子，果是将阿久的话一字不漏地背给了老太太听。

旁边椅子上坐着一个美丽的女子，满头乌发上簪着一根金步摇，虽梳着妇人头，但观其容颜，亦是正当妙龄。

老太太从原本的气怒渐渐变得有些没奈何，她望了眼桌上的枣泥糕，又将视线移向端坐的美妇人，似为难道："钟灵，你看……"

何钟灵听秋宁把话复述得那般活灵活现，仿佛都能亲眼看见阿久如何与她辩白一样。她面上仍是带了轻柔矜持的笑意，说道："既然二公子如此说了，想来张嬷嬷也是有所疏忽，此事也可不再追究了。"

那张婆子本来乖觉地站在一旁，等着秋宁把阿久带来，她好理论一番，可她怎么都没想到人竟然不曾带来，反而秋宁说的一番话，言道她厨房克扣的茴香，少夫人竟然是有孕而不能食用的。

张婆子忽地就呆住了，一半是惊得，事情的转变是她始料不及，一半是吓得。

此时何钟灵这么说，隐隐也有为张婆子开罪之意。老太太当然没有放过这一点，她先是瞪了张婆子一眼，不知怎么却没立时发落张氏，而是对秋宁继续道："就算洵儿那孩子护着，不愿意我们带走他的丫头,可是那丫头胆大竟敢砸了大厨房,凭她有甚样的理由,也定要惩戒不可!"

闻言秋宁更似叹惜道:"老太太,先时在东府,阿久姑娘已是当着公子爷的面儿,自掌了几个耳光,向公子爷认错了。"

"什么?!"老太太额头跳了一下。

何钟灵凤眸眨了眨,眼神有些意味深长。

秋宁道:"奴婢也是没有想到,料不到阿久姑娘的性子这般烈,对自己下手那两下,可也是异常重,当时就肿开了。"

老太太仿佛一腔邪火闷在心里,此时却找不到地方发泄,她凌厉的目光闪烁了几下,忽地转头向张婆子喝道:"你那茴香的事,可属实?"

张婆子腿一哆嗦,立马走上前跪了:"回老太太话,奴婢当时只知少夫人喜爱茴香,一心只想着服侍好夫人,竟是万万不知道怀孕之人不能吃茴香这事!奴婢是一时糊涂!请老太太念在奴婢忠心,饶过奴婢这一次吧!"

她倒也狡猾,句句都扣着是为少夫人好,犯错不过是一时糊涂。

老太太自是没那么容易就消气,怒道:"你一个管厨房的!竟连茴香不能被孕妇所食用都不知道,还要一个十来岁的丫头来提醒你!我看你这厨房的管事真白当这些年了!"

张婆子心一凛,啪啪往地上磕头,口中一时却找不到好词:"奴婢,奴婢……失职……"

"你何止是失职?!"老太太厉喝,"公子爷是府里的正经主子,是何人准许你私自克扣那边的份例?又是谁让你在食材上头不尽心的?"

张婆子心里早叫苦不迭,末了,还是只得道:"都是奴婢屎糊了眼睛,横竖都是奴婢治下不严,是奴婢的错,请老太太责罚。"

话音一转,隐隐又暗示大厨房的其他婆子疏忽。

何钟灵看着这一切,缓缓道:"张嬷嬷是这府里的老人了,竟也犯了这种错,依孙媳看,惩戒是一定要的,但张嬷嬷一人管着厨房几十人,难免底下的人办事不尽心,想也不是存心的,便网开一面,小惩大诫也罢了。"

她细细柔柔说完,拿眼看老太太。老太太脸上的怒气随着她的话竟如同变戏法一样没了,她轻轻道:"你的说法也妥当,那张婆子,就罚了你这个月的月钱吧。下次若再有犯,定不轻饶你!"

张婆子喜得连连叩头:"是,是,奴婢知了!定不敢再这样糊涂!"

何钟灵从老太太屋里出来,喜鹊小心翼翼搀着她的手,一边低声对何钟灵耳语:"真想不到老太太,对后院那位二公子,感情还真深。"

何钟灵笑得轻慢:"那是她嫡亲的孙子,她怎会不疼?就算八年没见了,可心里哪一日不曾想着呢。"

一不留神踢到了脚下一颗小石子,喜鹊忙道:"夫人小心些,莫惊到了肚子里的小少爷。"

何钟灵抬手抚摸着凸起的肚子,轻柔道:"倒是我们,许是该去和那边走动走动,一家人,免得生疏了。"

喜鹊越发小心搀扶道:"听闻那二公子脾气怪得很,从来没出过东府门,如何能和我们走动。"

喜鹊又笑了笑:"再说了,老太太不过疼他是个孙子,论哪一方面,咱大少爷总是顶尖尖的。"

何钟灵笑着看喜鹊一眼,主仆两个不再说话,一心一意地走回了归雁园。

老太太望着桌上的枣泥糕神情复杂,秋宁察言观色,知道老太太这是动了怀念的心思。"隔这么多年,他还记得我喜爱吃这枣泥糕,好,好……"

秋宁端了杯安神茶递上去,说道:"公子自然是念着老太太呢,俗话说割不断的亲情,老太太心里对公子爷的疼,公子爷定然都知道的。"

老太太被勾起了往事,只觉得两眼都有些浑浊:"你这趟去了,看见他,他可好啊?"

秋宁眼前不自觉浮现出一个坐在轮椅上的男子,一时真心实意地道:"公子看着十分好,与奴婢说话也温和,便是最后没让奴婢带走阿久姑娘,也不曾冷言半句。"

老太太自是十分喜色:"你说的果真?"

秋宁亲眼所见自然感触颇深:"奴婢宁愿说句可能不妥的话,若非……公子行动不便,只看那通身的风采,便是一点不输文宣大少爷的。"

秋宁心里还藏着一句话,甚至,更胜沈文宣也不定。老太太高兴的话也讲不出,老泪都要从眼睛里滚落出来,秋宁见了,忙扶了她的手,拿了帕子替她拭泪。

当日沈东岩得了沈洵这个儿子,老太太可以说是最激动的一个人,她有了孙子,沈家终于后继有人。所以老太太对沈洵也是倾注了一腔疼爱,看着这个孙子长大后也是越来越出息,心底更高兴得不得了。

直至后来沈洵残了一双腿,老太太大受打击,也是在床上躺了三个月才渐渐好转。现在看沈洵又给她送来了枣泥糕,如何还能控制得住。

东府里,阿久听说老太太处置了张婆子,径自不满道:"只是罚了她一个月的月钱,真是太便宜她了!"

花期上来道:"哎哟我的姑奶奶,你就消停会儿吧,这次若不是公子爷,怕是你身上这层皮都能没了,还不知足!"

阿久撇撇嘴,似乎很不以为意的样子。这样轻描淡写就处置了,甚至对不起她扇自己的两巴掌。

花期拿出药膏替她擦脸,心疼道:"你也真叫个荒唐,打得这样重,如何就能下得去手。"

阿久冷笑道:"正像你说的,我要下不去手,真跟秋宁去了外面,怕也就看不见我这层皮了。"

花期拿她没法,只得一言不发给她擦上药,又弄了个冰袋子给她捂着。

素锦给沈洵施完了针,抱着他一双腿放回到床上,照旧扯了被子替他盖上。细心细致,每一晚都是。阿久、花期做了十几年丫鬟的人,看起来似乎都没有素锦更像丫鬟。

做完了自己的事,素锦就把带来的棉被抖开,铺在床下,竟是自行往上一躺,预备睡了。"公子若是夜间需要服侍,自管唤奴婢。"

说完这么一句,她向里一翻身,安安静静地再不言语,看着倒真像睡了。

沈洵心底已是有些后悔今日的冲动,现下看她这般做法,忍了忍,还是道:"这马上入冬了,你如何能在地上睡,快些起来。"

素锦顿了会儿,才低声道:"公子让奴婢今夜伺候您,奴婢不敢不做。"

沈洵败了,承认自己终究还是没她心肠硬,于是道:"我那是气话。"说完这话,地上的素锦却没动静了,等了又等,沈洵正当还要说时,素锦轻轻送来一句话:"奴婢不敢跟公子置气。"

说了不置气,分明就是在置气。沈洵暂时无法,只得摸索着躺回床上,床头的灯也还没熄,沈洵也侧过身,就着灯光看素锦的背影。

瘦，八年来素锦一直很瘦，纤细的身子就像不能吸收更多的营养而孱弱。"你还记得八年前的除夕夜吗？"沈洵忽然温柔地说了句。

素锦的背僵了僵，能看出她情绪似乎起了波动。

沈洵便说下去："除夕那一天，我的腿被太医宣布彻底不能行动，你冒着大雨，来沈府看我……"

沈洵目光飘忽，似乎沉浸到了遥远的回忆当中。"你在厅堂外等了很久，固执地就是不离开。到第二天天明，是母亲亲自出来见你。"

素锦的心被他轻柔的话语碰得却如被针扎了般刺疼，她脱口而出，才发现自己第一次没用公子称呼沈洵："你无论如何，都没有见我。"

忘不了，就算当时她那样坚持了，沈洵也只是更坚持地把她挡在了门外。

沈洵轻轻笑了出声："你并不知道，其实当时我最不愿意的，就是让你看见我此刻的样子。"

素锦肩膀震了震，强忍着没有转过身去。

沈洵目光幽幽的，望着素锦移也不移。其实若是他们此刻能互相看见，会发现彼此眼中的神情，包含的情感都是那么相同。

又怎么会知道，那之后不久竟然年家也出了事，沈洵不得不亲自出面，从那些官丁的手里，又把她带了回来。他不愿意让她看见，偏，也只能看见了。

屋外毫无征兆响过一声炸雷，大雨说下就下了，不知是不是因了雷声的缘故，素锦的声音带着些沉闷："公子早些睡吧，过去的事了，也别再提了。"

雷雨照人心，沈洵凄然一笑，真是天有不测风云，谁也没奈何，不是吗？

勾动往事的心绪平定下来并不容易，约到子时过了沈洵才迷迷糊糊睡着了。可睡梦间他突然被一阵剧烈的疼痛惊醒，睁开眼，方发觉双腿像是架在火上烤一样，竟是痛得无法形容。

他死咬牙关没发出声音，看了看地上的素锦，沈洵觉得浑身的虚汗一个劲向外冒。这疼痛是十分可怕的，他像是感受到腿里面的骨头，在一节一节碎裂开来。

第7章　郎情妾意

淳熙六年的除夕之后，年家也处在风雨飘摇中，似乎除夕的喜庆还未褪去，年尚书就被突如其来的圣旨革去了职务，并且是天颜震怒，年家三代内的亲属全部被抄家。只记得，除了逃脱了死刑之外，年家是祸事连连。

族中的男子八岁以上全部被发配充军，而女眷则不论年纪，终身卖做官奴永不能脱籍。那是一场远远掩盖了其他悲伤的悲剧，也几乎让人迅速忘了前不久对沈家少年公子的惋惜，而一心热烈讨论着年家的失势。

京城，总是个流言传得比什么都快的地方。因为达官显贵们的消息，总是最灵通的。

荔儿和阿久两个丫头早起扫院子，不由对着紧闭的房门张望几眼，随后不约而同一笑。

阿久挤眉弄眼道："素锦昨晚进去后，就没出来过吧？"

荔儿也忍着笑："毕竟素锦姐姐与咱们不同，她的身份，正该是能伺候公子爷的。"

她们二人不管是先进府还是后进府，虽然一直都和素锦同样伺候着沈洵，大部分时候素锦做的事也和她们差不多，但也都隐隐听过一些，素锦似乎是沈洵的"屋里人"。

而作为资格最老的花期,对此则是默认态度。因此一众丫头是心照不宣,才有了平日素锦伸手,她们就绝不会插手的默契。

但不管传言多少真,毕竟也是两丫头这些年第一次见到素锦留宿在沈洵屋里,所以脸上掩不住兴奋的表情。

说到素锦被噩梦纠缠了一宿,早晨也仿佛是费了九牛二虎之力,才堪堪睁开眼。转脸见沈洵已经醒了,她便撑着身子坐起来,见窗外透亮,显然已不早。

素锦到床边预备给沈洵更衣,可是揭开被子,触手湿漉漉一片,不由惊呼:"公子怎么发了这么多汗?"

沈洵面色较以往隐约苍白,他轻笑道:"许是昨夜风疾,便觉得屋内无比闷热。"

"那也不该发这样多的汗。"素锦眉头皱起,摸了摸沈洵的双腿,又抬手覆上他额头,立时感到火烫无比,她惊道:"你发烧了?"

沈洵偏过头,躲开她手笑道:"不妨事,是我一晚被子盖得太严实,所以捂得身上发烫。"

素锦哪里肯依,他越是躲着,她越是伸手凑到他后颈,那里也是一片火热。她慌了慌,立时便扬声叫人。

本来阿久两个正在外间打趣着,说素锦和沈洵如何如何的事,冷不丁却听见素锦在屋里叫她们,登时愣住了,待反应过来连忙小跑冲进了屋。

于是请大夫的请大夫,忙抓药的抓药,一清早突然变得忙乱得紧。

素锦仔细回想,昨儿她歇下的时候,门窗都是关好的,即便是后来下了雷雨,屋里也是暖和的,沈洵的被子刚晒过,按理不该是着凉才发烧的。

但素锦还是对荔儿吩咐:"你去跟前头说一声,多要些新炭来烧，公子爷畏寒，暖炉一定要尽早准备好。"

荔儿得了话立时就去办了。

可沈洵这一高烧却来势凶猛，素锦特意自小门出去，请了京里著名回春堂的大夫，诊断说是内因，有淤气，气血不畅，旧疾发作。

沈洵的旧疾，除了一双腿，也不曾有其他。但因双腿初残，引发的高烧不退，只在最初的那一年时常发作，那一年沈洵备受煎熬，时常夜里低烧，多日不退，但那样的顽疾，已是许多年不曾再犯。

送走了大夫，素锦拿着药方细看。旁边沈洵半躺着，无力地笑："何用请什么大夫，久病成医，这药方你我背都背得下来。"

素锦看向他，缓慢地放下药单说道："奴婢会按大夫的方子，着意为公子调养。"

因沈洵病着，几个丫头都打起十二分的精神，平时不愿意支使手底小丫头的，现在自己手头主管的那些事儿都一个劲儿推给下面丫头做，她们则腾出空闲亲身服侍沈洵更衣吃药。

沈洵极少会被四个丫头同时围住伺候，他自己都难以适应这种感觉，有时睁眼了，第一声想叫素锦，回头却发现是花期枕着手在他旁边。这还不算，如果不看正脸，四个丫头的身量一般无二，若是迷迷糊糊间看见了谁，张口都不知道该叫哪个。

沈洵只觉病着的十几日，体味了一把人生难得糊涂的滋味。

天气一天天凉得快，转眼出了十月，距离年关只剩不到两月光景。荔儿催着绣娘赶制出了几件厚冬衣，其中有沈洵一件大氅，做工极漂亮精细。黑色缎面上，绣娘绣了无数道金线，隐身在黑色里，领口也做了花样，很有几分神秘的贵气。

荔儿献宝一样将大氅捧给沈洵看，连阿久眼都看直了，不由得赞叹："公子这件衣裳真好看极了。"

沈洵看见，对荔儿笑了笑："费了这许多精神，赶制这么一件袍子，只是与我穿，却怕是有些浪费了。"

沈洵那意思，他并不时常出门，披大氅的机会，可说屈指可数。这件衣袍费的人力物力甚巨，若是最后成了闲置物，委实可惜了些。

荔儿却只做没听见，嬉笑道："怎么浪费了？往后天冷了，公子就能天天穿啦！"

沈洵眼望她一片好意，也笑笑接受了。

过冬的炭火早早就送足了，无论份例还是月钱，那头再也没有不尽心，均拨得极快。阿久只变着花样烧菜，那些热气大的铆足了劲上桌。

在沈洵发烧那段时间，就又请来了工匠在沈洵屋子里又隔出了一个小间，方便服侍的丫头睡。后来沈洵好了，这小间就成了绝妙的好地方。

晚上阿久习惯炒了一碟花生，四个丫头就在隔出的那个小间里，围着暖炉吃花生。这天晚上又是，荔儿是传声筒，外面的消息她头一个知道。现在又用胳膊肘捣了捣花期，神秘兮兮开口："那少夫人生了。"

花期几个先愣了一下，阿久掐指算了算，方道："正是到日子了呀，生的是男还是女？"

荔儿挤挤眼道："又是极好的运气，是个男胎。"

阿久看了看周围，疑惑道："你说这运气，是不是也挑人的啊？怎么有的，就像得了照顾似的，你想找些霉运给她，偏偏人家就是顺利得很！"

花期掩嘴笑："人们俗称万岁爷是真龙，有真龙护体，皇后就是凤凰转世，少夫人是个尚书千金，没准也有什么护着呢。咱这些小丫鬟，就是想要运气，也没有呀。"

素锦叹了一声："我看最没运气的就是我，花生回回都是叫你们吃完了。"

几个丫头哄笑一堂。里间的沈洵拿着一本《左传》,听着外面的声音,不禁苦笑。

素锦打了帘子进来:"公子爷笑什么呢?"

沈洵含笑看她一眼:"我笑《左传》虽然是《左传》,再历史悠长也比不了姑娘们的笑声长。"

素锦低头笑:"公子爷要是想休息,我就叫她们都散了。"

"不必了,我也没那么早睡,就让她们……"沈洵忽然停住了,看了素锦一眼。

素锦奇怪:"怎么了?"

沈洵眼里神色奇特:"你方才称了'我'?"

素锦先是没明白,随后心里雪亮一道,反应了过来,却耳根一热,下意识道:"奴婢……"

沈洵笑里装了几丝苦涩:"我最讨厌的,一是你叫我公子,二是你自称奴婢。"

素锦沉默半晌,随后慢步来到桌边,拎起茶壶倒了杯乌茶,递到他手边:"你晚上看书易口干,这乌龙茶能助你养养精神。"

手腕被沈洵握住:"素锦……"

素锦静静抬眼,那一瞬,都看进了对方眼里。"我曾经做过很多不愿做的事……"素锦开了口,嗓音沉静而平稳,"那时的感觉,也都是讨厌的。"

沈洵望着她,握着的手并没动。

素锦仿若几缕叹息般垂眸道:"若说讨厌,便也只能请公子,继续讨厌下去了。"因为很多事情,实在不是讨厌,便可以不去做的。

沈洵知道自己今天是一时意动,没控制住说了不该说的话,当下也添了几分悔意,自松了素锦的手,叹道:"你莫放心上,我不过随意说的。"

素锦蹲下了身子,伸手替他系腰间松开的衣带,沈洵双眸微动,向前倾身两手骤地握住素锦的双肩,提起她将她揽入了怀里。

素锦猝不及防,足下不经意地一软,便跨坐在了沈洵腿上。

瞬时,她一侧的脸只紧紧贴在沈洵的颈窝里。这般过了一会儿,沈洵压在素锦头顶的呼吸渐渐清晰。静谧之中,素锦觉得沈洵都能感受到她一颗心几乎要跳出口的狂乱。

只听外面响起荔儿疑惑的声音:"素锦姐姐怎么进去了这许久……"

素锦红着脸,默不作声从沈洵身上滑下来,低头将身上衣裳拢了拢,便看也不敢看沈洵,立时小跑到了外间门口,定定神,才撩帘出去。

沈洵独自喘息了几声,渐渐闭眼,重重地落回轮椅上。

清晨打开门窗,但觉天高万里,一个晴朗好天。

难得今日,是花期边推了沈洵在院内散步,边说新鲜事给他听:"听说前院少夫人和老太太,正预备给新出生的小少爷办满月酒,请了许多京城的权贵来贺宴。没准这次会请了公子爷呢!"

沈洵对此倒并不热衷,淡淡地没有接腔。

花期说道:"即便前头不请公子爷过去,咱们似乎也该备下一份礼,表示心意。"

沈洵说:"你便看着办吧。"

花期见他今日总是兴致淡然,知他情绪不佳,于是也不再蓄意引他说话。

东府本来就是沈府举足轻重的一个院子,仅面积就占去了三分之一,所以一应事务全部准备十分齐全。划归了沈洵居住以后,花期几个整理出的花园子就有三处,加上春日总想些新奇的花种子种下,因此年年开出的花儿竟都是姹紫嫣红不同。远远望着旁人只以为是一片漂亮花海，如果说少夫人何钟灵的院子，是富丽堂皇，那沈洄这里，就是第一的雅致如画。

荔儿曾说气话，言东府的景致不如归雁园，其实也只是气话而已。

沈洄走了几圈，便不想再走，让花期推他回去。进门却看见荔儿已经等在那里，正到处张望找沈洄呢。一看见他进来，荔儿便喜得跟什么似的，马上把手上一张烫金的帖子送上去，热切切说道："是前头差人送来的呢！"

花期自然就看到那上头印着"请帖"两个字，浓墨的笔法透着三分不俗，她登时就三分了然于心。

沈洄把那张帖子一拿到手，盯着封上面的字，观他神色似乎也就知道了是谁。

打开帖子，花期打眼只瞅到最开头两个龙飞凤舞的大字"贤弟"……沈洄已经摆摆手，让她们都出去。荔儿和她便都退出了房间，轻轻带上了房门。

一出了小院子，荔儿就拽拽花期衣袖："是大少爷亲自写的帖子呢。"

花期会心地笑："定是为了小少爷的满月宴。"

荔儿也同样想到了这儿，忽然叹了一声："不知公子会怎么决定。按理公子八年未和外头打交道了，我也很希望公子这一趟能去。"

其实几个丫头在沈洄跟前伺候多年，每人的所思所想基本都一致，虽然她们都知道自个儿和沈洄在东府的日子异常安逸，比外面那些钩心斗角不知强上多少倍。可心底上……也都不希望自己家的爷沉寂在这小天地里一辈子。

第8章　晚宴笙歌

沈家子嗣单薄，祖上光是单传就传递了好几代，这次少夫人这么顺利诞下男婴，莫说在沈府是一件天大的喜事，便是在旁支亲属中，也起了不小的涟漪。

于是自临盆那天开始，亲朋好友就络绎不绝地登门，沈家虽说现年已经比不上沈东岩在朝为官那时鼎盛，但毕竟根基在那里，如今又是双喜临门，来往走动的人不说是踩破门槛，起码也不遑多让了。送来的礼物越来越多，最后还专门腾出了一间屋子囤放。

而来的大多数人，除了赞老太太福气好，天年还得一重孙，更多的，则是大赞少夫人是沈府的福星，为沈府带来接连不断的喜气，有那年轻的，连带的还羡慕了沈文宣，得此夫人，夫复何求。

老太太这次是鼓足了劲儿，要为自己的重孙子好好办一次满月宴，早早就令人仔细烫了帖子，半月前就散了出去。

一应亲朋，有沈东岩早年结交的朝中人士，还有一些，是少夫人何钟灵的娘家亲戚。

京城的一些街头巷尾，悄悄间，又飞起了关于沈家的传闻。沈家在京城的名门望族中，始终都带了一种特殊超然的地位，起于寒门，靠世代书香起家。和别的金玉一样堆砌的名门，似乎总是区别开来。

何况沈东岩当日在朝中，是极受万岁爷爱重的。他的文章总是最得圣心，后来自请外放，据说万岁爷也是十分痛心不舍，毕竟，能让天子宠爱的臣子，在每朝每代都不多见。

沈家稍微冒起了一些苗头，别人就立刻传得风一样快。

归雁园内，红缎面的门帘儿垂落下来，刚刚起身的何钟灵坐在妆台前，周身围了四五个丫鬟为她打理仪容。

不远处的书桌前，站着一个长身玉立、仪表堂堂的男子。

何钟灵装扮好了，又对着铜镜，仔细照了照。这才起身，慢慢踱到了沈文宣的身边，扶了他的手臂笑道："今日父亲来了信，他皇差在身，昭儿的满月宴，只能有母亲来了。"

沈文宣淡淡一笑，稍稍侧过了身，自然握起了她一双柔荑在手心捏着："有娘来就好。今日我还要上户部述职，午饭怕不能回来陪你一起，你自己要多吃些。"

何钟灵柔顺地靠着他，半响，似是想起了什么，眸光略深："东府那帖子……夫君递过了吗？"

沈文宣嘴角勾起，轻轻道："已递过了，只怕洵弟不会来。"

何钟灵抬起头，顺手为他整理了一下衣襟，眸光幽沉。帖子下了是他们这边的心意到了，来不来是那边的事。她道："你这样对公事上心也是好事，户部多的是皇家眼目，你做得好了自然有人看在眼中，为你谋划。我和昭儿这一辈子都指望你了……"

最后一句话说得有些动情绪，加之她盈盈美目，堪堪望着沈文宣，沈文宣不禁握住她手，亦情真意切地道："我必不叫晚晴你多费心。"

何钟灵柔柔一笑，又道："昭儿的满月，父亲虽不能亲自来，但他在信中已与我说，不少朝中与他交情颇好的大人，都会前来捧场的。届时……"

她突然停了停，眼看了一圈丫头，几个丫鬟便都识趣退了下去。

看房门重新关上,何钟灵才踮脚,咬着沈文宣耳朵,"届时你就好生地表现一番,你放心,我一定想法子说动父亲,助你再升一升!"

几个字咬得重了些,沈文宣紧扣住她的手,目光幽幽地荡开去。

……

荔儿坐在院子的台阶上,托着下巴可愁死了。她已在这坐了大半天,看着还有继续坐下去的趋势。

花期看不过眼,道:"你在这一坐半天,也不去干活,究竟是想些什么东西?"

荔儿叹了又叹:"我的好姐姐,莫不是只有我一人在意,你可也记得今天是什么日子呀……"

花期抬眼看了一下院内闭着的房门,道:"那又怎样,公子若是没那个意思要去,我们也不能干涉。"

荔儿索性开了话匣:"可公子一早上什么都没说,我还特意敲边鼓,故意说要准备一份礼物送上前头,没想到公子就叫我开了库房随便拿,可又绝口不提他自己去不去。现在还在屋里看书呢,你说我不该愁吗?"

花期顿了一会儿,沈洵这般做事确实有点摸不透,态度像是模棱两可,眼看马上中午都要到了,如果要去,那准备的东西就不止一点半点了。

她看着荔儿拧成麻绳的眉心,露出微笑:"你就不懂了吧,这事儿,你得找素锦。"

一语点醒梦中人,荔儿眼睛一亮,乐开了花:"还是花期姐姐聪明。"

要说几个丫头心里都对沈洵出府这事存有期盼,单单还就素锦没任何反应,可谓是表现最平常的一个人了,照常浇花做事,脸色平静得好像今日和往常并没有什么两样。

荔儿自然是迅速把口风透给了素锦，眼神还带了央求之意。因为素锦一如往常的做派，实在让她也拿不准，素锦是赞成公子去呢，还是不赞成呢。

不过素锦还真去了，她把浇化水壶给了荔儿，就拍拍手走向沈洵的屋子。

荔儿心里吐一口大气，问了清楚后，总归不管去还是不去，这七上八下的心，总能踏实落回肚子里了不是？

沈洵那样子，看书是看得聚精会神，简直就像身边发生了惊雷他也充耳不闻。

而素锦上去就把他的书拿下了，道："公子要不要出去转转，整日待在房里，也怪闷的。"

沈洵看素锦随手把书扔到了桌上，不免抬眼看了看她。两个人多少年相处下来了，互相对望一眼都能马上知道对方心底在想什么。

好处就是，省却了许多废话。

素锦不容分说推着他的轮椅就出门了，荔儿躲在花盆后面，眼巴巴地望着。

毕竟是素锦，施施然推着沈公子转了一小圈，就切入正题："听闻老太太早在小少爷出生那天，就曾给老爷去了信。想让老爷带夫人，一起回来看一看。"

沈洵唇边带笑："沧州路途遥远，即使快马加鞭送信，恐怕也要将将二十天才能到。"所以满月宴定是赶不及了。

素锦说道："但老爷毕竟也会传些消息来，还有夫人，也时常写信回来。少夫人怀孕的事也是早知道了，夫人早前似乎也透露过回家的意思。"

沈洵面上的情绪难测，良久才似涟漪漾出波纹来："外放的官员，没有圣旨召，回京是登天难的事。母亲一贯与父亲情深义重，从沧州车马劳顿来到京城,再来回少说也要三四个月,她恐不会撇下父亲独自成行。"

沈洵言下之意也透露出了,除非沈东岩以后能奉诏回京,否则恐怕沈家,再难以圆聚。

正因沈洵如此通透,素锦心底也为他添了几分难过。她轻言道:"正因老爷夫人离家多年……老太太一个人执掌整个沈府,更是殚精竭虑,小少爷的出世,恐怕也让她老人家宽慰了一番。"

沈洵忽地一笑,因素锦在他背后,他不好让她看到他的表情,过了片刻只说道:"先前被老太太那么样的为难,你倒也好心,反过来为她说这一番情到深处的话。"

素锦推着轮椅的手也一顿:"公子何出此言?"

沈洵勾唇露出一抹笑:"你以为每回堵住丫鬟们的嘴,让她们不透露我半分,我就不会知道了?"

素锦缓缓吸了口气,眼睛淡下来:"奴婢不是有意欺瞒公子。"

沈洵却仍是那样一副神情:"你哪回不是端着一副好心肠来,那些你拿的贵重药材,东府耳目闭塞,消息传不到外头,老太太不就以为是你偷藏了药吗?"

素锦不是不知沈洵的洞察力多强,可即便她也不会全明白。丫头们的脾性她自问是最了解的,拿荔儿来说,她让荔儿不要多嘴,荔儿就绝对不敢在沈洵跟前说什么。她几乎贴着身在沈洵跟前伺候,竟是不知道他还有这许多想法……

素锦叹了一口气:"是奴婢小瞧了公子了,还望公子大人大量。"

东府是沈洵的地盘,任何人的眼线自然都安插不到这里,连老太太都不能知道东府发生的事。这么些年,她取用了无数珍贵名药,老太太起初,当然是十分愿意不说半个不字的,但沈洵残了这么多年,渐渐地,老人家就烦了,并且很怀疑素锦都拿了这些药材干了什么。

沈洵亦是叹道:"老人家,眼睛看不到的东西,就喜欢瞎猜。难为你心宽,并不曾真的放心上。"

素锦看着他的脸,慢慢就道:"那公子何不干脆就出去,到老太太跟前让她看看。"

像是自然而来带出的话语,沈洵面色淡笑中隐隐含着苦涩,似终究妥协了道:"为我更衣吧。"

消息一传出去,几个丫头都乐坏了。数荔儿兴头最高,忙去吩咐绣娘,拿出了压藏的宝贝,一件天青色的衫子。

几个丫鬟拥到跟前为沈洵更衣,这衣衫看似宽大,其实是收腰的,沈洵虽坐轮椅,但也能看出身形颀长。这件衣裳从剪裁到做工,每一处都精细得与沈洵极为贴合。

而作为沈洵自己,一穿上便知此衣非一日之功能完成。心里对荔儿几个为他的心,也是不由感动叹息。

穿戴完毕,阿久只拍手:"咱公子真乃俊雅非凡呐!"

荔儿忙又去取了大氅,给沈洵披上道:"外头不像屋里有暖炉子,加上天气越晚越凉,公子可不能轻易把大氅解了。"

临了要出门,花期才想起最重要的,忙调头往外跑,几个人正纳闷,她已气喘吁吁怀里捧了两把如意回来。"匆匆忙忙,差点把贺礼忘了!这要到前头去,手头没个东西,公子就失礼大发了!"

沈洵只扫了那双如意一眼,都没有细看,就把眼转开了。

沈文宣是朝中新贵,短短一年半连跳两级。自从在殿试上夺得榜眼,圣上有心提拔,让他留在朝中任职。加上他又很会做人,和各阶大臣相处极有章法,进退有度,因此众人对他时常的升迁,倒并未抱有太多成见。何况现在沈文宣背靠何家这棵大树,就算有成见,也变得没成见了。

这次他喜得爱子，不管抱着什么样心态来贺喜的人多如牛毛。

老太太高兴得满面红光，将沈府清理出了极大的地界用来摆宴，天色稍晚，就开始张灯结彩，拉开了无数艳红灯笼，摆在草地上，景象美不胜收。

何钟灵一早就打扮好了，叫奶娘抱来了沈昭，望着呀呀叫唤的亲子，眉眼里再也藏不住愉悦。

"一会儿我和少爷就要出去酬客，你记得不能让小少爷饿着，等到院子里的灯全部点起来了，就把小少爷抱到前头去。"

奶娘是自何家跟过来的，对何钟灵自是说一不二，当即挤着眉眼笑道："少夫人就放心吧！小少爷今儿什么都是簇新簇新的，到了前头定能叫人夸赞不休！"

襁褓里的沈昭，倒的确生得圆润可爱，尤其一双眼，如黑宝石透着灵气，真有七分像何钟灵。

何钟灵自然是高兴的，甚至伸出她涂了蔻丹的手在婴孩的小脸上轻刮了一下。

中午过后，沈府来了个重量级的贵客，一家子除沈文宣在后面应客，包括老太太都在大门口严阵以待。待得门口停了两辆华丽马车，先下来四个穿戴打扮皆不俗的丫鬟，随后她们小心搀着一人慢慢走下来。来者正是兵部尚书的夫人，何钟灵的亲母。

自何钟灵三日回门之后，两母女还是第一次见面。不免唏嘘，两眼已含泪，碍于外人在旁，何夫人只搀了女儿的手，也没进一步动作。

何夫人毕竟是有诰命在身的人，举止气度，自与老太太等都不同。四十好几的人了，依然雍容满身，面庞一点看不出岁月痕迹。

老太太趁势就说道："亲家母，这门口风大，还是快些进去说吧！"

何夫人携了她的手，就假意笑道："多大事儿呢，还让亲家站这风口地等我，真真叫我罪过了！"

老夫人慌忙道亲家母客气了。其实论资排辈老太太当然在何夫人上面，但何夫人是尚书家主母，又有二品的诰命，她的品级几乎和何尚书平级论坐，因此即使老太太，也不得不摆出十二分尊敬。

老太太一把年纪，陪着何夫人说了会儿闲话，面上不好露，其实也浑身不舒坦。因此等把她们带到门厅，她也乐得把空间留给何家母女两人，自己躲出来了。

何钟灵和何夫人也没能说多少话，何夫人没有见过沈昭，自然提出要见。何钟灵忙就把母亲引去了归雁园，在那里又坐了一会子。

何夫人看见外孙，自然也欣慰："大名叫昭，取了小字了吗？"

何钟灵笑道："取了，叫允之。"

"倒是个不错的名字。"何夫人这时看了她一眼，"都是姑爷取的？"

何钟灵脸上略红，微笑道："是，他说昭日月，允也是极好的字，必能压得孩儿一生顺遂。"

看她这般情态，何夫人叹道："你素日那么固执，我只盼你真能过得好就好。"

何钟灵眸光略转动，似也想起自己嫁沈文宣的不易，低头半晌默默咬了咬牙，方正色道："母亲安心，我一定会过得好的。"

何夫人目光闪了闪，一时未说话。

随着客人不断来临，就有小厮到厅里请少夫人到后面主持大局。何钟灵慢慢自椅子上起了，巧笑嫣然道："夫君一人在后头只怕忙不过来了，母亲这便随我一同去如何？"

知女莫若母，自己女儿一来便能把沈家的当家权握在手头了，作为何夫人，心里是喜欢大于责备的。她便自然欣然应允了。

而沈家门口,此刻慢慢行来了另一辆马车,流苏金穗,气派十分。

从里面翩然下来一位男子,白衣飘逸,手中一把描金折扇。望着沈家朱漆的大门,他渐渐露出一抹似是而非的笑意。

第9章　诗画双绝

贺宴虽说从早上就开始进行了，但直至晚间，其实也才真正开始热闹起来。

偌大的院子也辟出了两块场地，男客女眷分列而坐，虽说今日能来出宴的，基本都是夫妻同来，单身的男子小姐们极少又少，但该避嫌的总归要避开。

何夫人一来到此地，见处处安排得妥帖周到，不免又笑着瞥了女儿一眼："你掌家，看来也还有几分能耐。"

何钟灵笑着说道："有母亲珠玉在前，晚晴怎么也能学到些绝技。"

听女儿称赞自己那些是绝技，何夫人难得愉悦地拧了她一把。

后来周旋在名流贵客中的沈文宣得了消息，也过来拜见何夫人。何夫人对他也夸奖了两句，看沈文宣不卑不亢，态度恭敬有加，心里对这个女婿，终于也大体满意。

暗暗观察的何钟灵，终于也吐了一口气。

女眷之中，有何钟灵从前京城贵女圈中的几个好友，她们半数也都已嫁人，还有些年龄过小的，是紧挨着自家母亲身边坐。

何钟灵给何夫人安排了座位，便首先招呼这一桌子女眷，汝南将军府的纪夫人首先开口："我观晚晴比去年刚出嫁时候，反而丰腴美艳了不少,果然这生了娃的女人,就是和做姑娘的不一样!"

纪夫人出了名的豪爽性子,叫的又是何钟灵闺中小字,幸好这一桌都是与何家相熟的人,女人们在一起也都少了些顾忌,但也不由哄笑起来。

何钟灵闹了个红脸,低头给众位夫人斟茶也不言语。何夫人和纪夫人关系较好,借机打趣她道:"我看盛兰你才是真丰腴了,今年缙云馆的师傅们给你做衣服,可又做大了没有?"

许是因为纪夫人嫁了个武官为妻,性子上慢慢带了不拘小节的气势,京城贵妇中也唯有她,平日并不十分看重体型,在饮食方面也比其他贵夫人更懂享受,因此每年裁剪新衣时,竟都要重新量一次尺寸不可,消息在圈中传开,何夫人也就借此调侃了她。

纪夫人并不以为意,更笑道:"晚晴嫁得好自然幸福,这是女人一辈子修也修不来的福气。在庙会上小两口的那段奇缘,如今看来更像是老天爷特意安排的了!"

在座有不少都知道这一段故事,尤其年轻的小姐们爱浪漫,不少都偷偷向何钟灵投去羡慕的眼神。女子做梦都想嫁心爱之人,若这心爱之人还是像沈文宣这样的如意郎君,就更是让人羡慕了。

"当日晚晴也是一片孝心,为何夫人你去祈福,善缘大师一早放了姻缘风筝,彩球两端就连着沈家公子和晚晴,可不正是天赐良缘吗?"席间一位夫人乐呵呵道。

何夫人耳中听着旁人都是夸赞的话,心态也在慢慢转变,而今也是成了丈母娘看女婿,越看越顺眼。何钟灵在沈家,明显也是过得真不错。何夫人渐渐笑得十分开怀,投入地和其余夫人们聊着京城趣事。

女人们在一起,除了谈天还是聊天,那边男人们热火朝天地喝酒,倒衬得这边安静很多了。

也正是这份安静让她们能听到男客那边的变化。当听着在仅有一道帐幔隔着的另一边的男人们嘈杂的声音，一瞬间安静下来的时候，夫人们的交谈也愕然顿住了。

她们只听见帐幔那一边安静得反常，就像有什么不可思议的事情，阻隔了晚宴的进行。

何钟灵几乎立刻从桌边站起来，脸色变了变："怎么了？"

何夫人看她抬腿就想过去的样子，也沉声道："你先别急，那边都是男子，你身份虽是女主人，但也不便就这么出现。还是遣一个小丫头过去问问吧。"

何夫人毕竟老辣，处事沉稳有条理得多，何钟灵当下拼力定了定神，随手就指了个丫鬟出来，让她打探消息。

约半个时辰人才回来了，何钟灵沉着脸道："发生了何事？"

小丫鬟谨慎地看了几人一眼，才低声慢慢道："似乎那边在说，沈府的二公子来了……"

此言一出，如一道闷不作声却又雷霆万钧的雷在众人中悄悄蔓延，每个人所想皆不相同，沈府二公子……年轻的尚要迷糊许久才能渐渐摸清一点门道，年长如纪夫人者，只稍稍一顿，就心照不宣了。

最感受不可思议的是何钟灵，她一张脸神色万变，最终还是重新在椅上坐下，端起茶饮啜了啜，才勾动嘴角似是想为这场合主动圆个话。"先前的确是下了帖子给他，没想到真来了……"

谁能想到呢……众夫人眼神交流一番，换了哪个，也都不曾想到今日宴会上，还会发生此等事。这本来索然无味的贺宴，被猛然下了一剂猛料般。

纪夫人悠悠道："若说想知道男客那边的动静，我倒真带了一个随身小厮，唤陈皮的。素日在家倒也是个口齿机灵的，传话从来不曾漏过半个字。今日本来是打算让他看着马车，眼下，正好能让他去隔壁，顺带也瞻仰一番沈家二公子的风采。"

纪夫人简直说出了每个人的心声，人都有好奇之心，常年待在深闺的女人们，好奇心就只多不少了。

那陈皮长得瘦瘦小小，看着却很精干模样。能在将军府做事，定然是个眼色极好，也会来事的。纪夫人吩咐人传过话，陈皮就戴好衣帽，顺着人群混进了男客那边。

多数人也都在愣怔当中，还没有回过神，陈皮挤到前面，顺着缝隙朝外看。

别看陈皮是个小厮，那也是在将军府见多识广的，什么样儿人没见过，漂亮的不漂亮的，褴褛乞丐到天潢贵胄，但愣是没有一个，叫他像今天这样看直了眼，这样吃惊。

只见那静静坐在轮椅上的年轻公子，披着一件黑如夜色的大氅，但那大氅上却隐约泛着点点金光，看着似乎是孱弱的。但那位公子一抬头，唇边一露笑，倏地仿似带起一波明艳流光，直叫这周边的万千灯火，都失了芳华颜色。

难怪，难怪这里的宾客们都沉默了这样久，此等卓绝的风采，除了叫人片刻间心生仰视，的确也再说不得话了。

陈皮不禁又揉了揉眼，此时，已有一人朝那轮椅上的男子步行而去。看到沈文宣来到，轮椅后站立的蒙面少女自觉退向了一边。

沈文宣慢慢半蹲下身，宽大的袍袖扬起，在一瞬间握紧了沈洵双臂："贤弟！"

如果说沈文宣一派世家公子的温文大气，当得起玉树临风的赞语，那么此时被他握住双肩的那位轮椅公子，就像经巧夺天工之手制出的美丽窑瓷，泛着神秘幽光。

而此时那位窑瓷般的公子，目光望着他面前的沈文宣，唇齿微启，一道清雅的声音流溢而出："兄长。"

话音叮咚落地，沈文宣面上展出一抹柔和微笑，挥袖转身向无数伸着脖子张望的人道："容我来介绍，这便是在下的沈洵贤弟。"

在场的无论知道的不知道的还是之前便心里有数的，此刻都立刻将自己刚才露出的惊愕收回去，一张脸转瞬就变得热情洋溢，重又哄闹起来。"哎呀，二公子，幸会幸会！"

"原来是二公子啊！欢迎欢迎！"

"二公子果然仪表不凡，和沈大人不愧是兄弟啊！"

说这话的人，立刻被旁边不知名的人用胳膊悄悄捣了一下，那人也意识到自己失言，幸好周围说话的人还不少，他便绷着脸装起木头。

当年若不是那位公子的天灾人祸，他口中的沈大人如何能成沈家继子……

不管怎样，沈文宣不知听没听见刚才的话，已推着沈洵入了席位，端然是兄友弟恭。

轮椅旁边的窈窕少女捧起一双白玉一样的手，托着一个锦盒。

沈洵挥了挥手，示意献上，口中道："此如意，恭贺兄长，得子之喜。"

少女便把锦盒缓缓打开了，露出里面一对色泽鲜艳的红玉如意。东府的库房里件件都可说好东西，这柄如意当然也不例外。

血色如意是如意当中的珍品，经由能工巧匠雕琢而出，成色极为难得。况且这对一点杂色也没有，更是千里挑一的好东西。

沈文宣望着那如意目光微动，一时只叹道："你能来便好，还带礼物作甚。"一面吩咐身边的长随，无比仔细小心地捧过了玉如意，带到下面。

从众人的眼神中都能读出意味来，沈家这一场贺宴，是超乎想象的热闹。

饮宴表面上恢复了如初模样，可明里暗里，不知有多少双眼睛瞥向座席间那个坐轮椅的身影。这些目光的杀伤力，也十分强大。

有些是朝中的新人不知内情的，早有热心人交头接耳地告诉了。将沈家二郎当年的如何表现只说得活灵活现，哪怕年代久远，说的人已经不记得那么清楚，但说的时候，仍是生动得仿佛昨天才亲眼所见。

其实列座中不少人对沈洵身边的那位婢女亦有十分的兴趣。虽说男女大防不得不守，但婢女身份特殊，毕竟是奴籍，通常情况下并不避见外客。

二公子到底是二公子，到底不凡，连个身边的丫鬟出行，亦是用纱遮住了面。不愧是曾经的雅达高洁第一公子……

花期腿都软了，这种阵仗她就算是老人中的老人也不曾经历过，在一堆大男人中间，好不容易撑到沈洵落座，她才得空吐了一口气出来，哑着嗓子苦涩道："公子实在应该让素锦来的……"

沈洵在桌底下轻轻拍了拍她的手以表安慰。

但是这安慰并没有起什么效果，诚然，跟在沈洵身边，是很让人安心的事情。但不是在今天，今天，跟在他身边，活生生就是箭靶子，被目光盯死的命运。

难怪丫头们刁钻成性，一听说素锦不去，荔儿阿久都双双撤退，虽说得留着人看院子，但这份贼心也表现得太明显了。

可眼下木已成舟，不管花期愿不愿意，都只能硬挺到底了。

沈文宣的声音仿佛隔了千山万水传来："贤弟，这梅花令最是有趣，看，这就传过来了。"

说是梅花令，其实就是做成梅花形状的小令，读书人爱风雅，其实它的性质，就类似于民间的击鼓传花。

说话时，那梅花令传到一位赭色衣裳的人手里，那人笑道："我于作诗文章一道也不擅长,还是自罚一杯!"

说罢,痛快端起酒杯饮尽了。

坐在最前端的乐师,便再次吹起长笛。悠扬声起,小小梅花令在座席间传播,沈文宣正交到沈洵手里,忽然乐声一顿,笛声停止了。

所有人忽而都朝沈洵望去,只见沈洵微笑着端起酒杯,手向前抬了抬,便饮尽了。梅花令只得继续向下传,众人收回的视线中还隐含失望。

花期头皮发麻,沈洵在东府时从未饮过酒,阿久在饮食上甚至要控制辛辣物,没想到今日却在这种场合下喝了。

梅花令传了一圈,说巧不巧又在沈洵这里顿住了。

这次沈洵还是没有说什么,端起酒杯,再次饮了下去。花期额头青筋都要跳出来了,双眼死死盯着那梅花令。

等到第三次的时候,饶是东府四丫头当中,涵养最好的花期也大为光火,巴掌大一块牌子就跟认准了她家公子的这张桌子,非逼着人爆发不可。

沈洵盯着桌上的酒盏,良久一笑,竟又是端了起来,慢慢地仰头喝了下去。

席间都有人开始赞"沈公子好酒量",观沈洵面色,的确看不出什么来。他一直都是安然地坐在席间,喝酒时候动作都是文雅的。

不乏想起哄的人,但看到沈二公子这样,也都没了机会。

第四次传令开始,有人插科打诨嬉笑就混过去了,多数人要么作诗要么写字,这梅花令本身就是读书人的玩意,喝酒时还能卖弄一下文采,若只是一味喝酒,难免会让人看不上眼。

不知有意还是无意,转了一圈之后,梅花令竟然又再次落到了沈洵桌上。

花期连生气都没劲道了,只急得不行,碍于边上就是一堆人,无论如何也不能一个丫鬟教训主子。

大家眼睛又都像不带锋芒的利剑一样盯着沈洵，嘈杂声每次也都减弱不少。当所有人都选择无视规则并对此集体保持沉默的时候，就算明知不对头，也无能为力。

花期头低着，她也只能低头用脚往沈洵那轻轻踢了踢。

沈文宣清淡地笑了："今晚的梅花令，似乎与贤弟特别有缘。"

夜色完全降临，地上的灯笼已全部亮了。沈洵侧脸埋在灯影间，面庞优雅而朦胧。只听他半响后微微笑着道："酒却是再喝不下了，不如写一幅字吧。"

众人总算听到了自己想要的答案，一时眼里的情绪竟藏也藏不住。"久仰二公子博学多才啊！今日终于得见呐！"

"听闻二公子是诗画双绝啊……真是有幸……"

知道公子不再喝酒，花期无论如何是松了一口气。但转耳听到这些人说这些话，她忽然心底又有些不是滋味。

这些朝堂上富贵家的人，为了看上一场热闹，是可以什么都不理的。

第10章　指腹为婚

沈洵拿狼毫笔稍稍沾了沾墨，一块足有二尺多长的宣纸被铺陈在他桌上。这么大的一张纸，若是不写个二三十来字，都不好意思落笔。

但沈洵也只是顿了一下，似乎思考该怎么谋篇，便落笔去写。

这期间，那些人都端着茶杯在手，努力装着不经意，其实恨不得脖子再长个几尺长，好凑到那张桌前看看，究竟是什么样的字。

但其实多数人心中亦都是明了的，即便是当世不二的书法大家，若是八年没有动过笔，再好的笔锋，也定然荒废了。更遑论沈洵八年以前不过是个弱质少年郎，就算曾经写的字再好，又能如何？

想着想着，某些心高气傲的年轻人，还未看到字就已先眼露不屑了。

只有沈文宣一直不动声色地从旁看着，待沈洵一帖字写完，他首先拿起，微笑递给了旁边的一位老翰林。

内容是很普通的一阕祝寿词，普通，却应景。但和字比起来，词相对就不那么重要了。

众人一看老翰林拿到字后的脸色变化，都立时坐直了身子，眼神也热切起来。老翰林看完了便递给旁边的人，每个人拿到后均一脸的耐人寻味，花了半盏茶的工夫，才传递完一圈。

老翰林姓许，在翰林院供职已有三十余年，他脸上带了一抹激赏钦佩道："二公子的字底蕴深厚，笔力雄浑中透着劲媚。便是老夫我，也未必能写出这么有功夫的一篇字。"

有人开了头，一圈经历过科举洗礼的文人们都开始七嘴八舌说开了："依我看这些字体翩若惊鸿，倒是很有天下第一行书王羲之的内蕴风骨！"

这篇字又回到沈文宣手中，沈文宣再端详道："我倒觉得贤弟的字锋棱明显，书风遒劲，颇似柳公权。"

众人看法不一，最后有人轻笑一声："我看二公子的字是博采众家之长，自成一脉才是。"

于是短暂沉默后，又出现纷纷应和声。

沈洵淡淡一笑："不过是拙陋小字，不能登大雅之堂。诸位实在是过于赞誉了。"

花期就算不懂台面玄机，也知道自家公子说的是场面话。但她打眼望了一圈，早就释然，今晚这一片地，本就是一些场面人，说着一些场面话。

但花期惯以低调出名，现在这种场合，她更是恨不得低到地底下。因此就算观察，也仅限低头的那一小片区域。越是这种人多的时候，越是一不留神就万箭穿心。

好似突然就放开了，一下子都拼命向沈洵搭讪，明明才认识不到一个时辰，但说起话来个个好似割头不换相见恨晚。

沈洵却侧过头，一径地与沈文宣说起话，和他亲密地聊着家事，沈文宣也是积极地附和着。看着只比亲兄弟，还亲密三分。

只听有人问道："记得世人曾经赞沈公子为诗画公子，不仅字可与名家比肩，画作亦是让人叫绝。记得二公子有一幅极出名的好画，好像叫《琼花少女图》是吧？"

此话落下，忽然满场寂静，落针可闻。未及反应的一些人，都端着酒杯面面相觑。

那人还毫无所觉，自顾自地说下去："画的是一位琼花树下的少女，据说人儿意境都十分之美，当年在京城好像也引起了不小的轰动，还有不少名家曾临摹过此画。二公子诗画双绝的名声似乎也是从那时传出来的，可惜，似乎后来京城的大街小巷都不曾再见到这幅画，实是遗憾。"

看那人实在是一点觉悟也没有，终于有人此时慢腾腾说道："是啊，这幅画当时是画的沈公子指腹为婚的一位女子……虽然当日画中人只有七八岁光景，但女孩儿确然是生得很美。"

后面那句话完全就是装饰了，重点是前面那句。

毕竟这件事在当时，的确是很轰动的，所以在场也鲜少有人真不知道……

曾和沈家二郎指腹为婚的女子，不就是曾经的年将军——年尚书——年家的那个女孩儿吗？

现在姓年的一家子都不知道离开京城几百年了，那女孩当然也早就在那场风波中不知所踪。

一片怪异的沉默中，只见沈洵沉沉地道："那幅画后来被在下收回了，因此不曾再流传于市井。"

他的声音听起来依旧温润，但却似秋日的湖水带了丝丝寒凉。

在场的人心里哪个没有九曲的肠子，哪个听不出二公子话下的冷意，都在心里更加痛恨提起这件事的那个缺心眼。

而那个缺心眼此时像是终于意识到自己是缺心眼，忽然紧紧闭着嘴巴不说了，竟然没有再去追问人家为什么要把画收回。

"二公子的字当然好啦！那时情景怕不是洛阳纸贵！我记得方才公子献出的那柄血如意，就是一个富商为了求得沈公子的字，而花重金命人打造出来孝敬沈公子的！"

这个哈哈打过去，这些人都是油滑多年的老世故，什么时候说什么话，再僵的气氛都能救活了。当即有人把话题带开，"沈公子大才，早年有幸拜读了《京华赋》，篇中论及国体民生，实乃奇文，无怪在当年能引得龙心大悦。"

龙心大悦这是真的，有些朝中老人知道的内幕消息，皇帝当时还打算封十四岁的沈洵官职，让他上朝议事，后来不知经谁人劝谏，才放弃了想法。

不过自那之后，连带的沈东岩在朝上也多了很多权力，他说的话突然就会很得皇帝的耳朵。爱屋及乌，其他人自是羡慕不来的。

众人都认为淳熙六年是个多事之秋，也因为沈洵的事，和年家的变故几乎发生在一前一后，因此也更加深了所有人对它的记忆。一朝富贵终做了土，也有其中一部分大臣寒了心。

沈家与年家是何等千丝万缕，但沈家并未因此受到任何牵连，许多人都说沈家的圣宠实在优渥，简直无人出其右。

"虽说沈家一点事是没有，但沈家二公子，毕竟与年家的女儿情意深厚啊！从《琼花少女图》就可见一斑。"

"二公子此后消沉，只怕除了断腿，还有也因为此吧……"

"天妒奇才啊，这样的人，怎么可能不遭受变故呢？"

那些人议论完了，满足了。擦擦嘴，又开始对美味佳肴大动食指。

酒过三巡，有人终于耐不住慨叹道："年家女儿啊，当年我那小叔子爱赏玩字画，我见过一次，虽然彼时年幼，但沈公子画得传神，只透着股灵气逼人，国色天香，委实不俗，观之难忘。"

还有质疑的声音："年家那小姐，那时候毕竟只是个女童啊。"

"那时候沈公子亦是堪堪少年时，若是一般女子，也不能让沈公子这么怀念了……"

气氛如此不寻常,那些笑着的有多少是在真正地喝酒,或是不过借酒杯遮挡他们变化万千的神色。

花期隐隐不安起来,今天发生的事还是超出了她们几个的预料,她看着沈洵,甚至开始担心坚持让沈洵出来是个错误。

沈洵朝她笑了笑,极温柔极温暖。这种暖意使得花期鼻子不由自主一酸,忽然就有一种感觉,今日满堂皆是锦衣华服的男子,唯有她眼前的这一个,才是真正的贵公子。

花期愈加低眉顺眼目不斜视,只望不给他带来哪怕一丝的麻烦,连她都会觉得不忍心。

而人们终于如愿以偿,看到了热闹,之后的那支梅花令,整一晚都没再在沈洵桌上出现过了。

而东府的院内,月凉如水,几个人趴在暖榻上面。阿久晃着腿,舒服得眼都眯起来了:"其实素锦姐姐今天完全可以跟公子去的,反正花期都把脸遮着呢,即使她去也没什么。"

荔儿看了看旁边的素锦,嘿嘿两声:"姐姐说累了,不是不想见生人吗?公子似乎也不忍让姐姐辛苦。"

素锦看这俩你一言我一语,干脆把花生拿过来自己吃:"花期进府最长,见过的事也多,今晚她跟去是最合适的。"

阿久自己管火炭,早把底下烧得滚热热的,拥着被子还在乐:"不去也挺好嘛,花期和公子现在,肯定没有咱们暖和。"

她笑得实在太贼,哪儿还有下午急切盼望沈洵出去的样子。素锦都看不过去了,笑着塞了一大把花生到她嘴里。阿久哪里肯依,荔儿也咯咯笑着伸手来抢吃的。

就在几个姑娘即将爬起来,胡闹一通的时候,三个人耳边不约而同都清清楚楚听到了笑声。

还是个男人的笑声。

三人你望望我,我望望你,忽然都不作声了。

须臾之间,那声音已经堂而皇之,走进了院子的大门,大模大样地往里来。

虽然荔儿她们没准备灯火,但隐约看到来人那傲人的身高,就知道进来的真是一个大老爷们。

三个姑娘一骨碌都爬起来,戒备的目光紧盯来人。

"雕花酒,芙蓉有,美人儿腰肢细如柳……"那人摇摇晃晃,一点也没有自觉地过来了。

听他吐的这些词就不像正经的人,面对如此登徒子,阿久忍无可忍,一声狮吼冲出口:"站住!你什么人?"

那人本来脚步就歪来歪去,怒喝一响起,他居然差点就栽倒一旁了。看着滑稽又有些狼狈,然后才眯起一双惺忪的眼,像是开始打量眼前的一切。

阿久两手叉腰,瞪着这个简直莫名其妙就出现在东府,污染了地界的人。

那人从她配饰上似乎认出是个丫鬟,他缓缓地笑了,这会儿距离近了,阿久首先闻到他身上的酒气。虽然不浓重,淡淡的气味,还是惹起了阿久反感。

耍浑的男人可恨,喝酒耍浑的更讨厌。

那人把手里扇子一挥,轻佻笑道:"我想找你们家主子。"

阿久哪里还会跟他好声气,根本连听都不曾仔细听他说话,张口就道:"这儿没你要找的人,赶紧走吧你。"

荔儿倒是打量了那人几眼,看他从头到脚的衣袍宽宽大大的,具体也看不清样子,只那袖子一甩,仿佛还能飘起来一般宽松,风度翩翩,却因为太"风"度了,站他近点都被扇冷了。

荔儿将信将疑地说："你莫不是想去前头庆贺晚宴的吧，走错方向了，你回头往南走，看见有灯光的地方才是。"

那人仿佛又费力抬眼看了看："你们家主人真不在？"

阿久实在懒得搭理他，荔儿也有点生气了。本来她好心好意指路给他，若不是担心他万一也是个客人，她根本不会与他废话。

素锦上前一步，亦是默默看了看那人，轻轻道："只怕公子来得不巧，这儿的主人确实刚出门了。"

那人饶有兴致和阿久荔儿扯话，听到话收回视线朝一旁看去，和素锦对了个正着。看到一双秀丽眼眸在昏暗中亦是泛着清透灵光，他不觉嘴角含笑："是吗？"

素锦点点头，仍是淡淡的："是的。"

那人又笑了笑，转脸又向荔儿问道："这位姑娘，你刚才说是什么方向来着？"

荔儿气不过又憋着把地方指了一遍，那人把扇子握在手里，抱拳笑道："多谢三位姑娘。"

看样子似乎是终于要走了，那人一旋身，又歪歪扭扭走向门口。然而刚到门外，居然又绊了一下，身形跟跄。

素锦在身后慢慢地出言提醒："地上坑洼不平，公子小心脚下。"

那人又回头笑了笑，眼里光芒明灭不定，复又转身走了。

见他身影终于消失，阿久好心情全无，对着素锦和荔儿道："真是哪来的浑人，居然能摸到了东府来，这么偏僻也真算他的本事。"

荔儿道："原本我看他衣冠楚楚，想着倒像个什么富贵公子，长的还像俊的。"

阿久不客气批评："再俊美又怎么样，再俊美也是二百五。你管他呢。看这什么天气，还拿一把破扇子。"

荔儿还有些顾忌，回头看了看，迅速道："嘘，你轻着些，万一人家真是来找公子爷的呢？"

阿久只愣了一下，便又噘嘴："你得了吧，谁会大晚上的跑这来找公子？"

又摇头嘘叹一气，发现素锦没吱声，荔儿好奇道："姐姐认为呢？"

素锦看了看她们，也摇头笑道："我也不知道。"一时又道："天色不早了，不如我们睡吧，晚宴不知要到几时才能结束，不必等公子了。"

阿久道："成，我去锁紧大门，横竖花期和公子的声音我们都认得。省得再有不长眼的闲人闯进来。"

身在晚宴，仿佛满天满地都是喧嚣中，花期突然间，那么庆幸自己跟出来了。

有时候面对全天下的质疑乃至否定，不知道是要鼓起怎样的勇气，才能让脸上都保持笑容。而她的公子做得很好，好到消除了一切的不满，还换来了满堂的惊叹。

这样的公子，在东府如何能看到？

听着那边重新喧闹起来，女人们这边也并不平静。陈皮添油加醋说了一通，引得一众女眷只连连惊叹。

纪夫人摇着雪花扇，悠然笑道："果然是这般的神采，端的让人神往了。"

何钟灵看了看她，缓慢起身道："可惜咱们都是女眷不方便，不然我去夫君那里，倒是可以帮忙招待一二。"

何夫人意味不明看了她一眼，只似是对纪夫人玩笑："女眷又如何，横竖你我都是孩子成群的人了，脸皮也不要了。只是咱们这许多年少的姑娘们，倒是不好教坏了她们！"

几个少女从刚才起脸飞红霞，这会子更是掩嘴笑了。

纪夫人一迭声笑道："看见没，只怕越是脸皮薄的姑娘们，方才听得才越起劲呢。"

座席中也有一位身份显赫的朝中二品夫人，此时淡淡开口说道："沈家的二郎，只的确是可惜了。"

话语中蕴含的意味都不言自明，众夫人一时都不再说了。

何钟灵只得重新坐了，不知想些什么。

第11章 翩翩来客

纪夫人对面坐着一个年纪轻的夫人,嫁人也不过才二三年光景。她听了纪夫人的话,没有和其他夫人一起住嘴,反而是忍不住叹息:"纪夫人说得一点没错,怎么不可惜呢,其实这位二公子,才是沈府正经的嫡子呢,要是不曾遭到那样的大难,恐怕这满京城,愣是找不到一个能与之匹配的千金女儿呢!"

众位夫人都是有儿有女的人,深能体会此等感觉,闻言互相交流了一下目光,可惜天灾人祸,改也改不了。不管外人怎么扼腕叹息,对于既定事实亦是覆水难收。

这时何钟灵居然温柔地笑起来:"或许这就是常人说的天妒英才吧……因为太过完美了,老天爷总要收走他一些东西。"

纪夫人看着她,缓缓道:"说起来,钟灵你在沈家一年,也从来没有见过这位公子吗?"

何钟灵微微一滞,也摇头轻叹:"莫说我了,东府连老太太都一次也没去过,实在也没缘分见到。"

何夫人悠然道:"不拘什么,左右是一家人,一会儿宴散了的时候,我们正好去见一见亲家公子,也是极便利的。"

何钟灵和自家母亲对了一眼,何夫人目光里闪烁着深意,她秀眸忽然闪过一丝恼意。

这时，有一个丫鬟忽然又急急忙忙跑过来，看见一众夫人们，竟连礼仪都顾不上，踮着脚在何钟灵耳边迅速说了些什么。

这素来也是何钟灵贴身伺候的一个丫鬟，所以并无人去阻拦她。

意外的是，在那丫鬟说完后何钟灵登时也变了脸色，焦急站起来，一脸凝重朝内院方向看了过去。

她压低声音急促地对丫鬟说："你只先别声张，且等客人开始散了再处理……"

那丫鬟早也急得赤头白面，纵得了话也不见有一丝松气，反而更抖起十二分紧张，大冷天竟然直直往下冒汗。

等到天色渐晚，夜风四起，沈文宣招呼小厮来吩咐了一声，很快就有二三十下人捧着准备好的暖炉，挨个放在了客人们的脚底下。

这暖炉小巧却精致，本来稍微有些凉意的人们，骤然就觉得从腿上开始热起来。舒服了就更开怀畅饮心情大好了，敬酒的时候都凑在一块儿咬耳朵："看这些小炉子，沈家还是富贵啊……"

那人醉眼惺忪道："看沈家这小少爷，以后恐怕也是金银堆裹的日子，端看这小小满月宴，各种细节处就思虑得这般周详了。"

为了这些温暖的炉子，人们恐怕又能多闹上一更天了。

沈文宣特意让人摆了两个炉子，放在沈洄脚下，说道："夜深露重，贤弟你万万不能冻着。"

沈洄淡淡一笑："这小炉子倒是个好东西，兄长委实想得周到。"

沈文宣一摆手，笑道："哪里是我思虑，是你嫂子她，总爱这些小玩意儿。"

花期听他说到嫂子，居然觉得有点不入耳。赶忙垂了两手，装作替沈洄整理衣衫，顺手把大氅给裹紧了。

本来以为今晚的幺蛾子已经够多，剩下的时间，怎么都能安然度过。谁想到觥筹交错后，居然又有人把视线转向了这里，只见不远的座席上,有一约四十左右的男人抱拳道:"在下斗胆,想求二公子一幅字画悬挂家中,不知可否?"

此人说话的腔调正正经经,偶然听真让人不习惯。总觉得过于字正腔圆中气十足了,好像还含着点威严在内。

沈洵打量了他一下,仍是温文带笑:"大人客气了。"

随后顿了顿,似乎要再说,这当空沈文宣抚了一把他手臂,附耳轻轻道:"贤弟,此人还是个四品的知州,其为人也不了解,你尽量莫招惹了他。"

花期忐忑不安起来,她原先也打量着,不过是个满月宴而已,哪里能想到有这么多事涌过来,简直可称为凶险了。

沈洵对沈文宣笑了笑,目光便转过去,声音温柔和静,对那人说话:"我身子一向不好,已有多年不曾再画了,恐让大人失望。若大人想要几个字,在下很愿意为大人写上一篇,只怕仓促之作,辜负了大人的期待。"

那位四品的知州显然愣了一下,随后待回过神便连连抱拳道:"既然公子不便,那便作罢了。是本官思虑不详,请公子勿怪。"

旁边人冷眼观着,看他坐下来就笑端着酒杯凑上去:"李大人,这就是你不对了,若人人都找二公子写字作画,岂不让人家连睡觉时间都没有了……"

那李大人也是接着灌了一大杯的酒,和那人你来我往斗个不休。

有些蠢蠢欲动打着算盘要有样学样的人也都按捺了下去,人家身子不好是明摆着的事实,多年不画也是事实,旁人如何能勉强得?

花期一肚子的话苦于不能说,一双眼瞪得大大的,指望沈洵来个读心术把她的想法都读了去。

沈文宣拍了拍他肩膀,殷殷道:"贤弟就该如此做。"

沈洵没言语。放眼望去该说的不该说的,这里哪一个不是官场混迹多年，总比他一个待在院里的人通透，话不必说得太浅了。那样便没意思。

沈洵对他笑道："兄长，你应该去别桌敬酒了。"

沈文宣是东道主，按理他是该排着桌子敬酒的，在沈洵来之前，他也确实这么敬了半圈人，剩下还有半圈没敬。他陪着沈洵，继续去敬酒也不是，不敬酒也不是。

没想到被沈洵一眼看了出来，沈文宣只好苦笑道："贤弟，我就在前头，若有什么事，你差人来叫我便可。"

沈洵微微一笑："兄长只管去吧。"

沈文宣说话间就离了席，端着酒杯朝没有敬的另一圈走去。

花期反而松口气，没了一双眼睛在旁边，她单独跟着沈洵反而自在些。虽然沈文宣走了，但周围的人也不在少数，她还是不能随意开口。

正想悄悄跟沈洵说两句，忽然见他目光如炬，陡然望向一个方向。

品貌超凡，魏晋风骨，那位来人正是如此。灯光掩映中大步行云流水，潇洒风流，并且到了跟前，哗地就打开描金折扇，展开大大的笑容惊叹道："哎呀楼南兄！多年不见你了！"

楼雁南飞，沈楼南，正是沈洵的表字。

这人出现得实在张扬，一身飘飘白衣，玉带束发，让人不注意都难。

灯光暗时看不真切，此时一望竟是个通身无一不气派的贵气公子，招摇得几乎想把人眼珠子刺穿了的感觉。

"言梅兄。"仿佛盯了那人良久，沈洵才终于淡然开口，喊出那人名字。

贺言梅笑得简直眉毛都要飞进鬓角里，又把扇子哗地合上，指着沈洵一连串说道："楼南兄啊！真是今宵剩把银釭照，犹恐相逢是梦中,八年没见了……"

花期十分诧异地盯着这个人,只见他已经不须多请,大咧咧就坐在了沈洄旁边的空位上。这是刚刚沈文宣离开的座位,旁人对他也是纷纷侧目,他却毫无所觉。

尽显喧宾夺主。

有人呼道:"这不是言梅公子吗?你回京了!"

贺言梅抬手挡在额上,眯眼看了看那位,众人看见那张脸,端的明艳照人。

众人心头都一阵骚动,贺大阁老的嫡玄孙,十八岁起就外放离开了京城,如今整整五年不曾出现在人们视野。

先前他背对众人,加上很多人又被他的举止弄得眼花缭乱,一时竟没注意到他的脸。

但风云人物嘛,又有那么样的家世,就算离开得再久,也不会被遗忘。别人求着外放还未必搭理,人家外放归来后在政绩上肯定要添上一笔的。

先前那个向沈洄索画的李知州,与贺大阁老私下有些小交情,此刻也开口搭讪道:"想不到会在沈家的家宴上看见贺公子,实乃意外之极。"

贺言梅大笑,狠是拍了几下沈洄的肩膀,道:"我与楼南兄是八拜的交情,沈家有喜事,我当然要来的!是不是楼南兄?"

他一口一个叫着沈洄表字,动作间又极亲热,看他那情状,简直比沈文宣这个实打实的有血缘的兄弟,还要亲密上十分。

花期抬手替他面前的酒杯斟满了酒,独独没有碰沈洄面前的杯子。在她的心里,不管是八代还是九代交情,沈洄出来短短半日,套近乎的比比皆是,套完了自家兄弟又来了别家公子,那股亲密劲,如果不是往前八年都是她贴身伺候着沈洄,她都很难不怀疑之前这些人都哪去了。

贺言梅的眸光闪了闪，低头凑近沈洵道："楼南，你的丫鬟，还真是都美貌非常啊……"

沈洵看他一眼，目中亦是迅速划过一道光，下意识要开口，却见沈文宣发现这边动静，已经匆匆敬完酒回来了。

沈文宣徐徐近前，手臂向前虚敬了一杯："听闻贺公子回京第一天已经获诏，顺利擢升礼部侍郎，恭喜恭喜。"

贺言梅站立抬起酒杯，回敬道："沈大人也恭喜。"

"如此年轻，就是礼部侍郎，这在我朝，也是第一例啊！"有人酸溜溜道。

这话乍听下是恭维，但稍稍往深想，再联系贺言梅家世，这恭维之意就不那么明显了。

贺言梅照单全收，甚至都没去看谁说了这话，还脸不红心不跳对沈文宣道："坐了沈大人位子，真是万分不好意思。"

花期忍不住看了看他的脸，当然没有看出哪怕一分的不好意思。

沈文宣还在道："哪里哪里，不妨事，早已听说贺公子与贤弟是少年知己，而今多年未见，想必有很多话说，我另寻一个位置便可。"

贺言梅笑得亲和："难怪我回京一天，就听人夸沈大人心胸宽大，极有人缘儿，又夸沈大人耳聪目明，连我和令弟少年知己都知道，真心是夸的极是。"

沈文宣眉毛都没动一下，笑了笑，便自去一旁了。

沈洵当日名动京城的时候，花期倒的确侍奉在身边，四个丫头中她也是唯一这么早就跟随沈洵的。

因此在听到"少年知己"的时候，她也忍不住在脑海里搜寻，沈洵少年时有哪些关系要好、亲近的人，可是奈何记忆实在模糊，只隐约知道，自家公子少年时，那知己实在也太多了……

沈洵极难得地把酒杯又端了起来,道:"言梅兄,我敬你。"

贺言梅相当干脆地饮尽了,放下又眨动他那双俊逸无限的眼道:"我这些年去与你的信,你可收到没?怎也不回我一封?"

沈洵面露讶异,轻轻道:"实在也没收到,这些年我连你去往何处也不曾知道,一旦得知一点儿,我必也要先同你联络的。"

贺言梅那样子似乎痛心疾首,道:"真是白耽误了几年,我走时匆忙,在夜间就开始赶路,竟是谁也没来得及告诉,只后来挨个去了信,才都联系上了。独独楼南兄……唉,不说也罢!"

花期听沈洵同他聊的这些话,倒像两人过去真极要好的样子,只是阴差阳错地错过了。她将信将疑,对贺言梅不由重新审视起来。

沈文宣这厢刚刚走开,那边他眼厉,就看见角落里有个丫鬟,悄悄朝他招了招手。

他极为自然地走过去,像是无意地靠近,那丫鬟猫腰过来,低声道:"少夫人让我给爷带句话……"

那丫鬟说着,声音压得更低,沈文宣眸光一敛,也有些暗沉。片刻点点头,说道:"去告诉夫人,我知道了。"

沈家这场宴会,直闹到了二更天方才歇下,一些年纪大些的首先散去,接着酒足饭饱的人纷纷离席,沈文宣就开始忙不迭地送客,那边何钟灵着手送女客,陆陆续续又忙了将近一更天。可见沈家今日排场之大,便是在真正世家氏族中,也不多让了。

那厢刚送走了纪夫人,何钟灵刚站到母亲身边,何夫人就意味深长拉住了她的手:"先前说话的时候,有个丫鬟来,你脸色就不大对了,究竟出了何事?"

何钟灵面色是真不好,此时在自己亲娘身边也是勉强维持笑,眼看了周围方道:"娘,之前我是怕这么多的人,怕把事情闹大了,于沈府名声有碍。方才丫鬟是说……说老太太身边有个丫鬟,两个时辰前的时候被人给欺负了……"

饶是何夫人见识多广，也吃惊不小："怎会有这等事？"

何钟灵咬咬牙："这要是我自己身边的丫头，那都好办，偏偏是老太太跟前的，我就……"她还是没说下去。

丫鬟被欺负了，这话说得隐晦，谁知道被欺负到了何种程度。

何夫人是闺阁中打滚惯了的，素日里十分有手腕，也明白了此事厉害，寻常人家发生这种丑事，大多是遮过去便罢。她了解自己教出来的女儿，就算是何钟灵跟前最得意的丫鬟，发生了这事，只怕何钟灵也会咬牙选择弃卒保车，不敢冒险宣扬出去。

可这人是老太太的丫鬟，何钟灵就不得不做出个样子，要是一意为了面子，不管那丫头，老太太又如何看待这个孙媳妇？

就算她能看出老太太宠爱何钟灵，恐怕也没宠爱到任她为所欲为。何况大多老人家爱孙媳，多数也是爱她的品行高端，德行善良，要是何钟灵连老人家的身边人都一点不顾念，那样心狠怕也不会得到赞赏。

何夫人慢慢道："你可得想好了，这事怎么办，往小了就是一个丫鬟被欺负了，但往大了说，今日来的人，个个都是有身家的，你夫君如今可是在风口浪尖上，进一步能登天，退一步也能临渊，你若得罪了不该惹的，那果子也不好吃。"

何钟灵花一样娇艳的脸，此时也是一朵心烦意乱的花，母亲说的她何尝不知道，可刚才传话的丫头，就是老太太支使来的，她能怎么办？

老太太年纪大，经不起晚宴的喧闹，因此一直都在后院和奶娘一起哄孙子。等她院里的那丫鬟绿荷出了事后一径哭到了老太太跟前，老太太当时就气得不行了，否则也不能即刻就差了人来告诉何钟灵。

何钟灵揉着太阳穴，睁眼眸中已有计量："娘也别担心，我已了解过了，那个叫绿荷的，后来哭过了，回过神也说了，那人是宴会中

089

途突然闯进去,匆匆蒙了绿荷的眼,但绿荷嚷得大声,加上推搡时,砸了不少东西动静大,因此后来也引来了别的丫鬟,那人匆忙跑了,绿荷说那是个年轻的男子,我问过文宣了,那个时间离席的本来就不多,年轻人更是唯有那几个,也都是散客,并没有什么背景根基,家族势力也薄弱。因此能查出来更好,若不是如此,便是拼了让老太太厌恶我,我也绝不干涉这件事!"

何夫人料不到此事她也是思虑了这么多,不由得对这个女儿更是满意,刚要赞赏两句,忽然沈文宣的声音重重传来:"不,并不是所有人都是籍籍无名,还有一个人,他的身份却是显赫!"

何钟灵被吓住了,立刻急急望向他:"你说的是谁?!"

沈文宣脸色凝重,深深看了看她和何夫人:"晚晴和夫人您一直都是在女客这边,并不知道,也就是在两个时辰以前,贺家的礼部侍郎来了。"

这下何夫人脸色也不好看了,转向何钟灵道:"沈家和贺家八竿子打不着,你怎么请的他?"

何钟灵脸拉着:"我并没有请他,他如何来的?"

沈文宣就接道:"他为洵弟而来。"

何夫人与何钟灵面面相觑,缓缓还是何夫人开口问道:"那这位贺公子,他现在可走了?"

沈文宣摇头:"贺公子没走,我让洵弟把他留住了。"

此事若是要查,就定没有查一半留一半的道理,若是给老太太知道,反而心里更存了意见。所以对贺言梅此人,如今便是不想牵连,也只能牵连进来了。

何夫人重重叹了口气。

第12章　当家主母

人素来捧高踩低，倒也不是说真就是存心，面对比自己身份低的，自然就能拿住高姿态，做事说话都轻便，但面对出身显贵之人，别人的姿态明显高于自己，说话做事就不那么是滋味了。

这么大的事，何钟灵自然把亲娘留下来坐镇了。

可就算有何夫人这个二品诰命夫人，面对贺言梅之时也是无可奈何的。那是贺大阁老的亲孙子，家世显赫得能压死一群人，除了皇家以外，臣子当中贺阁老已经登峰造极，二品尚书在贺阁老眼中，恐怕跟七品县令区别也不大。

而且何尚书是任期最短的一个尚书，区区上任不过才八年光景，朝中的根基远远及不上打滚了十几年二十年的官。

何守权是那年万岁爷大选时提拔上来的，可说无异于上天送了何家的一块馅饼，就因为机会来得如此不易，何夫人才更加小心翼翼，这些年小心筹谋，对何家来往的官员是能讨好就讨好，能逢迎则逢迎，所以现在对着贺家这个嫡孙，她的心情是很复杂的。

现在是深夜最冷时候，外面已经不能待人，大屋里摆了三四个火盆，贺言梅是被客客气气请过来的，事先都没说什么事，就看戏一般搬把椅子让他坐了。

何夫人坐在正中椅子上，只看到贺言梅当先进来，俊逸不凡，仪表出众，心里不由得在赞叹。

然后她目光瞄向门外，那里面深意是不言自明，明眼人都知道。

花期刚把沈洵推进屋里，一见屋内如此燥热，也不含糊，便伸手把他的大氅解开了。

何夫人眼里也在刹那露出惊艳，甚至颇有种不敢置信的感觉，沈洵天青色长衫在身，比刚才看着更清雅些，便是这么含蓄地坐着，竟就能硬生生给人一种无法逼视的高华之意。

何夫人听过别人议论，自然是知道沈家这二公子是出众的，但她和许多人一样，不曾亲眼领略，也是不知道这出众竟是如此出众的。

突然落差这般明显，她心里五味杂陈，竟是下意识抬眼去看女儿。

何钟灵初一看见那位翩翩浊世公子，也是愣了好久，只见他一双幽深眸子，也朝她望来，目光互相一碰。再一想这位公子的身份，连她自己都没意识到，脸色已是愈加难看起来。

花期左右看了看，压根没想多少，走上去给主子们见礼："奴婢见过夫人，少夫人。"

东府虽闭塞，但大名在外的何家夫人的脸，她还是认得的。

两母女情绪波动，竟完全没有想到正事上去，幸好脸上不曾失态。老太太心腹大丫头秋宁快步自外头进来，说："那些个公子们竟是没一个愿意来的，都在问我们府里为何留他们呢？"

何钟灵皱眉频频地看了两眼门口，她也不安地问道："老太太呢？"

秋宁的眼色素来是独一份的，看屋里气氛不对，早低着声道："绿荷抱着老太太哭个不休，老太太也不想过来了。"

老太太不想过来，代表这事却不能不给个结果了。

何钟灵心里的烦躁一时到达顶峰，说不上是为什么，她眉峰一抬，平日当家主母的样子就出来了："抱老太太哭有什么用？老太太不能来,绿荷却不能不来,这是给她做主,不然这一屋子人也不必要坐着了,你去问问绿荷,她若是想躲了这事,我立时起身就走。若是真有那份心气骨气,现在也别怕丢什么人了,立即离了老太太过来这边!"

秋宁和绿荷,都是一同服侍老太太多少年的。跟老太太情分都是非同寻常,听了何钟灵疾言厉色的一篇话,秋宁也只是道:"绿荷说,她已是不记得那人的相貌,就是来,只怕也帮不了少夫人的忙。"

老太太的身边人,说话纵细慢斯文,但那话中的分量一向是重的。即使面对少夫人时,也一样态度。都是多年姐妹,将心比心,秋宁也不希望再拉出绿荷来受罪。

但何钟灵就不那么想了。

倘若是以往的何钟灵,在说每一句话,做每个动作之前,她总是要经过种种深思的。她要确保她说的话、做的事,每一件都完美得让人无从指摘。

今日本是她亲子的满月的日子,她觉得是大喜的时候,事情应该完全按照着她的想法,她今日最该看到的是旁人对她的恭贺。可是偏偏在今天,发生这么多让她心烦意乱的事。

她盯着秋宁,第一次没有因为她是老太太的大丫鬟,而处处隐忍情绪,甚至忍不住将心底的一丝厌恶带到了表面上。

"你是老太太的大丫鬟,更应该为老太太分忧,怎么反而在我这用各种理由推脱?"何钟灵责备道。

秋宁抿了抿嘴,也是头一回没有应答。

贺言梅饶有兴致地看着这两人说话,反倒一句没插话。就算沈府意外留下了他,他竟然一句询问也没有。

还是何夫人终于坐不下去,面露歉然笑意,先说道:"小女家中方才出了点事,倒是累了贺公子在此多留了。"

不知道是贺言梅根本没往那处想,还是他根本没听懂何夫人话中隐藏的那层意思,他反而对何夫人笑道:"这位夫人不知是?"

何夫人提起十二分慎重说道:"妇人徐氏,夫家是京城东郊的何府。"

京城只有一个何府,不需点名大家也都心知是谁。但贺言梅刚刚回京,就算他八面玲珑,也不可能突然就把京城的大大小小官员都摸个透熟,因此他还真不知道何夫人说的是哪家。

因此也就不咸不淡笑了笑,同样甚潦草地回道:"在下贺府言梅。"

他可以不知道何府,但却没人敢不知道他贺府了。何夫人忍了忍,还是没忍住又解释了一句:"家中夫君,官拜兵部尚书。"

贺言梅眼眸闪现笑意,一时抱拳道:"原来是二品夫人,之前倒是在下失礼了。"

他这般风轻云淡,让何夫人尴尬了不少。虽然自知自己家的身份在贺家面前还是远不及,但架不住心里不舒坦。

屋里情状这般复杂有些糟糕,沈文宣在外头没待多久就进来了,何钟灵立即看向他,就差没站起来。沈文宣脚刚踏进门就摇头,目光幽沉道:"那么些人,只略须问了一问,个个都说自己是结伴同行,那个是净手,另一个说去小解,都没离开过院子。问了几句,真也没法再继续问下去。"

何钟灵又是咬了咬银牙,心内只恨得难受。

沈文宣顿了顿,不知是否无意地扫了周围道:"我看这么下去是真困难,晚晴,没有证据,他们全部矢口否认也让我们没辙。"

那厢何夫人瞥了瞥贺言梅,生怕他多想,赶忙又解释道:"贺公子勿怪,而今是说前头老太太跟前,之前有个丫鬟被趁乱欺负了,才有了这档子事。"

可是她却不知她这话有越描越黑的趋势，等于直呈了事情的原委经过。

贺言梅又不是傻子，吃惊地瞪了眼，立即道："哎呀，先前在下也曾离开过座席，却不知那丫鬟是何时出的事？"

何夫人自悔失言，何钟灵也低头，只觉得母亲素日城府深，今日怎么也不复往日沉稳？

而不管失言还是不沉稳，都掩盖不了何家母女此时心中最大的想法，或许对门外的那些人行踪都不了解，都可以不去过问，但贺言梅在席间的动向，就是沈文宣都知晓大概。所以之前，沈文宣当然也就对母女俩透露了一些。

说白了罢，现在最不想得罪、最不想怀疑的是人贺言梅，可掏着心窝子讲，偏偏贺言梅也最有嫌疑。

何夫人都要闭眼揉眉了……她也很开始后悔，来了沈家这一场家宴……就算是自己女儿，生的是自己亲外孙，可这一场风波，也实在不值得她蹚这趟浑水。

沈洵自进来就没有说话，多数也是不知道应该说什么。花期觉得自家公子即使低调得不说话了，可别人那眼神都足以把他杀死。

这当口沈文宣的目光终于落了过去，贺言梅刚才的问话让他也尴尬有些不好回答，只好不甚自然地转移方向，冲着何钟灵道："晚晴，我还没介绍，这就是洵弟，我素日常同你说的。"

语音极柔和亲切，至于素日到底常不常说不知道，反正听着意思是情意极真切的。

何钟灵心底里，其实还在为沈洵刚才那一眼而耿耿于怀，但她脸上偏偏也迅速摆出了平日最得体温和的微笑，望着沈洵说道："方才就想着是二弟呢，有事一直未敢说。"

花期低下头免得泄露出情绪来，这府里除了她家公子爷，还有谁会这样的打扮，这位少夫人要耍心眼，未免也耍得太过了。

沈洵本兀自沉思，闻言抬眸一望，淡淡风华自露："兄长和嫂子不必在意我，有事你们尽管随意处理，我是陪言梅公子的。"

何钟灵虽说连母亲都当了，但论到年龄，到底也不过是刚过十八。听着沈洵这么个年轻公子喊自己大嫂，那心里滋味别提多奇特古怪了。

可脸上那笑，是越发的恬静。她转向沈文宣道："夫君，外头那些人，你还是要好好问一问，具体什么时间干什么事，不能凭他怎么说，总要拿出些让人信服的理由才好。我这头只凭绿荷的只言片语，着实也难。之前打发人去请老太太，老太太似乎也是不愿意露面的。"

何钟灵这话，不动声色就把状告了，不能真把贺言梅如何如何，即便查不出个什么来，也表明她何晚晴是尽过了心的。

秋宁始终也没说一句话，低头站在刚才的地儿连脚尖也没挪动一下。

沈文宣眸光明灭了一下，对她道："秋宁，你去告诉老太太，说洵弟也来了。"

贺言梅问了一句话，半天也没人回答他，心里哪里还能不明白。眼里的神色更添了玩味，转头对沈洵道："楼南兄，你可信是我吗？"

他这话压得极低，除非是挨靠他旁边的沈洵能听到，别人想听也听不到。

沈洵声音也轻飘飘地传入他耳里，却道："那时候言梅你在哪？"

贺言梅眼神一变，正要说话："我在……"

外头传来清脆而熟悉的女音："公子爷可是在里面吗？"

沈洵眼眸倏地一抬："阿久？"

阿久踩着小碎步慢慢地走进来，打眼一看到沈洄，立即眼露喜色道："素锦姐姐说左等右等公子爷也不回来，担心有什么变化呢！"

谁都能看出沈洄目光一缓，有着丝丝流动："她也过来了？"

阿久只点头说："在外头呢。"

打她一进来，贺言梅就一直盯着她望，幸亏屋里没有旁人，不然一个满京城有名的绝世佳公子，这么专注地盯着沈府的一个丫头望，委实挺别扭。

阿久这粗心大意还真就一点没注意到，花期悄悄拽了一下她衣摆，她才转过去福了一福，如花期刚才说道："奴婢见过夫人、少夫人。"连字都没差一个。

随后，方转身对沈文宣低低道："奴婢见过大少爷……"

她们几个丫头素日的心里只有沈洄，今日竟也一心只奔着沈洄了，忘了此间这屋中，坐的多少都是重量级人物。

冷不防贺言梅在旁边招手浅笑道："姑娘，你过来。"

阿久转了转脸，才发现是叫她，走过去后，疑惑地看了看旁边的沈洄。

贺言梅笑眯眯说："姑娘，你可认得在下的脸？"

阿久结结实实噎了一下，盯着贺言梅那张像桃花一样娇艳的脸，她眼睛不禁越瞪越大。随后乍然一下，捂了捂嘴道："你……"

看到这，沈洄还有什么不明白的，他自然问道："阿久，你可见过这位贺公子？"

阿久眼睛瞪圆，忽然大为意外、石破天惊地道："你，你不要脸！"

一时间满屋子人都震得心肝发颤，瞬时吓了个够呛，把个何夫人都惊得目若铜铃，不顾还是沈家做客的身份就连声出言喝骂："大胆！你个小小丫鬟居然敢对贺公子肆意这样辱骂……"

第13章　辣手抓奸

在一屋子人都因为这话面如土色时，贺言梅居然还能笑得出来，他转脸对沈洵道："到底是楼南兄的侍女，言行举止都与别个不同。"

阿久则是被喝得一震，她其实也是个聪明丫头，先前一心扑在沈洵身上，没对周围花心思。此刻看见每个人露出的神情，再着意观察了一下她骂为不要脸的那位白衣公子，心里也被唬得不轻。

她最后哀哀地看向沈洵，见他眸光也颇有深意，不禁露出求救之意。

沈洵道："阿久，这位是礼部侍郎，你先前是不是见过他？"

阿久反应极快，昂着的脖子立马就垂下，恢复平日恭顺的声音道："之前在东府，奴婢几个确然是见过的。"

贺言梅摊开手，也不知是在望何钟灵还是何夫人："我进了沈府随便拉个小厮问，知道沈洵的住处，忍不住就自去了。希望夫人不会怪在下唐突吧？"

他怎样说都有理，就算何家母女想怪他唐突，又哪里能说出口？

沈洵轻声问："你可看清了，是否就是贺公子？"

没料到阿久眼珠一转，却是爽脆地道："能确定，奴婢认得他身上的酒味儿。"说着还用手一指。

又见贺言梅居然就把衣袖抖了三抖，毫不避讳地大笑道："这是西域的松子醉，味儿醇烈，特别甘甜，改日也送楼南兄一坛尝尝。"

何夫人那眼尖耳朵更尖，当即脸色转得极圆满，在她心里，只要没有惹到这位贺阁老嫡孙，那奸人是谁都不打紧。她不无热情道："都是我们疏忽了，差点真牵连到贺公子，还望贺公子大人大量。"

这当子先前被支使去请老太太的秋宁回来了，她垂着头："奶娘回禀说老太太今日操心了一天，去的时候已是睡下了。我已知会了绿荷，让她在老太太醒转的时候，告知一声。"

蓦地贺言梅咦了一声，道："这位姑娘，你能否过来一下？"

这话明显是对秋宁说的，纵疑惑，但她也知道贺言梅身份高贵，既让她过去，便不是她能忤逆的。

没想到贺言梅居然立刻凑近她，鼻子使劲嗅了嗅，这动作登时让满屋子人再度大吃一惊。大庭广众之下，此等轻薄孟浪的举动，就算他家世再显赫，也有些实在过分了。

秋宁脸涨得通红，就算她服侍老太太多年，锻炼得再宠辱不惊，被个男人当众闻来闻去，亦是相当大的耻辱。

何钟灵终于也忍不住出声喝止："贺公子……"

贺言梅忽然坐直了身子，脸色也变得一本正经，说道："姑娘身上的香味，在下似乎有些熟悉。"

他这话说出来，不仅没让人感觉好些，反而脸色更加不快。敢情他特意叫人家姑娘去，就是因为他闻到了熟悉的香味？若是因为他贺言梅时常流连花丛，突然闻到了某个相好身上的味道，这叫人情何以堪？

何钟灵就算再有城府，作为一府主母，别人这样当面行为，岂不等于她也没脸吗？语气自然也没有自家母亲那么热络，淡淡道："只是佩戴香囊上的味道，府里每个丫鬟都有。贺公子不必大惊小怪。"

何钟灵过门后，沈府的大小事务几乎都多多少少发生了变动。她将她原来在何家还是闺阁小姐时的一切规矩，都搬到了这里。不仅是丫鬟的衣裳是单独请外面的绣娘做的，连所佩戴的头饰、香囊等小物件，都是一应由外头的绣云坊供应。

贺言梅眼睛一亮："每个丫鬟都有？"片刻又道："少夫人持家有道，连府上丫鬟用的香料，都如此别致。"

这话更让人一头雾水了，沈文宣毕竟是个大男人，想问题并不如何家母女那般窄，他问道："不知贺公子是何意，还请明言。"

贺言梅这时突然朝沈洵看了一眼，含义极为丰富，像是有些玩味还有些惋惜似的。但他转瞬又朝主位坐着的何家母女露出笑，仿佛刚才那饱含情绪的眼神不过是错觉。

"不巧贺某人外放的地方，正是盛产香料，府上丫鬟戴的香囊里面，装的是水溶香，正是京城绣云坊最爱的一种香料。因它香味最淡雅，不凑近根本闻不出来，很受一些良家女子的欢迎。"

他用扇子点着手心，说得头头是道。良家女子，其实也就指一些银钱不多的平民女子罢了。

这么一大篇话，聪明人隐约已是能悟出其中玄机，何夫人眼里已迸出光："贺公子的意思是……"

贺言梅眸中带笑："但水香有个特点，恐怕两位夫人未必知道了。此香虽然平素没什么味道，但一旦溶于水的时候，那极淡的香味便会迅速转变为极浓重的呛味。因此，大户人家的千金小姐，也是从来不用这种香的。"

秋宁此时立在那里，已是听得呆了，脸上那种羞愤之情早消失不见。

沈文宣沉声说道："府里的丫鬟从来都是日日佩戴香囊，如果那贼人曾经跟绿荷那样纠缠过，身上定然也沾有这种香。"

何钟灵拍了一把扶手，立刻道："去，寻两个小厮拿水泼了外头那些，看谁身上不对劲，立刻抓进来！"

里里外外终于又松快起来，何夫人绷起的脸子也放了下来。也是，侮辱沈府一个丫鬟，就贺言梅那身份，至于做这么跌份的事吗？秋宁对贺言梅福了福："奴婢谢过公子。"

沈文宣看向贺言梅的目光多了一丝深沉暗光，并无人注意。他走上前去弯腰对何家母女说话。

一时雷厉风行的动作过后，果然就抓出一个人来，约二十来岁，身形清瘦，很符合绿荷的描述。

那人一被拉了进来，众人就闻见他身上难以形容的刺鼻味道。怪不得贺言梅要说千金小姐不用这香料，要是人家一娇滴滴的小姐，不留神被水沾了一身，岂不羞愧死？

那人偏还在喊冤，被沈府的小厮踢了两脚后就老实了。

可他却仍梗着脖子喊："我只是抓了那丫头的衣服，并未来得及做什么，主子们就饶了我吧！"

何钟灵一想自己本来捧场欢喜的宴会，都被这屎葫芦搅黄了，满心满眼都是气，哪里还能忍住。何况丫鬟的名节毁了就是毁了，别人只会听说她被侮辱，谁还管被侮辱的那个究竟是不是清白的身子？

她面色冰冷，声音更冷："这人玷污了我们沈府的人，我看就让人拉出去打死算了。"

老太太恨他，索性就让老太太清清楚楚知道她如何处理了这人，也不枉费今日的一番折腾。

那人早吓蒙了，便是真正将他送到官府，他的行为也不会是死罪，如今这家中的少奶奶张口就让他死，他如何能心甘？

只见那人翻身一滚，口中嚎叫了起来。

这无异于在怒火上浇了一桶油。何钟灵吩咐人要堵他的嘴。那人心一横,眼里露出阴狠:"你们沈府端的是书香门第,竟然如此草菅人命,你们眼里还有王法吗?别忘了这是京城天子脚下……"

一个做了如此丑事的人,竟然口口声声拿出王法来压沈家,笑掉大牙的同时,又让人又气又急。但他最后一句话又蓦地让人几乎不能不忌惮……

再看贺言梅,之前那样积极早也不见,反倒端出了一副高高挂起的模样。

沈文宣锐利的眸光一动,居然问起了沈洵:"不知洵弟怎么看?"

沈洵目光淡淡扫过地上耍泼的那人:"私自处置多有不便,还是将此人送官为好。"

何钟灵眼底浮现淡淡的嘲讽,片刻仍然生硬着语气说道:"二弟不明了家中事,还是不要插手了。"

沈洵眸光未动,盯着那人憋红的一张脸慢慢道:"按照大宋的律例,擅闯私宅,并图谋不轨者,若主人家显赫,可以判拘役三年。伤害了无辜的人,甚至致女子名节有失,是拘役五年以上。倘若两罪并罚……至少也要坐监十年。"

他不徐不疾,却把朝堂律法说得透透彻彻,说服力自然不是一点半点。

也吓得地上那人呆若木鸡,再也说不得话。只觉得对他说话的公子目光平静,却仿佛无形中最利的刀刺得他不能动弹。而他,不过只想趁这大户人家摆宴之际,浑水摸鱼捞点好处,哪想到此时此刻的这种下场。

而其他人则是惊讶于沈洵对大宋律例的信手拈来。"贤弟当真满腹的经纶,为兄钦佩。"沈文宣叹息。良久他看向何钟灵柔声说:"洵弟说得有理,晚晴,还是就照洵弟的方法办吧。"

何钟灵哪里还能说不字,眼睁睁看了看沈文宣挥手,把那已不会说话的人拖出门。

沈洵忽然抬手止了下,说道:"我看还是走后门妥当。"

沈文宣道:"洵弟是怕走前门,会让看见的人说我们府的闲话?"

沈洵只顿了顿,缓声道:"如今知道这事的,其实也不过我们院里这些人,外面被留下来的其余人,恐怕也还大体不知道发生了何事,如今依我看,还是吩咐仅有的几个知情下人,就此禁言封口,将此事按下来吧。"

沈府虽说宴席上发生了这事,有点不大光彩,但既然已经处置了,又不算什么大事,传出去没准人家还会赞一声沈府少夫人雷霆手腕,处事公正。

这事唯一被伤害的最重的,只有一人,便是此事的主人公绿荷。沈二公子这句话,何尝不在保护绿荷名节。若是知道此事的全都不再提起,那绿荷往后,或许也可不再受此事的干扰。

沈文宣眸色幽深:"洵弟果真仁厚。只是外面那些人,虽然不全知道,但方才盘问之时,定然已漏了口风,他们的嘴,只怕不那么好堵。"

俗话说坛子口好堵人口难塞,好事者向来是抓到一点苗头就传得满城风雨,今日之事又怎会放过。

沈洵道:"没错,但言梅公子也被留到了现在,既然真真假假也说不清楚,那么回头言梅公子出去了,自然要说一两句话的。"

贺言梅装出一脸的感动,回头道:"楼南兄,果然你才是我的知己。"

沈文宣点头颇为赞同道:"既然如此,我这就写一封文书,私下同那人一起交与京兆尹,请他妥善处理此事。"

阿久心道,到底是她家公子,这个心狠手辣那个袖手旁观,只有沈洵,才会真正去在乎一个丫头的感受。

推着沈洵慢慢从屋里出来,何家母女和沈文宣自然是随后相送,也一同出来。一夜都过去,天都蒙蒙亮了。无怪乎阿久她们在东府等得着急,亲自出来寻找。

草丛中有个女子缓缓转身,晨曦里脸如瓷玉凝珠,闻得一把清婉柔和的嗓音响起:"公子爷。"

沈洵看着她:"素锦。"

素锦朝着他几步走过来,眼角余光注意到何夫人对她的打量,也只略略垂首。到了沈洵跟前,方将准备好的暖捂放在他手上,一边去接阿久手里的轮椅。

"你们都来了?"

"荔儿没来,我留她守园子了。"说着素锦冲他一笑,这完全是自然的动作,落到旁观的几人眼里就不是那么回事了。

何夫人心里掀起惊涛骇浪,也只能死死按捺。贺言梅看着素锦,眼里还是那么玩味,国色天香的美人,凝眸生辉,居然只是沈府,是沈洵的一个丫鬟。多有趣……

连道别,都道别了许多时候,贺言梅走时还依依不舍,拉着沈洵左一句又一句说,日后定要多来往,多多来往……

沈洵这么副腿脚不便的样子,就算想登贺家的门同他来往,怕都不现实。言外之意就是他要多到沈家来走动走动了。

何钟灵心里因他的举动已是存了疏远之意,不管是他的意外到来,还是表现出对沈洵的过分亲热,种种都让她浑身长刺。因此面子上只假意应承了两声,便看着他一步三回头走了。

第14章　回门密谈

沈文宣还按着轮椅的扶手,弯身殷切地叮嘱:"贤弟记得以后千万多出来走动,今日老太太没见着你,明儿一定是想得紧了。"

沈洵口中答应着,总算过了一层层叮咛,被素锦和阿久推着回了东府。

花期回去后第一次没有形象地直接趴在了大床上,歇了三天才缓过来,用她的话说,和公子出去一次,比她动手洗一礼拜衣服还累。

这当然是夸张了,不过晚上阿久同她睡,俩人趴在褥子上头勾着头,花期给她讲宴席上发生的事,阿久也是激动得不行,回头又传给荔儿听,荔儿也张大嘴巴能放下鸡蛋,然后啧啧咂嘴,只说不愧是花期去,要是换了她,说不定当场就会出洋相。

在一切恢复平静的东府,沈洵虽是没有对任何人说累不累,但他每回揉着眼睛,素锦都能看出他其实也极累的。

她只能拿了暖毛巾,替他去擦手,永远是如女子般纤细的手指,但这双手能做的事,却能让许多铁汉男儿为之汗颜。

"那天,你不该去寻了我的。"没想到,是沈洵先看向沉默的她,叹息道。

素锦仰望着他,眼里笑意和煦,八年多、近九年来,她无数次蹲在轮椅边这样看他,用仰视、有些谦卑的姿势。

沈洵别过眼,却听她道:"宴会子时便散了,可公子丑时还未曾归来,不只是我,阿久和荔儿那会子也急得坏了,便没有顾得其他的什么。"

她理解他的担忧,所以细声地说,也是为自己解释。

沈洵素来都是没法发脾气的,这次也只是在心里叹了叹,用手握住毛巾,说道:"这巾子凉了,你去换个热的来。"

其实只是不想看见,她再蹲在轮椅旁的样子,真是让他无法着眼。

素锦一边把毛巾浸入水里,一边回头看见沈洵皱着眉,眼睛闭着的样子。极少有这种时候,她也猜不透沈洵在想什么。只隐约觉得他不大高兴,她却什么事也不能做。

于是她试探道:"还以为老太太会即刻就来见公子。"

沈洵睁眼看了看她,眉间神色不明:"她来了,你就高兴了?"

的确,若老太太以后常常都来东府走动,虽说表明沈洵和前头的关系逐渐修好,但以后东府,也必定往昔不在,她们几个丫头的生活,也必定不像如今自在了。

但素锦内心清醒雪亮,一点没被他激,倒也看着他道:"难道公子心里,就不曾有一点期待?"

亲祖孙,八年没见到,就连她也在意外,得知沈洵主动出府的情况,老太太居然没有忙不迭地就过来。而沈洵的镇定,则出人意料。

"也许你不如想象的那么了解我,也不如你想象的那么了解老太太。"他如是说,有些笑意在眼底。

素锦在揣测他的想法。他知道,所以突然不想什么都告诉她,不想什么都说出来。

素锦的目光在他脸上逡巡了有七八圈,才终于放下,打开随身携带的针囊,取出两三枚长针,慢慢坐到软凳上:"老太太的事奴婢确实不该多问,近日习得了新的针法,让奴婢为公子宽衣。"

沈洵脸色微变,道:"现在还是白天,等晚上吧。"

素锦道:"近日晚间湿气重,不宜用针,日后都得在傍晚施针。况且公子最近睡眠不好,若是晚上用针,怕更让公子难受。"

沈洵体会过这种,在别人面前,他是怎么说都有理,在素锦面前,是素锦怎么说都有理。于针灸一道他实在是门外汉,只能随素锦怎么摆布。

当下他不再动弹,任由素锦将他外袍脱下……

俯身的时候,素锦白玉一样的脖子,正好映在他眼底,兴许是白天,所以看得特别清楚。他下意识闭上眼,低声道:"你今日怎么也熏了香?"

素锦停了手,疑惑看他:"今儿是暖冬,女子们都熏香,公子不喜欢?"

沈洵缓缓吐了口气:"没有。"

窗外路过的荔儿几个,个个眼睛睁得比铜铃大,她们路过时,刚从那句"为公子宽衣"听起。素锦说话时轻时重,又只听了个大概,因此这两丫头思绪早飘到不知何方去了。

又听里面传来一句"公子你别乱动奴婢不好下手了……"

紧接着"素锦你悠着点儿……"沈洵那话意在提醒素锦,那么长的针,不要就随意扎进他肉里。并不是说他无知无觉,看着那一根长针心里就不忕的。

但听在外面俩人的耳朵里,就完全不是那么回事了。

阿久和荔儿臊得一脸通红,相互拉着跑到了花园里才停下来喘气。首先阿久抱怨道:"都是你没事瞎跑公子窗户底下干什么,这不摆明着听墙角嘛!"

荔儿还没缓过来,红脸道:"我又哪里会知道,公子他们青天白日就、就……"

阿久脸也红了,忙推她一把:"你快别说了!"

这俩互相看看,都脸飞红云地各自转个方向,忙自个事去了。

每逢暖冬,是大宋出嫁女眷们欢喜回门的日子。何钟灵抱着刚学会爬的儿子沈昭,就回了尚书府何家。

何夫人老早得到消息,就吩咐丫头煮了何钟灵最爱的吃食,做了各色精致糕点,摆放在桌上。

到底是自己身上的肉,如何不疼,何钟灵跟在何夫人身边整整十六年,一天没离开过。陡然出嫁离别,何夫人有很长一段时日不太能接受。因此,纵然月前才与何钟灵见过了面,何夫人心里,还是想得紧巴巴的。

母女俩在屋里,说了一会体己话,何钟灵便吩咐人来,把沈昭抱了下去。

何夫人面上不动声色,知道她是有话要说了。

不过一会儿何钟灵却没有出声,何夫人便道:"你素日写信来,总说姑爷对你如何如何好,那回我去沈家,你也是不住口地说,今日怎地,回了家反而一声不说?"

何钟灵知道自己母亲奚落自己,抬起头来一笑:"听您这意思,反而是娘已然听得生厌了。"她虽然这么玩笑似的说,但眼底重重的心事还是掩盖不住。

何夫人本来端起茶盅要喝,闻言顿了顿,也重重落下来。自己看大的孩子哪有不知道的,她分明就是有话想说还偏偏不开口,等着她主动去问呢。其实何钟灵要是痛痛快快地说了,何夫人反而没觉着什么,就是这欲言又止不干不脆的样子,才真让何夫人看了打从心底就烦。

于是就道:"成了!你也别跟我这磨叨了!我看你真是一年不如一年,往常我看着倒还爽利,如今你是年纪大心思深,越看越不中用!"

何钟灵虽不至被打击到,可也是低垂着头,默不作声。

何夫人看她还是装样,索性一下点破窗户纸:"虽说是这日子,可你亲儿子满月不过几天,我看你也不至孝顺到巴巴地就跑了来吧?你还不就是为那沈二公子的事来的嘛!"

何钟灵面色微红抬起头,她倒也不是真想在母亲面前装样,只是这话与她素日的那些虚夸又有不同,她实在也难开口。

"娘还说我呢,您心里又何尝真无事一样?"在宴会那晚,她对何夫人的神色也是尽收眼底,何夫人不过是同她一样。

"现在这样,你早干什么去了?"何夫人瞪她一眼,"你当日着了魔一样要嫁入沈家,固执得我跟你爹谁劝也不听,一个劲只夸那沈文宣如何如何好。现在知道了,连人家底细也不曾摸清,你自己就更别说了!嫁过去好歹也一年了,居然至今也才亲眼看过那沈家公子,你说你是不是聪明反被聪明误,到头来比谁都糊涂?"

何钟灵末了咬咬牙:"我并不后悔嫁与文宣。"

何夫人嗤笑一声:"过去你可以这么说,现在你还这般有底气吗?"

何钟灵真有些恼了,甚至对母亲流露出些许怒气:"娘,你这是什么意思?"

何夫人抿起嘴,知道顺着这个话题下去,她只会更愤怒。今日的谈话,恐怕也会陷入死胡同。

其实何钟灵的性格,才最像何夫人,天性好强,到了议嫁年龄时,她其实也同最初的爹娘一样想法,盼最低也要嫁给一个二品大员的嫡子,方能匹配她。

可她，也偏偏是在女子最不该动心的时候，动了心。沈家家主沈东岩外放后，也不过是做了个知府，沈文宣只是五品给事中，这桩婚事，若说没有坎坷，是不可能的。虽然最终她利用何氏夫妻对她的疼爱，如愿嫁到了沈家，可她心里总有一个疙瘩，就是她一定要过得好。女儿家总想争一口气，证明自己的选择没有错，何况是从小就走在一条铺好的道路上，突然有一天被自己一意孤行挣脱了，当然拼命希望自己所得的，要远远大于失去的。

何钟灵在心里怄了会气，最终看了看母亲，还是自己先开口："我进门那些时候，是有心想问一问的，可是夫君只说，他那二弟因为遭了大难，就不喜见生人了。府里的其他人，也都从不踏足那里。我又从老太太处打听，可老太太对那个孙子，更是口风紧，说得十分少，时日长了我也渐渐就……不再往心上放了。"

何夫人恨铁不成钢："你索性现在也别往心上放吧！素日在家是怎么教你的，你全丢到耳朵后面去了！你嫁的还不是沈家正经嫡子，就敢这么样掉以轻心！"

何钟灵素日最忌讳的就是别人提起沈文宣不是沈府嫡子，而今自己母亲又一个劲数落，她心里只是更不满意。

"倒是那贺家……"何夫人说半天见她不吱声也就住了口，若有所思道，"若那贺言梅真的时常上门，你反应该把握机会，能攀交上他家才好。我常听你爹说，在朝堂之上，他最难攀交的，就是贺阁老。"

贺阁老一辈子，一双眼阅过多少事，看过多少人，的确也不是一般人能结交情的。

何钟灵冷笑道："娘倒是想得深，连爹都没本事搭上的人家，女儿这么个不中用的东西，如何能做得？"

何夫人心中来气，道："你，你这个不省事的！我辛苦拉巴你到大，临了你却还记我的仇！为娘是那个意思吗？你爹入不了的是贺阁老的眼，可贺言梅又不是贺阁老，我让你去结交一番，又有何为难？"

何钟灵不作声了，下意识眼睛往一边斜。

何夫人又狠狠叹气，拍着大腿道："我又何尝不希望你过得好！纵我之前有千般的不愿，可眼看着亲生的女儿已经嫁了过去，你说我能不一意盼着好吗？倒是你这个我放在心尖上疼的闺女，每每都刺进我心里……"

何钟灵听着她最后都带了哽咽之意，眼底的泪也一下上来。她回头擦了擦，才道："娘也别怨我了，还是说正事吧，对二公子的事，是女儿疏忽。只盼爹娘，仍能如往常般扶持我和夫君。"

何夫人被她服软的态度又弄得没辙了："我跟你爹自然能一直扶着你，可那二公子，若是一直能待在屋里不出来也就罢了，可看他这情形，往后定不会再藏着的了。那时候你也听到了，那沈二公子凭着随便写的一幅字，就能引得满座称赞，为娘也听说了，沈家父子原来是得到过天子垂爱的人，若是有他和你夫君相争，只怕今日，他沈文宣还是朝中新秀，明日，那所有的光彩都要被夺去了！"

本就不是嫡子，若是被真正的嫡子后来居上，沈府日后家业归谁，还真是不一定的事。

何钟灵想到此，忽然产生一种怎么也不能回转的怒气，她堂堂一个尚书的女儿，委身嫁到沈家也就罢了，若是最后连那点家业都落不到手，她还能有什么活头？她何钟灵不是为了被人笑话而活的！

若只是个寻常瘸子也就罢了，偏偏是这么个人物……何夫人眼里闪烁不定，道："如今，也只能盼望那二公子，永远都这样了……"

话中未尽之意，意思多少有些恶毒了。一个才华横溢的残疾者，总比一个同样才华出众却身体健全的人，威胁小得多。何家母女为了扶沈文宣上位，已经不惜阴暗到这种不顾颜面的层面了。

何钟灵看着她，眸中不知为何光芒更刺眼："有些事娘不清楚，我才清楚原来二公子这些年一直不曾断过药，每月固定时候，他身边一个丫头就会找老太太取药。"

何夫人这才脸色变了，稍一思索，何夫人对素锦深刻的印象就被挖了出来，何钟灵说的丫头定然不会指旁人的。

她也顾不得风度了："这样重要的事你怎么糊涂到现在才知？取药的事有多久了？"

何钟灵神色复杂："我也是趁着老太太这两日生病，才从那些婆子口里千方百计打听出来。据说二公子药倒是吃了很多年了，只是始终不见好罢了。"

听说"不见好"，何夫人心里才稍稍缓和些，但面上仍紧绷："那丫头我打量着只是个寻常漂亮奴婢罢了，现在看倒还是个障碍，你查过她出身来历没有？"

何钟灵道："我自是查了，没想到暗地查了一通，只知道她是二公子的一个妾奴，似乎八年前到的府上，素锦这名字也是二公子取的。其他的，竟是一点儿不知道了。"

说到这，何钟灵眉目间更加难堪起来，她或许怎么也没有料到，居然会出现这样的结果。"而且，女儿还查到一点，偌大沈府内外，竟然连一个家生子都没有，丫鬟最早的，也都是从八年前开始服侍，短的才二三年。娘说奇怪不奇怪。"

难怪她要如此难堪了，连何夫人都面子挂不住，只想狠狠教训这个女儿。一般大家族，家生子是必不可少的，对主家感情深厚，忠心也是别的奴才不能比。若是发生什么久远的事，家生子一般也是最清楚的。

可是沈家，好歹也有百年基业，居然府中没有家生子，这简直不能说奇谈，只能称为诡异了。

何夫人忍了又忍，终于没有发作。对于这些她也不是一心只埋怨何钟灵的，女儿嫁去的家里，有那么一个超凡脱俗的人在，她事先不了解，已是大大失策了。如今又出来一个身份如此特别的女婢，一贯杀伐决断的何夫人，也是恼恨交加。

她轻缓道："妾奴，身份比一般妾侍还要低下，等于是奴才也算不上，有些是犯了事的人家，其女儿们才会被充为妾奴。那沈二公子，身边竟有这样一个人，一定有着不简单的内情。"

何钟灵目光愈加闪烁："女儿还查到，八年前，在一夜之间，下手换了沈府所有下人的，正是二公子本人。"

第15章　芙蓉艳曲

何夫人沉声道："按你的说法，沈府在八年前定是有什么事发生过了……"

何钟灵其实也有点脸色煞白："女儿不敢这样想，然则咱们家对沈府过去不曾了解，可是在京中也不曾听说沈家有何事。除了那二公子病重致残，但赶走丫鬟之时，已是在那之后了。"

何夫人神情却一丝没有缓解，愈发地严厉道："我瞧那二公子也不像个喜爱弄权的人，既是这样，何以使得这样一个人用那样的手段直接清除了府中上下所有的耳目？"

何钟灵答不上来。

这已是她今日第三次答不上母亲的问话，她不得不承认她也心虚，也害怕，之前觉得或许只是寻常的一件事突然横生的许多枝节是使她格外不安心的原因。

何夫人平复重重心绪后，才终于重重道："八年前你爹还未上任，一大家子人，都还远离京城外住着，即使有过什么样大事，我们事后打听，也已经是失了先手了。"

何钟灵终于克制不住眼底的失望，指望母亲能多知道一些，对她有些帮助和指导的心，此刻也只得淡了。她心底暗暗想，这些事还是得靠自己。

"不过，"何夫人却又一转折，眼神幽幽道，"为了这事，我会去问你爹的。你爹毕竟行走于朝堂，知道的内幕，定然也比你我两个妇人多。有些被掩盖的东西，你爹多少都会听到点风声。若果真问出什么，好与不好，我都会与你说的。"

何钟灵再次露出喜色，真心实意道："还是娘亲疼我。"

这次换何夫人叹一口气。

而在东府内，又是另一番光景。贺言梅不忘老友，这才分开没几日，又差人送来了一套上好的文房四宝。

是阿久把这套珍贵的礼物捧进了门，极好的墨，浓稠清香，却不俗腻，极好的砚台，极好的狼毫，也是极好的洛阳宣纸。

她捧得手臂发酸，犹豫着怎么摆放，沈洵摇着轮椅发话道："就摆正中的大桌子上正好。"

阿久走过去小心翼翼放下，皱皱眉对沈洵道："还有前头忽然送来的那些东西，也正愁没处存放呢，想不到几天就送了好些，公子又用不到，奴婢可为难死了。"

沈洵道："咱这不是空地多吗，随便腾出一间小屋子放就是，再不济，放在地上都行，也没人会责怪你的。"

说着自己已经把轮椅摇到了书案前，用手碰刚摆上去的翠竹砚台。

阿久虽然不识货，单看文房四宝的外表，隐约也能感觉到是好东西。只是她心里却还是嘀咕，觉得这东西就算再好，也有浪费的嫌疑，毕竟她也伺候沈洵八年，可从未见过沈洵用过此类东西写字。

沈洵看着桌上的东西，随手摸了摸砚台道："他外放这几年，不知究竟是外放，还是寻宝贝去了。"

阿久早就憋不住地好奇道："公子，那贺公子果真与你极熟悉？"

沈洵在满足丫鬟好奇心一项，素来大方，从来没有藏着掖着过：

"我俩曾是太院同窗，若说熟，自然是熟的。但已经八年没有交情，现在对他，我也不敢说十分清楚。"

"我看他对公子是很好的。"阿久只要想到贺言梅的样子，顺理成章就说道，"贺言梅，为什么他会有个女人的名字？"

阿久未曾读过书，她脑海中总觉得诸如"梅"啊，"兰"啊，此类字，都该是女子用的才是。

沈洵难得顿了一下，才说道："其实他本名，叫作贺胜，言梅……只是他的字。"

见阿久瞪大眼，沈洵看了看她又道："不过日后若你还见到他，可千万莫喊他贺胜，他本人是极讨厌这个名字的，据说是贺家按照族谱，轮到他就叫这个名字。他一直觉得难听，是以八岁的时候，他给自己取了一个'言梅'的表字，并且以后都用这个字代称。"

话说当年的贺公子，因为名字的事，曾闹得满京城贵公子圈都知名。有人不知好歹叫过他一声本名，从此对那人贺公子一个眼尾都没有扫过。后来人人都知道了他的避讳，也就投其所好，都喊言梅了。

阿久还追问："能有多讨厌？"

沈洵道："公开场合，他从来没用过贺胜这个名儿，虽然八年了我不知道他改变多少，但依据宴席上情况看，他依然讨厌那个名字，倒是不曾改变。"

阿久终于不再问了，伸伸舌头自觉出去了。

沈洵从桌底抽出一本书，翻开一页看。现今的兵部尚书何大人，任期今年刚好是五年，在之前的三年里，兵部的尚书，其实一直都由工部尚书娄哲人在兼任。在当时也是流言四起，工部本来是六部当中，最没实权的。

娄哲人又出身草莽，应该说，他能做上工部尚书这把椅子，应该是一生中最高的职位了。不可能再升。但让他兼任兵部尚书的那三年，朝野中却很多人不安，想不到不安了三年，让人捉摸不定神秘莫测的万岁爷确实没有真的提拔娄哲人，反而提拔了一个更默默无闻，更让人跌落门牙的何守权当尚书。

就算是一跃龙门，也不是这么跃的。可是不管再有异议，何守权这个尚书也顺顺当当做了五年了。

阿久没走多会，素锦后脚就端药进来，两手不方便，居然也没敲门。

沈洵眸一敛，悄悄地把书收到袖子里，素锦问他："公子在干什么呢？"

沈洵招手："你过来，我在看贺公子送来的笔墨纸砚，你想不想趁机写几个字？"

素锦看了看桌上，寻了块安全的地方把药放下来："奴婢写不写字都不要紧，公子先将这碗药喝了才是要紧。"

沈洵把狼毫笔转了一圈，笑道："我喝了药，你得答应我写一篇字。"

素锦一心都在药上，悠悠道："公子等喝完了药，再来与奴婢说。"

没想到他一点也不似往日，沈洵很干脆地把药碗端起来，慢慢喝光了。

素锦不愿意了，立刻道："公子既然这般不在意，平日还为何非要那般为难奴婢们？"

沈洵已经把狼毫蘸了墨，悠然道："你来不来？"

素锦只唯恐他下次喝药再不痛快，一时只得依了他走过去坐到了长凳上。沈洵拨弄轮椅，到了她身后。

素锦把他递过来的笔握住，就盯着面前的宣纸，沈洵一手伸过来，就包裹住她的手，道："干脆画一幅图，再写一幅字怎么样？"

说着,已然落笔,在白白的宣纸上落下一道浓墨的黑色。素锦道:"反正公子只管借我的手,来画你的画好了。"

沈洵在她耳边笑了笑,只做不理,挥手,又一笔下去了。"莲叶泛轻舟。"一句很普通的开场白,沈洵声音里隐着笑意道,"干脆写芙蓉词好了,最柔媚最娇弱。莲儿一舞河心醉。"

素锦惊得都不敢握笔了,道:"我记得公子从来不写这些淫词艳曲。"

沈洵另一手拍了拍她的肩,只笑:"艳不艳,是分场合的,表情达意的好时候,叫什么艳曲。"

素锦坐直身子,端端正正的,管他在背后如何。沈洵写完词,又行云流水画了画,果然不曾生疏技艺。

素锦凝神看着,宴席她没去,只听花期讲,今日也是才亲眼看着。在妩媚荷花旁边,沈洵笔锋突转,写下大字:芙蓉曲。

这时,听荔儿猝然一声高喊:"老太太来了!"

素锦立刻自凳子上起身,挣脱沈洵手臂,迅速站到了桌子旁垂下头。

一银发身影从门外扑了进来,起先含着泪眼看了看桌后的沈洵,似乎有些不敢认,半刻之后,忽然啊的一声,只跟跄扑到了沈洵身前,抱着就大哭起来。

阿久和荔儿、花期老早就在院子里站着,都自动躲着老太太的那些丫鬟婆子。

荔儿喇叭嘴,数她最爱打听消息,听她又道:"听说老太太这次直病了半个多月,难怪先前始终没来看咱们公子。前头少夫人又是天天衣不解带,服侍得可勤快了!"

花期伸出手指做个嗫声动作:"老太太的人还在这呢,你就敢这样胡说。"

荔儿看了看门口："我又没说歪话，说的都是好话干吗怕她们听见。"

花期居然叹了一声，望着眼前两个多年姐妹沉沉道："我就怕咱们东府，以后是不能这么自在了，老太太这下和公子爷见面，情分自然又回来了。往后前头的人，也定会常常来看公子爷，咱们这府的规矩，自后也要跟着改了！"

荔儿沉默了一下方道："这不一直是咱们希望的吗？"

阿久神色复杂，片刻似是暗自咬牙说道："我都在后悔，那天使劲唆使着公子参加那小少爷的满月了……"

三个丫鬟你看我我看你，都在彼此眼中看到了惊疑不定。复杂的情绪飘起，都是住了七八年的地方，在心里像是家一样的地方，要因为老太太的重新到来而改变吗？

花期自己惹起来的话，又自己圆："公子待咱们那样好，有什么后悔呢！即便以后……咱们也还在公子身边，日子更没大改变了。再者说，公子去不去满月宴都是一样的，这一天，不过迟早罢了。"

听完这番话，丫头们的确也脸色缓和了，过得半晌，其中，荔儿小声道："只要还在公子身边，我就不在乎其他的。"

阿久也目光转了一圈，垂下眸子。

"咱们别站在这了，要是被看见还不知像什么呢！"花期催促道，似忽然想起了什么，瞪大眼望了望四周，"一直没瞧见素锦呢？难不成她还在公子的屋子里？"

三个丫头同时抬头望望，正见到素锦捧着药碗，神色复杂地穿过园门出现了。花期笑着上前道："说到你呢，还好还好，以为你正撞老太太眼皮上了！"

素锦看向她，眼里隐含担忧："我只来得及带着药赶紧退出来，也不知被没被老太太注意到。"

汝窑瓷碗里还有残渣，隐隐飘着草药味。花期道："应该无事，姐姐也别太过担心了。"

虽说老太太知道素锦每月去拿药，熬给沈洵喝。但素锦心里依然有担心，尤其见面后老太太情感激发，必然更加关心沈洵的饮食生活，在药的种类方面，不知会不会追根究底了。

她转而对花期轻轻道："恐怕得麻烦你，把这些药渣包好了带走。防止万一还是处理干净吧。"

"为什么要处理公子的药渣？"园门口突然传来一声笑语，把四个丫头都惊了一下，抬头去看，是老太太的心腹大丫鬟秋宁，缓缓带笑走来了。

素锦等素日随意说话惯了，不期在自己的府里还要寻个僻静处，倒被秋宁抓到了空隙。眼看她走近了，花期不动声色拿走素锦的药碗，笑道："这些药渣成分杂乱，有时候掺在一起味儿就重，所以都是集中处理了。"

这话圆得也是，秋宁毕竟不是管药的，她一个丫鬟也不可能理解这些弯弯绕绕。所谓外行人听不出好赖，秋宁笑着，神色倒真不像有什么。

素锦轻然旋身道："秋宁姐姐来寻我们几个，是有什么事呢？"

秋宁面上含笑："不是我寻你们，是老太太看完公子出来，叫寻你们去说说话。"

老太太抹了半日泪，才从屋里出来了。也不知道被自己的亲孙儿说了什么，原先激动不能自抑的样子终于缓和下来，只是两双眼浑浊含泪，看着似极喜悦，极喜悦中又包含着极伤心。她就这么被王嬷嬷搀扶着，颤巍巍地来到了院中。

实际上病还未好透，走路也不太利索，但阖府上下挡不住老太太焦急的心，只能就让她来了。

王嬷嬷还想说几句应景的话呢，比如"老太太日后能常来看公子爷"，玲珑的话正含在舌尖准备出去，听见老太太自己发话了："我刚去看了洵儿，那孩子身体不好，所以日后你们也别让下人们到这里来走动，加上这孩子喜静，所以平时就更尽量别过来打扰，可明白了？"

王嬷嬷尽管诧异，可面上还是干脆地答应下来。要不怎么说八个婆子里面，就王嬷嬷最得人缘，左右逢源呢。这点城府若没有，老太太如何喜欢。

丫头们被秋宁带来的时候，刚好能听到老太太的那句话。秋宁上前福道："老太太，四位姑娘来了。"

老太太的眼神就扫过去，除了素锦认识，其余三个丫头其实老太太早没了半点印象。这会子见都还爽利干净，眉清目秀的样子，心底也还中意。

她便道："素日就是你们几个伺候在旁了，我才刚见过了你们公子爷，本想给他多添几个丫头，他并不愿意，所以就算了。刚才你们公子也对我说了，称你们几个办事也很妥帖，手脚都麻利，不添人就不添人吧。但你们也时时记着，往后伺候只能是更加尽心，缺了什么可以只管上前面要，找我要也行，不会有人敢难着你们。但只要你们伺候不好了，我也绝不饶了，可听明白了？"

素锦、花期、阿久、荔儿当然诺诺称是，怎么教导就怎么答应。

王嬷嬷心头只叹，看似平常的几句话，一句一句包含的就能知道老太太有多疼东府的这位爷，这心里头又有多在乎了。

老太太后面还特意盯了素锦一眼，到底没说什么。带着几个婆子和秋宁，慢慢向大门走去。几个丫头有默契地站成一排，难得齐声道："恭送老太太！"

第16章　不会恨你

今儿素锦一进门，就觉出沈洵脸色不对。

基本上除了沈公子睡觉出恭的时候，数不清的几千个日子，她是看着沈洵的脸过来的。

所以即便沈洵此刻的脸色仅有很细微的变化，还是没能瞒过素锦。

何况在她刚踏进门里，沈洵看她一眼，就极为反常道："你出去。暂时别进来打扰我。"

素锦这种预感就更强烈了，她若无其事进屋，说道："公子若要看书，也不必叫奴婢出去，往常也不是没有，奴婢从旁伺候不出声就是了。"

沈洵盯着她，连这盯都是有些怪异的，仿佛在对素锦表示不满意。"今儿文进来了没有？"

其实沈公子也有一个长随，并不只有院里这些丫鬟们。这长随还是个没落秀才的儿子，出身挺清贫的，他爹一辈子也没有再中举，所以给儿子取的名字也很文绉绉，叫文进。

但是，因为素锦姑娘的存在，在后面几年，她甚至渐渐把沈洵的一些属于男子间特有的隐秘事，都主动服侍到位了。到后来，这个文进几乎没有事情可做了，随身小厮渐渐变成不那么随身。

男仆能做的事儿，素锦都做了，论起细心，他还比不上素锦。文进失意了一段时间，加上看虽然他做不了事情，但沈府也没有要辞退他的意思，他也就淡然了。每月只进府很少的日子，到月就按例领钱。

因此，沈洵竟然问起了他，岂不更稀奇吗？素锦好笑道："文进没来，除了领月钱那几天，他基本不会进府的。"

沈洵像是埋怨道："都是你干的事。"

素锦特意看他一眼："公子怎么责怪奴婢？"

沈洵皱眉看着她："连我的话都不听，我不应该责怪你？我让你出去，这会儿你偏还杵在那干吗？"

这可不像沈洵的脾气，人说每月会有几天女人们爱闹性子，但沈洵可绝不是这样的人。素锦被他连续说了这些重话，心里也有些闷。

当下她就只有道："我这去看看文进来没来……"

主子最大，她纵然资格老，也没办法违背主子的意思。可是走到门口，她又绕了回来，一个箭步冲到沈洵身边，一把掀开了他盖腿的毯子。

她才注意到哪儿不对，从前沈洵是从不在腿上盖东西的。

沈洵此刻的腿再也忍不住地发抖，尤其他整个人都因为素锦突然的动作而来不及反应，下意识嚷了她一句："谁让你回来的？！"

素锦此刻不听他的，只专心观察他的腿，脸瞬时也白了白。但她倒没有那般惊慌失措，沈洵却已经不能说话，他已忍到极限了。

如今为素锦揭穿，他不能再装，情绪激荡之下，双腿反而抖得更加厉害。

看素锦不说话，他倒断续着开口："我告诉你……别回来……"

素锦突然抬头，先时看她好似很安静，此时才发现一双眼亮得吓人。沈洵自己疼痛难忍，却骤然也被她吓住了。

素锦忽然抱住他的腿，似绝望中抱住的浮木："公子这么疼有多久了？"

沈洵抬手想抚摸她的脸，抬到一半却又下去了，于是更无力道："素锦……你莫难过，左右我的腿已是这样了……"

终于明白她为何安静，那眼神分明也是安静如死寂的害怕。看她素日扎针时的沉稳，原来当结果来临时也是恐惧到骨子里的。沈洵在剧痛时还想，他忍这些时日果然是对的，她要早知道那这些天如何能安生地过。

素锦抱了很久才放开他的腿，却颤抖着去卷起他的长裤。虽然天冷，但沈洵一贯穿得不多，里面长裤往上卷起来，就能看到腿。

越卷到上面素锦看到的景象就越吓人，只见他的整个小腿上，现在都是密密麻麻的红色斑点，像是化脓，却又比那个还厉害。因为整条小腿肚上都呈现一种紫青色，她颤抖着手摸了摸，沈洵就再次嘶一声吸口凉气。

素锦感到手下硬邦邦的简直像石头，便触电般缩回了手。

沈洵咬紧牙关道："你出去，一会我就好了……"

好了，他所谓的"好了"又是什么……素锦几乎不能控制自己，她费了好大劲儿才把针囊从腰上解开，竭力静下来自己的一双手，取出了上面的针。

"依、奴婢看……公子的腿是毒气逆行，血气瘀积至、至阴陵泉和足三里……让奴婢为公子施针、引血脉畅行……"

她一番话说得极是艰难，可见就算说得是头头是道，明显事实做起来不如说得那般容易。

沈洵也没法像平常那样安慰她，如今他已竭力掩藏而未能成功，心里也知，只能带她一同伤心了。

素锦心潮难平，却拼着咬破了嘴唇，在施针之时，也硬是没有让自己的手抖上半分。在钢针扎入沈洵足底涌泉穴的时候，沈洵抓着轮椅的手，已是青筋暴突。

钢针足有七寸，在推入一半的时候，整个脚掌已是充血，但素锦狠心，又推入了三寸，她低了低头，咬得一双牙都是红血。

扎了十几处的针，过了约半炷香功夫，沈洵腿上的红斑点开始消失，他感到那种剧烈的疼痛也在慢慢抽离，待腿上的青紫色也开始缓慢消失，素锦才慢慢拔出了一些针。

抬起头，她眼眸通红，可硬是没有半分眼泪。沈洵又去碰她，她偏头避开了。把他的裤腿放下后，素锦慢慢向后退去。

沈洵的手僵了僵："你怎么了？"

素锦拿出手绢擦了擦嘴上血迹，脸上留有触目惊心的痕迹："公子不愿意在奴婢面前喊痛，奴婢也不愿意在公子面前流泪。"

沈洵闻言心一紧。

素锦已经退到了门边，目光遥遥与他相望。腿上还痛着，可沈洵却顾不上那些了。他满心都被素锦的话触动了，胀得有些发痛，嘴里有些发苦。

经历这么一场惊吓害怕，她首要露出来的，是对他的责怪失望。

这么不是时候，阿久来敲门："公子爷该用膳了！素锦姐姐也在里面吗？"

素锦扭脸就对门口字字道："谁都不许进来！"

阿久手里的饭都被喝得险些端不住了，她略有些惊惧地盯着紧闭的房门，素锦这样满载怒意的声音她可从来没听过……

素锦盯着沈洵的脸，眼神里流露的仿佛是悲哀，她忽然就问："公子，每天为您施针、给您吃药，若奴婢做的这些，最后却害了您的命，您会不会恨奴婢？"

沈洵唇边带着苦笑，看着她也有些悲哀："不会恨你。"

何以会恨,应该说他愿意这么配合着她,本身就是为了她能高兴而已。素锦好像看穿了他的想法,她忽然笑了笑:"没错,公子其实早就放弃你的腿了。根本不在乎不是吗?"

　　沈洵不知道如何回答,何况素锦说的,也不是一个疑问。

　　素锦低头看着自己的手,"那么,奴婢也告诉您,就算害了您的性命,奴婢也不会放弃你的腿!"

　　在那样一番激烈言辞后,门毫无预兆地打开,压根没离开的阿久倒退两步,手中的饭菜成功落了地。

　　素锦瞥了她一眼,刚才万般的激烈好像已经收敛起,白皙的脸庞上神色似乎恢复如常,但是,她看到阿久,却并没和阿久打声招呼,就一言不吭地走了,显然和平时并不一样。

　　阿久又是尴尬又是担心,打进东府她还从未感受过这样凝重的气氛,更不要说是沈洵和素锦之间了,便硬生生让这气氛又凝重了十倍。

　　没多会沈洵也自己推着轮椅到了门口,脸色要多冷有多冷,冷得阿久都怀疑自己眼睛出了问题,自家素来温柔亲切的公子爷会出现这种神情吗?

　　等沈洵的轮椅差点碾到撒落在地面的饭菜,阿久才如梦方醒,她慌忙把地上的饭菜收拾了,结巴道:"公子,奴、奴婢不是故意的……"

　　沈洵还是铁青着脸,盯着阿久汗毛都要起来时,他才拉着脸道:"去把文进找来!"

　　话说文进这小厮,在自家过着挺好的日子,因为沈府的差事等于没有,成日空闲,早就又找了一份工作,帮着秀才老爹养家糊口。因为沈洵突然地吩咐,阿久没法子亲自跑了一趟,费了九牛二虎之力,好不容易才找到文进的家,结果人家又去别处上工了。

文进他爹一听说是沈府派来的人，早就慌着叫人去田地里喊儿子回来，就这阿久还生了一肚子闷气。

等日落西山，才把文进带到了沈洵跟前。文进还穿着一件青灰大袄和干活时的老棉鞋就匆忙来了。

阿久怒气冲天，当然没那么好心让他换了衣服。

文进也很战战兢兢地跪倒道："小的给沈公子请安。"

沈洵倒是没有训斥文进，这让他稍稍感觉好了些。可是文进起来之后，手却不知放哪似的，傻站着。

还是花期瞪了他一眼："站着干什么，做你该做的事！"

文进该做的事……这小长随又愣了会儿，才终于似恍然过来，忙慌着走过去给沈洵推轮椅。"让小的来、伺候沈公子……"

花期看得直摇头，连荔儿都看不下去了，背过身悄悄道："伺候得还没我好呢。"

阿久拧了她一把，满肚子邪火发作出来："人家再不好，也是公子一下午找来的人。"

花期神色复杂，眼看短短几个时辰东府几个丫头就都没了和睦了。

本来老太太现在对东府这般照顾，人还不常到东府来，小日子过得是挺舒心，料不到素锦和公子之间，竟也会破天荒头一遭闹别扭。

想当年文进被看中的时候，也还是个清秀少年，现在再看看，少年还勉强能称为少年，清秀却去了七七八八。看着手脚还不怎么麻利的样子。

荔儿打掉阿久的手，使劲皱眉："我就不明白素锦姐姐怎么伺候不好了？我一直想就算咱们几个都被公子骂了，公子也舍不得骂素锦呢！"

听过一半墙角的阿久立刻驳斥道："你懂个什么，谁说公子骂素锦了？"

荔儿想问题从来都是不按套路想的，她就不懂阿久的意思，还张大了眼不可置信道："难道还是素锦骂公子了？"

这回轮到花期打了她一下，"你这么想知道内情，有本事你自己去问问素锦去？"

阿久欲言又止："问素锦？素锦的脸可不会比公子的脸好看。只怕还……我隐约还见着素锦像哭了似的。"

任她们三个想破头，都是想不出原因的。素锦会哭？她们均无法想象地摇了摇头。

但她们也绝对不敢问，平日素锦与她们好好的时候，许多话都是不说的。而今她不好了，又哪还会说什么呢？

"连文进都找来了，那素锦以后做什么呀？"良久，荔儿不无担心地看了看花期、阿久道。

花期也被堵了一下，眼珠转了转道："你说这什么话，素锦当然也伺候公子，和文进一起伺候。"

荔儿拧眉道："谁想公子这回是真气了呢……"

说罢又拿眼去瞧阿久，下午那话就是她传出来的。阿久惊乍起来，瞪道："你瞅我做什么？我不过也只听了一句，好像素锦非要治公子的腿什么的……"

事关东府的隐秘，说出这话后丫头们都心照不宣交流了一下眼神，素锦对外虽然一直称着，是大夫开的药方，可其实，每一样都是素锦自己调配，自己去熬。

这么多年，亦并不曾真正有过大夫，来看过沈洵的腿。对于这点，几个丫头们都是心中有数，就算素锦擅自配了那些药给沈洵服下，她们同样没有异议，一直还都从旁帮着。

花期黯然道："我们都知道，素锦是不会害公子的。"

几个丫头担忧都担忧不到点子上，到了晌午还是忧心忡忡地散了。

晚间文进终于得了一套自己的衣裳，换下了他那身土得掉渣的破棉袄。本来沈府每年都会为下人做衣服，可文进这几年就是沈府一个闲人，早年的衣服早就不能穿了，近几年又没给他做。还是找到了沈洵的一件旧衣服，勉强给他穿上。

文进还惶恐得不能再惶恐，沈洵问他："听说你还找了份新的事情？"

文进又以为沈洵在责备他，跪得比什么都快："是、是！小的家里看小的成日没机会伺候公子，就、给小的找了份新的活儿……"

沈洵点头道："以后你就安心留在这伺候吧。"

文进磕头道："是，小的回去就把田大富家的差事辞了，专心在公子这里伺候！"

文进一大家子都不是糊涂人，给田大富家耕地再怎么干都只是贴补家用，知道沈府这份工，才是真正体面的，田大富的一亩三分地根本就不能比。

事已至此，几个丫头也不是只顾耍性子，不顾大局的人。文进虽说担着一个随身小厮的名号，但他实际上对服侍人半点也不懂。

花期就道："你们几个，平时的时候尽量也都指点他一下，教教他怎么做。"

只要为了沈洵，姑娘们是没有二话的，指点嘛，当然没问题。

阿久心里有疙瘩，送晚膳的时候，还特地在窗户口踮着脚望了望，看见文进站在里面，这才放心地进了门。

哪知饭吃到一半，素锦面色如常地端着药碗，走进沈洵的房里，并且连说话都如常："公子该吃药了。"

阿久小心观察着，只见沈洵该喝药还是喝药，素锦蹲下要给他捏腿，他也一样没反应。待说到稍后还是要用药材熏蒸沈洄的双腿，一道道程序怎样怎样。

沈洄就道："我知道，回头水烧好了，让文进去端，你歇着吧。"

素锦就道："那奴婢告退，半时辰后文进就到小锅炉房来。"

对话一点硝烟也没有，但听得阿久就是浑身不得劲。平平淡淡的，让人难受得慌。

素锦还真就走了。

文进绞了帕子给沈洄擦手，可是刚把帕子拿到手，沈洄的眉毛就皱了起来。阿久眼尖，差一点笑了出来。

她连忙低头，把那块帕子拿了过来，将自己随身的小手绢递了上去。回头就数落文进："你怎么能拿洗脸的帕子，再给公子爷净手呢？"

文进被说得立马额上出了汗，虽也隐约知错了，偏还目光茫然地看向阿久："这擦脸的不就是净手的吗？"

阿久简直不知怎么解释，她偷眼看了看沈洄，小声道："厨房那边已是没什么事了，要不就让奴婢留下伺候公子？"

沈洄顿了顿，也胡乱点了点头，就把手帕给了阿久。

阿久十八般武艺都使出来，行家一伸手便知有没有。文进好好见识了一番，何为沈府正宗训练过的大丫鬟，就是在不经意间一个小动作，都是仔细锤炼过了的。

好在文进够努力和上心，这点也让人不好再挑剔他。毕竟他是刚被提上来的小厮，突然让他像服侍了多年的丫鬟一样细致入微，委实也是难为他。

老太太从东府回来后，又躺了几天，忍了半旬没有去看孙子，几天内是天天记挂，又怕真打搅了沈洄休息。

倒是何钟灵，似是极为体贴这种心情，隔三岔五就来找老太太说说话,陪着解闷聊天。加上她每次都是抱着儿子去,婴儿粉嫩的一团正是惹人爱的时候,老太太每每均被逗得笑逐颜开,心里对这个孙媳妇自然也爱屋及乌更加喜欢。

"夫君昨日回来说,上次他为秦淮水患那事,拟的一个折子后来万岁爷很欣赏。有意想采用上面的方案呢。"何钟灵坐在下首,含笑说道。

老太太虽然听不懂什么水患不水患,但是沈文宣能得万岁爷青眼自然是大喜的事情,她立刻就眼里有光道:"你夫君有本事是件极好的事!连带的沈家都是好的!谁叫我一开始就说你是个旺夫的,如今果然不错!"

何钟灵听着赞她旺夫,当然也是高兴,似含着一缕羞涩道:"老太太贯会取笑孙媳了,是夫君自己努力,我何尝能帮他什么呢。"

老太太索性夸开了口:"就是他娶你娶得好哇,家有贤妻内助,不然他也不能这般顺!"

这话隐隐在何钟灵心坎里过了一遭,她柔柔地笑笑,轻轻把话题抹开,状似不经意道:"其实孙媳今日来,也是有件心底的事,想要真心实意同老太太说说。"

老太太一听她说心底的事,又是真心实意的,当然竖起耳朵道:"晚晴有何事只管说,千万莫要有疑虑,我老太婆任何事都自是替你做主的。"

何钟灵眼眸里有丝感动,又笑道:"老太太疼孙媳,孙媳高兴来不及。不过今日,晚晴真不是为了自己来的!"

说着也不等老太太再问,她就转头吩咐身边婢女"把东西拿来"。

喜鹊不多时郑重地捧了一个尺把长的锦盒过来,何钟灵亲自拿在手上,当着老太太的面打开了。

一株如手掌粗大的血人参躺在盒子里，根须茂盛，老太太一见就顿住了目光。

"孙媳生昭儿的时候，家中爹爹害怕我产时出现什么难以预料的不测，就特差人送了这一株血人参与我。当然孙媳也没用到，听爹爹说这株人参还是御前万岁爷钦赐的，孙媳觉得这样的好东西，寻常吃实是浪费了，这些时日一直在想，若能送与二公子……真是再好也不过了！"

"这如何使得？"老太太立刻严肃道，"既是万岁爷赏赐的东西，便是放在祠堂供起来也不为过，你快快收起来！"

何钟灵愈发温柔浅笑，主动上前抚着老太太手臂："左右是一株人参，便是万岁爷赏下来了，也不过是给人吃的！何况上次二公子送了那样一对上好的玉如意，晚晴正觉得无以为报。更别说，晚晴身为长嫂，本就该主动表示心意，可现在却虚受了二公子的礼……还好是父亲送来了这御赐的好东西，不然晚晴还真拿不出像样的礼来回二公子！这不是可巧了嘛……"

王嬷嬷这个人精在旁边听着，心底服死了这少夫人，真是一点好处也不落下的精明。一大篇话下来，首先倒是抬出了自己长嫂的身份来了，左右不过一株人参，但又是御赐的好东西，这便是卖好卖得滴水不漏，谦和得不得了，又圆满得不得了。

老太太是一点没听出话外弦音，脸上神色只越见激动了："也就你这孩子是个心实诚的！都是一家人你哪里要这么客气！你既然是长嫂，就是受了他小辈的礼也是应该的！何需心心念念还想着回他一份呢！"

王嬷嬷真是又叹又赞，当然赞叹的都是少夫人，老太太完完全全是按着少夫人的路子说下去的话，一点折扣都不带打的。而何钟灵依然还维持着恭谨温良的微笑，那张娇美的容颜是越来越动人。

她的嗓音也宛若莺啼："晚晴惭愧，进门一年了才见到二公子的为人，这次回门连母亲都指责晚晴实在是无礼极了。见了方知果然不假，二公子真真是个极好的！不怪人常说道，这百闻终不如一见，确然说得很对的。"

老太太神色一沉，随后又舒展了眉头笑道："看你说的这些话，洵儿那孩子，自己不愿出门，怎么能怪你没机会见他呢。"

何钟灵这次直接捧起锦盒，放到了老太太手边桌上，粲然一笑："无论怎样这人参是定要送与二公子的，晚晴也不会再拿回去。"

老太太似乎终于拿她没办法，点了她额头道："罢啦，难为你这份心，人参就暂时放我这，等过几天得空了，你就同我一起去东府瞧瞧吧……"

何钟灵满脸笑意答应了。

老太太虽然自己拿了拿姿态，可她到底也没再能忍多久，说是过几天得空去看看，实际上她每日都清闲得难受，何时都有空得很，反而何钟灵整天奔着丈夫和儿子，忙得才真正很难闲下来。

所以刚过了两日，老太太用过午饭就急急差人去叫何钟灵随她去。

何钟灵正好在给沈文宣更衣，便攀着他肩膀柔声道："一会子就和老太太去东府那边，夫君不如也趁势去一趟吧？"

沈文宣现在已是穿了三品文官的朝服，绣线紫莽，戴上红缨帽后整个人感觉都变了变。他拍了拍何钟灵的手，轻言道："我倒真想去看看洵弟，自允之满月过后一直都未曾见过他了，委实有些想念。偏是今天下午，陆大人约了我去他府上，实在可惜得很。只能晚晴你先去了。"

何钟灵心底多少有点数，并不失望，笑着替他扣好了衣领，自己才回屋速速梳洗了一下，坐上准备好的轿辇。

平时素锦拿药，起码来回，两腿要跑上大半个时辰，而今何钟灵和老太太，坐着轿子是舒舒服服到了门口，因为觉得坐久了，下轿子时候还捶了捶肩。

老太太和少夫人同时驾临东府，面对这家里暂时算是最有权的两个女人，几个丫头很是折腾了一番。老早就通知底下那些小丫鬟和打杂的要千万注意行为，在东府犯任何错都可以原谅，但在老太太和少夫人面前犯错，就别指望能轻松过关了。

怕文进掌不住事，直接就放了他半日假。其余花期为首，和阿久几个一并在沈洵屋内列队，打点起十二分精神对付。

二见爱孙，老太太还是不能控制情绪，泪花又有些摇摇晃晃。就算心里还碍于孙媳妇在场，可到底年纪大，心神不宁的情况下，哪里还顾得了体面不体面。

老太太总爱拿眼瞧沈洵，在她心里，八年前的孙子，和现在的孙子，模样变化是那样大，以致她看的时候，几乎都要以为是两个人。

可沈洵放下茶杯，看着老太太目光是一片自然，就道："天色也不早，祖母不如就留下用饭吧。"

这一声"祖母"喊得就陡然让老太太心肝颤微了，再不怀疑眼前的是不是自己孙子，哪里还能说别的："好，自然是好！"

然后阿久的小厨房又是一阵张罗，使出看家本事炮制了十几样菜。菜端上桌的时候何钟灵正好把人参送上，当着老太太的面，老太太这下就忙不迭拉着沈洵说道："这是你嫂子想着你，是上好的血人参！还是皇上赐给你嫂子她爹的，她偏要拿来给你！"

沈洵在桌前静静地抬眼，眉眼温然道："嫂子实在太客气了。"

老太太立马点头道："我也如此说的！但既然你嫂子一片心意，你就收下吧。"

沈洵道："那是自然的。"

随着他话音落，花期立马上去捧了盒子，沈洵是何人，哪里会在这种事上忸怩，丫头们一个指令一个动作，绝没半丝拖泥带水。

何钟灵冷眼看着，便是她自己院子里的丫鬟，都未必会有这样的自觉。低头吃饭，她余光一直都不由得盯着也在细嚼慢咽的沈洵。

对于何钟灵来说，东府是她第一次踏足的地方，她执掌沈府立足后唯一没有控制的地方，而这里是眼前这个男人的领地。

第17章 丫鬟美妾

就算老太太八年一面未见,沈文宣进门她进门,沈洵也始终是老太太疼在心里留了位置的孙子。与其说何钟灵是想不通,不如说她的确不能释怀,当年这沈二公子又能优秀到什么程度,让所有人即使表面不再提,可心底就那么难以忘怀。

满月宴会席间的细节,何钟灵早已盘问打听到了,她都能辨清每个人眼底的惋惜神色,那是一种深深的惋惜。何夫人后来给她的信中,说曾经的沈洵是被当作整个沈家的希望,所以何钟灵坐不住了,她无论如何也想看看,什么样的人,会是沈家的希望?

蓦地,沈洵淡淡看了她一眼:"嫂子怎么不吃菜,是饭菜不合口味吗?"

何钟灵的面色转换得也挺自然,她露出微笑:"哪里,我刚还想夸,二公子这掌厨丫鬟的手艺,真是连大厨房的张嬷嬷也有所不及呢!"

阿久嘴角翘了翘,忍住没发声。

老太太年纪大了,这些菜对她而言口味都偏重,此刻听到何钟灵这么说,她也附和道:"那你便多吃一些,别回头还觉得饿就不好了。都是自家人,你也不用在洵儿面前拘谨。"

何钟灵的若有所思被她说成是拘谨,她也没有多言,只低头去吃饭。老太太自己吃得不甚香，就用眼睛四处去打量，素锦站在丫鬟末尾是格外安静，但光看见她，老太太就觉得不顺眼。

老太太悻悻就把目光收回来，花期看她不爱吃菜，就悉心地为她多添了两碗米粥。这下被老太太看中了，一径夸道："我瞧你这丫头是个好的，机灵又懂事，果然素日你家公子最疼的就是你吧？"

本是夸奖的话，可花期听着不由感觉尴尬，片刻还得细声道："老太太谬赞了。"

可老太太一心不想就此带过，偏偏还冲着沈洵道："洵儿，你这丫头不错呀！看这模样长得也俏丽水灵的，比我有些年见郡王爷的什么宠妾还漂亮得多了！"

也许老太太是存了夸的心思，可这种比喻……花期脸都挂不住，低下头去。

这话听得每个人都心里发麻起来，荔儿就站在素锦旁边，止不住拿眼去瞟她，感到一种奇怪的不安。

也不知老太太是有心还是无意，沈洵眸光微抬，里面闪着的都是细碎的波光："花期素日确实非常不错，如今也到了年岁，我最近正考虑着想给她许人。"

花期乍然抬头，目光里已泫然欲泣："公子……"

花期纯是被惊的，可在老太太眼睛里，就成为另一番含义了。她又笑了起来，再次胃口很好地吃完了一碗冰糖米粥。

几个丫头先前只是头皮发麻，现在是给弄得浑身都麻了，都惊怔老太太这是想的什么，不由略略抬起了头。丫头们低头的时候身量外形都一般无二，这会儿抬起了头，容颜就见出区别来了。

何钟灵看够了戏，嘴角扬了扬。谁说老太太是个傻的，她心里只怕盘算得比谁都多。这一趟好赖她都没算白来，再待下去未必会有好事。她于是主动笑道："老太太，咱来了一下午，累得二公子也都没休息地陪着。这会定也乏了呢,咱们再不回去,只怕轿夫连路都快看不清了。"

老太太喝了三碗粥早已饱了,最后还拉了拉花期的手,亲切握着:"恁好的丫头,要没找着好人许了半辈子,就到我跟前来服侍吧!"

花期哪还有心思,勉强笑了笑虚应下来。

在东府一干人眼里,老太太和少夫人像两尊佛爷好不容易被送走。喜鹊扶着何钟灵上轿,王嬷嬷陪着老太太,渐渐都沿着来时的路离开了。

喜鹊在路上就说开了:"才刚奴婢还想说呢,老太太这也忒热心过了些,这见了二公子还没几次,就开始替他张罗着女人的事了。老太太好歹也是侍奉过老爷子多少年的人了,在这方面到底想法开放啊!"

何钟灵闭目养神,嘴角扬起一个弧度:"老太太是年纪大了,再会谋算,许多时候到底是失了沉稳。"

喜鹊上去为她揉肩:"奴婢也真感到奇怪,这老太太怎么挑的人,其实要论那二公子身边的丫头,模样最出挑的,是那个叫素锦的。她倒经常出来找老太太,奴婢都见过好几次。老太太怎么就没注意到呢?"

何钟灵更笑:"你就不懂了,基本上到了老太太这个年纪,女人美不美,她都分辨不清了。能入她眼的,都是得她欢心叫她看顺眼的,反而那太美的,说不定老太太还不喜。"

喜鹊已是一脸受教神色,越发尽心捏着,叫何钟灵十分舒坦。

沈洵是直把老太太送到了院门外才罢的,然后他转过轮椅,看见四个丫头在院里站着,花期一脸忐忑。

他抬头冲素锦道:"你跟我进来。"

说着就把轮椅推了过去，素锦咬了咬下唇，走上前默默伸手推着他向屋里去。进了屋，素锦还没怎么，沈洵就立刻挥手，把两扇门都关了。

素锦站在另一边，咬着嘴唇看他。

沈洵道："你还想离得有多远？我叫你过来。"

素锦铁了心和他置气，只当作没听见。沈洵深吸了口气，语气迅速沉下来："我说话你听不见？"

素锦咬着唇，半晌清冷道："公子是越来越爱训斥奴婢了。"

沈洵简直气得想拍扶手，他手捏了捏额心，到底堪堪忍住了。平日看素锦无论外在还是性子，是多么温柔和静的姑娘，那不过因为他从来是顺着她。现今他不过是稍稍逆了她的意，她的反应就这么激烈。

沈洵没办法，索性自己推着轮椅到她身前，素锦想远离他，又觉得退得太明显。直到沈洵一伸手，干脆扣住了她腰眼。

素锦站不稳就跌到了他腿上，沈洵腿不能动，但臂膀却很有力道，压着素锦她还就无法动弹。素锦挣扎了一番，发现就算面对的是个坐轮椅的男人，她也还是个手无缚鸡之力的小女子。

"你还要使性子到什么时候？"沈洵沉声问。

素锦咬牙："公子凭什么认为奴婢使性子？"

沈洵的火半点没消，反而被她挑得更上来了。用尽力气握紧她肩膀，看她脸上血色渐褪，竟也咬牙不肯哼一声。

沈洵盯着她半晌开口："你是打量着我不能对你如何？"

素锦一仰头："公子看样子恨奴婢恨得紧了，那怎么不干脆卸了奴婢的膀子，好让您消消气！"

沈洵现在真是恨她恨得紧了，托着她的腰就把她扔到了书桌上，切齿说道："我干什么要卸了你的手臂，既然八年前你所有的都卖给

139

了我,那你看你身上哪里还是你自己的?!"

素锦脸色变了又变,眼底竟像是有一丝羞赧一掠而过。她紧抿着嘴,有种再说不出话的感觉。

沈洵的眼睛里浮现出深深的暗影,他终于缓和了语气却饱含失望:"枉我这么对你,你太辜负我了。"

素锦一下又有些激动,她撑着桌面起身:"那公子呢,就不让奴婢失望吗?"

没想到沈洵很是安静地瞧着她:"你失望什么?就失望我腿疼没告诉你?觉得我瞒着你了?"

素锦立刻要说什么,沈洵比她更快地继续下去:"那你呢,你回回偷着找老太太取药,私自去禁丫鬟们的口,这些我是不是该更失望透顶?!"

素锦没有哪一次被堵得这么彻底,也因为没有哪个人能掐她掐得这么准,脸上都悄悄烧起来。想也是,如果沈洵这点行为她都忍不得,那她做的简直就是背主弄权,怎么都是更严重的行为。

半晌她犹似泄气地道:"公子把奴婢放下来吧。"

闻言,沈洵居然眯起了眼,淡淡勾起唇角道:"这次你倒说说为何?"

看见他神情,素锦又狠咬了咬唇,方道:"公子如果想听,那奴婢就说,奴婢知错了。"

沈洵的视线停留在她脸上,就像仔细揣摩她神色,片刻又缓慢道:"你这分明还是没有知错。"

素锦怎么也没想到他会这么咄咄逼人,简直大出意料之外,她甚至产生了逼到墙角的窘状,只有问他:"公子待如何?"

沈洵缓缓擎着她手臂,慢慢抚着,就是不说话。但他掌心就隔着衣料摩挲素锦,时间长那热量都透过来,素锦是半躺在桌面上,此情此景如何不让她逐渐尴尬万分。

沈洵突然笑了一下,声音很低柔的,仿佛之前的怒气都不复存在了。他看着素锦,轻轻笑道:"你呀……你说我待如何,我能如何?"

素锦说话都不利落了。他话中的意思她都懂,禁不住面红耳赤起来。他眼神就让她浑身发烫,就是这样甚至都不太直白的言语,话语中的氛围就把你不由自主溺进去了。

她竟然平生第一次有些磕绊:"奴婢错了还不行吗……"

连她自己都没觉得此时的语气,都有些像荔儿那丫头平时软滴滴的。

沈洵的手指上滑,就那么在她光滑的颈部,轻轻勾了一下,素锦浑身一僵,反射性握住了他的手。

沈洵道:"你脾气发得快,认错倒也快,真是没你这么乖觉的了。"

素锦攥紧了他的手道:"公子却不君子,光天化日这老太太刚走,万一去而复返……公子把自己置于何地?"

"你倒关心我。"沈洵悠悠说,眸光更深地盯着她舌尖,就似在咬着字,"老太太回不回来我不知道,只记得你曾经不是要献身献得很利索吗?"

素锦今日在这是连连被他踩死穴,都不知怎么应对是好了。她说那句话,那是什么时候的事了,素锦都不记得了。

姑且认为沈洵是动了真怒才会这么反常,说的都是平时不会说的那些话,让人招架不住。"公子今日在老太太面前说的话,太不负责任,让花期情何以堪?"深吸一口气,素锦终于巧妙找到了话题。

果然有效,沈洵顿了一下,然后慢慢把轮椅拉开,看了眼她道:"你自己下来吧。"

素锦在冷桌子上躺了这会子，早已冷了，还是谨慎地看了看沈洵和桌案中间的距离，小心地先伸了一只脚下去，沾到了地面，又慢慢伸另一只脚。

她在这里高度戒备，沈洵又看得好笑，眼看她整个人都要站下来，他也不知为何，存心就又往前凑了去。

本来地方就逼仄狭小，这下素锦紧绷过头，哗一下又跌落他怀里去了，顺带地两手还生怕跌倒的，主动抱住了沈洵两边肩膀。

沈洵手一带，这次真把她抱进了怀里。

耳鬓厮磨，素锦红着脸没再作声。其实相处这么多年，两人亲密动作不知有过多少，但那都是照顾之时必不可免的，没有哪一次是沈洵主动对她这般。许多天前晚上一次亲吻已经让她烦乱急了，何况这样的……

沈洵身上很暖，按说他这样的身子，火气会比不上其他男子旺盛。但双手被握着，素锦靠着他，就是感到平时怎么都取不到的温暖，把她从来都冰凉的指尖，焐得格外火烫。

身由情绪影响，素锦就不由自主更加放软了身体，在沈洵而言，之前是一时情动所致，此刻怀里这样一个娇小美人靠着自己，他自然而然也感觉一股火从腹部窜起来。

手臂收缩抱得更用力，越紧越感到两人的呼吸心跳好像都融合在一起。他忽然深吸了口气，手臂放开，从素锦身上滑下去，哑声道："你下去吧。"

素锦眼里还有点迷蒙，脸上红潮也难以褪尽。她低了低头，缓慢从他身上下来，又站在原地和沈洵对望了望，片刻似乎自己也觉得难以自持，匆匆地从书桌后出去了，到门口手搭在门把上，动作缓了缓。

沈洵就道："舍不得走？"

素锦轻轻一顿足,打开门冲了出去。一阵风吹进来,才让沈公子感觉冷静了些。他自己揉了揉脸,良久心底的火焰才消退。

他的手摸到桌底暗格下那本书,才愣了愣,方才是把这东西忘了个干净,倒真是好险了……他索性拿了出来,再次翻开细细阅读起来。

这已经是何钟灵二十天内,来的第三封信了。何夫人一边看着,一边忍不住叹息。养个女儿哪里容易,辛苦劳累捧她到大了,又盘算让她嫁得好,可这嫁完人了,竟然还得回头让她跟着操心。

她就算想甩手不理,还又偏偏不行。拿着信在窗户前坐了半晌,沉思许久,她终于抬起头看看日头,撑着桌子慢慢起身,吩咐起自己的陪房丫头:"去让厨房弄两样老爷爱吃的菜,再配些糕点端来,这老爷说回来就来了!"

丫鬟答应着去了,何夫人才又展信,皱眉重读了一遍。

傍晚时分,何尚书下了朝回到家,两个小厮先扶着他下了轿,刚进家门,侍女们就上前把他脱下的官帽捧走了,何夫人亲自为他脱了靴子,给他换上家常便服。

何守权坐在椅上闭着眼,等妻子把他服侍完了,给他找来家常鞋穿上,他才慢慢睁开眼,从椅上起来。

何夫人替他拂了拂肩膀上的尘灰,听他像往常一样,说起了朝堂发生的一些事,"今日皇上在朝上,给礼部侍郎和中书令家的嫡女赐了婚。"

携着他来到桌前,何夫人边附和着他说:"贺家的嫡孙不过刚刚回朝,这还没多久,竟然就与柳家女攀上了姻亲。"

何夫人替他拉开椅子,何守权坐下来:"当今朝堂,贺柳已是最大的两大家族,他们两家结为连理,并不出乎众人预料。"

夹了一块菜放到何守权的碗里，当气氛正好，何夫人方微笑问道："那最近沈家有没有什么动向？上次我让老爷打听的，不知有消息没？"

这话让何守权住了筷子，他抬起头皱眉看向了何夫人："你又问人家的事做什么？难道又是你女儿让你打听什么不成？"

何夫人也悻悻放下了筷子道："老爷说贺家柳家的时候，不也是别人家的事吗？何况晚晴还是嫁去了沈家，我们做爹娘的，就算多问问，也该是情理中啊！"

显然何守权并不认同她所说的"情理"，面色都有些薄怒："既然嫁去了沈家就更该是沈家的人！她素日在家我就看不惯她那样，现今出去了又开始谋算夫家，你还帮着她？"

何夫人见他真开始动怒，不由得流泪："终归是我怀里出来的骨肉，只这一个女儿啊……"

何守权当即说道："嫁出去的女儿泼出去的水，我说你是咸吃萝卜淡操心！"

何夫人万没有想到他竟这样反感此话题，震惊之余，又听他说何钟灵是泼出去的水，勾动了她隐秘的地方，何夫人呆愣半晌，忽然就大哭起来，哭得甚是伤心。

何守权正值烦躁之际，何夫人指着他哭叫道："夫妻这么多年了，你嘴上说着是不在意的，可心里定也厌恶晚晴是个女孩。如今她嫁人了你又说出这话，莫非真是嫌我没生个儿子……"

何守权和夫人也算少年夫妻，感情基础自是有的，何守权没有官运亨通的时候，何夫人也是尽心尽力侍奉他和公婆。但是和睦之外最大的遗憾，就是何夫人自从诞下何钟灵之后，不知是否身子受损过重，后来一直没能再怀上。

虽然这样，但何守权并未对何夫人的态度有何改变，何夫人从开始的忐忑，到最后也习惯了沉默不提，这么多年也都过来了。哪想今天，被何守权说何钟灵的话，又勾出来了。

何夫人是越哭越伤心，越伤心越牵动之前的隐痛，也就越发不可收拾。

何守权自然也没料到，自己一句话会引起夫人这样大的反应，眼看一圈丫鬟媳妇都看着，自个儿夫人哭得像个泪人，他的面子就有些撑不下去了。

先是挥退了众人，何守权低喝道："你这像什么样子？我何曾说你什么？"

何夫人自管自哭，何守权没法，只好放缓了声音，似哄劝道："我那么说晚晴，也是想她好。沈家毕竟也是她当时自己拼命求的，若是她当时能有现在的谨慎，想着要去打探沈府的过去，我作为她爹，当然也十二分愿意替她去做。可你看看她如今做的这是什么？已是嫁做他人妇，却还在背后搞这些小动作，你来说说，若你是沈家的老太太，不知道还好，万一以后哪天知道了，媳妇在背后查自己家，那会是个什么结果？晚晴又能落到好吗？"

何夫人从刚才的放声大哭，渐渐变得声音小了些，她掏出帕子按在眼上，朝何守权瞥了两眼。

何守权重重拍了一下桌子，又道："别怪我这个做爹的不疼她，素日她也喜欢黏着你，那是因为你这个母亲只知道对她千依百顺的，养得她性子娇惯。我就是真心为了她好，才不事事纵着她，有些事我从前也说了……别看我现在挂个二品大员，就觉得咱们家真的在京城万人之上了。咱们何家才几年的根基，你不知道吗？那和贺柳两家，这两个真正的世家大族根本就不能比，真要出个什么事，会真正豁出去拉你一把的，到时候能有几个？所以我让你别惯得晚晴不知天高地厚，她一直不爱把人放在眼里，我把话撂在这，时间长了有她吃的亏!"

被数落一大通,何夫人哪里还有火气。她默默擦完了眼泪,犹豫了会儿又道:"我又哪里是想惯着她……再说现在和沈家都是亲家了,多问两句他们家的人,也是关心的意思。何来打探之说呢?"

眼看结发妻子已经理亏,何守权知道她也不再纠缠了,索性也重重叹了一声:"关于沈家老爷,我倒真听到一个消息,不过你也别告诉晚晴了,这事她知道也没多大用。"

何夫人眼里透出微光,望向他等他说下去。

何守权看了看她,说道:"这也是近日,朝野间私下的一个传闻,似乎万岁爷有意想召回外放的沈东岩。你也知道,这外放是算政绩的,如果沈家老爷真的能回来,很可能官职上面,是要升一升的。"

沈洵心里装着事,不能对任何人吐口的私密事。昨天因为素锦,这事就更让他想了一夜,所以早上就犯困,在轮椅上小憩。

花期进来服侍他,看他睡了,就自己将屋里的地扫了扫,又去拨弄炉子里的炭火。

东府的炭火全都是管事们捡冬季最好的炭送来,烧的时候不会起烟,只有热气丝丝地冒。小小的几颗炭,花期却拨弄了小半刻钟,她频频眼睛扫向沈洵,又垂落下来。

最后她直起身子,打算离开,没想到却在门口被沈洵叫住了:"花期。"

花期顿了一下,回过身:"公子有吩咐?"

沈洵不像刚刚睡醒,他目光依然清明,见花期望他,他淡淡一笑:"我有些口渴,你帮我沏杯茶来。"

花期眼中神采隐现,但看着就似失望般,慢慢走向桌前。

沏好茶端到沈洵手上，她继续垂着眼："公子还有其他事情吗？"

沈洵握着茶杯，却并无喝的意思，他盯着身前垂首而立的少女，眸中有些流光闪过，嘴角微勾："前天素锦，才刚大大地生了我一回气，如今花期你，不会也同我生气了吧？"

花期哪里受得住这样的话，立刻红了脸，头也抬起来："奴婢没有……"

沈洵眼中笑意隐现："没有吗？"

花期连带耳根也烧起来，半晌还要再说没有，突然又哽住了，停了停，实在忍不住哑声道："昨儿……公子真要把奴婢许人吗？"

沈洵终于把茶杯放到一边，叹道："你这丫头，也是个心实的。"

不说许，也不说不许，花期现在真有些急，她盯着沈洵，眼圈像是又要红了。

沈洵看着她，缓缓道："其实你们几个丫头，年纪都差不多。按照俗例，也是到了考虑你们终身大事的时候。但既是你们以后的终身大事，幸福与否自要你们自己把握，我是无论如何不会干涉。昨日在老太太跟前说话，总之……你也不要因此就放在心上了，我这么说，你可懂了？"

花期这次是真的落下泪花，垂眸低低道："奴婢谢公子……奴婢懂，其实奴婢昨儿也有错，在老太太跟前一时失态。我们都知道，不管何时，公子总要以素锦为先的。"

这一番话不管内容如何，是真心实意的。想别的院里的丫头，年龄大了，主子们多有不喜的，基本都是奴才们堆里随意配了人，极个别就算能继续留在主子跟前伺候，岁月久了，多半也不会如先前得重用。一辈子过来，最好的也就是告老还乡。

可沈洵既不干涉她们的配人,即便都留在沈洵身边伺候,那也是比别的丫鬟都要好的归宿。因此听沈洵语重心长说给她听,花期如何能不落泪?

沈洵却怔了怔,目光也柔和下来:"你们四个丫头,其实都在我心里。不光素锦一个,阿久、荔儿同你,在我心里都是极重要的。"

花期低下头,只觉心里的情绪更是涌动。她默默跪下来:"奴婢们都感念公子恩德,其实,公子即便待素锦姐姐更好一些,也是应当的。"

沈洵转动轮椅到书桌前,慢慢抚摸着一本书简册子,目光似乎极遥远:"素锦是甲子年六月生的,其实你不该管她叫姐姐,实际她比你还小上半岁。"

花期乍听素锦还比自己小,免不了惊奇一番看过去,何况这也是沈洵第一次对她提起素锦的事。

虽然花期进府多年,但其实素锦八年前来的时候,她也进来没几个月。印象中刚来的素锦不爱笑,八岁的女孩终日沉默,看着显得挺老成。因为沈洵似乎很照顾她,花期默认就以为素锦,该是比她大些的。

沈洵忽然就盯着花期,眼里的情绪蓦然转为忧伤沉重:"素锦,她经历过这世上最悲烈的痛苦,痛苦到不管我,抑或别人,任对她再好,也弥补不了曾经的伤痛……"

第18章　天价姻亲

什么是世界上最悲烈的痛楚？花期整日都浑浑噩噩，家破人亡？生离死别？

她这样猜测的时候，就不由得想着素锦的那张面孔，那张似乎一直平静如斯，没有波折的脸孔。花期越将她能想到的惨事往她身上套，就越是产生一种完全无法再想的感觉。

沈洵说的时候是那样低落，好像尽管过了这些年，心里的伤感依然无法消除。花期像是不可自拔地沉浸在自己的这些想法里，以致阿久、荔儿同她说话的时候，叽叽喳喳了半天，她都毫无感应。

阿久对她道："花期姐姐、花期姐姐、花期姐姐……"

荔儿吃惊道："啊呀，花期姐姐这是怎么了，迷障了吗？"

阿久道："尽瞎说，我看啊，花期姐姐没准还在想，公子爷要把她许人那事呢！"

荔儿瞪大眼道："但是好像早上的时候，我见花期和公子爷谈过了呀！而且咱们公子爷那话，怎么也像只是说给老太太听呢。"

阿久忽然想起什么，贼笑道："但花期昨儿在老太太跟前，望着公子差点眼泪都下来了，就怕让老太太误会了。"

荔儿顿了一下："花期姐姐那不是突然听到公子爷说把她许人，没反应过来一时急了吗？"

两人聊了几句，见花期还是一副魂游天外的模样，不由得也好奇起来。阿久伸手，在她肩膀上推了一下。

居然还没让花期回神，阿久索性用力，重重拍了她一下。

这次花期总算醒过来，看着两人："干吗，你们？"

荔儿道："你才干吗呢？同你说了半天话也不理睬，莫非公子真要许了你不成？"

花期好气又好笑，正要教训她一下，打眼看见素锦过来，猛然闭上了嘴。两人看她突然不说话更觉奇怪，转身向素锦打招呼："姐姐手上拿的什么？"

素锦打了个手势，轻轻道："贺公子来了，要找公子爷对弈。"

贺言梅不再是一身白衣飘飘，换了一身淡紫色常服，就算是常服，也是比一般人奢华多了。阿久看眼里还是觉得刺眼，觉得这男人时刻都一副唯恐别人不知道他有多俊逸，多潇洒似的。

沈洵本来是打算午休，因了他来，只得推着轮椅与他应酬。

院子里有个小石桌，两人就在那里对弈起来。贺言梅描金折扇一开，信心满满道："洵兄，这次我一定赢你！"

沈洵就谦虚多了，微微笑道："我也许久没下棋了，你赢我也在情理中。"

贺言梅嚷嚷道："你这人怎么这样，太喜欢打击人积极性了罢。"

说罢棋盘已经布开，老实不客气执了黑子在手，又把白棋推给沈洵，嘿嘿道："我这棋子是洛阳有名的珍品，每一颗都是罕见的玉石打磨的，这把你要赢了我，我的赌注就是这棋子，送给你了！"

沈洵打眼一瞧，见那些棋子莹润剔透，个个好似都透明一般，知道不是凡品。若真个是玉石，莫说价值千金，恐怕是价值万金。

他皱眉说道："你倒真是寻宝贝去了。"

贺言梅啪落了一子："甭管我寻不寻宝，赶紧的。"

价值万金的棋子，沈洵摸在手里掂了掂，片刻落下去。一进入棋局就专注多了，阿久转身，笑眯眯地招手把文进叫到了跟前，"文进，公子暂时不要你伺候了，去把我厨房里，那一堆柴火劈了。"

文进非常慎重地领命去了。

素锦替他们换过了几次茶，贺言梅目光有意无意打量了她几下，落子的间隙，背着沈洵还冲素锦笑了笑。

素锦大方地也冲他笑了笑，回头就把茶水交给了荔儿。

贺言梅对着沈洵暧昧道："我说我的楼南兄，别人看你几年来过得不如意，我看是每日被四大美婢环绕着，艳福不浅呐。"

沈洵看了他一眼："论到美婢，慢说四个，四十个你都有罢。"

贺言梅陡然正色道："你这是说的什么话，我岂是那样的人。"

阿久鼻子里就哼了一声。花期很有眼力见地把她拉走了。第一印象很重要，阿久对贺言梅糟糕的印象是注定了，认定他是登徒子，他的一言一行感觉都是在向这三个字靠拢。

沈洵似闲聊道："听说你与柳家的长女，已经订了亲？"

贺言梅挑起眉毛，笑道："看着你是大门不出二门不迈，消息倒是一点不闭塞。"

这自是默认了，沈洵顺着往下说："听闻柳家女是京城有名的贵女，相貌性子样样都是出挑的，你有福了。"

贺言梅还是那副微笑的样子，觉不出特别高兴，也没有不高兴，他挥挥扇子道："左右不过是家里老爷子们的主意，求到了皇上跟前，好不好都一回事罢。"

父母之命媒妁之言，贺言梅看来是早就看得淡了。他无所谓这桩婚事，也就无所谓对方是何样的女人。身为世家的公子，哪个不是这样。

沈洵道："也是缘分。"

贺言梅突然笑道："楼南兄呢，以后的婚事能自己做主不？"

沈洵专注地盯着棋盘："下棋吧。"

这当口传来一声清脆的劈柴声，贺言梅思考落子的手，就僵在了半空。他苦笑摇头，找个位置落下了。

沈洵看了片刻，也落下一子，如今棋局已经走入了险途，贺言梅格外注意观察着形势。正考虑的时候，又一声斧头亲吻柴火的巨响猛打断了他。

贺言梅脸都皱起来了。

看他神情，连园门外看着的花期都憋不住笑出来，忙掩着口道："文进这木头，叫他砍柴他还真去了，也不看看这什么时辰！"

荔儿笑得打跌："都是阿久的坏主意，文进怪不得姓木呢！笑死我了，干脆以后都喊他木头好了……"

阿久边咧嘴笑，边扬眉："我就看那姓贺的没安好心，见了他就讨厌！"

花期瞪她："你纯属是自己心里不平，伺机报复。"

这时沈洵忽然朝园门口看了一眼，三个丫头立刻不作声了，都唏嘘地看了看彼此，忍着笑散开了。

沈洵对旁边的素锦道："你去叫文进别劈柴了，今天早些回去吧。"

素锦其实也想笑，但她还是恪守本分地控制了表情，应声去了。

贺言梅苦涩道："就算我有四十个美婢，也没一个能像对楼南你这样，对我掏心掏肺啊。"

沈洵摇首笑："刚才那一子算我没走，你重新走一次吧。"

贺言梅叹着气收回了棋子，刚才要照那样下去他是输定了。好不容易谋划了一番，才又把棋子放下。

走着走着贺言梅又得意起来："这把要是我赢了，楼南的赌注下什么，把你的婢女送一个给我怎么样？"

他说得半真半假，自然也不知他是真是假。

沈洵若有所思地一笑："你看中了谁？"

贺言梅明晃晃地威胁笑道："我看中的就让我带走？"

沈洵瞧着棋盘，半晌道："棋局还没走完，哪有现在谈赌注的。"

贺言梅把扇子放下，含笑："随你怎么说。"

两人是你来我往，在密密麻麻地下了大半棋盘后，终于见了分晓。

盯着棋盘半天之后，贺言梅才挑眉奇道："和棋。"

沈洵这时候才摸起茶盏，换了几次茶，仍是温热的。他啜了一口，轻笑："这把如何算？"

贺言梅盯着他微笑了许久，慢慢道："我这棋子造价不多不少，整一万两黄金，既然是和棋，不如我把棋子送与你，你再送一个婢女给我，两厢得到，如何啊？"

一万两黄金，买一万个婢女都够了，这贺言梅说话总是出人意料。

沈洵轻笑了一下，这时候才推棋道："你的礼太贵重，我委实收不起。何况我这丫头，也都是无价的。"

进来的花期刚好听到这句话，目光闪了闪。贺言梅同样情绪微动，他笑道："开个玩笑，楼南还是那么有情有义。"

贺言梅坐直身子，再度正经道："洵兄这样有情义，在下也透露一个消息给你，近日你家定有一件大喜事发生。"

沈洵真是有些触动，他抬眸："哦？"

什么样的大喜事，还值当贺言梅说得这么有板有眼。诚然来自于贺家公子的消息，从哪方面说都是属于内幕并且可靠的。

所以沈洵顿了顿，又再度道："谢谢。"

贺言梅离座转了过来，到他跟前抱着沈洵的肩膀大笑："你我虽然分别数年，但情谊总未变过嘛！"

又是一副好的割头不换恨不能同年同月同日生的样子。花期垂头，想起他在满月宴上初见也是一般无二致。

贺言梅眨眼道："这棋子还是送给你，本身就有这意思，说赌注是我讨个便宜。"

沈洵轻叹道："我要你这棋子做什么，平日我也不用，除了你来时我们能手谈几次，其实放我这也是闲置。"

贺言梅道："闲置就闲置嘛，这么不想收我的礼？我又没贿赂你，大不了以后我常来找你下！"

沈洵道："我的意思，倒不如你来的时候就带来同我下几盘，棋盘就搁我这吧，正好方便。"

贺言梅说不过他，只好把棋子收了："你这人……唉，不说你了。"

沈洵微笑，说道："花期，把我树下那几坛陈年花雕拿出来，送给贺公子尝尝。"

贺言梅又笑逐颜开了："楼南就是我的知己、知己啊……"

花期暗地翻了翻白眼，无语地出门招呼荔儿、阿久，去树下取酒。

归雁园中，何钟灵的陪房丫头，红扇撩帘子进了暖阁内，把新进的布匹放下，她就福身道："大少爷，少夫人，那位贺公子又过府了。"

沈文宣看向她，蹙眉道："哦？来多长时间了？"

红扇低眉道："也有半个时辰了，直接就去了二公子府里。"

何钟灵眼睛转了转，笑看向沈文宣："夫君要不要请过来？"

沈文宣一时没作声，他的想法一向比较深，贺家嫡孙请当然是能请，只是未必请得过来。

何钟灵目光移向红扇，既然当家面子就要做足，请不请得来是贺言梅的事，去不去请就是他们的心意。要是被人知道堂堂贺家公子上门,他们长房连请都没有请,怕这面子就不好看。

于是她笑道:"赶紧去东府瞧瞧,请贺公子务必留下用饭才好。"

沈文宣看她一眼,随即说道:"贺公子来了一趟,就说已在厅中摆了宴,用完膳必定亲自相送贺公子。"

不管摆没摆宴,漂亮话先说出去,这又比何钟灵刚才的话圆满多了。

红扇亲自去了,不多一时果然就回来,回道:"贺公子说不必了,他晚间还有事,需得赶回去。"

至于什么事,为何赶回去,这就完全不必解释了。

沈文宣也没有多言,挥手让她下去了。

如此的厚此薄彼,谁心里还看不出来。

何钟灵只咬唇叹着,上前拉了沈文宣手,待看向她,她就柔柔地靠在了他身上。

沈文宣自是宽慰:"怎么了?"

何钟灵按住他的胸膛,只默默道:"我是伤心。"

沈文宣抱着她柔声道:"你又伤心什么?老太太一贯疼你,下人们又没忤逆你,总不至是我惹了你生气吧?"

何钟灵作势捶了他一下:"你就在这装。我何尝说过你什么了?"

沈文宣含笑捉住她的手,慢慢携了她来到床边坐下,道:"既没有生气,何故这么低落呢?"

何钟灵望着他,轻轻抚着他一侧的脸,心里突然间涌出难以言喻的复杂情绪,这是她的夫君,她誓死要嫁的男人,亦是俊朗温柔,她本来以为和他在沈家,是一定能顺顺利利走下去,就是有老太太,那个素未谋面的沈家老夫人,她也不会逊于任何人。

可她现在忽然不那么确定了,或者她不能想象,假如有一天她和沈文宣在这个家不能说话算数了的日子。

她于是再次抱着沈文宣，头埋在他怀里，是真有些害怕。"夫君，我不能看着你被人压一头……我，我心里难受。"

说到这沈文宣要是还不懂，他就不是沈文宣了。怀抱着妻子，他目光幽暗："晚晴是太敏感了，贺家公子与洵弟交情多年，自然是去找他，断没有撇下洵弟，来找我们的道理。何需为这个难过呢？"

何钟灵听他虽然说了，但还是有意避开了其他话，心中便闷闷不乐。她索性把话挑得再开些："我也不怕夫君怪我小肚肠子，今日晚晴有话就只对你说了。前头老太太还病着的时候，刚醒来，一听说二公子出来参加了允之的满月，也不顾还不能下床，就挣扎着非要去看。若不是你我相劝，她真是豁出命去看了。

"慢说是因为八年没见，老太太想得慌，就是再想，也没有这么不顾命的。老太太寻常对你我是好，但看这样好，也是没到骨子里的。那二公子不过出来参加了几个时辰的宴，旁人都传他传得什么似的，现如今连贺家的继承人都对他青眼相加。夫君就不想想，万一，万一……"

声音低了下去，想那请帖，还是她要求递去的，现下也只有暗恨。

她不知道沈文宣是何表情，只听他用素有的沉沉嗓音说道："你实在多心了，就算老太太疼爱洵弟，对我们也不会有影响。洵弟的性子，我略也知道一些，就算贺家公子与他交好，他也不会有何想法。"

何钟灵沉不住气了，她抬头看着沈文宣的脸，将信将疑道："夫君说的晚晴实在有怀疑，至今我还未见过有在名利权势面前不动摇的人。那二公子虽看着淡泊，可谁知，倘若他不是现今坐轮椅的样子，他还能真淡泊起来吗？"

言外之意竟是沈洵如今摒弃外界，完全是无可奈何之举罢了。

沈文宣未曾接她话茬，反而握了她的手，说道："不听你说，我不知道你这段日子一心里想在洵弟身上了，你何必管这些呢，没得劳心又劳力，如今你要是心底难受了，就去哄哄允之也可。出月子后你身体本来就没养好，你再去想这些，岂不更不好了？"

何钟灵好似一拳打在棉花上，心绪激动说出了许多话，却好似都没回应，反而招来他一大通貌似关心之语。她也不知是该气，还是不该气。她憋了憋气道："允之我日常也都带着，只是夫君回来的鲜少时间，我才将他给乳娘带了。我便是成日想这些，也是为了夫君打算，就算累又怎么样呢！难道夫君，就这么不理解晚晴？"

沈文宣深深看她一眼，将她揽入怀里："你说的每句话我都懂，我怎么会不懂。只是我不想你每日操心这些……既然你这么忧心，为夫便也向你保证，不管以后遇到什么，我绝不让你、让允之受到一丝半点的委屈。"

何钟灵此时才心中一喜，她头埋着看不到沈文宣的样子，但得他一句话已是极满足了。她微微闭上眼道："夫君太见外了，为了你，我便是操碎心也甘愿的……"

沈洵在床上还未起身，从被窝里摸着腿，皱着眉，这下有话直说了："我这腿，似乎不大舒服。"

素锦闻言立刻过来，将针囊全套打开，凑近道："怎了，我看看？"

一边掀开一角棉被，手指按了按沈洵穿着薄裤的腿。不待她发问沈洵就道："像是钝痛，隐隐地从里头出来。"

素锦摸了摸骨头，按着足三里扣了一会儿，道："疼得厉害吗，具体哪个地方比较疼？"

沈洵皱眉感觉了一会儿，才道："不好说，似乎哪里都痛，但又不厉害。"

观察了他表情,素锦信他说的是真,她也犯了愁,反复按揉了几个穴位,效用却不大。这种情况下也不能施针了,她索性坐在床边,看着沈洵。

屋里炭火十足,即使沈洵还未穿好衣,依然不会冷。素锦心内愁了半日,沈洵也找不到辞藻怎么形容这腿痛,半天,也只好道:"要不……不管它了吧……"

左右也不是太痛,依沈洵的耐力,根本不足挂齿。可这当口,素锦忽然心头雪亮,福至心灵般,忽然从床边起来,来到窗户前,一把拉开了窗子。

屋外是银白银白的一片,只一夜,雪都积了半指厚,那花花草草房梁屋瓦上,无不是厚厚盖着雪花。

沈洵看见也吃惊,素锦笑道:"算算就到日子了,今冬第一场雪呢!"她再次关上窗子,走了回来,道:"公子这腿是雨雪天的老毛病,是风湿呢。"

沈洵听她总算出了一个词,也笑道:"从前我这腿一点知觉没有,现在被你用针扎的,倒是什么毛病都出来了。"

素锦道:"这不见得是坏事。"

沈洵自己把被子放下来,盖住了腿,素锦却像忽然有些心事,默不作声起来。沈洵看着她,她才皱眉道:"公子的药只够今天的了,奴婢怕不好再去找老太太要了。"

老太太虽然来看了沈洵几次,但对她的印象是一点没改观。沈洵仰头靠在枕头上,道:"那就让花期去拿吧,你就不必出门了。"

这倒不失为好主意,解了素锦心结,她微微笑道:"我这就去找花期,公子再睡会儿。"

借口还是用老的,大夫开的药方少一味药,花期这次带了荔儿一起去，两人倒真带回来不少。看来一旦确定孙子要用药，老太太是一点不心疼舍本。

不止素锦要用的那些，还附带了许多人参、鹿茸之类的名贵补品。

素锦挑拣着那些药，心情也很好，但花期却说了一件事："只一样，老太太今天竟然问了我，给公子请的是哪个大夫来看的？"

素锦手顿住了，道："那你们是如何回的？"

花期笑道："我没说，是荔儿机灵，她这包打听竟然知道京里著名的妙手堂大夫，就说是请的陈大夫把脉。老太太挺满意的。"

这个变化素锦真是没料到，她想了想道："今儿要谢谢你跟荔儿了。"

花期看着她，心里隐动，笑言道："都是为了公子，哪有谢不谢的。我们都盼着，你能把公子给治好了。"

素锦笑了笑，低首去了药房。

熬完了药回来，自然就看见石桌上，那张被贺言梅带来的棋盘也蒙上了一层积雪，她想着，就把手帕掏出来，将上面的积雪拂落了。

盯着棋盘端详了一会儿，她再次进了沈洵屋子，道："贺公子留下的棋盘，似乎也是个贵重宝贝。"

沈洵看了眼她，没有接话。

素锦奇怪了一阵，就笑道："和贺公子相比，公子似乎不怎么爱提及贺公子。"

沈洵捧着书悠悠回头："我能有甚说的，他的东西桩桩件件都不会差到哪儿，何需要我多评价？"

素锦缓缓走上前："奴婢并不是这意思。"

沈洵顿了顿，书放到桌上道："不是我有意不提，你也别太注意他了，我总觉得这次回来的贺胜，和他以往有些不同。"

素锦倒真好奇起来："公子有什么凭据么？不过听公子说和他五

年没见,五年时间人有些改变也正常。"

"倒不是说这种改变。"沈洵摇摇头,一时也皱眉道,"这也只是我的一种感觉,说倒说不上来。我虽和他相熟,但毕竟已是多年前的事了,何况多年前,我也未必真了解他。现在等于重新认识。"

他都这样说了,素锦也不知如何回答他。她想了想贺言梅的举止,或许她看人还没到火候,注定还看不出什么不妥来。

沈洵看着她,表情不似开玩笑,说道:"你没觉着他在注意你?阿久、荔儿、花期他都没在意,两次见面,他都只注意你。"

素锦也望着他,眸光中未露出什么情绪,只有些闪烁。"下棋的时候贺公子倒的确看了奴婢一眼……可能奴婢没觉着有什么。"

沈洵再次缓慢摇了摇头,不知为何说道:"贺胜是世家承嗣子,从小出入宫廷内宅,见过的女人也无数,我想他喜欢盯着你,定然不是因为你生得美。"

见过无数倾国绝色的人,就算素锦生得再美,也不会引起他回顾。

注意到这就不得不慎重了,素锦看着沈洵流露出的神情,忽然无话可说。

第19章　阴谋重重

没有几天时间，贺家公子和柳家长女的赐婚圣旨，就正式颁布了。京城又是一番风云变幻。就算先前还有人会谈论沈家，这会子全都被两大世家的气焰压了下去，街头巷尾，婚事成了热门话题。

从贺言梅渐渐出席了几次饮宴开始，他就成了炙手可热的人物，那回眸一笑的斯文俊雅，被人捧得是无比高。有着那样的家世，再加上他本人无可挑剔的品貌，纵观京城所有年轻公子，愣是找不到一个能出其右者。

这样的绝世佳郎，纵然知道的都知他婚约在身，依然挡不住贺公子成为少女们的春闺梦里人，连带地，柳家姑娘被羡慕了个遍。

沈文宣一早上朝了，何钟灵逗了一会儿沈昭，想了想，就更衣过去见老太太。

结果进了厅堂的门，就看见老太太把所有宝贝都拿了出来，一样样摆在桌子上，正在跟王嬷嬷、马婆子等人挑选。

"孙媳来给老太太请安。"她盈盈下拜，老太太看见她，忙就叫她起来。

"你怎么又来了，不好好待在院里养着，我说了，我这儿不用你每天过来请安。"老太太叹息着，目光又在何钟灵身上扫了一圈。

何钟灵笑道："老太太这是干什么呢？摆出了这么些好东西。"

老太太嘴角带着一丝笑，叹道："我给洵儿那孩子找些东西送去，大夫说他要用些补身子的药材，我就把手里这些给他用了。"

何钟灵边笑边叹："老太太当真疼二公子，不过说来也是，二公子那般的人，任是将什么样好东西送了，都是情愿的。"

这话比较投老太太心，她笑得更是开心。

观察她神色，何钟灵趁势道："其实孙媳也有些想法，想与老太太商量商量。"

老太太自然乐意听她说，微微倾身道："有何想法？"

何钟灵向前坐了坐，淡笑道："孙媳听说二公子那边，一应的东西都是分开的，连厨房也单独有一个。这么一来，虽则有好处，但许多时候，里面的人就更少会到我们外面来了。两边走动也少，而且什么都是单独的，有时候也很难保证东西的质量。就比如厨房的食材来说吧，丫鬟们定都是一气买了许多屯着，食材的新鲜度和种类，首先就做不到最好。"

这话简直说到老太太心坎里了！她眼睛愈发亮地盯着何钟灵，连连道："你接着说，接着说。"

何钟灵含笑说下去："所以孙媳以为，现在既然二公子愿意到外头来走了，索性不如把东府的一切物事，再合到一处，起码大厨房的食材是最多最新鲜的，还有，二公子那手艺不错的掌厨丫鬟，也可以直接调到大厨房来，便让她在大厨房里继续给二公子做饭，也是可以的。"

老太太拍了一下桌子，这些天她心里隐隐有的想法，等于全被何钟灵说出来了，而且还把各种策略都说得极其详细。她高兴得自然是没话可说。

她合不拢嘴道："不用找我老太婆商量了！晚晴你说得十分好，这个家左右是你掌事，照你的话办没什么不妥。"

何钟灵心中欣喜，面上却不敢露，她柔顺道："若是老太太同意，晚晴便这么办了。合到了一处后，晚晴定会如常对东府上心，一应东西，定挑拣最好的送去。"

老太太极为满意，旁边那马婆子卖好道："到底咱少夫人心疼老太太，这主意真是好得没边了！日后公子爷定也会常常出来和老太太见面儿！"

顺利得偿所愿，何钟灵回去后就把这事盘算了又盘算，到得第二天，她就使了丫鬟去通知东府。

得到消息后荔儿简直以为耳朵听错了，她上上下下打量来传话的红扇，倒退几步。随即一个旋身，跑进去报告了这一事件。

人人都瞠目结舌，这事情来得也太快了，荔儿喘着气，也不顾红扇还在外头，怒道："居然要取消我们东府的一切供应，这大少夫人也太狠了！"

阿久气道："说着是合到一处，真要合到了一处，还不知要给咱多少小鞋穿。"

花期也觉得太过分，但她没说什么，看向素锦和沈洵。

沈洵在听到之后，其实也皱起了眉。荔儿首先道："公子爷，您可千万不能让少夫人这么对我们，您得做主啊。"

沈洵似思虑许久，看了看她，道："她征询我们意见了吗？"

荔儿理直气壮道："当然没有！那红扇根本直接就是来给消息的，所以才不能答应！"

沈洵眸内流光："她既然都没有征询意见，我们答不答应有何不同？"

至此才算明白沈洵的意思，荔儿直接哑了，何钟灵根本没打算让她们反对，而既然这么做了，那就是反对也没用。

阿久上来道："那咱们就找老太太去说，公子的话总比她要管用吧！"

素锦看着沈洵，也默默道："就怕老太太其实赞同少夫人的做法。"

沈洵闭了会儿眼，半晌睁开轻轻道："她是名义上的当家人，一些合理的决定，我们并不好反驳。回头再说吧……阿久，你先把那红扇打发走吧。"

明明都宣布完了，不知那个红扇还杵在那干吗？看笑话吗？阿久满心不情愿地走到外面，道："我们家公子知道了，你先走吧。"

没想到红扇望见她，笑了笑，道："少夫人还吩咐了一句，让阿久姑娘日后，就到大厨房去当差，姑娘手艺好，府里其他人也想有机会尝一尝。"

突如其来的一句话，让阿久勃然大怒。她当场变色，抖着手指着自己："少夫人，还让我走？"

连沈洵都没开口，那少夫人居然就想把她从东府赶走吗？

红扇和喜鹊两个，是上次随何钟灵到东府的两个丫头，所以东府的人红扇都认得。看阿久气得说不出话，红扇还是微笑的样子："少夫人是这么吩咐的，以后东府没了小厨房，少夫人体恤下情，阿久姑娘明日到大厨房上工，二公子就还能吃到姑娘的饭。"

这简直就赤裸裸地威逼加胁迫，屋里听到的几个丫头都面面相觑，难以相信。

阿久听到还让她明天就走，当下更浑身发抖。隔着一层窗，红扇听到沈洵的声音，清晰地传出来："阿久就不去大厨房了。替我谢谢少夫人，但阿久素日在我这里还有一些别的事，总是走不开。"

阿久怒气冲冲地盯着红扇，红扇事先得过吩咐，见好就收，既然沈洵都说话了，她也就如实道："那奴婢去回了少夫人，打扰公子爷，奴婢告退。"

说罢真干干脆脆走了。阿久气得甩手,花期和荔儿都赶出来,一人一边扶住她肩膀,安慰起来。

屋内素锦和沈洵相望,素锦张了几次口,才说道:"昨天才担心不好找老太太讨东西,现在换了少夫人……"

沈洵轻拍着她的手,没有言语。

听着红扇的回禀,基本和自己预料的一模一样,何钟灵心情大好,戳着沈昭的鼻尖就笑道:"这事上,定然是要各让一半的,那二公子舍不得自己的丫头,便宁愿默认了我的做法。"

红扇笑道:"夫人聪慧,奴婢心里也佩服。"

何钟灵头一次这么心满意足,想象近日的各种不如意,终于因为今日的事情有所缓解。她叫来乳娘,把沈昭抱了,对红扇道:"你退下吧,我眯一会儿。"

因为心情舒畅,即便晚上沈文宣外出留宿,独自一人的何钟灵也没有任何不快。第二天早上她亲自到大厨房去,把管事张婆子叫来吩咐一通。

张婆子一早得到了消息,满面红光道:"都备妥了!奴婢会专门打理出一间灶台,保证二公子的饮食准备得妥妥当当的。"

经过上次茴香一事,就可知东府那位爷的舌头是不易糊弄的,所以张婆子这次是真尽到了心,何况现在老太太又在上头看着,把那位公子伺候好了绝对没坏处。

但她又小心地问何钟灵:"昨儿还听说,要把那阿久配给大厨房,今儿还来不?"

何钟灵意味深长看了她一眼:"阿久姑娘被二公子留下了,舍不得她来大厨房。"

张婆子眼露失望,但随即又笑了起来。"奴婢还是要谢谢少夫人给奴婢这立功的机会……"

何钟灵转身道："我知你与那阿久有过节，上次她砸了大厨房，也害得你挨训。但你只记着以后更用心伺候好了，别再糊涂着了道。"

张婆子恭声道："奴婢谢少夫人教诲！"

于是谁都知道清早少夫人亲自去了大厨房一趟，为了东府的事，更是特意吩咐了下人。何钟灵自己也知道，许多事不必急在一时，事先留一个好口碑，比什么都重要。

东府的丫头们憋屈了几日，也就渐渐放下了。除了阿久，她素来性子又烈，贺言梅还没得罪过她，她就处处不顺眼了。这次大少夫人明摆着使了手段在她身上，她自个又无能为力，只气得几夜都没睡好。

后来，是沈洄亲自把她叫去了，也不知在屋里劝解了什么，阿久那倔驴子才渐渐好了些。

看这段时间少夫人也没来搅扰她们，吃的用的，似乎和以前也没差，无非就是一日几遍，多了些陌生人送饭菜送衣料过来。只要装着眼不见，那些人待了一会儿也就走了，也没造成多大的影响。

但是丫头们心里都雪亮亮的，这少夫人现在是光明正大来明的，先吊着她们再说。如今东府再不是那闭塞的地方了，外面的手随便就能伸进来，堂堂少夫人想做什么还不是轻而易举吗？

就像自己的家，被人侵占了。姑娘们现在在沈洄跟前服侍，都挂不起笑脸儿，一副不乐意到天上的样子。

对此，沈洄也只能更装看不见了……

许多事，他也不能如何，应该说也是不值当去做的，若是真的分分都计较，恐怕东府自此后更无安宁。

他只能做他该做的，就不知丫头们是否真的能理解了。沈洄叹道："我今日想出去走走。"

出去走走是好事,素锦立刻找来大氅,仔细给他穿上了,这才推着他轻轻出门。

屋外积雪还没化尽,虽然几个花园的花都凋谢了,但边缘还栽种着冬季的雪松和寒梅,围绕起来的景色也甚美。

所以素锦就要推着他往花园去,没想到刚转头,沈洵就道:"推我到府外转转吧。"

素锦只稍微愣了愣,便调转方向,向东府大门方向去。

老太太今日激动得是不能言语,她那座位上,坐着管事的王三媳妇,并另外几个常伺候的婆子嬷嬷,阵仗齐全。

老太太激动道:"你才刚说的那些话,可当真?"

那王管事也是一脸喜色,他也是沈府当差多年的老人,听到这个消息同样打心底高兴:"那当然,圣旨都下了!大少爷上朝时候听来的消息,是万岁爷亲自说的,要召回老爷呢!"

老太太双眼都涌现出泪花,颤巍巍从椅子上站起,双手合十祷告道:"老天保佑!我儿!我这些年日念夜念!想着他在外的凄苦,总算,总算,苍天保佑啊!"

一时再也忍不住老泪纵横,或许在她有生之年,她几乎没想过会有这样的好消息。若说她对两个孙子,都是疼得如命一般,那沈东岩是她腹中出来的亲子,当年的骤然分离,如生离死别没两样。一年一年过,沈东岩又音信寥寥,她封封含泪去的信,都石沉大海,这才心灰意冷,难以维持。

眼见老太太情绪如此激烈,在座的几个婆子媳妇也都一齐抹眼泪。王三媳妇就上前,主动搀住老太太,且劝且叹:"老爷是个有福的,许多年也是蒙老太太挂念着,这才更添福泽,日后定是苦尽甘来,步步锦绣!"

王三媳妇和王嬷嬷一样，都是个嘴甜讨巧的，说出的话常能哄得一圈人开心，在外围事务中，除了她家老头子，也就她最得倚重。

好不容易劝住了，老太太又连连咳嗽，唬得几个媳妇子忙拍背揉胸，折腾了好一会儿才好转。老太太到底是年纪大了，即便是高兴的事，她情绪波动之下也难以缓过劲儿。

靠在椅子上的老太太双颊赤红如火，王三媳妇赶紧倒了杯水，扶着她慢慢喝下，旁边的人不住口地劝："这老爷肯定说回来就回来了，老太太您千万保重身体，可别让老爷见着您了再伤心啊！"

老太太流着泪道："他走了那么些年，一点也不想着我这个老娘，我死了他会伤心吗？"

王嬷嬷吓得忙拍胸道："哎哟老太太！可不兴这么说啊！您想开些，沧州路途遥远，一来一回两个月都打不住！没准儿老爷给您的回信，都在路上出岔子了！您可千万千万想开了……"

老太太伤心至极，满屋子人围着说尽了好话，王三媳妇怕有个万一，还想使人先去请个大夫来，被她家王管事冷静止住了，这要真再把大夫请来，本来是好事，给别人看见了还不定以为沈家主屋出了什么事。

但王管事也是紧盯老太太反应，老太太伤心了一阵，毕竟自己儿子回来了，高兴总大于伤心。等她回过味来，觉得两眼哭得有些模糊，叫马婆子去打了盆热水，自个用软毛巾擦了擦眼，方才舒坦。

老太太对王管事道："今日到底是你的功劳，带来这么件天大的喜事，你和你媳妇都尽心，一会子我让账房给你们夫妻拨些赏钱，辛苦你们跑一趟。"

王管事和王三媳妇都堆起笑，敛衣下拜道："奴才，奴婢谢老太太的赏！"

那边王嬷嬷和马婆子，拼着命劝老太太先要卧床休憩一番，之后不容分说就把老太太扶进了内堂。

消息其他人也都暂时还不知，沈文宣在朝上还没回来，天冷，何钟灵不宜把沈昭带出户外，却难得清闲地带着丫鬟去散步赏景。

素锦和沈洵一同出来，并没有觉得有什么异常，素锦是时常在外面走动的，知道何处景色更好一些，便推着沈洵过去。

也只有推轮椅的时候，素锦占据着居高临下的有利位置，她就喜欢观察沈洵。连她自己都没有注意到习惯是什么时候养成的，这个时候，沈洵不可能看见她，但她，却可以非常轻易地掌握沈洵的情况。

她有时候就想，不知道沈洵是不是也经常在她不注意的情况下，也这样细致入微地观察过她。因为许多时候他对她的洞察力，都是从细微处着眼，连她自己都想不到的地方。

沈洵是……不一样的。不管从何处去找，沈洵的方方面面，都像是最完美的玉石雕刻出来的。但这也不是他。

是别人眼中所想的样子，就是在别人眼中像珠玉一样的样子，才会招来了那么多的猜忌、不满、怀疑。

特别是最近的日子，素锦看他也要被别人针对东府的琐事而困扰，然后她的感觉就是，仿佛他不得不做了些本不该他做的事。可沈洵，是什么样的呢？素锦都被自己的想法绕糊涂了。

"你想什么呢？"沈洵突然一句话，像是背后长了眼睛，问得素锦一个激灵。

素锦很快淡定："奴婢在专心看路，不曾想什么。"

沈洵抬手抚了抚眉间，轻叹道："就停在前面吧，不用走太远。"

这里可能风水背暗，雪还很厚，地上许多被雪掩埋的枝丫。树丛都是光秃秃的，实在没什么好看。看来沈洵出来确实是"散散心"，哪管周围什么景色。

可沈洵却转脸,四处都看了看,随即道:"我记得这里……天冷的时候,也能摘到杨梅的。"

素锦被吸引了过去:"杨梅?这儿有?"

沈洵笑了:"是你曾最爱吃的吧?许多年都没见你吃它了,这地方确是栽了好几棵杨梅树,我那时候还摘了好多的果子。"

既然沈洵说有就肯定有,虽然四下里光秃秃的,但二十年来是他的家,就是闭着眼也能找准位置。素锦也轻笑:"不是我许多年不吃,哪儿还能找着杨梅吃呢?"

"让我想想,"沈洵仔细地看了看四周,蹙眉轻轻道,"好像在那个方向,走个二三十步,应该能看见。"

他指了个方向,素锦立刻去望,看她那样子,沈洵不由忍笑道:"不若你过去看看吧,没准真有。"

素锦眼看了看他,自然不会真的把他一人放在这儿,很犹豫了番。沈洵手肘靠在轮椅扶手上,手抵着额头:"这儿也没别人,你走得又不远,去吧。"

素锦看了看那个方向,又回头看看他,笑着小跑去了。

沈洵一个人,缓缓摇着轮椅来到一棵大树旁边,抬手抚摸着树的躯干,若有所思。巧与不巧,都能挑时间发生。

不远处红裙丽影,乌发如云,悄无声息缓缓走近。

何钟灵靠在树下,笑靥如花:"二公子?"

沈洵自然循声望去,一时目光动了动:"少夫人?"

何钟灵款款上前,美人笑如春风里:"上次二公子都没这么叫妾身,今次怎么改口了?"

沈洵一派坦然收回双手,握于胸前:"大嫂也有雅兴,出来散步?没让兄长陪同?"

何钟灵笑道:"你大哥是俗人、俗物多,哪如二公子这般神仙中人。"

沈洵笑笑，没接话。

何钟灵只看他一身轻袍缓带，发只随意绾着，真觉得该是身在桃林花雨，那般的雅意，又透着点点温柔如诗。

她吸了口气，再次靠前微笑道："公子身边儿服侍的人呢？"

沈洵看了看她，轻道："即刻回来，此处景物并不甚好，大嫂怎没去西苑观赏雪松枫林？"

此时她已到了轮椅跟前，笑了笑道："二公子不也没去吗？可见此处还是有好的。"

沈洵微顿，言道："此处倒是有野果，大嫂的丫鬟可以试着摘些回去。"

"是吗？"何钟灵笑里带着些深意，忽地眸光略沉，也不知怎地就想往前再走，可她不留意脚下的厚雪，一脚踩下去，再抬起来，竟似有东西绊了一下，身体不受控制向前跌倒。

她猛地"啊"了一声，已是栽下去，红扇和喜鹊根本来不及去拉，只得也跟着惊呼。

说时也快，沈洵立刻抓住了她手腕，用力把她拉住了。而何钟灵刹不住车，还差点摔到了沈洵的轮椅上。

何钟灵险险才没有倒下，也是骇出了一身冷汗。回头，手腕残留温热，沈洵拉回她后，已是即刻收回了手，沉声道："雪地里枝丫繁多，大嫂要小心才是。"

只是那么一瞬间的事，何钟灵脸上已经挂不住。莫说她，便是旁边两个丫鬟看见刚刚沈洵的举动，一时也是僵立住了。

何钟灵脸上阵红阵白，可能是震惊太过了，反而忘了反应。

她刚才正是远远看到素锦的影子，才立刻朝前迈了那一步，而素锦此刻看到动静，已是飞奔了过来。

第20章　护主心切

冲头素锦第一句话就是："少夫人刚才有没有压到公子？"

如果说何钟灵方才就是极不乐意和不高兴了，此刻就是完完全全地怒火中烧。这样的话听到她耳里，就是等同对她的轻侮、不尊重。她眼神似刀子一样扫向了素锦，把她浑身上上下下看了个通透。

素锦仔细查看了一下沈洵，起身的时候才看到他略含警告的目光。

素锦心念电转，于是面对何钟灵缓缓躬身低头，恳切道："奴婢方才心急，冲撞了少夫人，请夫人见谅。"

何钟灵盯着她弯下露出的白皙颈部，一点也没有露出所谓的见谅之色，她含义不明地轻笑着："真是护主心切的好奴婢。"

素锦只头垂得更低："奴婢知错了。"

沈洵推着轮椅转了个身："我这丫头不懂事，还请大嫂不要同她一般见识。"

何钟灵更加柔和地说道："看二公子说的，这么些小事，好似我真会放在心里一样。是公子调教出来的人好，我怎么会怪罪呢？"

这话让沈洵一听就皱了眉，他还要再说什么。素锦忽然跪下来，冰雪里膝盖直接触地，她的声音是无比恭敬温顺："到底是奴婢有错，虽然少夫人宽厚仁心，依然不能就此免责了。还请少夫人惩罚。"

何钟灵眯眼盯着她，一时没开口。沈泃按在轮椅上的手，忽然紧绷住。

过了有小半刻，何钟灵才微微叹气："你这丫头也是个懂事的，看你这做什么呢，叫我和你家公子看了，没的也心疼。快快起来吧，地上多凉。"

沈泃一直没再作声了，他只盯着地上的素锦，素锦似轻轻磕了一个头，然后抬起来微微道："奴婢先谢过少夫人的体恤。"

从头到尾她的态度都温柔卑微，除了开始流露出的急切，仿佛她一直是柔顺的样子，刚才真的只是无意、无心地说了那句莽撞的话。

何钟灵移过眼，没有再看她。她笑对沈泃道："二公子才刚说这儿有野果，哪儿呢？"

沈泃淡淡道："时间久我也记不清了，嫂子让人找找吧。"说罢他看了素锦一眼，素锦走到他身后握住轮椅把手，在朝何钟灵短暂施礼后，便要推着沈泃走。

"大嫂，失陪。"

何钟灵看少女纤细身影和轮椅渐行渐远，笑意冷淡，转身也看了红扇和喜鹊，冷然道："今日的事情，都别给我多嘴。"

二女俱低下头，轻言是。

待重新回到归雁园范围，才有沈昭乳母陈嬷嬷疾步而来，看见何钟灵，忙趋步向前，对她耳边说了什么，何钟灵立即也面露惊奇，随后，莫名地眉头大皱起来。

到了屋里，沈泃就随手抄起一卷书简，甩到了素锦脚下。

素锦不作声，低头把书简拾了起来，然后，招手叫来了文进："你好好伺候公子。"

自己转身就要出屋，沈泃低低道："你要上哪儿？"

素锦站了站，轻轻道："我知道公子现在不想看到奴婢，所以奴婢先离开，等公子气消了。"

沈洵半闭起眼，只有面对素锦，他才需要用尽最大耐力才能克制住情绪。文进刚战战兢兢地进来，就听沈洵静静开口道："文进，你先出去。"

文进踏进门的前脚又收回去，默默关上了门。历练几天，他总算也会了点眼色。

沈洵盯紧素锦，声音里都避免不了带上了起伏："那个何……她是什么人，值得你对她下跪？"

素锦转身面对他，同样垂下了眼，很轻地说道："公子，我是奴婢，对主人下跪，还分值不值得吗？"

沈洵的眼神看她陡然就变了，素锦本意是深信自己做法的，可她不敢接触沈洵的眼神，那是一种似乎陌生，她也看不破的神情。每当这时候是她最不想面对的时候，八年来这种情形屈指可数，但并不代表她忘记了。

在东府，在沈洵的眼下，她的生存界限有时可以是模糊的，但脱离了这个圈子，她就不能够了。她是谁就只能是谁，没有别人会对她青眼相待。

经过年年的亲密相处，沈洵或许可以忘记她的状态，但素锦本人却忘不了。

今日的两厢冲突，实在在所难免。

沈洵望了她良久，犹显淡淡的哀怜，居然问她："杨梅好吃吗？"

素锦也默默摇着头："太酸了，到底不该是这个季节的。"

沈洵仰头靠在椅背上，双手握着，如压在心底一声叹息："以后凭你跪谁，我再也不说什么了。"

膝盖忽然一暖，素锦又半跪下，脸颊贴在他腿上。素锦交叉双臂慢慢抱住他的腿，说道："不管我跪谁，除了你，所有人在我眼里都没有意义。"

沈洵紧抓着她肩膀，在这个她又决计看不见他的时刻，她的神色痛楚又苍凉。

因为今日沈家有特别的大事情，沈文宣下朝也异常早。何钟灵在门口盛装相迎，挽着他就进了屋。何钟灵首先就迫不及待求证："我听到消息，说沈老爷和其夫人都要被召回来了，可是确切？"

沈文宣点头道："没错，我亲耳听陛下内侍宣读的圣旨，并且是快马加鞭，即刻召回。去掉来回路上时间，这来年一月份，恐就差不多了。"

何钟灵眼里闪烁得厉害，她拽着沈文宣的手，不由得紧了紧。

沈文宣低头道："你怎么了？"

何钟灵立刻露出笑，扶着他在床边坐下，先让喜鹊打了水让沈文宣洗脸净手，又叫红扇去桌上拿了几碟刚做好的糕点，沈文宣上朝一天回家肚饿，被妻子亲自伺候吃了两口。

停一会缓过了劲儿，浑身舒服了。那边何钟灵早已思来想去，目光闪烁问道："那位沈夫人，不知她是位什么样的人，夫君可曾了解？"

沈文宣笑了笑，道："看你心神不宁，原是在担心这个。"

何钟灵勉强笑道："是啊，现在妾身毕竟是代为掌家，夫人回来，我却对她不甚熟悉。到时万一相处不好，我是怕这个呢。"

沈文宣眼内也一动，竟像想到一些遥远的事："你若担心这个，大可不用忧虑。婶母是个温婉性子的女人……"

何钟灵却推了他一把，嗔怪道："我所见的贵妇中，没有性子不温婉的，你也描述清楚些，不带这么糊弄人的。"

沈文宣淡淡一笑，随即开口："婶母心地很善良，平日待人接物也都不苛刻。其实，你看今日的洵弟，性格和婶母就有些像。"

找到一个参照物，何钟灵神色总算有了些改变，像了然了几分。她想了想道："老太太那边倒还没有动静，只是若正经的老爷和夫人都回来了，便真要好好准备了。"

沈文宣道："嗯，你看着办吧。毕竟伯父和婶母两个，离开已经八九年时间了。你把内外布置得尽量妥当些，这事对洵弟，总归是最高兴的了。"

这事反而是最后传到东府，是老太太晚上喊一圈人吃饭，喊到了沈洵的时候，才把这消息带了出来。连正处在僵持期间的沈洵、素锦都是一脸惊怔，为之愕然。

饭桌上老太太一个劲儿地和沈洵说话："洵儿，你爹你娘要回来了！你高兴不？"

不知是旁人错觉，还是老太太过了八年一直转不过弯，总觉得她对沈洵说话的语气，仍然是哄着孩子般。

沈洵坐在饭桌旁表情难测，老太太问他仿佛也只为了啰唆，缓解一下内心的紧张激动，也不要求他回答。她自己笑得合不拢嘴。

沈文宣对沈洵一如既往，态度亲昵热情，坐在旁边还给沈洵夹了两回菜："二弟算是苦尽甘来了。"

也不知他这话何意，从知道消息伊始，沈洵眼底一直浮现一层喜悦，但同其他人相比，他这个最亲的儿子反而是情绪波动最小的一个了。

何钟灵第一次在饭桌上找不到话题，谈论的核心沈东岩和沈夫人她一个不认识，想插嘴也不能够，一顿饭只差她没开过口了。

老太太那张脸她看过太多遍了，沈文宣的神情她也不想去揣摩，她只留意沈洵一个人的动作。

可沈洵今日一个眼尾没有给他，看他眉眼神情是没有半丝生气的，可这份无意中的视而不见，让何钟灵心里不得不又冷笑了几声。

"今日二公子那丫鬟没事吧？膝盖上可冻着没？"何钟灵柔和地吐了一句。

在这样一个高兴时刻，沈洵的眼眸也幽深得像湖："她性子终归不好，我罚她去抄了几本经，膝盖却是无事，大嫂可以放心。"

沈文宣闻言看向何钟灵道："发生了什么事？"

老太太还是第一次冲何钟灵皱眉："饭桌上谈什么丫鬟，扫不扫兴。"

她咬了咬唇，看了眼沈文宣，没有吱声。

很快又热闹起来，在天大的喜事对比下，其他一切都重要不起来了，曾经僵持不下各怀的心思，此时不想搁也只能暂时搁置一边。

沈府上上下下忙得如飞，老太太如朽木发新芽，重新操持一切，新春剪裁的新衣，府中的一切布置，各房要采买的东西，全都被老太太迅疾无比地定下了。宝刀未老，何钟灵只剩下每天在大厨房转一转，她是多玲珑的一个人，这时候怎么会故意冒到老太太面前抢功。

而这次，沈东岩终于主动寄来了一封信，信上说如果日夜兼程，应该能在过年之前赶回来。

可把老太太高兴坏了，从此一心扑在儿子媳妇回家这件事上。

素锦的经书抄了一本又一本，正规的小楷字，全部抄完的时候，从沧州遥远的路途归来，沈东岩夫妇的车驾终于是到了家门口。

而就在昨天晚上，东府内宅都快忙翻了天，此刻沈洵在节骨眼上，又意外发起了高烧。

这是素锦为他医腿以来，他第二次起烧，虽然沈洵身残八年，但短短时间感染两次风寒却是从未有过。

偏偏又是在今晚，在沈府的当家之主即将回来的这个晚上。丫鬟们多多少少都有些愁眉不展，素锦衣不解带跟在床前，一时诊一遍脉，可这次，却只比上次更凶险几分。

湿巾几乎是轮流送上去，但十几块毛巾由冷到热的过程换下，沈洵额头的温度却并没有丝毫改变。

最后沈洵自己迷糊睡着了，丫鬟们都被素锦差遣了出去，可当她要给他换衣的时候，他却又醒了，看着她道："你怎么不走？"

她还是那句话，顺从中又特有的固执："公子见谅，您衣服都湿了，奴婢必须给您换下来。"

素锦解开沈洵前襟的衣带，可是他无力摆手道："不要动我，我难受得很。"

素锦只得又探了探他额头，沈洵垂下手臂，已十分虚弱。看着他，素锦突然退开一步，沉默着开始给自己解衣。

她将脱下来的衣服都放到床沿，又去解开中衣的扣子，一时都脱完了，在沈洵惊诧的目光中，她再次来到床前，猛然一掀被子，凉风灌进去的同时，她也一骨碌钻了进去。

被窝里，又张开双臂，紧紧抱住沈洵。

沈洵自然知道她这是想要做什么，胸口郁结着一股气，他也不敢动，就道："回头传染了你，还有谁替我熬药。"

素锦在他旁边低沉地道："明儿公子的烧要是还不退，奴婢就得去请个大夫来。"

沈洵顿了顿，道："你还需要请大夫，自己不是吗？"

素锦的气息徐徐从他颈间缠绕而上，说道："术业有专攻，大夫也有好多种的。驱寒除热一道，奴婢只懂尽量让公子发汗，到了明天如果此法不奏效，便只能求助真正的大夫。"

软玉温香，沈洵非常清楚他不是柳下惠。但素锦的两截藕臂就这么真切地压着他胸膛，更别提娇躯滚热地贴着他。

尽管他已是四肢疲软，还是尽他所能握住素锦手臂，拉了下去。

"你不能跟我这样躺一夜。"

声音很冷静,就像他突然转过盯着素锦的一双眼,徐徐灯火中清明如镜。

如此白玉美人在侧,世间能忍受住的男人实在少许,遑论还如此清醒地和她对望着,说出推拒的话。

素锦道:"不让奴婢试一试,怎么知道公子的烧明天能不能退。"

沈洵有些无奈,在被内抚摸她光滑的手臂:"你知我不是这意思。"

素锦目光幽幽的,越如此越将手臂抬了抬,脸埋下去:"公子是君子端方,奴婢自然知道。"

沈洵喉咙滚热,也是异常难受。风寒不是那么容易抵抗的,他此刻是精神和身体都煎熬,加上素锦明白人做糊涂事,更叫他难受上又添了难受。

他当真是口气生硬了点:"我不爱你这样,素锦。"

素锦不言不语,只将滚烫的身子更贴近沈洵,这下更觉得他身上湿漉漉的,便顺路而上,手去解他衣衫的扣子。

还没解开,手就立刻被大力攥住了,捏得素锦骨头都要碎了。

沈洵始终都是谦谦君子温润如玉,他任何情绪都不会有多激烈,即使愤怒也绝不会是脸红脖子粗的样子。但温柔与冷淡只有一线之隔,素锦完全能感觉到。

在这样一个深夜,沈洵说的话都带着种惊动深潭的突兀:"人一生的际遇无法选择,有时候凄苦不平或许是老天爷的不公,但老天爷能让今日沧海变明日桑田,却总有无法改变的东西,素锦,比如你自身想做什么?……你懂吗?"

同床共枕,哪怕他最细微的表情,都能落入素锦眼底。他说这话时隐约沉痛隐约怀想，可见真情实感表露无遗。也正因为这些细微处的神态，让素锦明白他这些话，其实也并非刚才起意，应当是早就想说的，今夜，不过是给他一个契机，让他一口气把东西都说出来了而已。

素锦眼瞳幽深："公子想让奴婢懂什么，懂您在指责我？指责我不该做这样的事，还是就不该做这样的人？"

沈洵神色痛惜，重重咬字道："惜玉！"

素锦反而似更冷静地抬起半身，看着他，目光渐渐地，也如沈洵一样犀利起来。"公子叫的是谁？"

沈洵只望她不说话。表面的沉默中，浮荡出来的是久不愿想起的往事。

素锦慢慢坐直了身，被子自然从身上滑落："这些年在公子的心里，是否还将奴婢当作那个将军府的小姐。公子觉得我做的事情是什么，不像你心里那个人做的事。太低贱，还是毁名声？这些年里，公子始终惦念的，是素锦，还是年惜玉？"

她最后一句问得犀利，对沈洵来说甚至有些尖锐，他不期然地哑口无言，紧紧盯着她不放。

她忽然再次全部掀掉被子，身形一纵就轻飘飘下了床。站在地上，她身上几乎未穿什么衣料，冷得像冰一样就那样孤零零光脚直立着。

先前的温情全都不再，气氛一下子降至冰点。

她背脊却挺得笔直："就像公子叫我的名字一样，我是素锦，不是旁的人。公子一直以来却是在把我看成谁呢？"

沈洵早已被她的动作惊呆了，强撑着起了身，对着她就急呼道："你下去做什么？！快到我身边来！"

素锦却苍白地转过身，薄薄一层纱衣掩盖的胴体曼妙，怎一个惹人垂涎的绝色。可佳人脸冷，声音更冷："公子，你今日叫的这一声惜玉，是我无法消受的沉重担子。你是要奴婢以后的生活都背负着这些，几十年这样过下去吗？"

沈洵这一急，又是一身汗。他不停摇着头："惜玉素锦，有什么要紧吗？就算我叫错了哪个，可哪个又不是你呢？"

素锦双手微握，也不理会掌心涔涔的汗，眼圈都泛红了："公子，你今日说的话哪一句不像是刀子，把奴婢的心划出一道一道伤。你该庆幸我是素锦，是个奴婢，可以不在乎你说了什么。如果是年惜玉，怎么能够忍受你今日哪怕任何的一句话？"

沈洵彻彻底底地没话了，他本意尽管最开始不是这个意思，被素锦说了这么一番话后，他也不能再说什么了。

只看她一身单薄立于他面前，他什么主意也没有了，只得好言相劝："不管怎么你先上来，回头你再病倒了，如何是好？"

早知道她脾气，又何苦这么沉不住气呢。沈洵也在懊悔，眼睛盯着她，只盼她朝前面来。

素锦后来过去了，刚靠近点，他手能够到她，便一把抱了她腰，放到了床上。这次是他两手搂抱，压得素锦不能动弹。

素锦挣扎着要起来，却突然发不出声音。一记绵长沉重的深吻，沈洵撬开了她的贝齿，触碰她舌尖，和上一次明显是不同，上一次若说还是两相情愿之下，带了点半推半就，这次就全是素锦余怒未消，沈洵一径用强。

用强的感觉又是不一样的，尽管红烛软帐，看画面亦是面红耳热纠缠至深，但个中滋味，双方都能体会出。

沈洵手摸到素锦胸前，扯下唯一一片衣，至此腰际以上皆未着寸缕。这时候抱在怀中的冲击力，就远非刚才可比。

素锦此刻也狠狠拽下了沈洵的扣子，把他那件早湿透了的衣裳扯了下来。这时候哪管是什么清秀美丽佳人,还是什么神秘窑瓷公子,两方都是被剥得干净。

素锦终于拾回了一份清醒:"明天老爷夫人就会回来,公子岂可在今晚做这等事……"

埋首在她颈窝里,沈洵嗓音含混不清:"你不是说,除了我,你谁都不在乎吗?"

自己的话被他掐头去尾歪曲了这么多,素锦也实在无话可说。更过分的,他搬起了素锦的长腿,只一动就滑进了素锦腿间。

中间只有两层亵裤,若说摩擦感,是最强烈不过了。之前都是纸上谈兵,这时候素锦才眼睛发直,毫无反抗之力了。

双方都有些忘情,素锦认命般闭眼,去解自己腰上带子的时候,沈洵忽然默默按住了她的手,也不再进一步动作。

他慢慢抬起身,在素锦额上碰了一下,很是喘了几下,问她:"你看我的汗,可发得够多了吗?"

哪里能说不多,连素锦身上都是黏黏的,她再次抬手抱着沈洵,却是把一双眼睛都闭了,脸向内侧,埋在枕头里好似真要睡了般。

沈洵保持这样的姿势看了她许久,又拉过被子替她盖好了,才默默躺回了她身边。

第二日,那马婆子随着老太太在门口等候马车,算准了日子后,沈文宣也是特意告了假在家,一家人早已眼巴巴望了半日,终于看见一辆十分像的马车停下。那马车只一个车夫,帘子打开,打头的中年男人一下来,老太太泪就忍不住了。

随意的一身长衫,绵绵的刀削似的风里也没有穿得很厚,只往那里一站随身的气派就区别出与别个是不同的。沈东岩其实算男子正壮年时候,在外磨砺让他面庞的风霜感浓郁,看着面前自己熟悉的家门口,老太太就站在那,他起头就叫了一声:"娘!"

老太太颤巍焦急的步子向前,一把抱住就哭道:"我的儿啊!"

沈东岩显然也是百感交集,男儿有泪不轻弹,可被自家阔别八年的母亲抱住,他亦有些把持不住。

马车夫继续捧着帘子,一个裙裾款款的女子就跟着下来了,云鬓高挽,并徐步来到老太太跟前。

比起沈东岩,何钟灵对这个女子的注意反是更大一些,当然她不可能把这种注意表现在明面上,只是低头暗暗观察着。

老太太哭了一阵,抬起头就看见旁边的女子,女子首先是柔和地一笑,就叫老太太道:"娘。"

老太太激动之色不改,也立刻趋前道:"淑云,你们回来就好啊……"一下握了女子的手,含泪想说又说不出话来。

淑云夫人也是柔和安慰一阵,目光早在人群中扫,沈文宣携着何钟灵的手上前,已是温和道:"伯父、婶母,一路劳顿辛苦了。"

淑云夫人果然如沈文宣描述的一般温婉亲切,她含着怜意地看着两人微笑:"这是宣儿,这是……宣儿媳妇?"

何钟灵款款拜了拜,盈盈道:"夫人好。"

"大冷天,难为你们站在风口地,来迎我和老爷。"淑云夫人居然还握住了何钟灵的手,很是端详了一番,由衷赞她,"当真是个标志人儿,难怪老太太左一封又一封去信,都要说两句宣儿攀上了一门好亲,可不是吗?打着灯笼寻来的好媳妇!"

何钟灵抬头,见这位主母面带微笑,眼中是一派真诚。她于是也细细地笑了笑,状若娇羞地垂下脸。

老太太这会子终于反应过来,叱喝马婆子道:"你怎么办事的?早上不是让你通知公子爷了吗?怎么这时候还没见公子爷来?"

马婆子老早在一旁挤眉弄眼,也不知在干什么。闻这话,立刻叫起屈来:"奴婢哪里敢忤逆老太太的话呢!实是一早就派人叫了三四趟了!服侍的只说公子爷没起……"

叫人听着她似乎还要辩解一番,可马婆子后面就沉默了,也没再多嘴什么。

要说沈氏夫妇,最想见的还是亲儿子,接迎他们的人就是再多上一倍,自然也不及沈洵一人的身影。闻言就连沈东岩都略露出遗憾之色,倒是淑云夫人叹了声,道:"洵儿他身体不便,让他再出来迎我们,恐怕也太勉强了。"

三言两语将未迎之事揭了过去,何况二人既然从此都回了家,要见儿子是很轻易的,也不会太在意这点事。

淑云夫人心中,只要知道儿子安好,便比什么都强了。

老太太当然更不会揪住这个,她的手两边抓着沈东岩和沈夫人,又是絮絮叨叨说了好些:"快些进家来,我早前就让人把你们那处院子收拾妥了,一应物事全都是新的,只等你们直接住进去,如今这家就全圆满了!"

这话是最让沈东岩意动心酸的,任哪一个人离家多年,回家后还让老母亲为了自己筹备那许多东西,都是难忍心酸的。他长叹一声,更是搀扶老太太的手:"娘挂心了,都是儿子不孝……"

母子连心,这也应验在了旁边淑云夫人心里。她道:"老爷就陪着娘去厅上说说话罢,也让娘好好歇一歇,我这就顺便去东府,看看洵儿……"

沈东岩的心思其实和自家夫人是一样的,但他和淑云夫人交换了一下神色,就道:"也好,你去看看吧。"

何钟灵就道:"那妾身陪着夫人吧?"

淑云夫人看了看她,自然笑说好。于是沈东岩沈文宣一行和老太太走了,剩余的婆子媳妇,自然都跟在了淑云夫人和何钟灵的身后。

那边素锦早起，一夜的忽冷忽热，她试着沈洵的额头，果然是好多了。

她便起身穿好衣，头发也没有梳，闻见屋子里飘着杂味，就先拿出了一把百合香点燃了，放在桌子上驱味。

然后她拿出小铜镜梳妆，本想把发髻都绾起来，想到自己身上也不干净，定要再沐浴一次，便简单地把头发拢到后面，随意打了个结。

这个点说迟不迟，但已经快日上三竿了。到了外间，阿久已经踏门进来，打量了她一下就聪慧笑道："姐姐可需要热水？我那炉子上的火还没熄呢，需要的话正好帮着烧一壶。"

素锦一夜好睡，脸上还有没消的红影，跟阿久她也没什么在意的了，就微微笑着说："那麻烦你了。"

阿久吐了吐舌头："左右有文进给我劈柴烧，我也不怕。那姐姐就别出门了，就在屋里暖和等着。"

阿久调头就走了。素锦因知身上衣裳也单薄，便也安心地在桌旁坐下了，她拔出一本《春秋列国传》慢慢翻看。故事看着尤觉无趣，虽则是史实，写的语论偏颇不甚公正。

她又放下了，眼睛搜索下有没有别的书可看，手按到桌底的时候却发现有一块凸起，忍不住按下，随着轻微"嘎嘣"，居然弹出了一个暗格。

素锦微微心惊，就把书拿起来，翻开竟然不是书，是沈洵的手记。他的字素锦太熟悉，怪道他八年书法未退，这本手记上新墨犹干，定然是他常常书写之故。

她越看眉头越紧，眼睫轻轻颤动，快速一页一页翻动，动作却轻微地没有发出一点响声。

何钟灵陪着沈夫人轻车熟路地到了东府，她是知道沈洵住哪间房的，只见两扇门安静关着，门口院子里都没有丫鬟的踪影。

她惊讶之余也暗自嘀咕，难不成时运也这么与她方便？

一边想一边转头看淑云夫人，慢慢道："夫人，不若我们就敲门进去？"

淑云夫人若有所思，竟也轻轻点了点头，没有拒绝。何钟灵便转头道："嬷嬷，你去敲门吧。"

马婆子立刻就捋袖子，上前去拍了几下门。总算她知道规矩，开头只是轻轻拍了拍。见里头一时没动静，她又回头看了看二位夫人。

见何钟灵微微示意，她便又加了几分力气拍打门框。然里里外外一片安静，不知丫鬟们都在何处听事。

淑云夫人也向前走来，轻轻说道："开门吧。"

里面素锦听到了声音，脸色一白，已是意识到发生了什么。饶是如此急迫，她也先把暗格推了回去，稍后冷静地站了起来。

马婆子推开门，见只有素锦一人在，二位夫人从后面走了进来。

一室温暖春香，何钟灵不费力地就看见素锦，她一头鬓发尚且还乱，衣裳更是不整，带子还只松松挂在了腰上。

端的是一个春睡捧心的美人，可惜不是时候。

幸而这进来的都是女子，看见她这般模样还叫勉强过得去，但凡今日来的人中有一位男子，简直是不成体统了。

素锦众目睽睽下走上前来，迅速跪了下去："夫人。"

她这声不知叫的谁，种种情绪何钟灵倒很能压得住，她笑问："才刚夫人叫你，为何不答话？"

素锦咬了咬薄唇，半晌道："奴婢没听见。"

没听见，敲那么大声，马婆子嗤之以鼻。

此情此景，最该感到生气的人应该是淑云夫人才对，一介婢女勾引了自己儿子，甚至连早晨都未去接她，现在又被她看到这种情景，正该是气头正盛的时候。

淑云夫人出乎意料地没有发作，只静静看着她："你家爷呢？"

素锦答得也很冷静，仿佛此刻祸到临头的不是她："公子昨夜起了高烧，在今晨已经退下了，可能是身子虚，暂时还未醒来。"

何钟灵倒是似笑非笑，又打量了素锦几眼，说道："既然是公子爷烧了，为何没有请大夫？"

素锦更垂头，慢慢道："公子不愿意。"

何钟灵淡淡一笑："因此是你，照顾了一夜？"

素锦低低道："正是。"

马婆子早就快得意到天上去了，只看她那一副浪样，就知道是刚从主子被窝里爬出来的。到了这时还偏要百样说词，也不想夫人们能信吗？

何钟灵这下不说话了，转头看淑云夫人："夫人，你看这……"

淑云夫人依然没说话，她似乎上上下下端详素锦好几次，倒叫一干心底想瞧热闹的婆子不解。又过得片刻后，淑云夫人眼中有些变幻，带了询问之意："你是个什么身份？"

这话突兀地问出来，可以有几个意思，但人群里干练的王嬷嬷心思电转，瞬间领悟到大夫人没准是以为素锦原本是公子爷的屋里人。

眼见素锦再次不吱声，王嬷嬷就站出来回话："姑娘原是个妾奴，礼法上还是奴的身份，但便是夜晚伺候主子，最迟丑时便该离开，并不能整夜逗留于屋中。"

素锦此时不知为何竟然抬起了头，出了声："爷高烧不退，这时候谈礼法，却是置主子于何地？"

都料不到她居然还敢反驳，马婆子看来素锦简直是在作死，不过这也正合了她的意，她老早就看素锦狐精的样子不顺眼了，还老爱在老太太跟前晃。这下她自己撞火盆上，何必同情？

众人只看淑云夫人慈母之心，便想着她该怎么处置素锦。淑云夫人冲着素锦抬抬下巴，轻轻道："你这丫头，随我来吧。"

何钟灵最后看了看帷帐内，也觉蹊跷，这二公子幸好是没有醒，不然若他说了什么话，怕是又有一番好戏瞧。

沈洵自然是醒了，但他听着外面的动静，却没有阻止。

素锦跟着淑云夫人，是单独进了房间里，并关上了门。

所有跟着的丫鬟媳妇们都没能跟随，被留在了外面。这时，马婆子眉眼便有些狡猾之色道："我看这次，那丫头是落不了好了。她自己做下了这样的事，大夫人却是如何能轻饶？"

何钟灵总觉得隐隐哪里不对，她思来想去又说不上来，耳边听马婆子这样说，她谨慎地没有接腔。

出了房间后淑云夫人并没有走太远，这处偏厅是随意选的。眼见其他人都不在，她再次眼望着素锦，这时候的神色就很不同了，带着柔和："你，我一眼望你这孩子，就知道是了。"

素锦再度屈膝跪下，和方才也已是不同："素锦拜见夫人，今日未能亲自府外相迎，望夫人见谅。"只这一句，就仿佛底下有千言万语不能说了。

淑云夫人望着她竟似有忍不住的泪光掠过，她有意无意滑过眼角下微笑道："对，素锦，你如今是叫这个名儿了。"

素锦默默地垂头，双掌放在地上："正是公子给的名。"

淑云夫人不知想起什么缓缓摇头，她轻轻叹："我想得没错，这些年有你不离不弃照顾洵儿，真的值得了。"

素锦仿似也刻意别过了脸，额头缓缓碰地："素锦感谢夫人垂怜。"

淑云夫人又从椅上下来，作势要扶她般："地上凉，跪过了就算了。你待会儿就好生把衣服穿了，我带你出去。"

门恰是响了,何钟灵略带疑问的声音响在外面:"夫人,才刚老太太的人似乎来了……你这会儿要去吗?"

"你进来吧。"淑云夫人朝门上看了一眼。

何钟灵只消一眼,见素锦还好端端跪在地上,便含笑没有再言语。淑云夫人道:"我已说过她了,以后注意不犯。赏罚有度,年纪轻不知事,也不值当再去罚她了。"

马婆子一点不相信自己的眼,更不信耳朵听到的,这大夫人行事怎么处处透着古怪?这么样的一件事,她居然轻飘飘就放过去了?

淑云夫人已经亲热地拉住何钟灵,和气道:"到现在都忘了问你,瞧我这记性,你叫什么名儿?"

何钟灵也轻笑垂眸:"妾身闺字晚晴……"

第21章　上门求亲

沈东岩携其家眷低调还朝,虽说达不到惊天动地的层次,然而引起注意的人还真不少。一直沉寂无名的沈家,曾经也是圣眷优渥。伴君之侧,最怕的是君想不起你,一旦万岁爷又想起来了,那变量就多了。

圣旨还没正式下来那几天,沈东岩赋闲在家,已经有几个共事过的旧识接连登门,提着小礼物,同沈东岩追忆往事,很是亲切叙了一番。

此时都还只在观望阶段,等到三天过后,内宫大太监手捧明黄圣旨,率领一众小太监驾临了沈府。一家人跪迎接旨,听大太监宣读其内容:沈东岩在沧州任职期间,政绩卓然,治下民风淳朴,乃栋梁之材。即日升任为都察院副都御史,准上朝议事。

圣旨一下,就大不一样了。都察院那是正三品的官衔,靠近天子的肥差。这沈家,看来真是又得青眼了。

在京城,近水楼台,只要皇上喜欢你,那今日封了你一个,明日再封你一个更大的官,也是一句话的事。所以哪怕本来是最低下的太监,只要是皇上跟前的红人,那也会被巴结得不得了。

不管你沈家为何又得重用,有多少人想着你,就有多少人捧着你。

沈东岩乃清流，拉拢关系惯用的一些手段，反而不能用。但京城是人精子们的老窝，多的是攀亲带故的人才。

冬日暖阳梅花盛开，十里长街最著名的媒婆，就挑了这么个日子登门了。

淑云夫人这次回来，只带了一个随身丫鬟小蛮，东西都还没收拾停当，就赶着出来迎接了。大家族最怕得罪的两种人，一种是官员，第二种就是媒婆了。

坐在大厅的椅上，钱媒婆已经天花乱坠说了半天，她那一身招摇无比地穿红戴绿，和淑云夫人的素雅正形成鲜明的对比。

"哎哟呦，我说夫人呐！这可是打着灯笼没处找的一门好亲！定国公大人结亲的心是极诚的！他家那三姑娘，莫要说百里挑一千里挑一！要我看那真真是万里挑一的美人儿啊！您说定国公大人若不是诚心想和沈大人攀这个亲，他才舍不得让三姑娘出门子呢！夫人您说我这话对不对？"

媒婆钱氏，之所以在京城宝地都称得上说媒一绝，首先乃因为她家本身就在京城做个小官，或多或少接触了权贵的女眷。其次靠着一张嘴能说会道，撮合了好几家甚有脸面的亲事。

因此在媒婆中，她也算声名远播了。

今日一见，淑云夫人才知此话不假。她隐隐头疼，可也笑着说道："我自然晓得定国公大人的诚心，不然，也不会让钱夫人您来了！"

钱氏隐露嘚瑟，说道："可不是嘛！要说定国公大人也是见过府上的二公子的，这不也是夸赞二公子品貌兼得，和他家的三小姐真是良配啊！"

淑云夫人不动声色，一时间摸起桌上的茶杯一口口地喝。

钱氏也是个精明人，她说过这么多门的亲事，一双眼看过的表情不知多少。

淑云夫人算是她见过极少数的了，她甚至有些惊讶。要说定国公的家里，是切切实实的正二品大员，比她家沈大人的官衔还高一级，来之前，钱氏都以为这趟是十拿九稳了。

没想到沈家是个奇特人家，这当家夫人更与众不同。

淑云夫人终于盖上茶杯盖，叹了一声道："我们实是没想着，竟是定国公这等的人家来主动议亲。的确也惶恐至极，唉，有些话实在也不瞒你说，钱夫人想必也清楚了，我家洵儿这情况……我和老爷也时时难过，做爹娘的，到他这个年纪还没做主为他寻亲，也是伤心为难，别的不担心，只怕白白耽误了人家好姑娘！"

钱氏脸色转变，至此也觉得这沈家夫人实在也是个通情理的。她刚才奉承两家登对的话，自然也是捡着好听的说，其实那二公子再怎么样的品貌，占了身疾一条，基本不会再有什么好人家姑娘愿意下嫁了。

这定国公，其实说到底也是看中沈东岩前程似锦，这才狠心下了本钱，用个庶女去攀沈家这层关系。

但她心思转得快，已是笑道："嗨，瞧夫人尽担心有的没的，您想定国公大人既然都请了老身来了，那自然就是看中您家二公子的了！您再说这些，可不是杞人忧天吗？"

淑云夫人维持着笑："是，是，也真是辛苦了钱夫人跑一趟了。"

钱氏看她兜兜转转，就是不说到点子上。枉费她口舌半天，那沈夫人只让丫鬟勤快地给她添水，她眼珠转了转，索性摊开来笑问："那，沈夫人可同意这门亲？我那边定国公大人还等着回话呢！"

淑云夫人叹道："本来这是极荣幸的事，只夫人有所不知，我那儿子也是个性子极执拗的人，他自己的心里，更是害怕耽误了人家姑娘一辈子。待我先去同他商量一番，再适当劝一劝他，到时定给钱夫人一句回话,你看如何?"

钱氏没想到会这般结果,但人家说得在情在理,想到这家的公子,情况也委实特殊。钱氏脑中思来想去,终于起身道:"那我就在家中等候夫人的回音,然后再去回定国公大人。"

淑云夫人是亲自送到了门口,说道:"最多不过几天,一定给钱夫人一个满意答复。"

钱氏还算是称心如意地离开了沈府,可淑云夫人心里,就不能平静了。

老太太从内堂走出来,眉眼早已开了:"我说这是件天大好事,你这做娘的还有什么好犹豫。"

她始终在里面听,依她的心思,刚才早已答应过千遍万遍了。但儿媳妇在外头,况且人家才是沈洵的亲母亲,她自然不好出头。

淑云夫人当着老太太,自然更不好直接说自己就不答应,她于是也笑道:"我也不是不同意来着,这不想着,先去劝劝洵儿再说。他要能愿意,诚然是最好了。"

老太太听了立马感到有理,她和蔼道:"你考虑得周全,是该跟洵儿说道说道,这门亲事必定要应下来。还一个,省得他天天同那些丫头们一处,没的被带坏了!"

后一句就动了情绪,淑云夫人闪烁着眸光,也不言语就挽着老太太徐徐入了后院。"其实,依洵儿这般,若非那场祸事……何以要屈就一个庶女呢?"

那媒婆愣是怎么说得漂亮,那三姑娘如何出色,也掩盖不了庶女的身份。一个庶女,定国公能怎样看重?什么定国公大人舍不得,这话里能信一分就不错了。

淑云夫人自己,跟着沈东岩八年外放,也算是看尽了世态炎凉,她一双眼通透,世间哪有什么白来的好事。

没承想老太太道:"你也莫说这话了,横竖事儿已经出了,你以为我不心疼洵儿?可现今,恐怕就连五品官的女儿都未必肯嫁……"

说了一半忽地住嘴了,淑云夫人心头更是一跳。

许多的想法,不能说给老太太听,但沈东岩回来后,淑云夫人就不会客气了。

"那定国公家,也就这点出息了,想结交老爷,又舍不得嫡女,就随意出个庶女撑场面。真当咱们家洵儿,是上赶着结亲吗?"

她这话带了些冷笑的意思,也只有在患难的相公面前,她才会这般。

沈东岩反应更明显,他把官帽一脱,其实他今日也才上朝第三天,皱眉道:"他还请了媒婆?只怕媒婆后脚到大街上,就传遍了街头。昨天在朝堂上,定国公就随着我说了好些话,我只看他隐隐有那个意思,都没接他的话茬。想不到他今天直接做出这事,不正是让我们骑虎难下吗?"

淑云夫人听了更气,默了会儿道:"我今日听老太太隐隐那意思,好像她过去八年就曾为洵儿求过亲似的,只不过,可能是处处碰了壁……"

沈东岩也默了默。要说老太太守着孙子八年,在沈洵年龄正好的时候,她起了心思也可能属正常了。

"可他现今请了媒婆,又是女方主动,定国公打的也是这主意,倘若我们再回绝了,定国公等于在京城丢了脸面,届时我们也很被动了。"

刚回京没几天就得罪一名在朝的官员,当然不是什么明智之举。

两夫妻对望一眼,回了家还没过几日好日子,就再次面临权力倾轧,谁的心里能好过。在沧州时,是安贫乐道,到了帝京繁华窝里,享受了多少富贵,就有多少堵心。

沈东岩拂袖道："想法子拒了吧，不用问洵儿也知他定是不愿的。不过一个庶女，省得还说咱们高攀了门第。"

夫妇俩所猜无错，沈府居然来了媒婆的消息，到下午就不胫而走，这沈家人丁单薄，除了过继的沈文宣，早已成亲，剩下的就是那身有不便的二公子了。

说白了，那二公子到了这个年纪，都还未成家立室，不就是被他那双腿拖累的。如今竟然有女方主动上门不说，对方还是定国公这样的显赫家世，立马又激起好事者浓浓的兴趣了。

其实定国公的心思，许多人也都能想到。尤其前段时日，沈府的那场满月之宴，也让不少人亲眼见过沈二公子的风仪，那的确是，除了一双腿，想挑毛病也难的俊杰。

昔日沈文宣碍于身份所限，请的客人中官位也多与他相当。而定国公，恰恰是其中，请的人官衔最大的一个。他见过沈洵，不然，就算有心攀交沈家，他也不敢下这么大的赌注。

老太太最近的日子大概是过得最舒坦顺心的了。

想了那么久的儿子媳妇回来了，转眼孙子竟又亲事有了着落，老人家喜不自胜，当然无暇顾及别人是不是也跟她一样的开心。

第二日的清早，淑云夫人忧心未散，一身柔婉装束的少夫人亲自来了锦绣堂。

淑云夫人还以为她有什么事情，连忙问道："怎么这样早就来我这儿了？"

"自然是来给夫人请安。"何钟灵巧笑嫣然，"前几日看夫人舟车劳顿，便没敢打扰夫人。如今却是要依规矩行事的了。"

大户人家规矩，晨昏定省，和吃饭喝水一样不可少。

淑云夫人微微一愣，才反应过来，只笑道："你倒是个懂规矩的孩子，请什么安，我不兴这个。"

因为沈家种种特殊的情况，何钟灵并没有公婆可侍奉，往常是只有一个老太太，然老太太一向怜惜她还来不及，怎么舍得让她再日日侍奉。所以嫁进来一年，何钟灵竟然是从未做过此类事。

她笑道："老太太昨儿和我说，让今天大厨房就不往二公子那里送饭了，她是想一家人凑成一桌，庆祝庆祝。"

老太太安的心思，淑云夫人不由得心里紧了紧，有什么可庆祝的，事情定都没定，难道老太太就想在饭桌上宣布出来不成？

她面色不改，仍叹道："些许的小事，你拿主意下去就是了，不必特意还过问了我。"

何钟灵低头，忽然细细地笑笑："原来是老太太怜惜，让媳妇代为管家，媳妇也想老太太年事已高，能为老太太分忧是媳妇的责任。这才厚着脸皮暂时理了事。现在好了，夫人也回家来了，晚晴是个小辈，断没有再把持家务的道理。如今就功成身退，专心伺候夫人和老太太就成了！"

淑云夫人眼露讶异，才明白了她的来意。她顿了一顿，扑哧笑道："你莫要这么说，我与老爷在沧州待得久了，这管家的事，早就生疏拿不起了。晚晴你出身高贵，你的教养、手段都是拔尖的，这家还是你管着，也别提小辈不小辈的话了，这长江后浪还推前浪呢，只要有能力，也没一定要谁谁当家的道理。"

何钟灵眼神一松，但面上仍是为难道："可是夫人毕竟才是一家主母……"

淑云夫人制止她说下去，道："什么主母不主母，这都是虚名。既然老太太都放心了，这一年让你当家，必然是晓得你可以。况我来家看一切也确实很不错，你又何必自谦？"

何钟灵这会儿才笑起来，她柔声说道："夫人真真是那女中的豪杰，无怪乎夫君是时常对我说，婶母是个怎么样的好女子，往年对待他，亦是同亲子没两样。处处关怀体贴，便是比他曾经的亲娘……也无不及。"

淑云夫人嗔了她一眼："宣儿这孩子就会胡说，打量我这张老脸不会羞呢。"

淑云夫人之风韵容貌，若说她都自称"老脸"，那真叫天下女子也自惭形秽了。

何钟灵笑了笑，因着淑云夫人刚起身，还未用早饭，她不便多留，略须再闲话了几句，就告辞离开了。

淑云夫人吐出了一口气，有这么多乱成蜂窝的事情，她哪儿还有心思理家呢？

但这一天注定是个热闹日子，何夫人转眼提了重礼上门，一样是恭贺沈老爷归家、升迁之喜。

和其他上门道贺的人又不同，她何家是名正言顺的亲家，迟了几天才来恭贺，何夫人首先代替她家老爷表示了歉意。

老太太正在兴头上，哪里会介意，喜滋滋把何夫人就迎进来，拉着手说长道短，唠了一下午家常嗑。何夫人陪着是有说有笑，哄得老太太是连连发笑，道："我就说晚晴像你，都这么个玲珑人儿，一张巧嘴是什么样的稀罕事都能说得！"

午饭时分何夫人要告辞离开，老太太只拉着不准走，硬要留她用饭。这本是不合规矩的，何夫人毕竟是外人，掺和到家宴实为不妥。

可老太太道："你是晚晴她娘，怕什么，也是我们沈家亲戚，在一桌上吃饭谁能不许？"

何夫人是真不想留下，但挨不过老太太情面，只得也勉强坐下来。于是何钟灵自然坐在她下首，淑云夫人和沈东岩在对面坐定。

老太太即刻就吩咐："赶紧去请二公子来吧！说我要同他说一件喜事！"

老太太准备了这么多，万事俱备，就看沈洵这个东风了。可是去了的小丫鬟倒是很快就回了，有些苦着脸道："公子爷不愿来。"

老太太登时就变了脸："什么叫不愿来？你会不会答话？"

小丫鬟立刻磕头，吓得仔细回了："是公子爷说，他不惯在许多人面前用饭，因此，因此就不来了……"

不习惯在众人面前用饭，眼前这都是自家的人，又有什么不惯的呢？

老太太想尽办法自是也没想到这种结果，她面色颇为不好，片刻冲身旁道："秋宁，你亲自再去一趟，就说亲家母也来了，一家只是吃个便饭，让他就来了吧。"

可是让自己的心腹跑一趟同样没带来结果，这次去得稍久了点，秋宁垂头丧气回来了，她苦笑着回道："公子爷只推说着不舒服，实在不能来，叫奴婢向老太太赔不是呢。"

老太太一张脸甚至有些尴尬起来，连何夫人都和女儿相视，不好说什么。老太太竟像是也愠怒了，道："他这是什么意思，你们都同他说了什么事没？"

秋宁摇头："奴婢们什么都不曾说。"

老太太更生闷气："没说，他那边难道就不知道了吗？他这是故意的还是怎的？"

淑云夫人忙开口："兴许洵儿真是不舒服，老太太别多想。"

一边向沈东岩使着眼色，毕竟外人在旁，淑云夫人有所顾忌，不能做得太明显。

沈东岩轻言道："娘，既然洵儿不来，我们便先动筷吧，何夫人还在此地，饿坏了人家就不好了。"

此语提醒了老夫人，总算没再失态下去。她收敛起了神色，何钟灵这还是第一次见老太太对沈洵动了怒，她心里也觉不可思议，看来这亲事，还真是万灵丹啊。

竟然都能改变老太太对沈洵的态度，从前的百依百顺，立马就不管用了。

既然老太太不再追究，饭桌上自然就恢复了其乐融融。何夫人饭间也扫了几眼沈东岩，这沈家家主，闻名不如见面，倒真是挺有风范的。

既然都留下用饭了，何夫人索性就留出时间再陪女儿说说话。

所以午饭后她又到何钟灵院子里，坐了坐才走。期间就聊到饭桌上的事情："从刚才看，那二公子好像对说亲的事，不是一无所知啊。而且看其表现，还不大满意。"

何钟灵也笑道："二公子那么灵慧的人，娘不是也见过吗？这事传得京城都知道了，他本人怎可能不知。"

何夫人也觉得有趣："他是真不想娶亲？可过了这村，不一定就有这店了。定国公家的千金呢，再说，未必有这样好的了。"

何钟灵幽幽道："这门亲也未必真的好，不然，也不会貌似只有老太太一头热了。说是定国公，但大宋开国都两百年了，他这爵位传承了多少代，现今也只是个二品，哪儿有名头听得那么威风。"

何夫人若有所思点头："我倒也的确听了你爹讲过，现在的定国公，越来越像个虚衔，手里实权反而没别的二品官实在。他家的嫡女千金，也十五了。婚事都没定下，一直没见有特别高门第的人家去求亲，即便嫡女如此，到了沈家这里，也只拉了个庶女充数。"

言道这里，两人自然都明白这亲事内里其实不怎么样，表面光鲜罢了。

何钟灵哧哧笑道："母亲能想到的事，除了老太太，身在其间的沈家其他人，如何能想不明白？"

何夫人眼珠转了转，笑曰："可那二公子再怎么说亲，也不可能比得上姑爷了！这一有缺陷，误终身，将来他二夫人，怎么也越不过你去的。"

何钟灵为母亲添了一杯茶："这我倒不担心。我更奇怪的是，虽然这门亲事不好，想要拒绝，只怕更非易事。"

何夫人忽然想起了什么，连茶也没顾上喝："我忘了问你，现今沈家大夫人回来了……这家你可还能管？"

何钟灵一笑，抬眸道："今日她已说了，仍让女儿掌家……"

何夫人眼睛一亮："果真？那你可真摊上个好性子的。即便如此，以后你该做的样子还是要做的。"

何钟灵道："这女儿明白。"

沈洵皱眉独自在房里，中午饭没过多久，老太太到底还是舍不得，又送了些糕点过来。他却真没有食欲，看着桌底暗格里面什么都没有，他脸上是真凝重起来。

素锦进来为他施针，他才堪堪收住了表情，低头一直看她。

最近沈洵腿上经脉分布越来越奇特，她都要看好一会儿，才敢下手。而每次过后，沈洵都会难受好一阵。她一次比一次仔细，却挡不住沈洵的疼痛袭来。

这次扎完针，她和沈洵两个都是一脑门汗。

沈洵盯着她，喘息道："你倒是越发卖力了，看你最近是许多事都丢给了文进，自己只躲起来捣鼓你的药方。"

素锦不以为然："是公子巴巴把人家叫了来，难道还不给人事做？何况，治好了腿，公子才能说一门真正的好亲事。"

沈洵道："你盼着我说亲呢。"

素锦把用过的银针放进热水里，低头看着繁星一样的针，道："奴婢盼着公子有远大前程。"

沈洵淡淡笑了笑："我都没觉得重要的东西，你为何一定觉得重要。"

素锦收拾着针囊,闻言抬头看了看他,道:"但奴婢知道龙游浅滩、虎落平阳的滋味。"

还没真正天黑,素锦已经点起了蜡烛,看着灯火明灭,沈洵不再同她说,眼望着书桌,明显心事重重的。

将轮椅推到书桌的旁边,他目光好像始终想搜寻什么,但好像又碍于素锦在旁,没有过于明显的动作。"你最近有没有收拾我的书桌?"他终于问。

等了会儿,素锦却没有出声,也未答他。他假作镇定地回头,迎上她的眼。

素锦仿佛了然般,垂下眼帘:"公子在找这个吗?"

她像变戏法一样,手中握着一本书。沈洵脸色微变,瞬时喝道:"还给我。"

素锦一抬手,书自然凑到了烛火上,沈洵连喝都来不及喝,立刻推着轮椅过去。但纸张烧得多快,拇指厚的书,眨眼就全着了。

"奴婢说过,这世上凤凰落架的滋味大抵相同,我多少尝过,所以公子不要步奴婢后尘。这样的书,公子绝对不要再看了。"

沈洵使劲拍着扶手,几近咬牙切齿:"你知道你做了什么?!"

看他实在气得狠了,素锦也咬了咬下唇,终于看着他的眼睛,良久缓慢道:"只请公子不要忘了,是什么,害得你和爹娘分离八年。更不要说,如今老爷夫人已回来,公子定当比以往更谨言慎行才是。"

这话的确是起作用了,沈洵渐渐沉静了下来,但他的眼神,却比以往任何一次都要哀伤。

素锦心里一样大恸,走过去伸手抱住了他身体,脸贴着他耳边,似是也终究耗尽力气般:"公子,年家的事已经是陈年朽木,不要再管了。"

沈洵浑身震了震,又如泄气一般沉郁:"素锦,为什么你不肯信我。"

脖颈立刻有温热的湿气,素锦嗓音温柔又低沉:"公子为奴婢已经做得够多了,奴婢终生感激不尽。奴婢最信的人就是公子,只是奴婢余生的愿望,就是公子安好,别无他求了。"

第22章　雷霆拒婚

"为娘今天来，也就是问问你的意见。"淑云夫人捧着沈洵亲自斟给她的茶，吹了吹飘浮的热气，笑道，"你烹茶手艺居然没有退步，真叫为娘欣慰。"

两人在西偏暖阁对谈，周围摆着十几株合欢花。伴着如火花开，沈洵披着外衣坐在轮椅上，很难想象对面雍容富贵的女子，是这位公子的母亲。

沈洵半晌才看着她，有几分倦怠："母亲还何需问什么意见，定国公一直不愠不火，就算有心想让我拉拢谁家，朝堂也多得是人，不定是他家。"

"你这就是昏话了。"淑云夫人皱眉放下茶杯，顿了良久，又摇头笑了，"算了，反正我跟你爹也不喜，定会想个法子推了。"

看沈洵一径斟茶也不想说话，她眸中神色渐渐柔和："这些年，自你让你爹和我离开京城，虽说有后来种种的不奈，可眼看惹得老太太和一众家里人牵肠挂肚，我和你爹心里也不好受。终究还是欠你一句，对不起。"

沈洵眼里含了淡淡笑意："母亲怎么多愁善感了，有素锦陪我，倒没觉着什么，几年就过来了。"

淑云夫人道："我知你是曾经沧海难为水。"

这婚事母子俩都有数,以后更是莫提了。

素锦最近却是频频把沈洵惹得狠了,几次三番下来比往年加起来都要多。她也知道沈洵心里肯定不痛快,所以把文进又遣走了,自己重新跟着他饮食起居,平时言谈也都是尽量顺着他心意来。

可还是不成,最近扎针沈洵也不再告知她痛不痛,平常倒总是见他抚弄自己的腿,眼睛就盯着也不知在想什么。

这情绪莫说素锦觉得不安,感染得其他三个丫头都心底发毛。以前公子不是从不在意腿的吗?怎么现在是经常看得出神?

荔儿最近倒是偶尔提起,那位贺大人不是一来就跟自家公子好得很吗?现下公子是落落寡欢了好长时间,若真是八拜交情的好友,怎只顾自己快活,也没见来安慰一下?

贺言梅就像是被她念来的,居然真的上门了。

与此同时,钱媒婆在大厅里和淑云夫人苦口婆心,她还有些责怪淑云夫人的冷淡,说好的几天之期却迟迟不给音讯,害人家一大家子苦等。

淑云夫人慢慢把茶壶盖一放,微笑:"钱夫人,你收了定国公家多少好处?"要么没皮没脸地说尽他家的好处。

说白了这几天她也早就从自己老爷那打听了个清楚,定国公什么底子,还能不了解吗?

钱氏收敛了神色,第一次把她那说亲时特有的神采飞扬给换了下来。她是没想到这沈夫人敢这样直接跟她说,左不过一个三品官夫人,看座椅上气定神闲那个派头劲,却像丝毫不在意定国公家的反应,也没放在眼里过。

钱氏的眼珠子就溜了溜,说道:"夫人,这话怎么说的,看来这门亲,您家里还是不满意?"

淑云夫人思量着对策,其实只要是拒绝,就没有圆满的话。得罪是肯定要得罪了，想通这层，索性敞开了说："跟我们家老爷其实也商量了，国公家的庶女，恐怕和我家洵儿还是不合适，我们也不欲高攀了定国公的门第，日后便是选，也必是在同等人家中择一个好的，配个门当户对。"

拒绝的意思已经很明显，钱媒婆又变了变色，仍是哂笑道："这么干脆就说不要，夫人就不找人先合个八字？没准真是命定的鸳鸯。"

淑云夫人想到儿子的模样，不由得心里笑，任那三小姐和谁是命定鸳鸯，和她家洵儿也绝对命定不了。八字一合，就更成了没理也要搅三分了。

于是她还是含笑摇了摇头。却朝旁一招手，小蛮手里一直捧着一盒什么东西，此时淑云夫人把上面的布揭掉了，露出里面一码码摆放齐整的白银。

"给钱夫人送去。"

钱氏立刻眼睛一亮，又对上淑云夫人，淑云夫人笑道："才刚那么一问，不知道定国公家给了夫人多少，我这里的是这些数，夫人收下吧。"

亲还没有说成，礼却如此丰厚。连钱氏都觉得这钱烫手，沈家大夫人摆明是多了些收买的意思，毕竟媒婆的嘴，不管亲事成不成，只要出去一说，说好说歹都是大有文章。

钱氏本受了国公府所托，自然事事都要向着国公府的，如今沈府竟然大手笔拒了婚事，一边送上如此重金，是希望钱氏缄口莫言了。

钱氏只在心里转了一道弯，吐了口气就站起来笑道："那我就恭敬不如从命，谢过夫人了。"

淑云夫人含笑一抬手："请，累得夫人跑了两趟，在这里还要道声谢字。"

这次淑云夫人就不曾亲自送钱氏了，只找一个丫鬟去送她出了院子，钱氏抱着银子低头浅笑走了，其实收了钱，说什么话也都是未定的，谁也不会真再把银子要回去，兵行险招全当赌一把好坏了。

钱氏走到一处园子，寒天冻地的，只见里面花红柳绿，比富人刻意栽植的花园还繁荣。

她盯着里面一个人身影望了很久，绕过去看见正脸，才站定惊疑道："这不是侍郎大人吗？"

几十步开外还站在树底下的贺言梅似乎没听见，仍在低头说着什么。钱氏于是看见他旁边的人，只消一望之下就已明了淑云夫人不甘不愿的因由了。沈家公子不良于行钱氏知道，那坐轮椅的总没有第二个人。

钱氏眼睛虚着，临走前着意看了几眼。

这位媒婆心里其实也很能理解，若有这么个儿子，哪家的爹娘，也都不愿将就。

以贺言梅的耳目有钱氏和丫鬟走过去，早就一清二楚，他打趣沈洵："那头上簪花的，莫不就是京城第一的媒婆吧？"

沈洵看了他一眼："此处景色并不如何，你非要到这里下棋，总不是故意为之吧？"

贺言梅不以为意地敲着扇子，轻蔑道："就定国公那二两身家，嫡女捧着还没人要呢。居然还敢把庶女许给你，不明摆着笑掉大牙吗？"

就算定国公不比从前了，却没想到被他讽刺为二两身家，毕竟是世家的公子，桀骜随随便便就能露出来。

可拒婚的事到底还是传开了，这么一个重磅的消息即便有心人想压着，可挡不住悠悠众口。

老太太知道已经木已成舟，她活生生愣了半日，怎么也想不到全家会瞒着她这样的大事，儿子儿媳妇合着伙来逆着她心意。

她当天是气得饭也没吃,指着就骂了半日:"有你们这么当爹娘的吗?八年不沾家疼儿子!现今又挡着儿子的姻缘路,我说你们心是石头做的呀?!怎么能做得出这么亏心的事!你们到底想的什么?想这个家散了还是怎么回事儿?"

沈东岩和淑云夫人俱是相对无言,主要这事也解释不清,赔罪吧,怕老太太也没那般轻易消气。这时候再主动凑上前找骂更不现实,两夫妻躲在屋里,都没吭声。

老太太骂到后面已是带了哭腔:"枉我素日还想着你们回来!心里紧着盼着,谁知你们回来尽是干了缺德事啊!"

这给不知道的人听去,还以为沈大人和他夫人都干了什么见不得人的歪事。

还是何钟灵赶去劝了劝,没想到老太太听了几句,就对着她也生气道:"晚晴你只说,这事儿你事先知不知道?是不是都故意瞒着我这个老婆子?"

何钟灵眼神闪烁了几闪,其实这事情,她还真一点儿也不知道。沈夫人做事确然是极严密的,不过如果她知道,告不告诉老太太同样是两说。不过此时她正好也是顺杆爬,赌咒发誓如何能骗老太太,和自己委实一点干系没有,撇得干干净净。

先在老太太跟前卖了好,老太太对于她是倒也没有太多责怪,只一个劲儿还气沈东岩夫妇。

何钟灵自然是好听话又说了一箩筐,劝得是口干舌燥,一力柔声哄劝。只劝了一个多时辰,老太太才终于不再骂了,可火气是怎么也消不下的,前日那么兴高采烈,今日就有成倍的失望堵心。

外界关于婚事传得沸沸扬扬,还有一个小道消息,从钱媒婆那儿传出来的,只说沈府那位公子,定是瞧不上定国公家的庶女的。

那一个艳丽秀雅,若是出得门,不知又是多少少女的梦里郎君,和冠绝京华的贺公子站一堆一比,也是不输什么。

　　传言就是传言,传着传着,难免其间意味就变了。光听形容时都是美妙的,越是神秘模糊的传说,越能激起人的兴趣。

　　都想,那沈家二公子既然那么好,自然就有人的本钱想下得更大了。众人只觉得这次拒婚,症结只在于定国公许了个庶女,说不定要是嫡女,结果就不一样了。

　　于是事情绕着诡异的方向发展,沈家事与愿违,隔了半月,竟又有人上门了,这次低调很多,是个朝中正四品的太府少卿,这次说的,是他家的正经嫡女。

　　翻过年,老太太已是近七十的高龄,她一辈子的思想,已是不可能再去改变。在婚事上若是和她硬碰硬,沈东岩夫妇也是做不来的。百善孝行先,何况沈东岩本来就对老太太有愧,若真将自己母亲给气病了,他委实担待不起。

　　这事和淑云夫人一合计,都很为难。中间夹着个老太太,淑云夫人纵然有玲珑心思,面对这种棘手的情况也是束手无策。她唯一的办法,只能是暂且拖着。

　　这拖着拖着,就拖出了事来。

　　上次定国公那庶女挺默默无闻,可今次这个太府少卿的闺女顾柔然闹的动静却不小,据说得知了自个亲爹做出了这样的决定,在家里已是闹得天翻地覆。一哭二闹三上吊的戏码是轮番演了,对着她满院子的丫鬟哭,只哭她爹猪油蒙了心,想把她这亲女儿配给个瘸子,活生生推她进火坑。

　　少卿大人在家里也是拼命把这事压着,唯恐小姑娘把事情闹大发了。可是尽管骂也骂了,狠狠惩罚也罚过了,千金小姐依然硬气得很,不改初衷,天天满院子哭叫。

　　只说她好好一个闺阁小姐,何以下半生就得配个瘸子,时时这么伤感自怜，说出的话当然不会好听到哪儿去。

她爹是苦口婆心地劝说，说他女儿是头发长见识短，那沈家是什么样人家？如今恩宠正隆，沈东岩和沈文宣两个都是三品大员，所谓一门显赫，他家看门的从此都尊贵些，更不要说她是正经嫁过去的少奶奶。

可姑娘小姐素来事事只以自己的情绪为先，哪里还能考虑那么多大义，就算讲给她听，她也觉得此番牺牲不值得。以她千金之躯，嫁到谁家，不是一样的享受荣华富贵，至于攀权附贵地委身一个瘸子？

柔然小姐是左一句又一句咬紧了瘸子二字，把个太府少卿气得是暴怒不已。在朝堂他是四品大员，在家他就是一句千钧，当即下令封了女儿的园子，在沈家给回话之前，彻底禁了顾柔然的足。

可是初生牛犊最不怕虎，年轻少女最不缺少的就是胆量。顾柔然一不做二不休，居然拿出自己的首饰，收买了一个守园子的丫鬟，让她出外到街上，散布了一堆歪话，她素日嫌弃沈二公子的那些话，全被兜了出去。

这下可热闹了，京城许多人或多或少听过沈家二郎的传闻，对这么个风云人物，大多抱着可惜的态度。

虽然大家心里都清楚，沈二公子定是娶不到门第太高的姑娘，可像如今这样，摆到台面上地被人嫌弃，如此不加掩饰，还是让京城众多人都意外了一大把。

那顾少卿，是想低调行事没有低调成。顾家柔然小姐，借着风浪大大出名了一把，如此大胆作为，非普通千金闺秀能及。

淑云夫人端着茶杯愣了半天，这些传闻实在让她吃不消。但少顷，她的眼睛就若有所思眯起来，上次定国公家没言语还不好说，如今太府少卿的女儿首先不满意起来，他们还不好说吗？

嘴角微笑，不免计上心来。

钱媒婆舍了老脸,这次又是她来。太府少卿的家里是觉得,再请第二个媒婆,指不定嘴上没把门又传出什么不好听的来,干脆还找何氏这个原来的,成与不成,相互都不张扬,两不相欠。

钱氏上门的时候心里还不安,可没想到,这次淑云夫人竟是十分热情,态度比之上次可谓一百八十度大转弯。主动请她上厅坐着,又让丫鬟们沏了上好的茶。

钱氏抿了口茶,酝酿了一下,道:"夫人,上次不成可还说是国公大人家诚意不够,只许了庶女。这回可是没说的了,少卿府上的嫡小姐呢!"

淑云夫人看似真的认真了不少,脸色也是在仔细考虑,她半晌才说:"这位顾小姐不知品行怎么样?"

钱氏都有种不相信这么顺利的感觉,她愣了片刻,才赶紧挂出了招牌式笑:"唉哟,那绝对请夫人放心的!少卿大人家其实也就这么一个嫡女!样样教养那自是从小教的!定是知书达理,女红书画琴棋,与那些大宅院小姐们比,顾小姐会的一样不少!"

说到后面,有些拿不准淑云夫人有没有听到外界的传闻,打眼看了看,见她神色一切如常,钱氏才暗暗松了口气。

虽说顾柔然说的是女儿家不懂事的话,可要传到男方家人耳朵里,那基本也等同于侮辱。

淑云夫人看起来是真没在意,一点拒绝的意思都没有露出来,还温和笑道:"果真如此,我们也十分愿意的。"

钱氏赔着笑,顿了顿又说:"原本就是,其实要不好的姑娘,也不敢往您家这门槛踏呀!"

圆溜的话顺嘴就出来,好听的话谁不想听。淑云夫人果然笑得欢畅,她也在端着茶细细品尝,好像也在很细致地考虑这桩亲事的可能性。

看对方夫人这样沉思的模样，钱氏也就没有再多说。吹了吹热气，安心品尝起这绝好的茶饮来。

盯着门外，望一窈窕身影徐徐进得门来，淑云夫人终于缓缓笑了出来。等素锦渐渐来到近前，她才柔声道："你来了？"

钱氏开始没在意，可是随意一瞟下，却发觉进来的这个丫鬟长得异常美貌，很有些抓人的目光。

素锦徐徐福身道："夫人。"

淑云夫人笑得很和蔼，看着她宛若平常地问道："难为你又来给他拿药，昨儿是你服侍的不？爷睡得怎么样？"

素锦今日穿了一身天青水碧色的裙子，正是淑云夫人早上特意送去的。委实美得让人不敢逼视。再加上她笑着回话："爷还是睡不好，昨儿奴婢费了好些神，只盼着这次能拿回些山药给公子爷煮了助眠。"

这话给钱氏听着，素锦就是个公子房里的通房丫头，她不禁暗暗吃惊地打量了一番。

淑云夫人微笑："是该拿些，不过就不用你亲自跑了。这样吧你且回去，我这儿还有些事，回头我让人送过去你们府里。"

素锦仿佛不解地看了看钱氏，眉眼温和地又笑："还要再麻烦夫人，若是夫人事情不久，不如奴婢在这里等一等？"

淑云夫人挥了挥手："你还是先回罢，我这里得慢慢处理。"

素锦又看了看，才福身退了。那边钱氏看着她身影，心思却活络开了。

瘸腿，又是个病痨，身边还放个这么貌美的通房丫头。之前对沈家二公子是了解得不够深，她也不禁暗暗皱起眉来，如果之前因为那些似是而非的好传闻给他添了些许好印象，但如今发现的这几条，就比较要命的了。

淑云夫人这才笑眯眯地转头看着她:"钱夫人,刚才说到哪了?"

钱氏才赶忙回神笑了笑,重又攀谈起来。表面是热情洋溢的笑脸,心里却存了疙瘩。

钱媒婆也不是不负责任的媒婆,她之所以能在京城有名,还能落个好口碑,就是因为她并非一意追求嫁娶的人,双方这种情况,她无论如何事前是要讲明白的。

是否要让自己女儿过门受这个闲气,那太府少卿是要好好考虑考虑了。

回去钱媒婆把这个事一说,更不得了,那顾柔然小姐便哭也不哭了,直接抛了白绫上房梁,要么死,要么不嫁。

这次连少卿夫人都苦苦相劝了,虽说结交沈府重要,但也不能完全不顾女儿幸福。即便亲事不成,以后,总还有别的法子能和沈府建立起交情。

这太府少卿看着妻女,本来心里在听到钱媒婆的话后,意志就有点不坚定。现在终于是下决心,咬牙闭眼,算就算了吧。

老太太对淑云夫人这次表现出来的态度很满意,一桌吃饭时也不再甩脸子,再加上淑云夫人有意说了几句逗趣话儿,老太太渐渐才露出来笑意。

"这样才像话,洵儿这年纪,该说亲就说亲,姑娘家都是好好的,做什么非得挑三拣四呢?"

淑云夫人只一径顺从应承,柔声道:"是,我瞧着这次少卿府的姑娘也挺好的,若是媒婆再来,我就打算先讨了二人的八字,不管怎样去庙里合一合,要合上去了,这亲事真就没话说了。"

老太太那点嫌隙就生不出了,自此终是相信儿媳妇上次是嫌弃了对方是个庶女,这次换了个嫡女,果是就不说什么了。虽然门第低了,不过老太太心里,其实也是比上次高兴了点。嫡庶之分,重视的程度到底是不一样。

过得三五日，不出意料钱媒婆上门了。这次却不是为了说和，隐晦地表明了那意思。

淑云夫人又是愣半天，还连连叹着气惋惜道："那太可惜了……"

钱氏也不知面前这位夫人惋惜的是真是假，她自此才道，以前她打交道的那些人家的夫人主母，个个加起来都没有这沈家夫人的玲珑万一。

钱氏鲜少地没有开口。

淑云夫人看样子是真的感到可惜，还多问了一句："那少卿家里真是这么说的？就没有一丝余地？"

钱氏是真的有些不确定了，看着淑云夫人诚挚的表情，她也只能苦笑道："老身也很可惜，真的无能为力了。"

淑云夫人又长吁短叹了一会儿，照样挥手送来了银子，交代道："连累钱夫人白跑了两趟，真是过意不去，这点银钱，全当赔礼，夫人收下吧。"

女方不愿意了，当然不能再上赶着去找人家。反正也是秘而不宣，顾家也巴不得此事揭过，两家也就这么默默地作罢了。

淑云夫人笑着对素锦说："还要仰赖你的帮忙。"

素锦微微一笑："为夫人做事，是奴婢应当的。"

淑云夫人免不了又叹了一声，素锦明了她当母亲的非得这么贬损自己儿子，心里多少都不舒服。

但经过定国公太府少卿两家人的接连败退，估计以后长期内不会再有人动沈家二公子的心思了。这事儿算是宁息了。

饭桌上面对老太太，淑云夫人反劝道："到底是洵儿命里没福，老太太也莫为这事堵心了。"说着也用帕子拭了拭泪。

老太太比之上次更是憋闷得不行，想要去责怪淑云夫人吧，可人家这次样样都做得很好，态度也积极，她就算想骂也没缘由。

但她毕竟是生了芥蒂，觉得在儿媳面前总失了面子一样，有话儿就只对何钟灵掏心窝子。

淑云夫人也看出了这点，反而主动劝着何钟灵："没事你就多去老太太那儿走走，老太太既喜欢你，我和你伯父都还要仰赖你多开导开导老太太。"

何钟灵得了话，自然万般柔顺还带着一丝忐忑道："夫人这么说，倒叫晚晴惶恐了。左不过是老太太心慈，素日就多怜悯了我一些。晚晴实在感谢夫人的信任，其实，若能为夫人说两句话，何尝不是晚晴的荣幸呢！"

淑云夫人亲切拿住她的手："你这孩子就是懂事，我瞧着也喜欢，老太太是上了岁数的人，身子容易不爽利，你能从旁劝好了，一方面也解了我们做长辈的心病。"

何钟灵浅笑道："夫人只管安心，媳妇明白的。"

淑云夫人自然又是软语抬举了一番，何钟灵各种的谦辞顺服。

少夫人不再需要向大夫人请安，每日就时时去往老太太处，到了内堂和何钟灵对坐，老太太就不希望外人在旁，把所有下人都撤了出去。

这才说话不带顾忌，老太太说着说着又流眼泪，拍着大腿自悔道："难道我这把老骨头就这么不招人待见，注定没什么好事，能落到我身上吗？"

何钟灵一副心疼的样子道："老太太这么想，怕是全家人都要内疚睡不好觉了！您看如今夫君和老爷的官途都顺顺利利，一家人更好不容易聚到了一起，正是越走越好，不都是好事吗？"

老太太抑郁难平，长叹道："我只是想不明白！那顾家人为何好端端就反了悔！洵儿的终身大事怎么就这么不平……"

何钟灵妍丽的眼波流转，就劝解了道："其实这事儿，没准真的不怪夫人……其中有个别的什么缘由，也是可能的。毕竟这二公子，也是夫人的亲生儿子，若说夫人不想他好，那也是不靠谱的。"

老太太面色阴郁："是亲儿，那不也八年没来看吗？你又懂个什么？"

何钟灵当然不会把别人看不上沈洵那话告诉老太太，待了会儿，反而面显出莫测之色，沉沉道："孙媳有话，不知当讲不当讲？"

她话中有文章，老太太肯定追问不放："你只管说，什么话儿？"

何钟灵似在回忆，片刻声音又轻又柔地说："其实我发现媒婆来的前几次，都还是好好的，唯独这最后一次，突然就带了话反口。孙媳还问过门房上的人，说在上一次离开的时候，隐约就看见媒婆脸色不对劲儿。这由不得让孙媳想起……上次那媒婆过来的时候，和夫人在正厅谈话。孙媳在归雁园的路上，就碰见了二公子的那个丫头素锦，她似乎也是要去找夫人，如今掐算一下时间，感觉真微妙，仿佛就自她去过了以后，媒婆才转了心意似的……"

一席话让老太太圆瞪双目，接着似回过味来气得胸口起伏，那样子就如怒火直接能烧出个窟窿。她大口喘着气："我就知道这里头有鬼啊！那贱婢，定是她干下的这事！上回，也必定是她唆使的洵儿与我们赌气，叫他不来家宴，又叫他反对娶妻！"

老太太仿佛醍醐灌顶，种种事件她觉得终于能想明白缘由，眼睛都绿了。

何钟灵坐在座位上观察了一会儿，才缓慢起身走到老太太跟前，抚着她的胸口给她顺气道："孙媳毕竟是猜测，老太太也别太生气了。身体要紧。"

老太太半晌憋出了一句："我迟早要被那贱婢坑死！"

何钟灵心思细密，没想到稍微露出一些端倪，她就串联想了出来。

作为淑云夫人,是觉得用个小手段完美解决了这次事情,可她没想到的是,阴差阳错,这让老太太心底更加恨上了素锦。

何钟灵晚上回去寻思,却也感到奇怪,觉得老太太对那个叫素锦的丫头,似乎过于憎恨了些。

依她在沈家的观察,那丫鬟虽然生得出挑,但行事却低调。平时也不往外面来,就算她偶尔来取药,招了老太太的烦,按道理,也不至恨到这地步。

她又想起何夫人提起的那个素锦,乃是妾奴的身份,心头忍不住蒙了一层阴霾,升起莫名不祥感。

沈文宣推门进来,主动说道:"晚晴,马上年关就到了,宫中朝臣家的宴饮定会不少。你也记得准备准备。"

何钟灵立刻从座椅上起身,道:"早已准备了,年货也置办齐全了,若想年后在家摆宴,东西都不需准备,现成的就有。"

沈文宣把外袍换下来,叹道:"今日朝堂上,定国公和太府少卿都不太搭理我和伯父,伯父回来时才和我说,要寻空请了那两位,缓和一下紧张关系。"

何钟灵支使喜鹊看茶,又问他:"而今你跟老爷同列三品,在朝堂之上,别人可都是怎么看的?"

沈文宣道:"虽然职位相等,但明显万岁爷和各位大员,都更倚重伯父一些。这本也属平常。"

何钟灵柔声问道:"夫君,你大约是在夫人和老爷离开的一年之后,才被老太太做主过继来的?"

沈文宣皱眉:"怎么问这个?"

何钟灵看着他神色,小心道:"倒也没什么,只是我隐约听说,咱们府中那个素锦,身份竟然是个官奴,想问夫君知道这事吗?"

沈文宣坐到她身边，神色不变："知道是知道，不过你问我也没用，我来的时候人已经在了。"

何钟灵眼底光芒明灭："可是，官奴一向是罪人后代，咱们家为何竟会沾上这样的人，夫君就不奇怪吗？"

沈文宣半晌一笑："这我是真不知道，只要洵弟喜欢，哪管她是什么身份。"

闻言何钟灵也痴笑："我看二公子，实在不像个沉迷女色之人。"

沈文宣看了看她，拧眉说道："不过约九年前，朝堂局势似乎是挺动荡的，那段时间万岁惩治了一大批的人，那些人族中女眷被充做官奴的肯定不少，我们家也许做主收留了一个，在当时也不是什么大事。"

不是大事？若无特殊缘由，私收官奴入府，在何时都不是小事吧……

但沈文宣非要这么说，何钟灵再问就没意思了。但凡看重前程的人家，都不会主动接触这些罪臣之后，徒惹是非罢了。

东府，花期从沈洵屋里心情沉重地出来，看见素锦焦急道："怎么办，我看着公子这次是真的很严重。"

距离上次退烧还没个三五天，竟然又起了高烧，丫头们如何不高度紧张起来。本想按着原来的方法处理，适才是花期进去替沈洵换了衣。哪想到换了衣服出来，她就这副神色了。

素锦急急忙忙进去查看沈洵的情况，这次他两颊都烧起来，果然一次比一次严重。看素锦全神贯注的样子，花期再也忍不住："素锦，你那药方……"

虽然丫头们赞成素锦给沈洵私下用药，但绝不是想看见现在的情况，竟然短短数天沈洵三度昏迷，花期怎能不有此一问。

素锦的脸也苍白，她看着花期，手捏着沈洵的脉门，明显指尖感觉到，自己身边这个男人心跳有多微弱。

"我最近是给公子改了药方，这几次发烧，应也是从改了方子开始……"

花期焦急道："你往方子里面加了什么？"

她虽然从来未帮素锦煎药，但伺候沈洵时也能闻出药性，这几次她是能发觉不同，但料想与原来方子差距也不大。

素锦却绝口不提。盯着她，花期满心满眼都是焦虑，几乎到坐立难安的程度，偏偏又不可能真的怎么去逼迫素锦。

沈洵在床上略微睁开了眼，幽幽开口："你且出去罢，花期。"

花期猛地在床边跪下，哽咽道："奴婢不能从命。"

若非十分地难受，沈洵连说话声音都低柔无力，看着床边两个少女，他也是无可奈何。

他极艰难费力地道："只有一条，素锦，不管我病得多重……你不能宣扬出来，更别……叫老太太知道……"

素锦一把握住他的手，万般悲伤都压在眼泪里："公子，奴婢即刻去请大夫。"

沈洵喘息着摇头，声音更低道："实在不行，你就去把我母亲请来吧……"

到底感觉多糟糕才能这样说话，素锦忍着一阵阵的痛心，对花期道："你去请夫人吧。"

花期也是一边抹着眼泪一边去了。没有什么，比亲眼看着你素日仰慕的人，形容憔悴的时候更心酸了。

素锦将沈洵苍白的手掌贴在她脸上："对不起，公子，你会不会怪奴婢。"

沈洵无声笑，唇都是没有血色的："不过是自己选的，也别说这种话了。"

素锦擦干了眼泪,像往常一样,忍不住就想抱住他。"奴婢还是那句话,既还没有报答公子,公子什么事都不会有。"

沈洵也说不出什么,没一会儿淑云夫人匆匆来了,母子连心,她看过沈洵的样子只比素锦更加伤心断肠。

她当即涌出了眼泪:"没有办法了,还是赶紧请大夫吧!"

素锦这会儿抹泪冷静道:"已经打发人去了,就直接找妙手堂的陈大夫,使出多少银子都会把他带来。"

已经预料到名医难请的状况,淑云夫人红着眼圈道:"似这类大夫,只怕临时找他,有钱也使不上。万一不管用呢?那妙手堂你可知道位置,我派两个孔武的家丁前去请人,拖也必定拖来!"

素锦咬唇低头:"已经让我们这儿一个小厮跟去了,这会估计已在半路。也好,夫人再让两个人去接应,万无一失最妥。"

淑云夫人平时再端庄持重,聪慧高贵,此时坐在床边握着儿子的手,一样是无语凝咽。

素锦默默在她腿边跪了下来,对着她就磕了下去。淑云夫人含泪看她:"你别这样跪我,我看着实在难受。说到底,其实你跟洵儿,都是苦命的孩子!"

第23章　天妒英才

　　素锦是泪如雨下，想说什么又不能，默默地摇着头。淑云夫人心思复杂，看见她引以为傲、曾无限荣光的儿子，她慈母之心寸寸柔肠都尽断了。

　　妙手堂的掌柜陈大夫，是京城民间屈指可数的医术精湛的大夫之一。沈府的人这一趟去，总算是顺利把他请了过来。

　　陈大夫背着药箱从东府的后门，直接进入了沈府的内宅。又在阿久、荔儿两个丫鬟带领下火速来到沈洵的屋子。一看已是黑压压的人，他也不多言，直接就越过众人走向躺在床上的沈洵。

　　望闻问切，号着沈洵的脉，陈大夫捋胡须首先道："贵公子这是有些内虚的症状。"

　　在这屋里的，只有东府院子里的丫头们，和淑云夫人带来的几个人，但乌泱泱已是挤了一屋子，每人都是急切想知道沈洵的情况，叫谁出去都不合适。

　　淑云夫人焦心道："这孩子烧了已是十二个时辰了！只求大夫速速给个退烧的法子吧！"

　　陈大夫在京城打转，每回出诊压力都颇大，为这样人家诊病就是这样，时不时地牵一发动全身，比不得平头百姓人家轻松。

　　人多耳目杂，里里外外这么大的动静，怎么可能不惊动前院。当消息传遍整个沈府的时候，已经不是谁想不想的问题了。

老太太浩浩荡荡领着一群人上门来，对着素锦就唾骂道："我倒要问问你素日是怎么伺候你家爷的？你不一向从我这拿走了许多要给你公子补身吗？如今你这蹄子还惺惺作态的，屋子里还有你配站的地儿吗？"

旧恨加新仇，这回全爆发出来。

除了沈东岩被宫里临时叫去，沈文宣何钟灵这下全来了。看老太太发作，都没上去自讨麻烦。

素锦一声不吭，却如方才一样跪下来，心知老太太赶她，只是不走。

作为陈大夫也很不解，他给大户人家诊病不是头一回了，这朝中新贵沈家他也有耳闻。这一家子的老太太急匆匆赶过来，进门第一件事不去看看病倒的孙子，反而对一个丫鬟喝骂不已？

何钟灵目光立刻就朝沈洵飘去，古人有形容病西施一语，对于男子当然是不能用，但沈洵形容清减，病中也没有别人的憔悴枯槁，相反一头黑发垂于胸前，病中也带出少许晋唐风韵。另一方面也说明，那几个丫头，确然是把他照顾得很好。

看老太太盯着素锦的目光毒辣，气得似乎抬手还像要打素锦。

淑云夫人乍然哭叫出声："洵儿这脸色！怎么像是比之前更加的不好了呢！"

她哭得悲伤哀切，陈大夫也立刻转头去看，先前只是号脉，现在他直接拉下被子，手按了按沈洵胸口，片刻皱眉道："我需要解开病人的衣服，查看心脉状态。请女眷们先回避。"

淑云夫人忍泪说道："我是他的母亲，不需要回避。但凡有个什么，我都要陪在他身边。"

老太太也颤巍巍向前，抢道："洵儿怎么样了？我是他祖母，一手将他带大的,也没有什么要我老婆子回避的!"

其余一众丫鬟,都趴在床边泪眼蒙眬:"我们左右都是卖与公子的人,生死都是公子的,回不回避予我们也不重要。"

只有一个何钟灵,她低头用绢子擦了擦眼,环顾周围,慢慢绕到屏风的后面站定。

陈大夫这才解开沈洵胸前的衣服,粗厚的掌心就轻轻放到了他胸膛上,摸了一会儿,又伸手入他背侧,仔细探了一番。

之后他将沈洵衣服合拢,神色也有些沉凝:"贵公子的迹象比较乱,我观他心律时缓时急,非常不稳,这么长时间下来,病人的身体是很容易垮的。"

老太太最先摇摇欲倒,那张脸唬得煞白一片:"大夫,你可得想想办法,多少银子我们都使得,使得的!"

陈大夫赶忙抬手制止:"老夫人莫忧心,老夫方才只将症状说一说,并非是没有医治之法,请老夫人和众位少安毋躁,容我细细看完。"

沈文宣满目担忧,趋前来到了床边,只细细查看着沈洵,叹口气还为他掖了掖被角。"洵弟?"

何钟灵也从屏风后走了出来,她的眼泪似也不甚作伪,叹息掩泪道:"当真是天妒英才,二公子何以就这般命苦波折。"

陈大夫无非就是再仔仔细细查探一遍脉象,随后取来纸笔,挥手写出了一个药方,嘱咐先立刻煎一贴来服下。"老夫可以保证让公子的烧退了,但这腿脚引起的并发症,是经年形成的根子了。老夫无能为力。"

不管是什么样的名医,只要涉及沈洵的腿,那统一的回答都是没办法。

淑云夫人连意外都懒得意外,她注意到陈大夫表情犹豫,像是有未尽的话。老太太那厢已祈告起来:"能退了烧就谢天谢地了!大夫,你能让我孙儿好起来,我们也定对你重谢!"

陈大夫面对病人要给他的重谢显然已属平常,表现得很宠辱不惊。他忍耐了会儿,还是轻轻问道:"府上是不是也有懂药理的人?怎么贵公子素日,都经常用药吗?"

老太太不明所以,张口就问道:"大夫说的是什么?"

淑云夫人本来也并不清楚缘由,她只是看,花期那几个丫头听到这话后,脸都骤然一变,她心里就多了丝考虑。

陈大夫倒没有去接老太太的话,他还不明白吗,要是他的问题有答案,何需还引得对方老太太一头雾水。

那头阿久已是最快速度熬好了药端上来,只有小半碗的量,淑云夫人亲自捧着沈洵肩膀喂了。的确一帖药下去,起码沈洵的脸不那么烫了。

沈洵缓缓睁眼,眸色朗朗,与素锦的蒙眬双眼,对个正着。

先前他虽眼闭着,然周遭发生的事,他并非不知道。如今心里一痛,无声息握住了母亲的手。

淑云夫人怜惜地望着他,扶着他手臂,沈文宣也立刻坐了下来,就在床边关怀道:"洵弟,你可是舒坦些了?"

陈大夫背起药箱竟就要走了,老太太忙慌得拉住他。"大夫,你今日就住下不走了吧!我立刻命人打扫一间屋出来!"

陈大夫却不住摇头:"不可,我还有不少病人等着,之前是看您家颇紧急,才先赶来。现在必须要去应那些病人的约。"

老太太哪里肯让,又含了泪:"但我家孙儿,您不能丢下不管啊……"

陈大夫不住地拱手:"大不了我明日还来,请老太太莫念着。"拱了半天手,承诺再三才终于脱得身,一副急不可待想离开的样子。

他先前问那话也许其他人都没在意，唯有一人例外，就是何钟灵。说者无心听者有意，她把陈大夫的话在心里过了几圈，再去看沈洵就有些微妙。

天色渐晚，沈家的人基本都各自有事，不可能都守着东府院子。沈文宣就道："干脆我就留下来服侍洵弟，祖母和婶母熬了一天不易，都先回去歇着吧。"

老太太恨不得把心都掏出来给沈洵，一迭声问寒问暖，她现在满心思都在沈洵身上，旁的什么她也不愿理会。沈文宣的关怀之语也没到她耳朵。

难得淑云夫人冷静了一些，说道："你该上朝就上朝，才最不该误了你的正事。洵儿跟前怎么都有人，断没有让你一个大少爷服侍的道理。还有晚晴，你们已是有孩子的人，总还要分时间去照料，才该早些回去。"

这话铿锵，多少说中何钟灵做母亲的心思。上前挽着沈文宣的胳膊，她柔和一笑："夫人关心你我，而且老太太担忧二公子，怕是回去也不能安心。"

沈文宣眸光微动，低声向淑云夫人道："婶母有任何事，都可差人到归雁园叫我和晚晴。为了洵弟，怎么做法都是当为的。"

淑云夫人宽慰笑道："洵儿也没有什么大事。我知你们夫妻都是有心的，如有需要的时候，我定会再叫你们来。"

何钟灵和沈文宣这才相携离去。

沈洵醒转了一会儿，老太太就全神贯注地陪着他说话。淑云夫人这时候看向了素锦，素锦也默默起身，随着她来到了外间。素锦跪了良久膝盖都发麻，站着时也有些微晃动。

淑云夫人望着她，低声一叹："如今也没旁人了，你就同我说实话吧，素锦。"

素锦却微微低头，泪痕未干，嗓音却坚定沉静："夫人，奴婢有罪，没什么话可辩驳。"

淑云夫人诧异瞠眼，缥缈预感应验，眼里顿时蓄满了泪水，抬手指着素锦，半响才说得出话来："你、真是你，洵儿的腿多少名医都束手无策的事！你怎么就还这般糊涂！"

许多年这样的话便是沈洵本人都对素锦说过许多遍了，素锦缓缓闭上了眼，如她所说地并不辩驳。

淑云夫人含泪，沉沉地坐到了椅上，眼底浮现的，说不清是伤心至极，还是疲惫失望。

不远的纱帐之后，就是老太太，所以说话也不能随心所欲。

素锦来到她跟前站定，只把声音压到了最低，却仍透着一夜心力交瘁的沙哑："素锦对不起夫人的大恩大德，只是公子活一日，奴婢便活一日罢了，奴婢是身微命贱，但公子，一定不能和奴婢一样。"

听了这话淑云夫人还有何不明白的，她又掏出手绢按在眼睛上，几乎忍不住抽噎，似也无可奈何。她如何是不震惊，分明多年来素锦在给沈洵不断试药，这等后果难测的事，直接导致了今日的凶险。过往，还不知是不是也有这样的凶险发生过，只是她不知道。

越想下去，淑云夫人越难以自制。她甚至无法再看一眼素锦，也不顾老太太还在内里，就打开门，扶着等在门外小蛮的手匆忙就走了。

素锦失落地随着她走了出来，看着淑云夫人亦是充满悲伤的背影，胸口一时间真如针扎。

她还待进去，里头却传出话来，秋宁叹息拦着她："老太太说，让姑娘别再近身伺候公子了。"

她叹着抬手又关上了门，将屋里院外隔断起来。

素锦茫然四顾，早在一旁看见的阿久眼圈红了走过来轻声道：

"素锦姐姐,别担忧,等晚上老太太走了,你就又能进去了。"

见素锦不语,顿了顿她又哀求道:"姐姐一夜没合眼了,你眼都肿了,还是趁机去休息一会儿吧……"

素锦沉寂而无声地摇了摇头:"我没事,你多叫几个人,进去好生伺候公子吧。"

晚间沈东岩从宫里回来,同样急忙就来了,问妻子:"听说洵儿烧得厉害,现今怎么样了?"

淑云夫人看见丈夫,也是脆弱外露,抹泪强笑道:"烧已经退了,不妨事,大夫说明日还会来看看。"

沈东岩看她并未如释重负般,不由凝眉深问:"既然已无大碍,为何夫人还这般低落?"

淑云夫人面对他的疑问,内心却又是何等难言,呆坐半晌只是背过身去。

夫妻风雨同舟,从少年就恩爱过来的两个人,感情已是用相濡以沫不足以形容。沈东岩近前揽住她一双肩,一般淑云夫人不想说的,他也不会逼,只尽心宽慰着。

"洵儿是同你说了什么?"沈东岩换了个简单的问法,"要是他不好,我明日索性告了假,再跟你一起去看看他。"

淑云夫人把眼泪都擦干净,笑道:"你别告假了,我不是说了吗,洵儿已没事了。前不久才得罪了两家子的人,你再戳在风口浪尖上,别没的让人在背后参你。"

沈东岩是沉浮过一次的人,再听这些话就没那般在意了。正要往下问淑云夫人已是喃喃开口:"我本要说,素锦竟也是个糊涂孩子。"

沈东岩有些吃惊:"素锦?"

淑云夫人泣后又笑:"所以我说,这话才不好说。你看你这反应……"

沈东岩这回真没再问下去，他暗沉的双眸千般复杂闪过，若是牵涉到素锦，就真是不好说了。

老太太直到快入夜才被人劝走，素锦打了盆水，替沈洄擦手。他高烧刚退，身上本来同样湿透了，文进先给他换了衣裳，只这手心，仍在不停往外冒汗。

素锦不厌其烦，已是为他擦了数遍。不消陈大夫，她就能猜出这是内火往外宣泄的表现。人都说情到深处，每时每刻都只剩思念，即便面对面，也想念着彼此。下午仅是片刻没见，素锦捏着他的手掌，就有些不想放开。

沈洄卧在枕上，就轻轻道："你今日被老太太责骂，往后，只怕我护不了你。"

许多事，就仿佛开个口子，往后只会越发扩大。老太太就算看素锦不顺眼，多年来也得过且过了，而今一旦怒气泄了，再要弥补，就难于登天。

素锦看着他的面庞，忍泪笑道："奴婢会自己护着自己。"

沈洄微微侧脸，露有一丝笑："你这性子，是撞了南墙，也不回头。我都觉得以今日的我这样子，是否还能做到曾许诺的，再护得你一辈子周全。"

少年时是不是都这么想过，能有个人能倾心倾力，护得自己一世周全就好。彼时他是真这么说了，那时候她家败人离，形单影只的情形下，已是品尝不出这承诺的丝毫美好了。

往事如烟，今夕更残忍。素锦连握被子的手，都难维持平稳，她一边拂去脸上控制不住的泪，一边笑："今日奴婢是伺候不好公子了，奴婢去叫花期来。"

她把湿巾塞入沈洄手里，转身跑了出去。就像两个伤心人，都不愿把伤露于人前，满心无力地避免着更深的伤口。

陈大夫第二日再来看沈洵，特意捡着清早的时候，还是从后门入，老太太还在酣梦，只有淑云夫人来了，人少清净。

他从自家药铺里带了药材，给沈洵重新配了一帖药，久病成医，此药方温和滋补。

检查得只比昨天更仔细，昨天求快，用猛药力求快速降烧，今日就是从舌苔一路看到脚底，透彻地查了一遍。

最后开完了往后十日的方子，还不忘嘱咐一句："公子近日，最好不要再用其他的药。"

沈洵平静地一笑："在下明白，有劳大夫。"

陈大夫一看这位公子平平淡淡的反应，就知道已不必多言什么了。就算内中有何秘辛，这位病人也都心中有数。

淑云夫人将他带到外间，亲自递上了陈大夫的诊金，足有二十两之多，便是颇有名望的大夫出诊，一次能得五两的诊费，已是天价了。

这沈家果然是新贵，陈大夫想，只是这诊金越多，只怕包含的意思也就越多了。

淑云夫人实打实地诚意相谢："小儿此番，亏得陈大夫妙手回春，委实妙手堂不是虚言。只是，家里烦杂琐碎事多，有些……还望大夫不要往心上记。"

明白人之间对话往往点到为止。

陈大夫已撩襟躬身道："老夫只看方抓药，治病乃医者本分，本分之外的事，老夫也无暇理会。还要谢过夫人的厚赏。"

着人亲自把大夫送出去，淑云夫人才吐了口气，走上前掀起门帘，看见沈洵安安静静地靠在床头。

她只问道："你现在可安心了？"

沈洵此时终于把眼阖上，轻轻叹了一声。

但府内七弯八绕，送的人并没把他亲送至正门，陈大夫才走到半路，就被人拦下了。

拦住他的女子裙装富贵，一头云鬓温婉而美丽，但她的笑是疏离有礼："陈大夫且等等，妾身还有些疑问，想当面再问问清楚。"

陈大夫拱手垂眸："才刚关于用药注意事项，老夫已经交代清了。"

何钟灵目光幽深如古井："大夫您尽心尽力，妾身稍后也必有重谢。"红扇把盖着的布一掀，托盘上一码码，都是真材实料的黄金。

给的只会比淑云夫人多，不会比淑云夫人少。

陈大夫依然敛目沉首："刚才已收过了诊金，多余的不敢再取，多谢夫人抬爱。"

何钟灵望着他缓缓走了几步，目光凝聚在他脸上，片刻微微笑起来："陈大夫在京城开药铺，几年内能立稳脚跟，想必也不容易。"

她又道："陈大夫的医德，自然也是让人钦佩的。"只是这药铺立稳脚跟，总不会是件容易事，尤其京城这地方。

陈大夫已有些预料她将怎么说，说起这位鼎鼎大名兵部尚书的千金，他也有所耳闻。昔日委身下嫁到沈家，如今沈家是真正腾达了。

何钟灵气定神闲地看着他："家父在六部任职，也能帮大夫一二。"

大户人家的腌臜事，陈大夫见过的没有一千也有八百。应当说，只要是稍微有点规模的人家，肯定会有点这种事。

任何能在京城做大的铺子，本事都只是其中之一，背后必得有关系靠着，不求达官显贵，起码能保证没人捣乱，顺顺利利开店。

水能载舟亦能覆舟的道理，陈大夫很明白。

眼前情势如此，他也只得道："府上公子病症属顽疾，不知夫人想问什么?"

何钟灵微笑道:"陈大夫果然识大体,妾身的确只想问几个问题,并不想为难您老。只是妾身听老太太说,素日也都是陈大夫过府医治,想您对二公子的病症,也是有些了解的。所以妾身才想问您……"

陈大夫已暗暗吃惊,往常都是他过府医治?这是从何而来的话,但他面上却没露出,再惹多余的麻烦非他所愿。

何钟灵那厢也没察觉,继续糅杂锋芒地道:"依您看,二公子的身体,果真有人蓄意用药才导致的吗?"

而这已不是疑问,说出个阴谋直接砸往陈大夫身上。

除夕那几天风雪大,几乎没有人会在这寒冷的雪夜求医,妙手堂都比平常更早闭门谢客,除了突发疾病,妙手堂有的是大夫去应诊。所以陈大夫自己经常在后院小歇,反而不出面诊病。

要关门的时候,伙计却特意跑到后头对陈大夫说:"来了位客人,只咬定不要别的大夫,想让掌柜的去帮看看。"

能在妙手堂坐堂的大夫医术方面都不用担心,像这样特别指名要陈大夫的,就有些太挑剔了。

陈大夫正要说话,伙计又原原本本传话道:"那位病人说,只要掌柜的肯为她面诊,多少诊金她都付得。"

陈大夫虽然也是位妙手名医,但也不是接二连三都能遇到财大气粗的主子,他愕然半刻,终究还是挥下手,让伙计把人带进来。

下雪天,来人披着一件从头裹到脚的披风,头上还戴着一顶软帽,严严实实盖住头脸。

陈大夫把人带到专门看诊的内屋,相对坐下后,伙计自动退出门外。

那人才渐渐拿下软帽，在暖炉前把阔大的披风也解开了。陈大夫这才看见她的样子，马上吃惊起来，不仅因为是个女子，看其形容面貌，隐约似乎是他为那沈二公子诊病时，跪在床边的其中一个丫鬟。

那清秀女子已经道："婢子素锦。"

陈大夫心念电转，口中不由自主道："素锦姑娘……不知你……难道沈公子又有不适了？"说是这么说，但陈大夫早是又惊又疑，他不太明白那沈家还有什么事要找他。

腊月冬雪，素锦却一身简便装束，显然来时尽量不想引人注意。她观察着陈大夫瞬息的表情，轻言道："先生莫疑虑，婢子这趟来，只是单纯想向先生讨教，出了这个门，先生从没见过我，我也没见过先生。"

如此灵透地说出来，陈大夫只觉更沉重："姑娘，我做的是本小利微的生意，安守本分已是不易，实在不想再惹贵家的麻烦了。"

素锦眸如流水清波，并不为他的话感到意外："先生为我家公子诊病，具体您的判断为何。只要告诉了婢子，婢子立刻就会走。"

陈大夫心头已不止诧异，他的疑虑重重加深，在那高院沈家，莫不是还不止一人关心那沈公子的病症？先是那么凌厉的一个少夫人，而今来个这般气度的婢女，目的都想弄清沈公子的真正病因。

纵使心头万绪拂过，陈大夫还是竭力保持了冷静。他一个郎中，胳膊拧不过大腿，怎么也担不起太大责任。

想到此，他索性全部摊开来："恕老夫明说，令公子根本是服用了太多虎狼之药，出现的中毒症状，那些药物淤积在了他体内，药性烈，也是老夫去得早，如果晚上一段时日，就算请再世华佗，也断无救的可能。"

陈大夫料想这一番话说出来，不管眼前少女怀的何等心思，是好是坏，总归会大吃一惊。

可他居然错了,素锦一直静静听着,神色哪怕一丝改变,都不曾有过。

陈大夫这更惊奇起来,素锦望了他一眼,红唇中吐出意外之极的话语:"大夫以为,这些虎狼之药,有没有一点作用呢?"

陈大夫简直要怀疑自己的耳朵,问道:"姑娘你什么意思?"

素锦一抬头,居然直直看进他眼底:"医家最灵验的方子之一就是以毒攻毒,有时候有些顽症,终其一生都不可能痊愈,然而药下得猛,却能打破这种陈规,总能赌上一分胜算。"

陈大夫的心猛一沉,继而震惊地扫向素锦,内心不敢猜却又猜中了结果。

陈大夫的表情从惊疑变成了惊骇,问道:"难道,那沈公子体内的药,竟是你?!"

不留神窥探了大户人家隐秘私事,陈大夫自己也是满头冷汗。

素锦唇边溢出一丝笑,那笑的含义仿佛有些凄凉,她顿了顿才幽幽开口:"先生还没有回答我的问题,对于以毒攻毒法,您的看法呢?"

盯着素锦浅笑下明艳得有些晃眼的容颜,陈大夫胸口被震撼和愤怒填满,难怪那二公子一副心知肚明的样子,却不肯言明,原来竟是美人毒,甘为毒。

他终于狠狠一拂袖,他到底医者仁心,对这种做法已是愤然不满。再也忍不住喝了声:"简直荒唐!用这种药和取人的性命有何不同?!以毒攻毒更是谬论中的谬论!"

素锦却并没因他一番严厉批驳动怒分毫,她眼中的光芒有些奇特:"难道先生竟是知道用了什么药吗?"

"老夫辨不清所有,但其中一种,分明像慢性的狼毒⋯⋯"

怪不得陈大夫在沈家的时候,没敢当着沈家人面说出来,这要真说了，那深宅大院内，还不翻了天。

他只是个郎中，能不触规矩的时候，当然还是希望走中庸之道。

素锦吸了口气，竟是淡淡地露出笑："还好，这一趟，婢子是没白来。"

陈大夫自知接了个烫手山芋，他叹口气："姑娘，你还是走吧，如你所说，老夫没有见过你。您家背靠大树，可老夫这铺子还要开下去，请姑娘留个余地。"

素锦还能平心静气："大夫认定毒药夺人性命，婢子只问，那些毒药若真持续用下去，最多多久，会病入膏肓？"

陈大夫笃定道："如果老夫没去，最多三月，那沈公子定命不保矣。"

素锦低头不知在想什么，片刻她拾起披风，在烛光下扬眉一笑："大夫没在众人面前，把此结论说出，婢子还是要说声谢谢。那若我告诉大夫，莫说三月，这药起码已服了三年了，大夫又如何想？"

陈大夫已不只是震惊了，满脸都是错愕的神色，就像完全肯定自己对的人，被结论欺骗的反应。

这样一种甚至带着耀眼的光华，却是从个十来岁的少女身上散发出来。那少夫人的眼睛是凛冽寒凉，这少女就是完全把事物都看透的清明。

郎中治病最怕颠覆自己已知的理论，尤其持两种观念者，最后都会演变成质疑或争持不下。

陈大夫良久，终于苦笑道："老夫是个本本分分的郎中，一生走的是谨慎路子。用毒治病这种天方夜谭的手段，或许有效，但老夫绝不会用。"

还有句话陈大夫没说，为了那点微小的希望，用毒药却很大可能害人性命，这种疯狂的事，没有任何一个郎中会去做。

素锦披起披风，已不肖陈大夫说，自己走向门口："我以为大夫是个医者，没想到，您也只是个大夫。"

医者不畏艰险，但大夫就如芸芸谋生的郎中一样，终身都在医道上循规蹈矩，再难寸进。

陈大夫看着她瘦弱的身影，终究叹道："姑娘，你那家中已有人盯上了你，还望姑娘行事，莫再这般明目张胆了。"

素锦身影似凝了一下，微微侧首道："婢子谢过陈大夫提醒。"

雪夜风疾，却有人蹄声惊马，从陈大夫药堂出来，素锦就裹紧披风，仍阻不住阵阵寒风。

雪飘在地上，不一会儿融化了。此时就算没到天黑的地步，街上也已经没了人。素锦快步走着，因为周围的静谧，所以她清晰地听到后面响亮的马蹄声疾驶而来。

本来她已避让到一侧路边，可不知是否雪天眼花，那马车竟然仍是向着她行驶过来。

车夫两眼直瞪，明明似已看见了她，却一路打马狂奔着撞向素锦。

素锦不由呼吸急促，虽然京城马路宽阔，但也没宽到随意避让的地步，况且骏马飞驰的速度如电，她躲避几次甩不开，转眼那匹马冲到了跟前，两只前蹄抬起，几乎踹到她面上。

这时华丽马车内，闪电般一道人影飞出，飞雪四溅，划下优雅的弧度。素锦猝不及防被一双臂搂住，从马蹄下被拽了出来。

那一刹，若不是她已看清抱住她的人是谁，她几乎要惊呼出来。

素锦被带着飞到半空，那人在马头上踩了一脚，又转了一圈，素锦察觉自己的后衣领被扯开，一股凉风直接从她光滑的背部灌进去。她惊骇地瞪大眼，却发现那人已带着她重新回到地面上。

就只有一瞬，像是错觉，却绝不是错觉。

"长没长眼,这可是洵公子的侍女,好大的狗胆……"轻若飘雪的一句话,贺言梅瞅着那车夫,似笑非笑的。

素锦略略回头,瞥见华贵入眼的锦衣,头上束着蓝玉的发冠,腿穿一双银丝云履。

鼻端还闻见龙涎香,从身后人身上传来,她尽量冷静开口:"贺公子的马车,是故意撞来的呢?"

贺言梅看着素锦软帽下的容颜,唇边勾起笑意,徐徐吐了口气柔和道:"姑娘说的哪里话,怎会呢,是这车夫不长眼睛,对吧?"

那车夫一迭声低头赔礼,也不知对素锦还是贺言梅:"是小的不长眼,没瞧见,小的不长眼……"

俊颜展露笑,迷人醉人,一双手这才从素锦腰后拿开:"很快夜阑人静,姑娘独自一人,可得小心了。"

素锦定了定神,深深扫他一眼:"婢子倒不知原来贺公子还有一身好武功。"

"武功若不好,刚才怎么救得你。"贺言梅刷一下打开了标志性的扇子,语气带着温柔和蜜意,"不如我把你送回去,你家爷会感谢我的。"

这时候的贺公子和在沈府之时完全就是两样。长眉修目,清丽绝伦,是京城传说里越来越让少女神魂颠倒的人物。

可是素锦深吸口气,刚吐出句"不必了",那金碧辉煌、流苏玉石遮掩着的马车里,一声娇呼软语传出来:"贺郎……"

时音 著
SHIYIN WORKS

大宋小宅门
DASONG XIAOZHAIMEN
2

台海出版社

图书在版编目（CIP）数据

大宋小宅门．2 / 时音著． -- 北京：台海出版社，2020.8

ISBN 978-7-5168-2657-7

Ⅰ．①大… Ⅱ．①时… Ⅲ．①言情小说－中国－当代 Ⅳ．① I247.5

中国版本图书馆 CIP 数据核字（2020）第 134478 号

大宋小宅门．2

著　　者：时　音	
出 版 人：蔡　旭	责任编辑：俞滟荣

出版发行：台海出版社
地　　址：北京市东城区景山东街 20 号　　邮政编码：100009
电　　话：010-64041652（发行，邮购）
传　　真：010-84045799（总编室）
网　　址：www.taimeng.org.cn/thcbs/default.htm
E － mail：thcbs@126.com

经　　销：全国各地新华书店
印　　刷：大厂回族自治县德诚印务有限公司
本书如有破损、缺页、装订错误，请与本社联系调换

开　　本：880 毫米 ×1230 毫米	1/32	
字　　数：374 千字	印　　张：15	
版　　次：2020 年 8 月第 1 版	印　　次：2020 年 8 月第 1 次印刷	
书　　号：ISBN 978-7-5168-2657-7		

定　　价：69.80 元（全 2 册）

版权所有　　翻印必究

第24章　担惊受怕

东府清净,下人们一贯歇息得早,此时整座府邸已在睡梦中。

沈洵如以往一样,他门口从来不留人伺候。素锦熟门熟路地摸进去,月光还依稀透进来,便是没有光亮,闭着眼她也碰不到任何东西。

她站在床边,低头看着昏睡的沈洵良久,才轻轻弯腰脱了鞋袜,踩着矮凳,掀开被窝钻到了沈洵旁边。

沈洵这两日因着身体原因,精神确实不佳,也比以往容易昏沉入睡,素锦这一身寒意地一钻,也没有弄醒他。

素锦在黑暗中盯着他的脸,才觉得安心,她又伸出手臂勾住他脖子,这才靠着他睡了。

沈洵直到天快亮的时候,朦胧中才感到身边的异样,心里一动转过脸,素锦却几乎整夜没睡,还在眨着眼,冲他笑起来。

沈洵条件反射扣住她的手,暖意漫过指尖:"你怎么在这……"

素锦埋下头,只解开一枚衣扣,轻轻靠在他身上,嗓音细腻轻柔又有些许的缥缈感:"公子,就让奴婢做你的人罢。"

躯体柔软温暖,有她素日的乖巧。可沈洵眉头轻拧起,费力地用手捧起她的脸,她的眼里虽然含笑,可有丝淡淡忧郁。

这时候问怎么了,素锦未必答他。沈洵片刻松开手,额头碰着她:"这两日身边的事情较多,待过得了年,我就告诉母亲,一切还照从前那样,必不会再总被打扰,让你们这些丫头像这般烦心。"

东府往年的日子,一直如世外桃源般,想想倒是最初几年,最为单纯。现在沈洵与亲人团聚,其实从层面上讲是极好的事情,但丫头们都是敛气低眉内向了许多。

素锦不被他绕开,柔情满溢的眼睛盯着他问道:"公子不想奴婢吗?"

这话让沈洵脸上都烧起来。不代表他就真是坐怀不乱的,二十来年毕竟从未真正碰过女人,要论他一个男人哪会真的没有一点这方面心思呢?

可平素面对素锦,他又总要守着那方圆,说没有煎熬没有折磨那是假的。他悄悄咽了口口水,把素锦手拉下去道:"怎么了?我睡了一天,也没分心去注意你,发生了何事?"

素锦太了解他的脾性,她这样做都得不到反应,下面再怎么样他都不可能给响应。她只得叹了一声,眼睛眨了一下:"那就让奴婢抱着你睡会儿,总行吧?"

沈洵是个男人不要紧,她更是个年方妙龄的少女,两番主动说话已经双颊酡红,一样感到难为情。

沈洵在这种时候,总是能及时发挥他的涵养和风度,只报了一会儿,他就主动伸手圈住了素锦的腰肢。

纤纤腰肢不盈一握就是这般感觉,沈洵温言道:"你想睡多久都行,明儿我就把帐子放下来,白天也不会有人进来打扰。"

东府姑娘对主人的私人空间都很自觉,沈洵私下对她们再亲切平易近人如一家人,但平素没有他吩咐,她们也不会越这个雷池。

素锦知道这点,她也着实累得很,所以靠着沈洵颈窝就笑了笑轻轻闭眼睡了。可是沈洵觉得她的脸冰凉的,声音在他怀里就闷闷的:"奴婢只是有些小小的害怕。"

他搂着她幽幽地道:"没什么怕的,需要担惊害怕的时候早已过了。"

沈洵拍打她肩膀,本来他已是睡得极充足了,但怀靠伊人,心里自然就平静下来,也迷迷糊糊又睡下了。

床帘子当然也就忘记放了,花期拎着扫帚进来一看见两人这样的睡法,默不作声又退出去,心中有数地把门关上。

素锦自睡得足了,难得一夜无梦,甚至起来的时候有种餍足。沈洵笑着说胳膊枕麻了,她在床上又为他捏了捏。先下床拿来衣物,伺候沈洵穿好了,又让他压着自己肩膀,小心把他送到了轮椅上坐好。

自己只披了件衣服,就蹲下给他揉腿,尤其是腿肚子的肌肉,一夜与他亲近,对于他双腿她感触更是深。

身残的人最怕什么,为何天长日久外形会更异于常人,腿再也不用,血肉和骨架都在萎缩。

素锦拧着眉说道:"公子无事的时候,自己也当时刻捏着才好。原先我每日只为公子捏一遍,现在看来还是少了。"

沈洵主动又把大氅盖到她身上,这不良于行的人肌肉萎缩的速度,还是超出了旁人的预估,哪怕素锦这个行家。

别看捏腿,是个累人的活,如此冷天完整地捏了一遍腿,身上的热气就窜上来了。她才穿戴好衣服,出去看小厨房有没有备用的午膳。

大太阳结结实实到正中央正午的时候,素锦心中打鼓,都到这个点了,不知前院来没来过人。此种复杂心境,正是古往今来说的,为了一晌贪欢,过后全剩忐忑不安。

没想到正遇到荔儿拍着胸口,一脸劫后余生的表情说道:"老太太和大夫人一早就结伴来了,我推说公子还没睡醒,不敢打扰。没想到,老太太竟然还问起了你在何处,我一时心慌随便就编一个说你到街上买东西了,她也没有追问。可吓死我了。"

旁边那阿久就鬼灵精地接话道:"老太太虽然没追问,但那个脸色可不爽快。"

经过一晚时间平复,素锦情绪已经全盘收拾好了,道:"真要谢谢你们两个姐妹。"真若不是东府的姑娘们彼此互相照拂兜着事,早就不知被责骂过好几回了。

两个丫鬟摆手,互相看了看眨着眼道:"其实,她们筹备新年采买货物繁忙,根本无暇分身考虑我们,不然,哪那么容易糊弄的。"

"我现在想老太太那模样,还害怕着呢。"荔儿抱着胳膊,假意抖了一下,掩嘴,"就怕老太太把我们都在心里记上了,年后一起算总账。"

今年是大宋传承百年日,新年孝宗在宫中大摆了三日宴席,六品以上官员及其亲眷全部入宫参宴。

沈文宣和何钟灵原本也在应邀之列,但沈昭还在襁褓,如此年幼的孩子,带进宫显然照料很困难,若留在家中,夫妻俩必须一连三天待在宫里不得回,幼子定是不能与爹娘分离这么久。所以考虑再三,何钟灵就留在了家中。沈文宣白天在宴会上把酒言欢,晚上得到岳丈大人支持,也能出宫回家过一夜。

东府还从来没跟前院一起过过年,许多事都是新鲜的,大厨房送来的大鱼大肉只多不少,年还没过,把几个丫头喂得是油光水滑。闹得阿久还出惊人之语:"今年看来是不要我们做事,只管吃就行。"

荔儿肚子上也多了一圈肉,她就没阿久那么高调了,摸着肚皮只呵呵呵。"其实也不错。"

人生而懒惰,谁会拒绝舒服。

花期却还担忧几个人越长越胖,准备改变饮食,多食些清淡之物。那就只能动手自己准备,"我听前面芳姐姐说,老太太在西府地界上,种了不少的蘑菇,也不拦着丫鬟们摘取,我们去采些来烧汤吃罢。"

阿久立刻道:"但待会吴嬷嬷要送许多衣料过来,我还指望花期你帮我看料子呢。"

花期这才想起来是答应过了。她有些可惜,转头看素锦在桌边坐着,一接触她目光,素锦就笑着推开了药壶:"行行,那我去采蘑菇,你们去挑选换季的衣裳。"

花期立刻拍手一笑:"就这么办。"

被蓄谋已久推出来采蘑菇,素锦臂弯里挂着篮子,这篮子还是荔儿手工编织的,十分小巧可爱。她想着往年新年,过得均融洽欢喜,走在路上步子也轻盈了些。

可她还没到门口,就看见红裙飘动,何钟灵朝这边走了过来。她不由得放慢了步子,低头慢慢继续走。

何钟灵也缓慢地朝她走来,连目光都盯着她。

素锦算着两人的距离,她的声音十分温醇圆润,很动听,柔顺地伏首:"少夫人。"

何钟灵高高看着她,明明该是个低微的婢女,她的样子,也的确是恭谨恭顺的。或者她的容貌太过妍丽,可看着就觉得刺眼,说不上原因。

她甚至都不直接对素锦说话,而是闲闲地吩咐一旁的丫鬟:"把素锦姑娘扶起来,奉老太太之命,带她到佛堂问话。"

素锦暗暗一惊,还未及抬头,两边胳膊就被扯住了,她惊骇地看着何钟灵,何钟灵清脆笑了声:"这般艳色确实是……"

她也只来得及听到这半句话,何钟灵有意也只是说了半句。素锦便咬紧牙关,克制自己不出声。

她一直是个灵慧人,心里已经知道不好了,恐怕多说无益。

何钟灵看她反应平平,也没大惊失色更没慌乱,心里更存了三分膈应。

一摆手让人速速领走了她,自己则在后头徐徐地跟着。

从两个丫鬟的态度就能够看得出来，两个丫鬟对素锦很不客气，尽管素锦一路顺从没有反抗，她们的手劲依然大得把素锦胳膊掐得生疼。

丫鬟如此，等下要面对的主人，只怕更加难缠没有好日子过。

年岁知天年的人，往往儿孙满堂了，那时她们不再操持繁忙，剩余大把孤寂空余的时间，贫苦人家的老妇时常会去寺庙上香，祈祷后辈子孙昌平。

但凡富一点的人家，都会在家中设一佛堂，时常诵经吃斋，聊度时光。

老太太此刻无比虔诚地跪在蒲团之上，手中一串佛珠，可是等看到素锦，她立刻便哼了一声。

秋宁扶着她起来，老太太却又指着蒲团，冷不丁对素锦道："到佛祖面前跪下。"

听了吩咐，两个丫鬟才不甘愿放开手，素锦只稍稍看了她一眼，不言不语对着那金身塑着的佛像跪了下去。

虽则跪下了，但她仍旧低眉问道："不知奴婢何事做错了，还请老太太点拨。"

老太太把佛珠递给了秋宁，脸却冷着，带着人居然也不问素锦就离开了佛堂。

佛堂里冷清清的，温度比卧室内又更低，除了素锦再没有旁人，她当然也不能站起来，不然就是忤逆老太太。

只有一个香案，袅袅冒着白烟。

素锦看着眼前的佛像，一片静谧，对着庄严宝相，她眼底似迷雾乍起，仿佛很久，<u>丝丝</u>的钝痛在心中蔓延。

老太太让素锦跪佛堂的事，没出一个时辰就传遍了府内。院里的人似乎也没想要把消息压着，就这么顺其自然传播开了。

得知此事的东府三个丫头立刻大惊失色，都一头扎进沈洵屋子里把事情告诉了他。

沈洵脸色凝重，但花期观他神色，竟没发现什么意外之情。

这事最让人为难的地方，就是老太太一没打二没骂，说都不曾说过一句素锦。但是双膝在那么冷的地方跪着，先不说膝盖能不能承受，真是冷都能把人冷死。

这闷棍打的，都有些不像老太太作风了。其余人对沈老太的印象，虽然有时糊涂，责骂起人来也狠，但就是一有不满就敢开口骂人的性格，狗血淋头骂过以后，再利利索索罚了。这才是老太太该有的做法，几时这么默不吭声就把人办了？

何钟灵没往佛堂去，她甚至也没再见老太太，而是款款而行回到了她的归雁园。喜鹊朝佛堂努努嘴："老太太动作也快，那位已经跪着了。"

那红扇走了过来，眯起眼娇笑道："都说二公子平日里，对那个丫头要多疼爱有多疼爱，千依百顺的。这一听到了消息，还不马上赶来。"

可是所有人各怀心思，翘首等了一个又一个时辰，一整天沈洵都没出现。就包括东府，一点动静都没传出。

红扇和喜鹊两个就又猜测开了，先是喜鹊眼珠转了一圈，说道："那位公子不可能不知道这事，原先我还特意叫小春出门，那东府有个丫鬟听到了消息，当时脸色还都吓得白了呢。第一件事肯定回去通报主子。"

红扇缓缓道："那就是二公子不愿意来呗。"

两人互相看一眼，不约而同，都瘪瘪嘴。

何钟灵十指红蔻丹，放到眼前仔细端详，也柔和地对两个丫鬟笑着："这还在哪儿呢，就这般没耐心。老太太自己还时常在佛堂待一整天，朝拜佛祖，自然要诚心一些。"

两个丫鬟交流着眼神，都有些心意领会，那能一样嘛，老太太素日跪佛堂，那都是斋菜预备好了，丫鬟伺候到位了，旁边还搁着几个暖炉子。而今那素锦，饿了一整天，还能支持住就算不错了。

何钟灵还是不急不慢涂着指甲，似乎别的事情一点不在心上，红扇喜鹊俱都退出去不打扰她。

其实何钟灵眼睛空洞，却是在想别的事。

淑云夫人和沈东岩都不在府，这家里的大权，等于再次是落到老太太一人手里。至少几日内，是大圣翻不出五指山，几天时间足够改变很多事了。

谁都没亲眼见过沈洄对素锦怎样，不过都是隐秘刮起的传闻。现今看了这样的情况，都心里下结论，二公子是不愿意为了个丫鬟，得罪老太太罢……

不过就因为个丫鬟，和嫡亲的祖母不快，确实不值得。

太阳落了山，佛堂外渐渐来了两个穿着小袄的总角丫鬟。她们走到门口站定，自然朝佛堂里张望了一下。

素锦笔直地跪着，和一早见到的姿势好像也没变过。她的眼睛也望着佛像，似乎和老太太平时的样子一样，虔心礼佛。

有个丫头进来，这丫头没有提饭盒，手头空空的没有拿任何东西，就笑笑地站到素锦身边，看着她半天说道："姑娘可还记得墨梅？"

这个名字在素锦心头过了一圈，带起一丝颤动。

那依稀是在很久以前，沈文宣身边的丫头。说她伺候笔墨时，在沈文宣跟前行事不规矩，蓄意行勾引之事，被老太太卖了。

那丫鬟笑笑又道："所谓以色事人，害人害己。"

墨梅之悲惨下场，花期还曾与她在桃林间，伤感唏嘘过。那时候的老太太，似乎也一反常态的冷酷，没有半分心慈手软。

老太太确实是在疑她。

那丫鬟看素锦神色差不多了，拍拍手又出去了。

素锦轻轻咽下一口干沫，嗓子已有些火辣感，她用掌心缓缓抚了抚手臂，身体早就僵冷和发麻。但她什么也做不了，只能继续跪着。她一直竭力操持东府事务，多年辛劳，身体终究得了些锻炼，不致真弱不禁风。

但等真到了夜里，此处只会更加寒冷，铁打的人也难以承受。她想了想，尽管身体虚弱，嗓音还是柔丽温和地对着门外道："老太太要是觉得奴婢不好，奴婢愿意受罚。"

那两个丫鬟嘴角都扯出笑，片刻颇富深意地开口："老太太慈悲，只让姑娘在佛堂念念经便算了。再说，为了姑娘惹二公子不快，也不值得。"

素锦便知道没指望了，她便不再说话。外面两个少女也心知肚明，这还不叫惩罚么？这简直比任何刑罚都惩治得狠。要不怎么说宰人用慢刀，凌迟比杀头更让人闻之色变。

晚间，沈文宣回来和夫人孩子相聚，酒菜刚温情脉脉地备下。那边，东府传来消息，邀请沈文宣去喝茶。

沈文宣回来的时候脸上就有些怪，看了看何钟灵。

何钟灵一直等着，心里不免冒出许多想法乱转。见他去了一个时辰，就笑着迎上去："可吃了没，饭菜我一直叫丫鬟们热着，这会正好端上来。"

沈文宣便道："在洵弟那吃过了。别费心了。"

何钟灵上去给他宽衣，沈文宣转过身，背对着她的时候到底道："洵弟的那个侍女，是不是还被老太太拘着？"

她手僵了一下，就浮现笑容，有种料到般地意味深长："……是呢，莫非，二公子同夫君说了这事？"

沈文宣又特意看她一眼，道："洵弟倒真的没说什么，只同我喝了茶吃了饭，还赏了会儿河灯。"

喝茶吃饭赏灯？她咯噔了一下，这委实出乎意料。

"不过，"沈文宣慢慢吞吞说，"他倒是说过，毕竟大过年的，不值当叫老太太还生气。"

何钟灵其实也算是个红颜知己样的人物，她读那些诗书，也懂得怎么良花解语。老太太既然讨厌素锦，那么不等过年，不等人都走了，也逮不到这个机会了。

虽然何钟灵还摸不透淑云夫人有什么想法，但看她几次的态度暧昧，虽然不知何故，隐隐约约还颇为维护那丫头，恐怕若是她在了，事情也不能顺利。

沈文宣哂然道："洵弟邀我一趟，我约莫也懂得他的意思。晚晴，这事你就想想法吧。一个丫鬟老太太也会给你这个面子的。些许小事，确实也没必要在过年的喜庆时候拂了意。"

何钟灵垂下头，自然，沈洵可能是没对沈文宣说过只言片语，但男人间的默契有时潜移默化，话说回来，沈洵从来没有请过沈文宣，怎么偏偏在今晚请了。她忽然也能明白丈夫的想法，他是沈家名义上的继子，但他和沈洵几乎没什么兄弟之情，在沈文宣而言，沈洵难能可贵地主动示好，又是为了这么点小事，他办好了，当然比不办好。

难题就到了何钟灵这里，在男人眼中，这才多大点事，她能处理不好吗？那就等于她能力有亏，相反，若是连这点芝麻小事，她都不愿意给面子，显得她多小心眼没气量，就是不贤良。

看着是寻常的事，把女人的种种心理抓得多牢固。

沈文宣看她一直低头的样子道："你为何不说话？"抬头迎上他目光，如深深点点的碎芒在眼底，不知道里面有没有藏着不悦。

"我刚才是在想，怎么和老太太说更妥当呢。"她已是换上一副笑脸，娇柔无限，"其实我也不知道，上回还和夫君提过，老太太一直对那个丫头不满意，如今恐怕是积怨深了。老太太的心，夫君还不知道吗，疼二公子是疼到心里去，她总觉得那丫头没伺候好二公子，如今就是不想让那丫头在二公子身旁伺候了。"

沈文宣一边听着,片刻也点点头:"这我也看出来了,左右还靠你想想主意,那素锦好像已经在佛堂跪了一天,这要再跪一晚,恐怕也受不住了,如今灯火通明的,老太太睡得也晚,待会要是能说服她就更好了。"

何钟灵还能说什么,低笑道:"是,我这就去。"

沈文宣拍了拍她的脸:"其实我看洵弟的风貌很好,不像伺候得不尽心,那丫头没准没老太太认为的那么糟糕。你就多说些可心的给老太太听。"

何钟灵满口应允,二话没有。

就算家中主人都去了宫中,然新年毕竟是新年,张灯结彩喜气洋洋,晚上那些丫鬟们各自一处,全部拿了孔明灯去放。这种时候老太太确实不会歇息得很早,便是那些婆子媳妇们,从旁也总要逗乐一乐的。

若没有形势所逼,何钟灵这么个玲珑剔透的人儿,哪里会在老太太正高兴的时候,偏要去寻她的晦气。

何钟灵在路上的那段时间,也属于赶鸭子上架,不得不为。

和老太太面对而坐的时候,想好了措辞,她还不能说是二公子让她来的,因为确实不是。

老太太今天穿了一身大红喜袄,头发梳得很端正,甚至簪了好几支金闪闪的钗子,确实有大户人家老夫人的威严和贵气。对她却和颜悦色地说:"你怎么来了,我还以为你们小夫妻,会在院子里甜蜜过自己的小年呢!"

何钟灵微笑道:"再怎么顾着自己,也不能忘记给老太太贺年呐!"一样嘴甜,开场总先说些灵巧话活跃气氛。

老太太笑容隐去了些:"你有事情?"

何钟灵头微微低了下去,叹口气:"孙媳想请老太太,让那个素锦就离开佛堂吧,别跪了。"

老太太果然沉下了脸,横眉立目:"是有人让你来说情的?"

老太太自打决定拧巴素锦,心里就跟明镜似的,她还等着沈洵来找呢。何钟灵赶紧笑:"这真的跟任何人没关系,是孙媳有了个主意……看这大过年,家宅安宁一团和气的,也是积福来的。"

老太太心里这个孙媳妇的机灵一直胜于任何人的,马上问道:"什么主意?"

何钟灵仿佛沉吟了一下,才轻轻笑道:"老太太,孙媳知你不爱那个丫头,打心底里,不想她再跟在二公子一处了……可这罚过了她之后,结果并不好说,她人受了苦,未必就能转变过来。再者,二公子只怕多少要心疼了,以后她常跟二公子身边,老太太一日就会看她不顺眼,总有心里不舒坦。所以,孙媳斗胆,讨要了那素锦……这样,从根子上解决了您的心病,自也不必再惩治她了,省得东府那边人心有怨愤,两边都好。您看呢?"

老太太越听脸色越有光彩,她看着何钟灵,这孙媳每回说话都能戳中点子上,叫她从心窝里直舒坦到外头。

她一拍扶手:"好,这有什么不好的?哼,只是难得你肯要她,也算她有福了!"

何钟灵温婉大方,笑容可掬:"我瞧着她也不错,清丽温柔的,放身边没什么不好。"

老太太随即打发人,去佛堂把素锦提过来。素锦已是打定准备再跪一晚,不知何事来提她,那两个大丫鬟也面若沉霜,看不出端倪。

素锦在佛堂跪着,来到厅上还要跪,她腿软得如同失去了骨头,跪不住只能趴在地上。还是声音打颤地全了礼数:"奴婢叩见老太太和少夫人。"

厅上安静下来,老太太面沉如水,盯着她道:"跪了这么久,可有参悟出什么来?"

素锦想要苦笑，她只能低低道："奴婢愚钝。"

何钟灵也不拐弯抹角，直接就笑道："素锦，你可愿跟了我去？"

素锦缓缓抬头，目光诧异。心头划过了异样的不安："奴婢不知少夫人此话何意。"

老太太冷冷道："你少夫人看你可怜，有意收留你，你今日就跟了去吧，也该好好矫矫你一身的坏毛病。"

素锦若非还能控制自己，此刻已是当场失色，她不能置信地缓缓直视座位上的老太太："老太太何以作此决定？"

老太太不意她还如此张皇模样，更是冷笑道："难不成你还不愿意？少夫人是个好的，你才不用再跪佛堂了，你看少夫人身边的红扇喜鹊，个个都是出色灵巧的丫头，你能被少夫人调教，是几世修来的福气！"

素锦凄惘地看着她面前的二人，从未像此刻力不从心，她深知说出什么话，会让老太太更生气，并且与她目前处境并无益处。她就是这么一清二楚，可话，却还是不能不说。素锦深吸一口气，从从容容俯拜下去："奴婢此生，是公子的人，请恕不能再伺候少夫人……"

她再提是沈洵的人，这话更让老太太思虑成真，登时就气不打一处来了。戳着她脸就骂道："你个奴婢还能挑拣主子吗？把你给谁就是谁！做什么非谁不可的样子，也不打量打量自个身份！"

素锦身侧的手紧紧握成拳，她咬着牙，还是那句话："奴婢不能离开公子。"

老太太怒不可遏："你家公子也不是非要你不可！"

素锦不再出声，她伏在地面上，甚至动都不动。老太太拍案咒骂："我看你们公子身边的丫头，就数你是个心不定的！打你进府第一天就知你是个祸害！我所料是一点不错！"

素锦已再无办法，她慢慢看了老太太一眼，和老太太暴怒的嗓音相比，低柔如清泉流过："奴婢愿意常伴古佛。再去跪佛堂，到老太太满意的时候。"

老太太满意,那要等何时,若一辈子不满意,她也就跪一辈子么?何钟灵本来此时也没什么话好说,她凝望素锦决绝的神色,那二公子到底是什么样人,能叫一个丫鬟对他这般死心不悔?

老太太尖着嗓子,气急了:"好好,你也不用去佛堂了,就在这外头跪着吧!"

外头寒天冻地,佛堂尚能安生跪一晚,到了外头苦头就加倍了。何钟灵心底一笑,宁可受此折磨,也不做她丫鬟?

东府内的人本来都心急如焚在等着,翘首盼着前院的消息。听到后,都是一副不敢深信的样子。张婆子摇摇晃晃来传话,眼睛扫着一院子的人。

阿久急红了眼:"凭什么让素锦去伺候少夫人?素锦在我们这好好的,谁都没嫌她不好,凭什么就指给了少夫人了?!"

张婆子就叹气道:"少夫人真真是好心呐!可素锦姑娘就一个劲不服软,老太太被少夫人劝得都消了气了,这下子又上火了!"

花期眼圈都红了,素锦她能肯吗,就她对沈洄的那份心,要她离开东府,真不如拿刀杀了她痛快。

这老太太,是越来越会磨人了。

张婆子一直拿眼看沈洄,对他道:"所以公子爷呀!老太太才让奴婢来劝您,让您给素锦姑娘带个话,就叫她服了吧!毕竟这么僵下去,素锦姑娘也受罪,就算少夫人想从中做好人,架不住您这边不配合啊。再说了,其实那素锦姑娘跟了少夫人,少夫人还能亏待了她吗?怎么就不肯,啧啧……"

一众丫鬟红眼的红眼,咬牙的咬牙,俱是想象不能:竟还让沈洄劝素锦,如果公子爷当真亲口说出了那些话,怕素锦就算伤心都要伤心死了!

花期上去就拽住沈洄袖子,洒泪道:"公子,您快想想办法,想想办法吧。"

沈洵的眸子此刻比最深的暗夜都要黑暗无光，人都逼到门前，就是逼他放手。要他主动劝素锦，是不可能。可是，他不劝，素锦就要受更大的苦。

老太太的意思，再明显不过了。等到最后她怒意渐甚，还能让素锦在手下好过吗？

阿久对张婆子捋袖子，气恨道："你这奴婢定是故意的……"

张婆子先被唬住了一时，随后也色厉内荏："你当我胡说吗？谁敢编这样的话假装老太太的意思？"

老太太的确是已快压制不住火，素锦越顺从，她就越气得胸闷。仿佛不论她怎样使力，都打不疼素锦这团棉花。她不信，因此叫两个婆子专门去看着素锦。

身子需得跪得直了，不能有一丝差池。

老太太隔一会儿就问一句："知道错了吗？愿不愿意跟着少夫人？"

对于让她知错，素锦总是温顺地承认，但后一句，她却一直不吱声。

盛怒之下老太太越发不顾忌言语："洵儿已经这些年不能站了，你这狐媚子，还偏处心积虑掏空他的身子……"

"老太太！"花期高声念着，从园门口急急奔到了厅内。

她一头脸热汗，双颊火红，到了屋里就扑通跪下："奴婢花期，叩见老太太和少夫人！"

老太太对花期是唯一有点好印象，她冰着脸，总算能压下火气说话："干什么？"

花期克制自己不转头看素锦，眼泪已在打转，她强忍着道："奴婢有一句话，公子爷让带给老太太。"

老太太一拍扶手喝："他让你带什么话？"

花期鼓足了勇气抬头,目光和她对视,咬字清楚地说下去:"公子说,请老太太给素锦验身。"

话音说得重,每个人身子都抖了抖,屋里几个人表情各异,却都非常精彩。

第25章 以命相托

验身……

这验的是什么身还不清楚吗？老太太对素锦的不满从何而来，不就是最近府内传的，说她带着二公子夜夜春宵，已是多少次早晨起不来那话……

纵使老太太千般准备，也没有预料到沈洵带来了这样的话。最开始的一瞬间，她脸色黑如锅底般，但逐渐到后来，她就沉下声，对旁边叫道："王嬷嬷，你带她进里面验一验。"

王嬷嬷是调教丫鬟的老人了，丫鬟进府第一关，都要经过她的手。外面买的丫鬟，有时候人牙子鱼目混珠，对主人家并不会如实相告，因此大户的人家除了家生子，其余丫鬟都会有专门的老嬷嬷把关。沈府中，王嬷嬷的手也算经验老到。

花期忍着没出声，秋宁亲自上前，把素锦搀扶起来，素锦的腿现在走路也困难，这并不是虚言。王嬷嬷也走过去，和秋宁一同夹着她走向布帘后面。

验身，对府中多年的丫鬟来说，也算个不大不小的耻辱。虽然丫鬟已是奴身，但就算在主人跟前服侍，也都是要有尊严的。

花期心中苦涩，也知道自家公子这一次，纯属也是被老太太逼得没法了。

秋宁把素锦送了进去，人就出来了。只留王嬷嬷一人在内，这一待竟有小半炷香，听不出里面有什么声音，根据时间看，王嬷嬷验得非常仔细。

终于她也出来了，一手仍是搀着素锦，等到了厅中素锦又跪下了。

王嬷嬷对老太太拜了拜，含蓄道："身子是完好的。"

老太太变了变色，王嬷嬷的话当然不再具有什么怀疑度，连何钟灵眼底都不由得闪过了错愕。

应该说屋里除了素锦、花期这两个东府来的丫头，结果是谁都没有想到的。

花期见时机成熟，再度一拜到底，轻轻哽咽："素锦守身如玉，至今完璧，公子待我们几个丫头都是一样好的，并非有心偏袒过素锦。不是老太太想的那样，因为素锦，她略通一点医理，公子夜间时常不适，所以经常都是留素锦在房中过夜，没想到因此，使素锦受了这不白之冤，也惹了老太太和众人误会。公子说、说……这些年素锦也算尽心尽力，并未有过错处，若就这么将她给了少夫人，从情面上，也委实舍不得，公子实也不愿做那冷情的人……"

花期一席话声情并茂，眼中还有热泪，旁人看在眼里，也只觉她句句肺腑，连责怪也没法说出口。

就是沈洵这么明白地说出舍不得的情分，听着才更真实可信。再看素锦跪在地上一言不发的模样，有些话到嘴边，倒不如不说了。

老太太浑身发抖，看众人神色各异，她一口气没上来："这都是怎么个意思，来寻我错处吗？"

花期又叩了几个头，深吸口气："希望老太太明察秋毫，素锦实是一片忠心！"

何钟灵也深深叹了叹，眼神又飘过去："孙媳本是好心，老太太，既是二公子不舍，素锦又没做错什么，此事还是揭过去吧。"

花期凄声道："老太太即便不相信素锦，还不相信公子吗？公子何尝是贪慕女色不顾伦理纲常的人……"

老太太眼里像淬了几根针，就没从素锦脸上移开："我只问你，对着菩萨们发誓，你的确不曾有半点勾引过洵儿？"

花期目光都有些绝望，她盯着素锦一直不敢再开口。

素锦僵直地跪着，说话也如木雕泥塑："素锦只是个奴婢，身份和公子是云泥，奴婢这一辈子会服侍公子，仅此，就够了。"

老太太拍起扶手，眼含厉色："好，今儿这堂上的人也不少了，你可记着你的话儿！"

素锦直到子时才被送回东府，何钟灵很善心地派了顶轿子给素锦坐。

素锦被安置在早已烧暖的热炕上，花期郁郁寡欢道："老太太还是很生气，但毕竟不好再说什么了。"

荔儿急忙端着热气腾腾的姜汤过来："先把姜汤给喝了，千万别给冻病着了！"

丫头们情同姐妹，此刻都围着素锦忙来忙去。手触到她一双腿，硬得如石头，冰凉冰冷。

阿久低声地道："真是欺人太甚，招谁惹谁了，咱东府的事什么时候都传得外面都知道了？"

花期只比她更心疼几分，但仍是强忍着道："可别再乱说话了，阿久，如今府里不比从前。"

阿久立时摔了手巾。整个家都是少夫人管着了，东府和其他院又有何不同。

沈洵摇着轮椅过来："你们都下去。"

素锦所幸没有伤筋动骨，虽说跪得长了些，到底只是精神折磨，饥寒交迫。膝盖用热毛巾敷了会儿，捂在暖被里，明显感觉之前那种酸痛好了不少。

丫头们依依不舍离开了，沈洵首先就对花期说了句："备一份薄礼,明天先送到归雁园。"

花期答应着,明显眉宇间神情是极抵触的。

沈洵慢慢靠近,烟熏氤氲中,他手持着一碗薄米粥到素锦身旁。用汤勺试了试温度,便舀起一勺送到她唇边。

素锦轻轻含住,无言咽下去后却道:"还是奴婢自己来吧。"

沈洵吹开飘浮的热气,一切仿佛仍和往常相同,"不会有人知道的。我喂你。"

有米粒下肚,素锦的感觉自是比方才又好了些许,四肢恢复生机也有了热气。

然她毕竟虚耗过多,吃完了一碗饭都只能软绵绵靠在枕头上,灯火下脸因此显得更小巧,泛着苍白。

这也就是沈洵,还能让她被罚过一场之后还这么坦然。

沈洵喂完,用丝绢替她擦了擦嘴,刚把碗勺放到一旁,素锦就拉住了他袖子,"今天是初一,请让奴婢为你施针。"

逢单,行针走穴。

沈洵任她握着衣袖,只静静盯了她一眼:"你还有这个胆子。"

素锦眼底蒙了一层水汽:"奴婢只是膝盖跪了跪,手却正常,不会影响给公子用针的。请公子放心。"

他是在担心她手抖吗?沈洵目光变得宁静柔软,"我说过,我也许不再能护你周全。"

素锦说话时,声音透着干涩:"奴婢不在乎。"

"你吃了这样大苦头,还不知道吗?"沈洵殷殷地看着她,"你不是也答应过我,自己能照顾自己吗?"

素锦缓缓摇摇头,片刻轻轻道:"这不算苦头。"这么多年跪也成习惯了,这次不过是跪得久了点。

沈洵看了她良久,素锦也看着他,两人目光交融到有些忘我。沈洵叹息般轻喃:"你似乎忘了,老太太还有没发现的东西。所以可以轻描淡写地翻过去了。只一点小事，她就大发雷霆。若事情再大一些，你很可能是回不来了。"

　　两人心里一下都知道什么是没被老太太发觉的，和这件事比，今天的一切怒火都只能算轻描淡写。

　　素锦眼睛闭了闭，睁开时情绪如落古井再无改变。她伸出手也再抓住沈洵，掌心贴着他手心："只要奴婢的手，还能为公子扎针。"

　　不惧老太太任何的罚，不计较受到了什么对待，就差直白地说出来，只要老太太还没折断她的手指，她就不顾冒天下之大不韪。

　　这是个绝对说服不了的人。

　　沈洵别开眼在心里面对自己说，可她一切执着到底的根源，却都是为了一个他。

　　于是再次看向她之时，凝视她的眼睛，他就问了九年来，一直想问不敢问的话："素锦，你对我的腿，究竟能有多大把握？"

　　闻言，连素锦都露出惊疑，她眼中闪现一种光彩，那是以前任何时候都没有的奇异光芒："请公子相信奴婢，如果、如果一切条件都能充足……奴婢就有五成胜算。"

　　五成胜算，一半对一半的博弈。可是对于沈洵这样一个被判刑多年的人，五成几乎等于极大的概率。要知道大宋朝任何一个大夫，是连一成把握都不敢给的。

　　沈洵眼底都浮现一抹异色，他看进素锦惊疑不定的眼眸，终于缓缓如梦中叹息般："好，那我就把命交给你。"

　　素锦简直欣喜得不敢相信自己耳朵了，就意味着他答应，他会完全配合。对于一个掌握医术的人，病人配合的程度关乎生死存亡关键时刻，沈洵以前表面上同样配合，但那时候，他身心却都处于消极中。

　　她缓缓伸出双臂，圈住了沈洵肩膀轻若蚊蝇道："奴婢不会要公子的命的。奴婢的跪，能换来公子这句话，也值得了。"

沈洵在心里叹了口气，慢慢扶起她的肩："不是要行针吗？"

素锦动了动双腿，觉得基本已自如，她取出针囊，这平时一直随身带的东西，幸好是挎着篮子去采蘑菇，她担心累赘就留在了府里，现在想想真是后怕，若是她跪佛堂时就被搜到了针囊，恐怕再逃不了一劫了。

沈洵服用她调制出的药，已被药效冲得发了三次烧。次次的凶险可见，就算是她胆大，短时间内也不敢再给沈洵用药。

为山九仞功亏一篑，她也怕这一篑前功尽弃，因此只有在施针上愈加尽心，弥补短处不足。

沈府主院内，老太太虽然放走了素锦，可却一夜没合眼，心病没除，翻来覆去不能安寝。

在她心中，即便有所冤枉，也不会是完全冤枉了那丫头，无风哪来雨，可恨自家孙儿胳膊肘向外拐，一径袒护。

老太太睡得不安稳，早上下人们谁也不敢去吵她。

偏偏大清早的，就有人使劲在外敲门，门房打开门，才发现外面站的也是沈府的自家人。

回来的是跟着沈东岩夫妇去宫里的一个长随。

这个长随就带来了天大的好消息，说在宫廷欢宴上，万岁爷已经正式降旨，正式擢升沈东言为正二品内阁学士，不止如此，淑云夫人，竟也获封了正二品诰命夫人。

老太太从卧室里立即披衣，赶到正厅里，激动得话又说不利索了："这，这不前日才升过了，怎么、又、又升了？"

那带消息回来的长随是眉开眼笑："万岁爷喜欢我们家老爷呗，加上这次又有贺阁老在旁，极力地举荐老爷，万岁爷喝酒喝得高兴，当场就拟下圣旨来了！"

老太太又跌跌撞撞冲进佛堂，给列祖列宗烧高香。她觉得前面八年受的苦，全值回来了。换来的儿子仕途光明，步步登高，实在给沈家长脸又长脸。

如此隆恩，让人想起九年前的沈家一门，殿前宠臣，满身的荣耀。没想到九年过后，还能再得青眼。

府内所有人无不奔走相告，所谓一门显赫，下人也跟着沾光。宰相门童都七品官，沈东岩官位越高，他们那些下人走出去，都是体体面面绝不一样。

沈洵拿出了一枚稀世宝玉，这也曾是贺言梅的东西。

文进作为公子长随，被叫了过来，将玉石交予他，沈洵和悦道："要你跑一趟阁老家，替我请贺公子过府一叙。"

还体贴问了一句："知道路吧？"

文进诚惶诚恐地点头，权势滔天贺阁老的住所，就算是再贫穷的升斗小民都知道，这就跟问京城人知不知道皇帝住哪里似的。

贺言梅巴巴就来了，坐个轿子无比拉风地停在沈府门前，"洵兄……"

他叫得亲热又密切。

沈洵一向不怎么招待人，贺言梅前几次来也没得到多大优待，这次却提前准备了好酒好菜，隆重地迎接起来。

就连以前针锋相对的阿久，俱都低眉顺眼和气客套了许多。

"洵兄今日怎么有兴致找我，几日不见果是想念了吗？唉，如不是我家老头子看得紧，我也是很想念洵兄的，依我的心，自然巴不得天天同你聚首才好。"

好话不要钱买，贺公子这个人可算是很得要领。

只是两个大男人之间他也不嫌肉麻。

沈洵笑了笑，便摆出酒："这是窖藏的女儿红，我陪你喝几杯。"

贺言梅大为感动："我还以为你上次把好酒都送给我了，居然还有私货。"

酒过三巡，沈洵才道："你这份情太重了。"

贺言梅马上道："你我之间……"说到一半戛然而止。

看了看沈洄神色,他忽而笑着徐徐推回了扇页："那都是我家老头子的做法,洄兄,你可别随便栽人情就胡乱谢我,他脑子的想法和我可没关系。"

沈洄一时没言语,又为他倒了一杯。

贺言梅又道："我说句实在话,你那位过继的哥哥……也是个三品,这父子同列三品,肯定是不可能长久的,只是沈伯父刚回京,万岁爷不好做得过了,才没一开始封二品高位。但升官也就是短期内的事,就算我家老头子举荐了两句,他这也算顺水人情。给了万岁顺理成章升官的由头。"

以贺言梅礼部侍郎之身份,早已是妥妥的正三品。沈东岩升迁之前才勉强和他平级,这时候他口中还热切叫着"沈伯父",实实在在就是谦称了。便说他是给面子,都不为过分。

"即便是顺水人情,"沈洄抬了抬手里酒杯,"还是要谢的。"

贺言梅笑得十分开心地和他干了杯。

沈洄余光扫了他一眼,却带着一丝考究。

若说权钱皆可逆天的贺家,与沈家有什么相似,那就是贺家几乎与沈家同样遭遇了人丁不旺的厄运,后辈子嗣凋零。

贺阁老年逾古稀,就算有再多手腕,也已是廉颇老矣。所以贺言梅万众瞩目,回京之后一举一动可说牵动着大半个京城权贵的筋骨。

都因为或许不消是几年之后,他就不再只是贺言梅。不仅是贺家嫡孙,更是泼天家业的继承人。贺家之后的掌家人,除了他贺言梅,再不会有别人了。

因此,才会有柳家的联姻,才会有推之不尽的拉拢。

若说在京城找,能越过贺言梅的贵公子,除了真是皇家肚皮里出来的天潢贵胄,决计是找不到第二个了。

试问,在这样的境况下贺家任何的决策,可能不让贺言梅参与吗？即便是贺阁老，此刻定然也想尽快放权，贺言梅的能力或许都不需再多加培养，偌大担子，只等东风来了直接卸到他的身上。

有人上前，来给他们桌上换了新鲜的杨梅，贺言梅一看这丫头很眼熟，就多扫了两眼。阿久看向他，以为他果然记得自己，立刻就弯腰行礼："婢子前两次对贺大人多有冲撞，还请大人原谅婢子。"

贺言梅总算在惊奇中挤出字："不妨事……"

要让阿久低头其实简单，只要让她知道对方究竟是握有多大权柄不可得罪的人，她自动就会收起所有负面情绪。

阿久下去后，贺言梅看向沈洄为难地道："洄兄，我俩知己论交，你何必这么……每次拿我当个外人一样，我多难过。"

沈洄拨弄着酒杯，第一次看着他叫道："言梅，你毕竟是有官职在身的人，而我一介布衣，大宋对官民的区别不是一纸空文。我结交你，才是名副其实的高攀。"

贺言梅又愣住了，他似乎很认真地盯着沈洄："洄兄，你知道不，像你这样的人，我在外面看见的那些加起来，都不及你。"

沈洄道："你这话就假了，大宋泱泱人才，哪个比不过我这个瘸子。"

贺言梅把扇子拍到桌面上："你这话还对不起我们多年交情，当年你还是天子门生的时候，谁和你结交不是高攀了？你那时莫不是就嫌我高攀了？"

好汉不提当年。

沈洄仿佛随意清淡地含笑说出来："真要说许多年前相交的时候，你给出的任何东西，总要从我这再取点什么，这次，不会又是想取走什么吧？"

提携沈家这么大的恩，除非沈家结草衔环。多少人求都求不着的提携，平白无故，阁老府干吗要垂青沈府，就因为他跟贺言梅有那么点"交情"？

天下熙熙，皆为利来，天下攘攘，皆为利往。

贺言梅缓缓挑眉慢吞吞说："非要这么较劲，我问你这除了美人，还有东西能给我吗？"

沈洄自己都叹："没有。"

贺言梅很惋惜的样子，还偏偏一本正经用他那双明艳流光的眸子直视沈洄："这儿最美的，你又不能跟我走。我也没有龙阳之癖。"

京中风传贺言梅秉性风流，时常眠花宿柳，听他说两句靡靡之语，不离暧昧亲词，就知道传言没错了。

皇宫摆了三天宴，沈府荣归，还得接着摆宴。

如今，是内阁学士大人的府上了，如果说三品的官衔还不足以荣耀动京城，在这样的宝地上，官大一级更是压死人，忽然间多出来的那些人脉关节往往成为新官上任第一道山，升官意味着多出大把人仰慕你，双刃剑后，就多了一样多的人把你架在火上烤。

有人几天过后，和朝上同僚已是亲热知交，下面的人也多是赞扬；也有那清高自诩的，既不请人也不攀交情，几天过后遭了旁人嫌恶都有的。

所以淑云夫人在宫里就急忙传了话，让老太太紧赶慢赶准备着，一天也不敢耽搁。

一切食材用料皆是最好的，京城著名酒楼掌厨的师傅都请了十几位，官高慑人无论哪家的名厨都愿意给面子前来。

不管是九年前旧交还是九年后新知，哪怕只有一面之缘的人都被请来，热情备至招待上座。

淑云夫人还把何钟灵叫过去商议："这宴席摆几天，恐怕也不好叫人空着手离开，但人数众多，我有心想备些礼物相送，都送不出手。太贵重的太随便的都不合适，你可有什么主意？"

何钟灵道："这个确实是难，往年我随着娘在家的时候，也看她招待过人。只是毕竟又和今日不一样，有时候，送些银裸子都是有的，主要如今咱们府里这个人数众多，确实送不起。"

淑云夫人道："我就是为难这个，如若不送，怕那些个人心存芥蒂，总觉得体面上还差了些许。送了吧，随意挑拣的礼物，还不如不送，这些当官的人的眼比太阳都毒，万一觉得你在敷衍他，只怕好心办坏了。日后因小失大还要倒大霉。但贵重体面的礼物，不是没有，委实送不起这些人。虽说来的这些人，总有身份高低，但礼物还都得送一样的，厚此薄彼更是易惹人不快。我一整日愁着这个事，竟是睡不好。"

何钟灵柔声道："夫人何必这么忧心，到底身体为重。这个事不知夫人有没有问过老太太？老太太经历的风雨毕竟多些，没准主意也能多拿些出来。"

淑云夫人道："这个我却是问过娘了。不过娘也说不出个所以然，主要这宴后送礼是最近时兴起来的，就算老太太见多识广，到底也不敢乱出主意。"她目光就殷殷盯向何钟灵，那意思显然比老太太更信任她。

何钟灵这是被戴了高帽子，想不出主意也难。她笑着叹息了两声，沉思片刻又道："我想着或许能送个香袋，找那绣工好的丫鬟，在客人离开前连夜赶制出来应该也行得通。袋子上的图案只要绣得别致，我想不难。然后夫人再往袋子里装些别的东西，甚至不需贵重，只要奇巧玩意就能博得眼球，这样客人在新年图个开心，礼物的贵重与否就不重要了。"

淑云夫人眼睛一亮，随即沉吟半晌，眼中波动似在寻思可行性。

何钟灵顿了顿道："晚晴随意想的一个主意，还要看夫人觉得可不可行。"

淑云夫人缓慢道："你这个主意是极不错的，只是做香袋数目众多，唯一就怕丫鬟的手不够快。一味赶工又怕破坏了精细度，只是这手快又手巧的丫鬟却难找。"

何钟灵微微一笑:"夫人有没想过外包给京城的绣娘做?"

淑云夫人频频点头道:"绣云坊的师傅们手艺都是极不错的。"

何钟灵开口:"交给绣云坊的人去做,就不怕赶不上的问题了。虽说也要花去不小银子,但和单独给每人送礼来说,就要节省又节省。"

淑云夫人离座拉起了她的手,"难怪都说你是个贴心的人,果然有你相助事情都省得烦心过多。这几天过年本该热闹时候,我却跟老爷都不在家,这冷冷清清的,老太太有没有哪不顺心的事?可有半点不舒服的时候?"

何钟灵低了头抿嘴就笑:"夫人都说了过年热闹的时候,老太太没有不顺心的,这几天都是吃睡开心,听了老爷和夫人的喜事,更是高兴没有话儿说了!"

淑云夫人不疑有他,又交代了两句就立刻忙去了。

酒宴样样是顶端好的,绣云坊的针线活也是独步京城,刚从宫廷销金窟里吃完酒回来的大人们,一头就扎进了沈府这个温柔乡。皇城脚下,珍馐异宝也多。这排场,只比皇宫的喜宴稍次一点,一样流水金银铺就的繁华,起码开宴这几天,足以叫人乐不思蜀了。

那喜鹊走到何钟灵身边说:"那东府的人,会不会向大夫人告状?"

何钟灵一点也不在意地关起门:"没状可告的事,却要怎么告。一年就这么个最喜庆的时候,除了老太太有那份胆量,谁还会故意寻晦气。"还对喜鹊会心一笑。

喜鹊扶着她:"大夫人到底是偏心自己儿子。"

外面都是乱走的外客,何钟灵正好待在房中不出,留着自己的一份悠闲:"我就没指望过,正经沈夫人会和老太太一样,这么想只能是你错了。"

喜鹊垂下头:"是……"

坐在归雁园内,都能清晰听到不远处脚步声进进出出沈府,纷杂繁多不停歇的,就像两片不粘连的天地,不知外面世界过了多久时间。

　　"奴婢还是奇怪,升个官就如此高调铺张,会不会有人觉得沈府奢侈炫耀。"

　　何钟灵笑:"这里是京城呢,别人不怕你炫耀,只怕你情不到,情不到,那就要命了。"

第26章 一荣俱荣

在人前，无数双眼睛看着的时候，沈文宣还是得跟沈东岩喊"爹"。这一声无关乎情愿不情愿，关乎的是脸面。

沈家的豪奢大宴，连京兆尹都来捧场了，天子脚下的风水到底养人，京兆尹肚大腰圆，一双肥手握着酒杯，张嘴就说道："沈大人真是好福气，在朝上受皇上宠幸，在家又有个贤惠美丽的媳妇，旁边的儿子还处处帮衬，日后的官途真是想不平坦都难。"

据闻京兆尹家中也是有个好岳丈靠山，一大家都被弄到京城补缺口，所谓朝中有人，事半功倍，敢说话真口气大。

在台面上应付多少次，回去后都是一样的累。在外面所有的完美笑意都卸下，发现不过如此，也没什么值得开心的事。

沈文宣难得只喝了个半醉，就回了归雁园。

何钟灵捧着热帕子，上来给他擦脸。看她的脸仍像处在二八年华的少女，就算有了儿子，也没能让她看起来更像个母亲。

沈文宣借着醉意，就拉着她的手多看了一会儿。

这让何钟灵反倒有些不好意思了，但她很快就回过神，主动挽住丈夫的手，把他牵引到床边，替他脱了靴子。

喜鹊端来洗脚水的时候，何钟灵就让她退下："我亲自来。"

于是她亲自把沈文宣的脚泡进水里，温柔细致地给他擦洗。温热的水里还撒了些花瓣，全身都蒸得放松下来。

沈文宣于是就在雾气之中看着她，何钟灵贵为尚书大人的掌上明珠，在家恐怕连绣花针都不用亲自拿，为人洗脚这一类，还不知她是后来怎样学会的。

又想起在庙会上相遇的时候，她笑得都那么娇憨，当时是他眼中多么无邪的女子，如今看她掌权持家，却是样样才干突出。

洗完了脚，一直顶着丈夫视线的何钟灵终于起身，她本想亲自把洗脚水端出去倒了，但这时红扇已经走了过来，马上端了出去。

何钟灵于是便攀着沈文宣一同坐着，放下帐帘，暖玉温香浅笑："累了吧？"

说着已解开了自家衣裳，抱着沈文宣藏身于红帐内。沈文宣立刻翻身扣住她的腰："今日是怎么了，你许久没有这么热情。"

何钟灵只僵了一下，就继续温柔地笑："我最近忙于外事，都疏忽了你我夫妻情分。"

沈文宣不再问，似默认了这个说法。于是二人鱼水交欢，彼此过后都很心满意足。枕着丈夫手臂的何钟灵难得地舒缓叹了口气。

沈文宣抚了几把她光洁如玉的手臂，忽然道："今天许多的大人，都把我当成了伯父的亲儿子。"

何钟灵顿了顿，翻身看他，眼里有些光彩闪过："都入了家谱，拜了宗祠，如今你就是他的亲儿子了。"

沈文宣没言语。

何钟灵掌心抚上了他的脸，"夫君，别管你是不是亲生的，在别人的眼里，只要他们愿意相信你是沈家的嫡公子，那还有什么可多想的。现在老爷又升了官……其实论理你也能升一升的。"

沈文宣眸中不定："我没想超过伯父。这也不太可能发生。伯父身居高位，换句话说我们也是一荣俱荣。"

何钟灵幽幽道："要是万岁真那么器重老爷，再升一升，他就和我爹平级了。"

夫妻同体，在只有两个人最隐私的时候，他们都是毫无保留地相望。

眸光流动间，都明白了彼此的想法。

"伯父曾经只在翰林院任个五品官，难以想象他会走到今天这个地位。如果不说圣眷隆重，几乎没有别的解释了。"沈文宣垂下眸，帐外的灯在他眼底投下长长的影子。

何钟灵就道："到时候你升不升都不必太担心，二品大员的公子，都到哪里都会有人照应。"

"我有一个想法。"沈文宣突然低声道。

何钟灵摆出聆听姿势，他继续下去，低喃："算上今天，不多不少九年了，记得当初也是伯父主动向圣上申请外放，就是那段时间，京城不是落马了一大批官员吗？只是听说都是武将居多，伯父是文官，又在翰林院任职，理应没有牵连。"

何钟灵立刻就懂了："夫君想说沈家原来也是被拖累了？有这种可能性吗？"

沈文宣于是蹙眉："主要时间相距较短，而且伯父官运正畅，自请外放还是太突然了。就算痛惜洵弟，家中毕竟还有老母体弱，做此决定实有仓促之嫌。"

何钟灵立时便握住他的手："那夫君是怎么想的？就算文官武将泾渭分明，难道就一点联系也没有？"

沈文宣眸子亮起来又暗下去："就是不知道这一点。不过当年犯事的人，都处以大宋最重的刑罚。八岁以上，男子流放充军，女眷全部刺黥刑，女子卖做官奴的，脸上不方便刺字，所以全部都刺在了身上。"

声音低沉缓慢地响在屋子里，何钟灵不由自主抱紧了身子，裹在被子里瞠目结舌。

她到底身为女儿身，听到这些惩罚女子的手段，也觉得背脊阵阵发寒。黥刑，若说最没有尊严的刑罚就指它了。身体发肤受之父母，被刺了字，一辈子都洗不脱耻辱了。

看何钟灵有些被吓到，他主动上前，拥住了她的背。

"当然这只是我一个想法，"沈文宣又展眉，那么久远的事，还是皇帝下令封口，京城那么多能人都查不到的详细，就算他想查也查不到，"伯父明哲保身，可能当时确有什么内情也说不定。"

何钟灵眼底似有细密银针呼之欲出："如果真是被封尘了你也就别想了，既然皇帝当初能下这样狠毒的手段惩罚那些人，肯定恨极了。那么如果老爷真有牵扯，哪里还能像现在官运亨通。"

沈文宣拍了她几下："不说了，睡吧。"

东府院内，素锦在阳光下清洗银针，心里有些郁郁。

她本来让阿久出门采买时，去妙手堂为她买一些药材，可没想到那个陈大夫竟然不卖。

也不说什么理由，看见阿久明白她是沈府来的，药名刚刚报上，便挥手赶人。

陈大夫竟如此怕事，她感到些许恼。

进屋子去找沈洵，他却还没沐浴完，人也没回来。现在有了文进，他一般天天都要擦洗两遍澡，或者沈洵原先就挺爱洁净的，再加上他不能像个正常人自如行动，成日坐椅子，就更想保持身上干净。

看来以前那些日子，他还是能不麻烦素锦，就不愿意麻烦的。

沈洵沐浴熏蒸完毕，头发还湿着，素锦准时等在那里。

听到声音素锦立刻上来，"公子，您沐浴后血脉流畅正是时候，此时扎针效果佳。"

素锦纤细的手指，缓慢穿过他带水的长发，一点一点帮他理顺了。细腻温柔，都在举手间。

沈洵轻轻道："嗯，不必问我，你要扎针就来吧。"

难得听他如此说话，素锦无声地一笑，然后打开门，冲东西方拍了拍手。

文进悄无声息就闪进来了，进来后还打招呼："公子，姑娘。"

他的任务也就是待在屋里，沈洵和素锦在里面，纱帘一放，文进自管在外面该干什么干什么。只要外面的人看见，素锦和沈洵没有独处，那么便有人想再告素锦狐媚，也不会再有站得住脚的理由。

"公子准备好了吗？"素锦拿着银针，在沈洵手腕上比了一下。

沈洵只需看她一眼，便一切明了。照旧，先放一根针在涌泉穴。素锦手指一路向上，按着沈洵各处皮肤。

腿上皮肤早已松弛，停止用药之后，沈洵腿上的知觉又恢复到了从前的零。不管素锦的药是良药还是毒，起码让他有段日子，即使是疼也有了一种感觉。

或许这也是他愿意相信素锦，愿意再赌一把的原因。

不知道素锦啃的那些医书都是从哪来的，她总能学到许多新东西。话也说得越来越专业："公子最近还能感到痛吗？"

她一语中的，沈洵也不好隐瞒，病痛瞒不了医者，他于是道："什么感觉也没了。"

没从素锦脸上看到显而易见的失望，停药是迫不得已，可能她也早就预料。但素锦贵在不放弃，握紧掌心一把银针扬头道："没关系，我们有大把的时间。慢慢试。"

先仔细整体地诊断一遍，素锦的手法早就娴熟，"公子之前有些通顺的血脉，隐约又在此处堵塞住了，这样反复，恐怕还是有根子没找到。"

这就是所谓的治标不治本，素锦抬头看了看沈洵，"公子从来没跟我说过腿瘸的那个时候，具体有什么征兆，又是持续了多长时间就不能动了？"

沈洵交握着双手，目光刻意下垂有些晦暗："没有什么持续，一觉醒来，就站不起来了。"

一觉醒来，就站不起来了。

这话多轻巧沉重，素锦深吸一口气，胀得心口有些疼后，就低下头继续观察他的腿。

"有什么发现？"见她许久不作声，沈洵低头问道。

素锦道："还是那句，公子血行受阻，还是不明原因，但要标本兼治，还是要采取老旧的法子。"

沈洵眸色一变，"所以，你要给我放血？"

素锦凝望着他，目光里没有一点作伪。"对，奴婢就是这个意思。"

沈洵便没有再吱声，这就是默认了。素锦划破了他的手腕，放了有小半碗的血出来。

这时候再扎针的时候，沈洵的腿就有反应了，一点点殷红渗进他皮肤底下，还是那句不管好的变化还是坏的变化，总归是有了变化。

他问出来心底那句话："那要是不停地受阻，你难道要不停地放血？"

素锦转眼又拔出一阵针道："这不好说，也许血液受阻只是暂时的，放着放着它就好了也不一定。"

听她语气中的不确定，沈洵苦笑着："如果不能好，问题是我有没有那么多的血给你放。"

素锦认真地说："奴婢会关照公子的膳食。"

她一句关照膳食，荔儿特意去大厨房跑了一趟，于是就发现自那天起，一向喜爱清淡饮食的二公子，突然开始大鱼大肉，大补特补起来。

每天丢失一小杯血，海参燕窝都补不回来。幸好沈洵的腿部，堵塞的程度并不严重，不需要天天放血。但有得有失，在饮食上他吃得就不大快活。

过年之后沈洵就私自给文进涨了工钱，从东府的账务上支出。因为文进许多年只是挂个名，在工钱上并不多，给他涨了也在情在理，但他还是受宠若惊地连连磕头感谢。

素锦也是看他实在老实巴交，平时也多方照拂。饶是如此，荔儿还是偷偷地扯了她道："姐姐，你和公子每日做事，就让他在外头，什么都听去了，事关重大，能信得过这根木头吗？"

素锦定了定神："咱们院里，确实也需要一个得用的人，文进我和公子都觉着不错，应该无大事。"

荔儿慢吞吞地说："话不能这么说，人心隔肚皮的，我也不是怀疑木头，只是吃亏的都是素锦姐姐你啊，一点错处再使不得。"

素锦道："无事的。"

话说回来东府就只有一个文进了，想用别人也没有，临时再找还不如他呢。

荔儿悄声说："要我看，不如知会公子，让他把咱们院里的人重新洗一遍，再禁了口，以后就没人敢乱说了。"上次素锦跪了一天，谁心里不难过？

素锦眸子一凛，片刻道："这更大张旗鼓了，况且，咱们院里的人肯定是没问题的，只是外面的人每日进出太多，咱阻止不了罢了。"

说这话的时候，就有两个婆子贼眉鼠眼地朝这边望，被荔儿瞪了回去。

荔儿又垂头丧气："其实让我跟进去也好啊，横竖姐姐别单独再和公子一块了，那起子奴才还能嚼什么舌根呢？"

素锦有意调笑："你进去，待时间久了，万一再有人传'公子爷骄奢淫逸'，这可怎么办？"

荔儿吹胡子瞪眼："烂了那起子的嘴……"

等年关渐渐过了，沈府的升迁宴办得很是成功，口碑颇佳。几件事平息，地面化冻，春暖花开，就到了大宋最热闹的娶亲时节。男婚女嫁大多挑这个时候，有万物复苏生机无限之意。

但在今年，贺言梅和柳家女的婚事，早就遍布京城寸土，四月的日子全部为这两家腾挪了出来，别家都或多或少避开了，不与两家巨头相撞。

即便贺言梅本人再散漫，大事将近，他也是身不由己地忙得脚不沾地，沈府，是肯定没有时间去了。

然而作为火遍了京城的热闹事，几乎无人不翘首，若能成为贺柳两家的客人一份子，光是看大戏都够本了。

据说贺柳两家加起来，大大小小共宴请了千余人，请帖都印好了。于是举凡有身家的，都伸着头盼着能有自己的一份。

荔儿这个包打听，对热闹素来来者不拒，早就满面红光地张扬开了："据说送到柳家的聘礼，有二十抬那么多，整个朱雀大街，都被聘礼堆满了呢！"

阿久被吸引过来，听过了又嘲笑荔儿："没见识，才二十抬，根本不多。你也不看看柳家女的身份，就比公主，次那么一点点而已。"

荔儿张大眼："那贺公子，会给咱公子送请帖的吧？"

花期不由得想到平日那俩公子的交情，自然就点下头："我想也会的。"

荔儿笑逐颜开："之前做的大氅定是不能再穿了，我得赶紧再选一些春季的时新布料，给公子再做几身好衣裳，到时候……就让他们再好好对咱公子大开眼界吧！"

花期听她说大开眼界就觉得好笑起来："人家看咱公子，可不是看见你那几件衣裳才开了眼的！照这么说绣云坊的人都请你去做大师傅了！"

荔儿抿嘴笑。

文进现在对伺候人的事渐渐上了路子，于是时常也不再需要素锦总是跟着。沈洵又一贯亲和，文进没开始那么紧张了，做事也就放开手脚。

单独一处时，沈洵看他只顾低头做事，便开口问他两句家里的事："你平时在家，都做些什么？"

文进有些腼腆，回道："就帮着爹做些农活，也不干什么。"

沈洵淡笑道："你爹是个秀才？平时，就没栽培你也读一点？"

文进更羞涩，脸一时红如虾；"回公子，是，每逢鸡鸣的时候，爹会让我读一个时辰的书，然后再去做农活。"

沈洵似乎今日也很有兴致："都读些什么？四书都读了？"

文进越发低头："是的公子，爹将旧时的书都给了我，只是小的愚笨，现今也只读完了《论语》。"

沈洵便捡了《论语》中的几篇，问了他几句，文进有的能答上来，有的则不能。提了一会儿，沈洵便不再出声了。

看来文进在他爹看管之下，的确是读过几年书了，只是读了这样久，一本《论语》仍旧磕磕绊绊，只能说于读书一道，他确然不行。

沈洵看着他决定实说，温言道："文进，你不是读书的材料。"

举凡读书人都有些酸腐气在骨子里，不管自己有没有走通这一条路，也总希望自己的子孙后代都能靠着读书闯出一片天地。

文进却没有意料中的失落，反而目中坦然道："小的也知道自己脑袋愚钝得很，只是爹总说，万般皆下品，惟有读书高。他老人家总希望我能多读一些。"

这就不可强求了，其实有许多人真的不能归咎于不努力，虽说极少，但天生对读书不上道的人，并不是没有。

沈洵缓慢说道："每个人的天赋不一样，读书未必就高，因人而异吧，我看你四肢健壮，倒是很灵活。"

文进闻言不好意思地一笑："其实我做农活也不好，爹常常觉得我手脚粗笨。"

沈洵微微一笑："尺有所短寸有所长，慢慢来。"

在文进眼里沈洵是个极和善的主子，比他在田大户家帮工时，遇到的那些人不知要好多少倍。意识到前面几年，他以及他家里人对沈家这份差事的散漫，心里不禁感觉惭愧。

忙完了春节和升官，老太太总算从百忙中脱身出来，终于闲了下来。得以有时间，慢慢捉摸之前压在心底的那些细账。

这天一早，就板着面孔扯了淑云夫人单独进屋子，把一应人都遣了出去，又将门窗都紧闭。

而后一张脸比那冰山还冷，坐在对面瞧着淑云夫人。

淑云夫人一头雾水，小心问道："老太太，您这是怎么了？"

老太太目光盯着她，咬着字缓慢问道："我问你，洵儿那方面……是不是不行？"

淑云夫人登时就脸色大变，完全不用考虑就理解了老太太的意思："这可不能随意说，老太太您这又是听的什么人挑唆的！"

老太太的脸只比她更不好看："我没受什么人唆使，你也别整日觉着我就只会被人牵着鼻子走，没点自己想法。"

淑云夫人听这话重了，立刻就低声道："娘不要生气，媳妇不是那个意思。"

老太太生气地喝了口茶，说话声音都在抖："我也不跟你缠这个了，只告诉我，洵儿，洵儿他坐了九年的轮椅，是不是因为这个，也让他这方面就不中用了？"

淑云夫人只得慌张地站起来，东张西望后又忙慌道："绝没有这事！老太太何以这样想呢！洵儿他虽然、虽然……但也绝没有那方面的事儿啊！"

老太太目光紧逼，并没有因为淑云夫人一口咬定就稍有松懈："果真？我确是不大信的，那个素锦，你当我不知道吗？这些年难道不是她日日服侍着洵儿，寸步都不离！"

淑云夫人心里有些不安，却说不上来。她沉默了会儿，只得道："那和她又有什么关系呢？"

"你别打量我老了！"老太太立时叫了出来，冷笑道，"我老了，我就不了解男人什么样了？！日日面对心头爱的女子，男人是有几个能把持住的？就是能把得住，身体能把持得住吗？洵儿对那丫头是什么心，只要待在沈家墙里的还有不知道的吗？"

面对老太太字字尖锐，淑云夫人一张脸都红透了。

"娘，这、这……媳妇担保，洵儿真不是那样的人……"

老太太越说越手抖得厉害："你拿什么担保？你也别心里就怨我给洵儿泼脏水，我是打心窝子里关心洵儿，我今儿才这么直言不讳地同你说了。旁人我是一个字口风都没露，你一贯聪明的，就不想清楚，万一是别人也往这方面想了，到时候你也还像对我一样咬牙，红口白牙地作担保吗？就是你担保了，有人信吗？"

淑云夫人是万万也没想到这一番内容的，她简直被惊吓得脸上血色都没了，老太太今天说的每一个字，都在挑战她的极限一般。她自己先慢慢坐下，呷了口茶平静了一下，才握着瓷杯看向老太太："娘，虽然我们跟洵儿分开了那么久，但打我第一眼再见他，我就知道他还是我那个儿子。我以一个亲娘的保证来说这句话，洵儿就算没有碰过素锦，那也和他的身体无关，不过因为他谨守礼义廉耻罢了！"

还有一句话是淑云夫人不能跟老太太说的，老太太虽然已近天年，但在这种家族的熏陶下她不会懂的道理。那就是，对一些男人来说，越是真正心爱的女子，越是不愿意侵犯的。

知子莫若母，这也是淑云夫人敢为沈洵说这番话的原因。

过了这么久，老太太终于脸色稍霁，眉峰间有了些缓和。她仍是带着不确定的语气道："既然你这么肯定，我也还要与你说一件事。

假使洵儿身体没有大碍，那我也要正正经经的，为他纳一门妾侍，且不说他这个年纪，没有妾侍本就会让外人说三道四，就算身体真的好又怎样，禁不住三五个人一说，马上就会真假不知了。"

这一浪打来还有紧跟着一浪，淑云夫人都快招架不住，她从口中挤出字："妾侍？"

老太太不悦道："不错，洵儿年纪不小了，身边没个女人怎么行？前时有人主动说亲的时候，还推三阻四，好，那既然不愿意说亲，就先娶个妾在身边。"

淑云夫人眉头渐渐皱起来，她低头遮住神情，轻轻道："但是若说妾，素锦也……"

后面话还没说，老太太就打断："她要是中用，上回也不用验身了。你适才不是还说，洵儿要遵守礼义廉耻才不碰的她，既然都不碰了，总要有个别人吧？"

淑云夫人便发觉，她无论怎么说都不行，若说沈洵不行，从哪方面都是不能承认的，但沈洵若身体无事，老太太又要催着纳妾。她想来想去，想不到妥帖的说辞，只能再道："可洵儿一向没这方面心思，他的性子恐怕也不好强迫他。"

老太太拖长了声音道："如今文宣都有后了，沈家要开枝散叶，你也要传宗接代吧，只是让他娶个娇弱的美人回家，又不是把刀架在脖子上，到底能有什么不愿意的？"

淑云夫人知道与老太太说也说不通，她也不可能明白的。老太太这时站起来，瞥她一眼道："我等你的消息。"

淑云夫人让开一步，便送她出去了。

心乱如麻，天色已黑，老太太说出来的事根本不能声张，淑云夫人左思右想，之后只得把自己心腹丫鬟唤过来，耳语几句："小蛮，你悄悄地去东府，把素锦姑娘请来，说我有要紧事问她。叫她尽量不要惊动任何人，你来去的时候也注意。"

小蛮心领神会，道："夫人放心，奴婢一定会把人领来的。"

淑云夫人坐立难安地等了一盏茶功夫，小蛮领着素锦跨过门槛，总算到了。素锦一听说淑云夫人找她有"要紧事"，自是半分也没懈怠，本来已是准备宽衣歇息，也是立刻披了件外衣就跟着来了。

淑云夫人看见她，连小蛮都挥手赶了出去。待门窗关好，素锦要跪，淑云夫人一把就握住她肩膀，眼角不掩焦急神色："快别跪了！到这里坐下，我有要紧话问你！"

素锦也从未见过淑云夫人如此，当下也把那些客套暂且都压下去，随她坐到了椅子上。

淑云夫人立刻就握紧她一双手："孩子，我问你句话，你只需老实对我说，别隐瞒，也别有什么顾虑。"

素锦心内越来越疑，说道："夫人不必担心，奴婢不会对您撒谎的。"

淑云夫人点了点头，似是也忍耐了半晌，才能说出口："其实我打宫中回来，也听说了一些事。只碍于年关忙，看你也无事就不曾仔细追究。你是不是时常与洵儿同床？"

素锦下意识咬了咬唇，静静道："是的。"

得到她肯定，淑云夫人对老太太的话，不是没有一点担心的。但她说到这方面的事，也不免有些犹豫："你曾说这些年，都在想法子治疗洵儿的腿……"

素锦眼看淑云夫人弯弯绕绕，目光闪烁大不比平时，也低声道："夫人想问什么？"

淑云夫人垂下眼："我想说你也必然是懂些医术的……"

素锦也垂首，心里似乎有些明白了："夫人难道想知道公子的身体状况？"

但她猜中了边角，没猜中点子上，淑云夫人看着她，一时老脸也都泛红，干咳道："我是想问问你……你觉得洵儿他、他男人那方面，有没有什么……"

说半天淑云夫人实在是说不下去了，她轻轻把脸侧到一边，又咳了几声道："你别往心里去，我就是随便问问。"

素锦这时哪还会不懂，她也腾地红了脸。这幸亏问她的人是淑云夫人，她没往坏处想。若换了老太太或旁人，素锦的脸只怕不红反而要白了。

饶是如此，她还是立刻站起身，憋红脸道："绝无此事……"

淑云夫人自己也臊得慌，还要安慰她："你别不好意思……"

越这么说素锦越急切，大概心里也想到了怎么回事，她上前两步道："夫人相信奴婢，奴婢绝没有撒谎，公子那方面绝无不擅之说……素日，素日与奴婢同床，不过是公子君子，君子……"

她本想说君子端方，证明她完璧的原因。但到底是泄了气，面对自己侍奉的人的亲娘，怎么也说不了更多话了。

淑云夫人心下一片光明，当即搂住她就道："好孩子！我信你！我今日也是担心得紧了，才会大晚上的叫你来，你可莫往心里去。"

结果毕竟跟她想的还是一样的，她的心里更添安慰，两个孩子确实都是好的，这也让她这个为娘的心里更感慨。

素锦脸上的火红却没那般容易退却，淑云夫人也晓得这点，轻轻放开了她，柔和含笑看着她道："我让小蛮送你，你也回去休息吧。明儿我还得去你们那一趟，总要交代一些事。"

素锦便冲她福了福。

第27章　不速之客

天刚蒙蒙亮，就听到荔儿尖叫一声，把旁边做事的几个姑娘都引了过来。

荔儿张大嘴，手朝空中指着："刚才有个黑乎乎的影子，从咱们墙头掉下来了！"

众人听她说的都挺唬的，阿久惊魂犹定道："你莫不是眼花吧，咱这墙头这么高，怎么可能有人爬得上来？"

荔儿使劲摇头："才不是眼花！我看得清清楚楚的，吓死我了，大白天怎么也能闹鬼影！"

看她的表情深信不疑的，其余人也有些发毛起来。花期立刻扬声："那咱赶紧检查一下院子，看有没陌生的人，文进来上工了吗？让他也帮忙……"

几个姑娘们一处，自然就想到找个男子壮壮胆子，文进此时的形象也高大起来。

阿久带了几分不确定道："可是咱这院墙，起码一丈高罢，就算是男人也跳不进来。"

素锦在井边汲水，听到动静也赶了过来。她望着那院墙，口中道："但要是个会武艺的人……"

荔儿咋呼道："阿久素日取笑别人没见识，听没听过外面那些江洋大盗，连皇宫都进得去，皇城那墙头，比咱府里这个又高多了吧？还有人专门看守着……"

花期连忙道："越说越没谱，你是说咱府里也能招来江洋大盗？你总是听风就是雨，还偷皇宫呢，这话也能乱说吗？"

阿久心有余悸道："采花大盗还差不多，净是吓人的。"

荔儿道："我真的听说过，而且刚才那影子一晃就不见了，我四处看都找不着了。"

素锦心思活，眼内忽然一跳，转身就朝沈洵的房间跑去，这周围也没别的地方，离得最近的就是沈洵的屋子了。

到得门口素锦就敲门喊："公子？公子？在里面吗？"

花期她们同样心头一跳，集体跑过去叫门，把两扇门拍打得哐哐直响。

就在心都揪起来的时候，才传来沈洵含着困意的声音："我在，出什么事了？"

几个姑娘同时望了望彼此，有些小尴尬地抽了抽嘴角。而后素锦低声道："没事，公子继续睡吧。"

丫头们各自吐了吐舌头，都从门前离开了。

沈洵拥着被子起来，疑惑地看向门口，忽然眸光一凝，扫向一侧帷帐。

帷帐仿佛被风吹动一般微微浮动，里面伸出一截白嫩白嫩的手，抢先就捂住了沈洵的嘴巴。

沈洵连眼都没眨，紧紧盯着眼前的人。

贺言梅广袖飘风，揽着沈洵肩膀凑近耳边，苦笑着说："洵兄，你可别出声，我就惨了。"

沈洵拿掉他的手，两道秀丽的眉皱起来："光天化日你这是干什么？"

贺言梅对他眨着眼睛，徐徐道："洵兄，你一定得帮我才行。"

说着就坐到了床尾,和沈洵相望。沈洵看他穿得甚华丽,扇子还握在手里,但定睛看去发觉他眼底有道淡淡的红痕,不由得问:"你一夜没睡?"

贺言梅压着嗓子,表情是苦涩得不能再苦涩:"我岂止一夜没睡。不然也不能求到洵兄门上,实说了吧,我想在你这留宿几日。你可别不准。"

沈洵只能在心里吃惊了,他上下扫了扫贺言梅:"你那阁老府上,不比我这舒服?"

贺言梅压低声音无奈道:"我既然这么说,肯定就是回不去了,洵兄又何必戳我痛处呢?"

沈洵不由更加无言,隐隐猜测道:"你做了什么?"

贺言梅拉住他,大言不惭道:"洵兄,你之前不说想答谢我的恩情吗,你就容我住几日吧,别给人知道了。"

后一句表达有些含糊不清,沈洵凝眸:"你不告诉我发生了何事,我可不敢收留你。"

贺言梅瞪起眼:"楼南,你可太不够……"

门恰恰又被敲响了,素锦在外道:"公子,恐怕您得起身,夫人来看您了。"

沈洵眸光流动,贺言梅立刻端端正正收敛神色。

素锦在外面推门推不开,立刻也皱起眉头,然后才不确定问道:"公子,您拴上了门?"

沈洵从不拴门,夜不闭户在东府也照样适用。是以素锦下意识去听门里的动静,心中起疑。

可片刻后,里面栓环拉起,一人慢慢走出来,只见锦月银靴,好不俊美。

素锦一惊,后退道:"贺公子……"

贺言梅不等她退,一把勾住她肩,挑唇笑道:"进来。"

沈洵竟然都穿戴好了，淡淡道："让贺公子伺候了一把，真是荣幸。"

贺言梅抱拳笑道："好说好说，楼南记得想着我的话。"

沈洵摇着轮椅到素锦身边，轻轻朝她看了看："你先照看一下贺公子。"

外头淑云夫人已被迎进来了，沈洵一出去，身后门就关了，花期赶紧上前推着他，来到石桌旁淑云夫人身边。

素锦下意识转身，却被按住了一只手臂，贺言梅在身后低语："还请姑娘打开窗户。"

素锦淡淡道："贺公子不怕被人发现？"

贺言梅笑了出声："所以劳烦姑娘挡在前面了。"

素锦半晌不说话，后来被追问一句，才慢慢道："可是奴婢也不想被人发现。公子与夫人在谈话，若被发现我一个奴婢在旁边偷听，我岂非更倒霉。"

贺言梅道："那怎样你才肯？"

素锦又不言语了。

贺言梅从身后看着她，看她露出的光洁的颈部，忽然心内一动，笑着凑近她："秘密，对不对？"

素锦面无表情地说："奴婢不知道贺公子在说什么。"

贺言梅又笑了笑，再次直起身，收敛起神色道："其实我还带了个礼物，给姑娘。"

他那宽大的袖子里，变戏法似的拎出了几包药，放到素锦面前。素锦眸光一闪，已听见他说道："妙手堂掌柜不肯卖的药材，都在我这里，姑娘觉得贺某有没有诚意？"

素锦缓慢垂下眸，有些意味不明道："贺公子到底是贺公子。"

贺言梅的手指开始敲在素锦肩上："我只需要略略施压，姑娘就能买药随心，那掌柜的绝不敢不卖。怎么样，我这人一向好相与。"

这生意如何不好做，满满当当提出的都是素锦想要的，想要又困难的。

素锦叹了叹，朝窗边走了两步后，又道："其实贺公子有那么好的武功，耳力想必也惊人，窗户开不开对你又有什么影响。"

贺言梅在身后只管笑："但要看人的表情，武功就不顶用了。"

素锦到窗边拨开窗户，他会如此着紧，除非是认为这次谈话会和他有关。

院中石桌边，淑云夫人坐在沈洵旁边，两人挨得近，只听淑云夫人看着他叹气："我今日本想来告诉你关于老太太的一些意思，但现下突然又有另一件要紧的事要与你说。"

沈洵倾心聆听，淑云夫人就继续道："我昨晚初初听说了这事，也觉得很不好。是关于贺阁老和柳丞相两家的这桩婚事，在这样要紧的关头，居然出了顶大的变故。现在两家已经都翻天了，严重程度自不必说。我听的消息看，似乎能到让两家就此悔了婚的地步，两边都是参天的大树，要真到了那程度，恐怕依附两家的其他家族，也要狠狠变动一番。"

这简直不止是悔婚了，恐怕都成了断交差不多。而且这一断，定然就是彻底的断。

沈洵怔了半晌，总算问出来："到底出了何事？是柳家要断，还是贺家那边出了事？"

淑云夫人眸光幽幽看了看他，道："是贺家，做出了一些事，让柳家想悔婚。"

沈洵心中已有猜测，不动声色朝房屋瞥了一眼，轻轻道："两家都是世族，结交之意早就有了。到底是什么严重的事，让两家同时都不愿意了？"

淑云夫人罕见地露出顾忌之色，她居然朝四周看了看，花期几个丫头忙不迭就避让了。这时候，淑云夫人才略有不安地靠近沈洵：

"其实这事越是放在一般人家,越不容易闹大,坏就坏在,柳家女的身份太贵重了……越贵重,越容不得一点闪失。"

她几乎是挨着沈洵耳朵边,饶是这样仍是满脸为难之色:"似乎贺公子前头,有过了一个女人。"

沈洵眼中刹那露出惊诧,同样快速低声道:"不是妾侍?"

淑云夫人用力压了压他的肩:"若是妾侍,也没那么多话儿了。"

沈洵仿佛都被惊到了,久久都没说话。淑云夫人看了他一眼又道:"要命的是,这事刚闹将起来,那贺公子竟然又消失了,现在两家,恐怕都在满京城搜寻他,只想问个透彻明白呢!"

沈洵略略低着头,也没露出什么神色来。淑云夫人长吁短叹,他就问道:"是不是妾侍,贺言梅之前就没在家中露过口风?"

"谁知道呢,"淑云夫人正色道,"现在的事是,堂堂丞相的女儿,怎么能嫁与人为妾呢?那贺家小子也真是胆大妄为,先不提妾不妾侍,似乎柳家的人,此前连他有过女人都不知道呢。"

怎能不说骇人听闻。这般早已传遍京城的盛事,又有皇上指婚,闹将起来,根本是连万岁爷的威严都受到了挑战。

贺言梅啊贺言梅,怎不是向天借的胆,居然能做这种枉顾伦常,欺君罔上的事……

"我跟你爹昨儿商量了一夜,我们家在这事上,其实也有很为难的立场。主要是,那贺公子同你之间的私交……现在京城的人心里面,怕也早都认为我们是依附贺阁老那一边,虽说我们家是人少式微,在朝中威望也不高,但只从贺公子和你两人的交情上说,如果,真需要我们沈家做什么事,我们还真开不了拒绝的口。"

淑云夫人只是担忧地顺口说了出来,也没管那么多,自然也想不到沈洵的表情是什么样的。如果贺言梅做出了这事,莫说柳家女颜面全无,连贺家在内脸面都没了。

柳家女何等的贵重,若不是嫁贺言梅,也是嫁一等的公卿世家,如今可好，人家好好一个女儿，名声被毁成了这个样子，那柳家能对贺家善罢甘休才怪。不用想都知道柳相现在多恨姓贺的。

沈洵轻轻道："如今的办法，只有请皇上收回成命，柳丞相在朝堂上，只怕也不会再顾及贺家颜面，直接上表陈情的可能性太大了。"

淑云夫人在自家儿子面前也没什么好掩饰的了，吞吞吐吐道："对呀，这一在上朝的时候就撕破了脸，到时候万岁爷的金銮殿还不知要吵成什么样。你爹和文宣……两人都在殿上，想不说话，都难。偏你爹这官职，上次贺阁老的分量太重了，这样的恩情如果不还，我们沈家也过意不去。可这件事，实实在在又是贺家理亏，洵儿，这话，太难说了。"

淑云夫人的想法，恐怕也是整个沈家的想法。若如今贺柳两家的立场对调一下，那沈家这恩情绝对二话不说，拼力帮助贺阁老弹劾柳丞相。可现在是柳丞相占理，主动权就变成了对方，想想也知道，柳氏一派绝对铆足了劲儿对付贺阁老。

这事恐怕收场是万万收不了了，两虎相争，必有一伤。

沈洵叹息道："娘与儿子说这许多，儿子却也帮不了什么忙。"

淑云夫人满眼慈爱温和："便只是能与你说一说，心里怎么都平静多了。"

送走了淑云夫人，花期虽然是个奴婢，也不由得为这种事唏嘘。沈洵只能先摆手让她们几个退了下去，在院中又独自坐了会儿，方拨弄轮椅朝屋里去。

贺言梅在窗边一揖到底："洵兄，我知你是不会弃我于不顾的。"

沈洵看了看他，声音里也听不出波动："贺言梅，你怎么会做这样的事？"

做了这样的事，他居然还能笑得出来，然笑意不达眼底，也是枉然。跟夸夸其谈的贺言梅形象的确不相符。

沈洵揉了揉眉心，轻叹："包庇你这样大的罪名，你自己不知道后果吗？"

贺言梅反问道："楼南，你不让我待在这，此时我要出去，你想眼睁睁看着我会有什么下场？"

恐怕贺阁老本人此刻都是怒火滔天，手握乾坤了一辈子，到老来却被自己孙子摆了一道。贺柳两家的一腔肝火正煮到沸点，加上难测的天威，只差贺言梅这个集于一身的宣泄口。

说句大实话，遇到那些人里的任何一个，贺言梅不被剥皮拆骨，才是怪事。事到如今，没人再管他是不是贺家继承人，这件事足够把他从人人高捧的贵公子彻底沦为过街老鼠。

贺言梅亦真亦假地说了句："就算你待我不比从前，也不能狠心至此吧？"

沈洵被问得无言以对，人家坦坦白白地讨人情，他能如何？

贺言梅已经走上来，按住他肩膀大力道："古人说食同器寝同榻，咱们终于也效仿了一回。"还言笑晏晏低头看着男主人。

素锦道："但贺公子不便和公子同住。"

贺言梅轻笑："楼南，我也不想让你为难，只需几日，我只住几天，绝不会给你多余的打扰。"

本来就是躲进来的，要是单独再给他个房间大鱼大肉招待，以本府主母少夫人的过人耳目，只怕不出半日就知道了。也没有比跟沈洵住再隐蔽的方式。

沈洵都不再表示反对，素锦只好罢了。

只要稍等几天，聪明人都知道不赶在气头上做事，只有等这么多人的怒气消磨掉了一些，贺言梅才敢现身。这也是他连客栈都不敢住，哪家的客栈能脱离得了京城这两家的势力范围？

贺言梅初来乍到，很讲究礼貌。多了这么一个大活人，饮食方面还要不动声色。

素锦就这么随口吩咐阿久："最近公子夜间容易起,你在小厨房里多烤一些糕点送到公子房里。"

小厨房关闭,但烘烤糕点这类简单活还是能做的,阿久很麻利地一下午就烤了五六种点心,装成两大盘端到了沈洵桌上。

素锦给沈洵斟茶,低声道："奴婢终于是明白,公子说过的那句话,是什么意思。"

沈洵刚抿了一口雪顶鸣翠,示以询问眼神。

"您说,并不敢乱下结论,因为您并不像以前那样了解贺公子。"

那是以前几个丫头问的时候,贺言梅屡屡上门,正是旧友重逢熨帖之时,沈洵说得相当保守。

沈洵思及此,也淡淡一笑,看着她:"那你现在又怎么认为?"

素锦道:"开始只以为贺公子是个挺简单的人,但世家公子,怎么也不会太简单。应该是三分简单,七分心思。可若现在来看的话……"

沈洵与她眼神触碰,摇头道:"他完全是十分的心思都有。"

素锦此时就道:"贺公子是个很不简单的人。"

贺柳两家的婚事或许对很多人都是大事,但对老太太,就完全没那回事了。老太太关心的,仍是自家的一亩三分地,她心里所想的才是她眼中的大事。

晚饭时分,她果然又提起来,前几天她絮絮叨叨个没完的,本以为敲打了媳妇几句很够用了,可现在媳妇也没给个准话,态度依旧模糊得使人生气。

"淑云,我让你张罗洵儿的事,你怎么反倒办着办着没了动静?"

而今这桌上,沈东岩、沈文宣、何钟灵一应齐全,都坐在旁边吃着饭呢。这时候提起这茬,淑云夫人只觉得十分尴尬,"我还没来得及跟他说呢……"

老太太皱了皱眉:"到底有什么来不及的?这么点事非要拖个什么劲,你年轻那会子反而不像现在这么磨叽。"

何钟灵目光转动,默默就在饭桌上扫了一圈。

一旁,沈东岩筷子不由顿了顿。淑云夫人在桌底下踢了踢他,其实这件事情在老太太提起的当天晚上,她就跟沈东岩原原本本说了,这事情淑云夫人自己到底还是做不得主,和丈夫商量是必走的道路。

沈文宣也没说话,谈论到沈洵个人事的时候,他从来都不出声。于是就变成老太太一句话砸下来,没有一个人接应的。

老太太筷子一放:"不过是纳个妾,今儿就说个明白。我老太婆是想不通,这是什么不好的事,需要这么屏气敛声的?到底是哪来的怪毛病,若都不愿意上前,我自己就做主挑几个好的姑娘,带着礼上门说去。只到时候你们可别有什么不满。"

沈东岩不能再装听不见,他索性拿了帕子擦嘴,片刻道:"娘,为何又要给洵儿纳妾?"

老太太目光转向他:"你却是问我为何?自己是个当爹的成天价只知道上朝办公事,我问问你可曾看过你儿子几次啊?婚事你们夫妻都不着急,没一个管事的,我为何舍了老脸天天干些惹你们嫌的事?天天价还要你们在心里面骂我,我吃饱了撑的!我倒要问问你们这些做爹做娘的,哪个要是尽到了责任,需要我这个老婆子操这份心吗?"

淑云夫人知道老太太又用了拿手的训人方式。长辈这招总是屡试不爽,绝对让人无反口的力气。

沈东岩在朝堂上官威赫赫,面对老母依旧还是个儿子。他心平气和道:"娘,洵儿也不是多年前还未长大的人了,许多事总该他自己做主,别人反不好相强,您也该明白这点才对。"

老太太一点不词穷:"就是他大了,我才会想要给他纳妾,别打量我不知道你们的那些心思怎么想的,怪我没让他自己做主?他要自己真的有这个心做主,我绝对不阻了他。可话说在前头,究竟是我不讲理,不许他做主了,还是他压根不想做这个主?"

这话从情理两方面都说得很绝,淑云夫人内心都叹息,老太太这是越来越精明。沈东岩道:"如果洵儿不想做主,此事更没有必要说了。"

老太太认定的事,八匹马也难拽回来。"你们要实在不想说,那还是我,我这个老婆子明天再讨人嫌一把,去跟洵儿说!"

沈东岩也皱了眉,低头舀了两勺子汤,避开了和老太太硬顶。

反而是老太太等了会儿沉声道:"怎么不说话了?"

沈东岩慢慢道:"娘,您要是还认儿子是沈家的家主,那儿子就只有一句话。"

何钟灵眼底闪过暗光,把家主都抬出来了,老太太略有些生气:"谁不让你说话了,你自管说。"

沈东岩把手帕一撂,端端正正就坐好了,目光也绝无仅有地严肃起来:"我沈家的男人,不纳妾。"

老太太当场就拍了碗筷,目光震怒地看着他和淑云夫人两人:"你再说一遍?"

眼看气氛急转直下起来,剑拔弩张,一直沉默的沈文宣立刻拉住老太太手臂:"祖母不要动怒,还是先冷静下来。"

何钟灵难得不像平时,机灵地说些玲珑话打圆场。她心里深处也为自己名义上公公的话受到了震动,她看着沉默不语的淑云夫人,突然意识到,这几十年下来,淑云夫人也只是沈东岩身边唯一的妻子,没有任何妾侍。

所以老太太似乎才生气,但沈东岩没等她改变矛头,就沉重地说下去:"夫妻夫妻,哪里有妾侍的地位。从来身边塞了太多女人带来的都不是好事,依我看洵儿的坚持就是对,除了日后明媒正娶进来的正妻，唯有相敬如宾才能家和人宁。远的不说，便是贺家近来闹遍京城的风雨，不也是因为女人引起的？别人清清白白的好姑娘进门，你是宠的好，还是不宠好？是就此冷落人家一辈子，还是留着以后宠妾灭妻？"

老太太被亲儿子一篇话，说得脸上青白交加。过了好半晌，老太太就是老太太，还是想到了说词："京中大户哪家不是妻妾成群？只你危言耸听，我从来也没听说过哪家就至于宠妾灭妻了！还不是个个儿女成群子孙满堂？"

最后一句话说出老太太心声，沈家人丁不旺是横亘的一根刺，谁都不踏实。

沈东岩坐在已经默然失语的妻子旁，句句反驳："但任凭哪一家也不会真正有我沈家和谐，娘，争斗的事难道你自己不曾看得太多？儿子从来没有妾侍，与淑云这么多年相携走过来了，没有一天觉得苦。大哥这辈子唯一抱憾之事，不就是没真正有个妻子吗？"

提到已逝的长子，老太太已然挡不住泪："便是我，我一辈子也没阻止过你爹纳妾！我们家一样好好地过来了，从来没有过不开心！你如今说此大逆不道之话，简直强词夺理甚深！"

沈东岩定定看着老太太："娘，您是人人称道的贤妻，主动愿意为爹纳妾。可是之后呢，爹没有半分冷落过您，妾侍形同虚设三十年，一直无子。若不是爹对您有情，一个女人何至进门三十年无子？"

这话彻底击垮了老太太，她虽不曾再说什么，可脸上骤然痛彻心扉的表情已经说明了一切。

何钟灵久久没回过神来，她看对面自己公公神情依旧坚毅，而淑云夫人低头拭泪。沈家男人，不纳妾。

她心情有些复杂地收回目光，也不知为何就看了看沈文宣，见他盯着老太太，就垂头，轻轻盛了一碗莲子汤，柔笑递给老太太："您别生气了，喝口汤压压惊，其实老爷那意思也是好的，二公子德才兼备,假以时日,必能娶个真正的好媳妇回来孝敬您!"

老太太什么也没再沾口,唤了秋宁来就捂着眼睛进屋里去了。淑云夫人暗暗叹气,到底知母也莫若儿啊,沈东岩这些话,每句都太厉害了些。

这一顿饭,吃得每个人都心绪浮动。各自很不安稳地回各自院,沈东岩这个家主,今日是真正露出不让步的一面来。哪怕是老太太,也不得不退让于亲儿子。

淑云夫人亲自预备了热水,给沈东岩净手。说来也心伤,这么多年来,除了真是生病躺在床上不能动了,她从来没有让丫鬟服侍过沈东岩这些事。现在想来,如何不值得?

看今天他在饭桌上那样处处维护自己,说不感动是假的。

淑云夫人的手刚按在沈东岩的脚踝上,沈东岩就弯腰牵起她的手:"夫人。"

就是这般的心有灵犀,淑云夫人赶紧擦去眼角的湿润,抬头略有些担忧地笑道:"我只怕你今日说的那些,会无意伤了宣儿的心。"

沈东岩默了默:"我想文宣能明白。"

淑云夫人仿佛也想起了久远的事,不由叹出了声。"真也是可惜的一件事,大哥本是要抬了锦娘做夫人的,谁能想,两人会都在海上遇难。"

当年,若真没有飞来的那个横祸,如今沈家想也不会如此,便是能过了那么几天,沈家也名正言顺出个长房夫人了。

沈东岩把她拉起来,自己拿起布擦干了脚。"文宣就算曾经有什么想法,现在应该也不会再有了。"

淑云夫人痴痴地看着他,眼内似乎含了无数话。

沈东岩笑着拉她坐到身边,搂住了肩膀:"亏得没有妾侍,不然日后有子嫡庶之别,都够让人心累的了。"

淑云夫人幽幽道:"不知是何人非要弄出的这些分别,不知坑苦了多少人。"

素锦煮了一大锅的药膳浓汤,用的全是贺言梅拿来的。瘦死的骆驼比马大,贺家后人再声名狼藉,拿块玉佩出门照样唬住布衣百姓。

艾草最大的特性就是熏蒸气味浓重,所以祛病辟邪时要燃它。用它入药平常,属于普通却基本不能缺少的药材。

这次素锦头疼的是,她用艾草的剂量极大,需要单独用一个锅来煮沸,还要好几个大锅都用上才足够。

小厨房现在闲置的锅非常够用,素锦当机立断,马上就让丫头帮自己忙,把所有艾草都淘尽了放在火上煮。

东府的上空飘的便都是这种味道。

花期抬头望着高高的院墙:"现在也不是熏艾的季节,不闹时疫气候也不异常,咱们这么煮会不会不好?"

素锦想了想,道:"我让阿久把冬天囤的百花都拿过来泡在一起,其余的还能做洗澡水用。"

贺言梅吃点心吃得脸都绿了,中午总算有所改善,沈洵把他那碗黄瓜蛋汤让了出来。

贺言梅吃干抹净说道:"患难见真情,楼南我不会忘记你的。"

说得让人感动,但指望贺言梅做些侍弄人的事是绝对不行的。当然不敢让文进再进房伺候了,适逢他母亲生病,他也就告假在家照顾,素锦重新担负起服侍沈洵的贴身事。

把一大桶水架进了屋子里,素锦就面不改色对贺言梅下令:"奴婢要给公子沐浴,请贺公子回避。"

贺言梅利落地转身,就进了隔间。

有外人在,交谈都变得稀少,熟练的两人沉默着互相配合洗完了澡,素锦先架着沈洵从浴桶里出来,擦干净身子,便取来备好的袍子为他穿。

在贺言梅这个角度能很清晰地看到印在屏风上的影子。

沈洵还要看会书才能睡，素锦按惯例整理着一切东西，贺言梅就抱着双臂，斜倚在门上看着她来回走动。

素锦停下来，良久转过头，慢慢地开口："贺公子的目光很让人毛骨悚然。"

贺言梅无声一笑："你做这些多少年了？"

不是问多久，而直接问多少年了。素锦抱着毛巾神色一点改变也没有，"这跟贺公子无关。"

论理她个婢女对贵客这么说话是有些僭越的，但身为主人沈洵在里面听到也并未有所表示，里外都十分安静。

贺言梅这时轻轻道："沈洵对你很不一般。"

素锦没再说话，抱着换下的衣物毛巾自行出去了。沈洵在里间轻轻地道："你看起来一点不像个泥菩萨过江的人，还有这些用不完的闲心。"

贺言梅便笑了："自身难保又算得什么，难道我从此就要做哑巴？"

现在是泡药澡，一日至少两遍的药澡就需要大量的水和药材。文进劈的柴都快不够用了，一连煮了几天。那前院因为沈东岩和老太太对峙了一番，氛围便都不怎么好。

淑云夫人是一早就装扮齐了，等在院子里服侍老太太。百样的孝心都尽到过了，从入沈家门那一刻起，冯淑云就是夫家的典范，现在也挑不出半点错处。不管是谁之间不和，都引不到淑云夫人身上。

何钟灵看着这个占据地利人和，却一点也不眷恋家权，轻易把家让自己当的女人，也重新带了审视眼光。她前半生最佩服的女人，始终是自己的亲娘何夫人，她觉得何夫人手腕玲珑，后来她也是处处套着用。可现在面对沈家夫人，她忍不住心里，多了丝从没有过的叹服。

沈文宣一回来，何钟灵就向他打听贺家的事。饭桌上沈东岩说到了贺家，她心里也多了好奇。

在婚事这件事上，只能说贺言梅想错了。

在最初几天的风波之后，贺柳两家的矛盾，并没有按逐渐平息的方向走。

京城子弟多八卦，因为此事在其后几天，出现戏剧性的变化，导致了事情愈演愈烈，贺言梅再度被推到了风口浪尖。

他外放时，沾染过的那名女子身份，被好事的人扒了出来。

贺言梅外放的地方也是极乐土，作为权贵嫡孙，别人往那穷山恶水处外放，他就往富饶多娇的地方走，就在那美酒名花，温柔乡的洛阳城。

这个女人若是别人还好，可偏偏身为妖娆多姿的洛阳名妓。

这样的事情一捅出来，京城的顺风耳朵还有哪一个会放过的？

本来嘛，以贺家公子少年俊才，邂逅两段桃花，浊世公子配着倾国名花，这事在文人雅客中也多得很，大多数人也觉得是个风雅事。

主要就是贺公子玩大发了。

举凡有点身份的老爷少爷，谁没有二三个风尘知己、青楼中人，你可以跟她把酒言欢，引为红颜，但越是身份高贵的世族后代，越有三大忌，露水姻缘，不进家门。

有些实在喜欢得紧，就纳个小妾，还大都是官位不高的人会这么做。

可贺言梅在洛阳，却是与那女子爱欲嗔痴，翻转几度，经好事者之口传播，精彩跌宕堪比说书。虽说贺公子彼时孑然一身，不可能经过父母之命，但他却真个送上了聘礼，并用花轿抬着那女子进了他洛阳的府邸。

这可堂堂正正是正妻之礼，并且在洛阳城，人人皆可作证。

就算现在贺阁老一口咬定这顶多算通房妾侍，和正妻绝对不沾边。但礼数已全了，并且有那么多人亲眼看见，顶着看热闹的口舌议论,柳家无论如何也不会再敢把女儿嫁过来,丞相的脸还要,如何会做这贻笑天下的事。

沈文宣便只说了一句:"逢场作戏也就罢了,欢场上的女人,如何能进家门?贺家承嗣孙也实在让人失望了些。"

何钟灵便有些讪讪的:"是吗……"

涉及女人的话题同为女人心思更细腻,听沈文宣这么说,何钟灵以往对欢场中的女子也没有半分的好感,今日却有些异样。

她半晌才心不在焉一笑:"贺公子却何以这般胡来?被情冲昏了罢。"

沈文宣看她一眼:"他回京时孑然一身,任谁也没看出破绽。能有多少情?"

何钟灵不再接话茬。只说了这么几句,沈文宣便又离开了。喜鹊见她没什么精神,就沏了壶好茶递给她,又问她要不要抱小少爷。

何钟灵意兴阑珊地说:"我想出去透会气,这屋子里闷人地讨厌。"她捏了帕子在手心主动出了门,喜鹊忙放下活跟上。

第28章　动摇的心

喜鹊拿着袍子，急急忙忙跟在后头，追上了就替何钟灵披上："虽说开春了，还是容易着凉，夫人也该当心自个。"

到了院门口红扇正好办事回来要跟着，何钟灵说一句"你留下看院子"，就带着喜鹊独自朝前走了。

喜鹊紧赶慢赶："夫人这到底是要去何处呀？要不您心里若不痛快，就再去老太太屋里坐坐吧。"

何钟灵倒慢了慢："谁说我不痛快了？"

喜鹊叹了口气，这才逮到空把她肩带系上，细数道："奴婢说您可别不高兴，您不就是为了文宣大少爷的话不舒坦吗？虽然近来少爷回家的次数少，那也肯定是因为忙了，夫人别因为这个心里面就转不开。"

何钟灵看这个自己一贯的心腹丫头说这样的话，不由缓慢地道："我哪里是因为他不回来就……"

说着却摇摇头，又不再沿着继续说，眼底清幽道："我原以为，大夫人让我当这个家，是看中我，多少可能也看着我的身份做些合面活。现在才知，她根本是不在意的。"

喜鹊眉心轻轻皱着："夫人这样的情绪可不能一直下去，现在出来纾解纾解，过几日可千万回转才好！您这么样失落，可怎么行呢，不然奴婢就捎信到尚书府去，让夫人再来看看您，抚平了您的疙瘩。"

何钟灵看着她的脸，忽然冷笑起来："你却在担心什么，我就不能有些不满了？我就跟那面人捏的似的，在你们这些丫鬟面前还得要假以辞色？"

喜鹊敛容低头："夫人怎么对婢子不满都行，但诚如婢子称呼的，夫人是夫人了，再不是昔日的小姐，您时时刻刻得拿出样儿才行，恕奴婢直言，奴婢也是看您最近时常魂不守舍，才冒死提醒夫人一句，希望夫人体念婢子忠心，往常夫人不管心里怎样想，面上总不叫人看出，此刻夫人也得这般才行啊。"

何钟灵盯了她半晌，才扯出笑："你比红扇，要能言善辩多了。"

喜鹊也不惧："奴婢句句发自肺腑，并非巧言令色哄骗夫人，夫人明察。"

何钟灵缓缓道："你是不是真有用，以后才知道。"

喜鹊便沉默下来，何钟灵回过头，脚步已出了归雁园地界，到了东苑荒凉之地。这里有一大片无人打理的杂草，春发新芽长势就更茂盛。沈府并非没有物力处理这片地域，只是因此必得单独再雇佣大批的用人，这样劳民伤财的举动不符合沈府一贯作为。

何钟灵终于在一处布满青苔的院墙下停住，看着喜鹊道："你让我不要露出什么，我问你，你可见到了老爷是怎么维护大夫人的？"

喜鹊低眉恭顺答道："婢子知道，老爷为了大夫人不惜违抗母命，并且看起来，老太太对此也是没有话儿说的。"

何钟灵道："都说女人以夫为天，她连天都得到了，还会在乎这掌家之权吗？我也明白了，有老爷，她也根本不需要这掌家之权。我再掌家，又怎么越得过老爷去。"

喜鹊默默良久道："可是少爷对夫人也是尊敬爱重。"

何钟灵不带任何情绪地看了她一眼，喜鹊也咬了咬发白的唇，底气不足。"京城哪对三媒六聘的新人，不曾举案齐眉？但是老爷这样不纳妾的，又有几人？"

喜鹊隐约感到这话有点僭越，她有些不便再开口。

何钟灵失神了片刻，又笑，"喜鹊，你说这男人的不同之处，是不是就在于对女人的态度？"

喜鹊知道自己人微言轻劝不住何钟灵，只能顺着她话讲，声音极低道："奴婢是个丫鬟，不懂这些的。"

何钟灵绞着帕子，咬唇笑道："有人能为了婢女就去开罪老太太，老爷也能为了夫人当众驳老太太的面儿……"

喜鹊心突突一跳，往周围扫了几眼，马上低声提醒："夫人，再往下就是东府地界了，咱要不要离开？"

何钟灵沉了沉眼，冷冷道："我都不曾在意，那就走吧。"

喜鹊抹了把额头刚要打前头带路，何钟灵骤然偏过头，仿佛仔细倾听什么，方道："你可有闻见什么味道？"

喜鹊顿住脚，愕然回头，片刻开口说道："奴婢不曾闻见。"

何钟灵收起刚才满腹心思，再度向前走了几步，拧眉道："真的有。"

喜鹊也赶紧随着她紧走几步，鼻端便飘来一缕异香，禁不住变色。"这是……"

何钟灵深深吸了口气，眼底换上一抹浅笑，"你说，这像不像是有人煮了一大锅药的味道？"

喜鹊这时候慎重多了："奴婢辨不出来，兴许是花卉香。听闻东府繁花遍野，初春百花齐放，也许是花粉的香味。"

何钟灵慢慢将食指放在鼻子下揉了揉："你猜是什么？"

喜鹊看了看她半真半假道："这东府的人，个个怪异，从主子到丫鬟。奴婢可没本事猜。"

何钟灵露出哂笑："大夫开给我安胎药的那股子苦味，和这味道倒也三分像。"

喜鹊说："许多花叶的根茎都苦，也能入药，这倒做不得数。"

何钟灵就转身："大厨房的人办事不尽心，回去，让张嬷嬷来问几个话。"

张嬷嬷却只回没有什么，厨房的伙夫最近前去送饭，只有许多姑娘在熬制花瓣泡澡之用，开春花朵儿繁茂，她们都是亲眼看见的。

何钟灵的疑虑似乎消了，眉间舒展开，坐在椅上饮茶不作声。

张嬷嬷却小心翼翼地拿眼瞧她："少夫人，奴婢这几日是没发觉什么，一应饮食用度都跟平常没两样。东府那几个妖媚子就是爱美，时常用花用草地熏香擦洗，挺平常的。别的也没什么。"

何钟灵捻了捻茶壶盖："你起来吧，没事了，下去吧。"

张嬷嬷从地上爬起来就走了。这少夫人心思是越来越难懂，有时似乎看着挺和善的，问些话偏偏叫人不辨喜怒。

沈洵每日派荔儿出去打探消息，荔儿回来就绘声绘色地描述，讲的比说书先生还要惟妙惟肖。

花期端茶的时候，就对沈洵细声道："听说贺公子失踪了，街上都是官兵在挨家挨户搜查。"

沈洵凝眉道："是吗？"

花期看着他，略微奇怪地问："公子不担心贺公子吗？"

沈洵望着她，片刻道："我担不担心都没用，还得看他自己什么想法。"

花期垂眸，也不便再多问便收拾东西退了下去，到院子里阿久就拉住她，眨巴眼问道："贺公子真的娶了个名妓当妻子？"

花期叹气道："这我哪里知道，我也是听荔儿讲的。"

阿久挥了挥衣袖，侧头笑道："要果真这样，我倒真的佩服他了。"

花期好笑道："人家可不稀罕你的佩服。"

阿久扬了扬眉，忽然一笑道："我也是听荔儿说，这次是贺阁老亲自向皇上请了旨意，一定要抓到贺公子。街上那些官兵，便都是贺阁老派的。"

花期有些诧异道："贺阁老真舍得嘛，听说贺公子还是贺阁老唯一的孙子，即便做下天大错事，虎毒不食'子孙'呐。"

阿久咯咯笑："我以前在朱雀大街上听说书的唱，说当官的，面子大过天，官越大越靠脸面撑着。又是阁老大人，保不定早就气死了。"

花期吸口气："你快住口吧！上次见你还向贺公子道歉，可见也不是真心道歉的，还咒人家阁老呢！"

屋内，素锦放下窗帘，悄悄跟沈洵叹气："贺公子还要住多久，奴婢反而觉得，越这么躲着，越不是事。"

此一时彼一时，当初躲既然存着息事宁人的想法，现在则是无法息事了，还不如果断想些其余办法。

"我可听见了。"贺言梅挑帘子出来，眉梢微扬，"就这么不待见我？"

素锦低眸道："奴婢是好意，既然贺公子武艺高超到能瞒过其他三个姑娘的眼睛，瞒过街上寻你的人，难道就不行吗？"

贺言梅道："你又知不知道那些御林军，个个都是顶尖选拔出来的。会武功的天下不是我一个，御林军不是酒囊饭袋。"

素锦抬头不容分说道："贺公子想在这里吃一辈子阿久的点心？"

贺言梅说不出话来。

沈洵眸光幽幽："御林军挨家挨户搜查，你就没想过万一搜到了沈府怎么办？"

"我想好了，"贺言梅脸上浮现异样的笑，他的手一直拢在袖子里，此时拿了出来，握着一封封好的书信。"我想请洵兄，想个办法帮我这封信送到城外的驿站。"

沈洵皱了皱眉:"你什么时候写的,你早就写好了?"

贺言梅平静地开口:"早就写好了,就是为了以备今天。"

话中就像含着苍凉般,沈洵敏锐道:"这是封什么信?"

贺言梅淡淡一笑:"洵兄,这是我求你的最后一件事,你把信送到驿站,此生我贺某绝不会再烦你第二件事。"

越这么说,这信的分量仿佛就越重。

素锦在一旁看着贺言梅的表情,不知为何产生了一丝不祥的预感。

沈洵眸光闪烁不定,良久以后手才握住了那封信,低沉道:"我帮你送。"

贺言梅似乎如释重负一笑:"谢谢洵兄。"

信是让花期去送的,荔儿虽然常出门,但到底没出过城门,终究花期稳重些。

花期以为是沈洵的信,也没起疑,披了件衣服立马就去了。

贺言梅没等来御林军,在搜了大半个城之后,贺阁老突然停止了行动。

就在大家想不明白缘由的时候,这天早上沈府的门房打开大门,就看到外头站着一个笑容可掬的仆人打扮的少年。

少年一开始说是从阁老府来,门房还愣了一下,反应过来赶紧就去通报。

没过多久淑云夫人就亲自领着人,来到东府找到了贺言梅。

这下与主人家碰个正着,无比尴尬。那小厮上前几步,对贺言梅就弯腰行礼:"小的见过公子。"

虽然都是伺候人的下人,但那举止谈吐明显区别于沈府下人,衣着打扮一看就是大户人家出来的小厮。

贺言梅脸板了板,挂不住也得挂:"我这几天和沈公子正叙旧,你来干什么?"

那小厮眉眼淡淡的，声音也淡淡的："小的是来给公子传一个消息，阁老几日前受寒受惊，已是病倒了。"

贺言梅还勉强撑着样子，说道："他的身体好得很，你别跟这用这种话来激我。"

那小厮还是低着头，不卑不亢的："阁老也猜到公子会这么说，奴才只有一句话，公子随心所欲的同时，也请公子别忘了阁老今年已是七十六的高龄了。"

明显看到贺言梅颓然了，这就是亲情的束缚，只要身上有这层束缚，有时候再绝顶聪明都没用，因为你冒不起险。

他最后挣扎一番："既然病了，该找太医看看，要是看见了我，岂不是更严重。"

小厮依然淡淡地说道："公子这话就不对了，阁老日日挂念公子，找遍了京中所有公子的朋友，也是今天早上才想起，还有沈公子这没找呢。果然就在这了。"

怪不得御林军一夜之间全撤了，到底是手眼通天的阁老，贺言梅一日是他的孙子，就跟那孙悟空在如来佛的五指山，又怎么翻得过去。

贺言梅看向对面的沈洵，而后认命般问小厮："请大夫了吗？"

小厮淡淡答："宫里的医正已经来看了，但是阁老并未见好转，这才请公子回去相见。"

至此贺言梅已是再无可避，他站起来，走到淑云夫人跟前，先抱了抱拳，道："叨扰夫人了，贺胜就此告辞。"

淑云夫人只能用复杂的眼神看他，她什么都不清楚的情况下，这人竟然能在府中待了这么多天。

"言梅。"沈洵叫住了他。

贺言梅回头，沈洵轻轻上前，将石桌上躺了几个月的棋盘递给他，"你的东西。"

贺言梅苦笑:"多谢。"

贺公子就跟来时一样无声息走了,颇有伤怀的意味。

淑云夫人不赞同地看了沈洵一眼:"你怎么能这么做?"

沈洵不言语。

淑云夫人只得带着丫鬟又离开。此时院里别的丫鬟也都在瞠目结舌,荔儿道:"贺公子人早就在这,咱整天说的那些话,没被他听着吧?"

阿久吸吸鼻子,状似心有余悸地道:"后悔也晚了。"

素锦道:"公子担心贺公子吗?"

沈洵转过轮椅:"他不需要别人担心。"

素锦不置可否,过得几日,京中八卦段子又传来劲爆收尾,装死的贺言梅终于在两家的逼迫下吐露真言,咬定他与那洛阳女子只是在外访期间聊以慰藉,权当所纳的妾室。

贺公子言之凿凿,并且不惧派人去洛阳取证,三次登门向柳家赔礼致歉。诚意表现得十分足,然而已经晚了,柳相拼了老脸在早朝上请旨,请孝宗作罢这桩婚事,并且要求贺家在京城各大街巷都要张贴声明,言及是他贺家无德,才导致的联姻破裂,和他柳家的女儿绝无半点关系。

贺阁老十分配合,也在朝堂上亲自向柳丞相赔了罪,下朝以后立马就聘请专门的文书先生,按照柳相要求,撰写了文书,真个就贴在了京城的大街小巷。

柳家人其实尤觉不够,如果不是天下地域广阔,柳相恨不能就让贺家把大宋朝的土地都贴个遍,撇清与他家女儿的关系。

贺阁老是宁失去一门亲,不能痛失柳相这个朝堂大盟,所以处处都退让三分,秉持着婚姻不成仁义在的态度,总是迎合柳相。

此事过后最明显的一个变化就是,贺言梅从京城最炙手可热的结亲人物,一下子变得无人问津。

女大愁嫁惧怕没人问津，但其实帝京的男子，同样是愁娶的。娶不到一门门第相当的正牌夫人，对男人身份仕途的打击都不会小的。贺言梅就处于这种尴尬境地。

还有荔儿感叹，给公子爷准备的衣服是无法派上用场了。

素锦唯恐生变，这次在陈大夫那买了许多药物囤积在东府库房里。她甚至换了一套新的针囊，扶好了烛火，挨个用火洗针，低低道，"其实贺公子离开也好，他在这，一些事奴婢总不方便做。"

沈洵仿佛心不在这里，倚在床头一直未曾说话。

"公子？"端着烛台，素锦靠近他，真如远山般清幽。

"九年了，"沈洵慢慢转过头来，目光凝望在她脸上，"你为我治疗腿也有五年了，是不是还要再过个五年，才能有结果？"

素锦眉间不经意地抖动。"公子着急了？"

沈洵无声摇头："等我老了，我就真的不用再站起来了。"

素锦压抑地开口："公子怎么这么说？"

沈洵仿佛没意识到，烛火照在眼里更明晰："你看出来了吗，最近京城是个多事之秋。"

"如果公子是因为贺公子……"素锦刚说。

沈洵道："他不是我认识的贺言梅了。"

素锦也安静搭腔："从您把唯一的棋盘还出去，奴婢就知道了。"

他看着素锦，神色有些疲惫："我一直在想，那封信，是什么信。经过我的手，我让花期送出的。他突然就说不怕别人去洛阳查了，为什么之前没有说，现在却非常肯定地开始反驳。"

素锦心突突地跳："他也是最近才被贺阁老找出来的。"

"并不是因为阁老找到了他，他才那么说的。看起来，他是真的想挽留住柳家的这门亲事。"沈洵忽然轻轻地道。

素锦看着他，有些奇特的，出现之前看贺言梅时那一丝似是而非的不祥预感。

"奴婢似乎之前听过，贺公子好像也并不喜欢柳家的姑娘……"她也不知为何这么说，那是贺言梅和沈洵下棋时偶然说过的话，素锦想起了。

沈洵看了她一眼："但他却真的想要这门亲事。阁老和柳相之所以一拍即合，就是因为这是桩太有用的亲事。"

素锦被烤热的针烫了一下，才回过神，她道："公子，你不需要想得太多。"

沈洵神情难测："贺言梅失败了，但他到底做了努力。在洛阳，那封信当中，帮他抹去了什么东西，能让他有底气的根由。"

素锦忽然懂了，如果信不是沈洵送的，他可能就不会说这些。她握着针有些难以启齿，半晌道："这都是公子你的猜测。"

沈洵道："万一我猜对了呢？"

屋内气氛开始凝固，素锦也沉默不语，她本想说，再怎么样那都是贺公子让送的信，后果也跟他无关。但以对沈洵的了解就知道，这话说了也作用不大。

她低头看银针在烛光下发亮："要快的法子不是没有，奴婢不敢用药。药力太猛就有凶险，公子是尝过的。"

沈洵细长的手掌张开在她面前，就像承载了一个天地："我也说了，我不在乎。你忘了。"

素锦偏过脸，隐在烛火暗面，把针囊收拾起来："奴婢没忘，那奴婢得罪了，就开始吧。"

何夫人忧心忡忡地来到沈府，进来强颜欢笑应付了几句，就直奔女儿院子里去了。

何钟灵把她迎到屋里，连茶何夫人都不让看，就吩咐她把丫鬟都遣下去。"娘这是怎么了，这个日子怎么过来？"

何夫人坐在床上开始抹眼泪，把何钟灵都吓住了。"女儿，你可得帮帮你爹，我跟你爹自小疼你十几年，也到用着你的时候了。"

何钟灵近来日子也不如意，听母亲这么一说哪里还撑得住："爹怎么了？娘有话就说吧，别这样让女儿看着还难受。"

何夫人哭得实在伤心，这才石破天惊来一句："你爹他得罪皇上了，说是什么淮南总兵人选的事，你爹向皇上说了自己的建议，不知哪儿没合圣心，皇上就冷待你爹了……"

对这些朝堂之事何钟灵懂得不多，但能让何夫人哭成泪人，想必严重。她急切道："如何冷待？我并不曾听夫君说过啊？"

何夫人哭道："万岁表面上自是不会对你爹如何，就是私情上，突然这才把你爹吓住了。如今你爹的提案皇上一律都不再议了，你爹日日回来都蜡黄一张脸，昨儿直接就说，皇上问他要不要告老还乡？"

何钟灵的脸刷的就白了，她喃喃道："怎么会这么严重，不就一个提案吗？爹才四十刚过，哪就需要告老还乡了？"

何钟灵拉住她："女儿！娘才来找你，你爹要是下了，对我们全家包括你都是打击，你一定要去求求亲家公，看到底怎么回事儿？！"

伴君如伴虎，母女俩这时候才体会到了，叫人齿冷，何至于就因为一句不明所以的话就得罪了帝王？

现在摆在何家母女面前的是百思不得其解，何守权被贬的原因呢？究竟哪里触到了万岁爷这根虎须？死可怕，最怕不明不白的死。

何钟灵有些语无伦次地说："那淮南总兵是个什么职位，为什么要问爹的意思呢？别人呢，都问了没，夫君可一个字都没说过……"

何夫人泪目迷蒙："你爹说是万岁私下问的他，单问你爹一个人，你爹本来也没想到有什么后果，谁知万岁话里藏机锋呢。"

何守权的官是一道圣旨封下来的，天威难测，何家人忐忑接旨的情形还在脑海，如果再一道圣旨一下，轻而易举这官还保不定会怎样。何夫人在乡间待了十余年，当初只如做梦般，丈夫成了京官，自己也变成贵族夫人。这样鲤鱼跃龙门的事，不知惹了多少人红眼。

"亲家公现在极受圣恩，如果有心的话，定能帮着你爹。晚晴，我们也只能仰仗亲家了⋯⋯"何夫人用帕子拭泪。

这世上总有种叫风水轮流转的东西，当初何钟灵嫁来沈家，何家很瞧不上这落魄的门第，如今落魄又腾达，何家反面临着危机。

一席话说得何钟灵心底更是慌乱，她只能跌跌撞撞站起来，"娘你别着急，你现在屋里待着，我去探探口风再说。"

在妆台上擦干了眼泪，何钟灵步出了帘子。可巧沈文宣居然就在外面堂屋坐着，慢条斯理品着红扇端给他的茶。

悠闲衬着焦急，何钟灵一步三摇地到了他跟前软倒下去："夫君，听说万岁爷因为淮南总兵的事，迁怒了我爹，可有这事？"

沈文宣忙把茶盏放下扶她："晚晴，你这是怎么了快起来⋯⋯"

何钟灵拉着他，迭声道："夫君，你只待告诉我，有没有这事？"

沈文宣目光惊讶地看着她，半晌才沉吟道："淮南总兵那事，都过去差不多一个月了吧？"

何钟灵浑身无力，眼泪几乎跌出眼眶："那是真的了？"

沈文宣拉着她肩膀把她扶起来又道："没听说过万岁责怪过什么人，晚晴，你是不是弄错了呢？"

何钟灵流泪："不会弄错的，娘都和我说了。爹日日回家担心，说万岁爷因此事责怪他。"

沈文宣眼珠一转："岳母来了？你暂时别哭，此事我等等再问一问伯父再说，先莫着急。"

何钟灵经他一说，才略好些。

把她搂进怀中，他柔声道："别担心，我一定会照顾好的，没事⋯⋯"

何钟灵啜泣声渐渐小些。

这事先被通知了淑云夫人，淑云夫人热情地把何夫人迎到了饭桌上，照应得十分周到。但此刻再好的照顾也解不了何夫人心里的疙瘩，左等右等沈东岩中午也没回来用饭，何家两个女人只能在失望中强装着欢笑。

自从当了二品夫人，何夫人许久没这般低姿态了，如今虽然被样样照顾周到，心里还是十分难受的。由奢入俭难，如今是再也习惯不得这求人的滋味了。

淑云夫人道："亲家今日就在这小住一日罢，自打两个孩子成婚，我们两家都没在一起好好说上话，如今啊既然都来了，一定得多留会儿，我就不放亲家走了！"

面对盛情，何夫人脸上挤出笑容，她正为等不到沈东岩发愁，如今人家好听话都替她说了，她哪有不顺着台阶下的道理。当时就谦虚道："就怕麻烦亲家夫人了……"

淑云夫人眉眼开怀，这心花开放的人和愁容满面的人一对比就看出来。"一点不麻烦，我们家地方大，就是人少，空房多，我让人收拾一间上好的出来，您就放心住下吧。"

何夫人没有吐口，但沈文宣依稀向她透露了一点，淑云夫人心里多少也有了数。此番种种话，皆是按妥帖圆满了说。

晚上老太太才知道何夫人在府里住着，还问了句："亲家母怎么来了，往常从来不住的。"

淑云夫人就说："是我留下的，我跟老爷毕竟和晚晴的爹娘都挺生疏，也借机多说说话儿呢。"

在老太太看来芝麻绿豆事事情不过心，转眼也就忘了。

淑云夫人把一切都安顿好了，打了二更何夫人也终于歇下了。她就回到房间，点起灯，专门等沈东岩回来。

今朝的孝宗还算是位明君，在政务上十分勤勉。他手下的二品朝上的大臣时常逗留宫中议事，隔三岔五突然晚了属于常事。

沈东岩披霜带露地回到家，见夫人端坐好好地在等他，心中暖意流淌："每次你都等，换季时节你精神头不好，合该早些睡。"

这话他也是每回说,夫妻这般客气温存着,彼此暖心。

淑云夫人给他倒了杯热茶:"饿了吧,我还预备了些糕点,你就随意吃些吧。"

在沈东岩喝茶吃宵夜的时候,淑云夫人在他旁边就说道:"晚晴她娘今天来了,主要是找你,我安排她在东厢住下了。尚书最近因了什么事惹了万岁爷不快?你可耳闻过一些内幕?"

沈东岩吃东西速度立刻慢了,他转脸一字一顿:"兵部尚书?"

淑云夫人又给他斟茶:"我还能问你哪个尚书,别的人跟我们也没关系。"

沈东岩拿了手帕擦嘴,片刻道:"我没听说这方面消息,不过兵部尚书突然好几天没有上朝,今天皇上召见各大臣中,也没有他。"

这就肯定有事了,早朝,是一个臣子不可能无缘无故不上的,皇上也不会无缘无故不问。

淑云夫人侧头看他:"听说是什么淮南总兵的事?"

话一刚出,沈东岩表情立马就不同了,声调都连带提高起来,表情古怪:"皇上提到了淮南总兵?"

淑云夫人缓了缓:"我听宣儿是这么说的。"

沈东岩脸色变了变,不知为何没有立即说话。"老爷怎么了,明明知道什么,又不愿说么。"淑云夫人笑道。

沈东岩正色:"夫人,这事我们还是不要理了。你知道淮南总兵是什么职位,掌管各大要塞的重职,因为兵权太大,去接任的人选都是万岁亲自选拔的。何家插手了这件事,怎么能善了呢?"

淑云夫人缓缓坐起:"万岁爷亲自选拔的,那怎么还去问何尚书的意见?"

沈东岩道:"这就是万岁的意思了,我们就更不该管了。"

淑云夫人轻轻道:"老爷意思是,万岁在试探何尚书吗?但即便总兵是个要职,和兵部尚书比也算不得什么大官。皇上至于为了一个职位,就舍弃一个尚书吗?"

淑云夫人毕竟还是聪明的,虽是个女人,她也能想到这一层。帝王心术,从来是弃卒保车,哪有为了卒子舍弃车的道理?

沈东岩似乎不想继续说下去,他看了看淑云夫人:"许多事你并不知道,关键不在于总兵有多大,在于这个位置,正好触了万岁爷的一根刺。"

淑云夫人眸子里闪了几下,良久才说道:"老爷的意思我也懂了,可何夫人求到了门上,主要晚晴已经成了沈家的人,如果我们什么都不做,恐怕不能够,于道义上也说不过去。"

沈东岩也想到这点,不由叹了口气。淑云夫人已然站起来把床帐放下来:"明天我把何夫人引进来,老爷同她说一说吧。"

沈东岩幽幽地说:"我同她说,也只能说,既然皇上连告老还乡这话都说出了,那何尚书就主动请辞吧,兴许还好一些。"

淑云夫人转过身,神情多变:"能有这样严重吗?"

沈东岩从桌旁来到她身边,握住了她的手,用只有两个人听到的声音说:"你只知道年家现在没了,却并不知道年家没了的一个最关键,就是淮南总兵……我已经是按着最不严重的猜了,皇上一定怀疑何尚书揽权,才故意对他说淮南总兵。他聪明的话就该避而不谈,可他却还向皇上献策。"

几句话就让淑云夫人心凉了,她张大眼看着沈东岩,眼里闪着不信。

沈东岩慢慢松了她手:"当年事情你我都知,但细节你却不知,兵部尚书这职位一直都是烫手山芋,唉,皇上提拔了何家,何家也就是棋子,我们也一样。我也就这个建议,何尚书自己请辞,或许还有一线希望。"

素锦一不留神,针戳破了自己的手,她吃痛把手放进嘴里,好半晌才拿出来。

她新换的针都锋利无比，质地还又坚硬，给沈洵施完了针，收拾的时候还出了娄子。"公子早些休息吧，都三更天了。您要是失眠，明儿奴婢给您熬些安神的药。"

眼看她要走，沈洵低声道："贺公子已经走了，你不留下？"

素锦在门边回头，颊边有丝淡淡笑意："奴婢最近夜晚时常惊梦，怕搅扰公子，公子还是独自睡吧。"

沈洵皱眉，还不等他开口，素锦已经快速走了出去，他失神片刻，躺回了枕上，胸口处却空荡荡的。

第29章　骨中之媚

东府是春意最浓的地方，池塘边的柳条早就抽了新芽，万物复苏，尤其清早处处都能闻啼鸟。花的品种多样，放眼望去花园里也红了半边天。

窗外红梅映阳，此处是平静如斯，安宁往常。可那里也就有愁云惨淡，阿久站在院内，抱怨的声音就透过窗户传进来："今天不知道发生了什么事，连大厨房的饭都送晚了，往常这时候十遍饭都送过来了！"

荔儿快步走来道："听说是何夫人来了，也不知多大的事。我就说厨房不该合到一起去，这可好了！想吃饭的时候都没，还得围着前院发生的事情转。"

转弯处素锦也来了，通常晚上服侍完了沈洄，素锦身上就累极了，什么事也不问回去就睡。她什么事也不知道，下意识就问荔儿："刚才你说又有什么事？"

荔儿就对面前两人努努嘴说道："就少夫人她娘呗，昨天就来了，居然又过了一宿没走。早上好像就跟老爷夫人在商量着什么事，所以大厨房的餐点就一直推了，厨房里那破规矩，前院老太太夫人们没用饭，就肯定不给我们府里送，一伙子缺德人！"

阿久皱皱眉："要是他们一天不吃饭，我们也就一天不吃了？没这么个规矩,大厨房是故意的吧,存心不让我们好,想饿死我们?"

荔儿甩了甩衣袖,捏着鼻子道:"你去找少夫人评理去,厨房都是她管着,人家娘现在都在这,你干脆一口气都找了。"

阿久眼珠一转,贼兮兮就道:"留亲家母过夜,也不合礼数吧,少夫人家难道真有麻烦了不成,所以才来找咱老爷……荔儿,你可打听到什么没?"

荔儿瞪眼:"我能打听到什么,别啥都来问我,我也不是对谁都关心的。"言下大有不满之意。

阿久正要不屑,素锦若有所思道:"再等等吧,你们都别主动去前面问,要是真有事,多一事不如少一事,别不小心招到身上来。"素锦道,一边推开了门。

素锦步入屋中,打眼看过去,连忙就道:"公子怎么起来了?"

沈洵轻轻靠在枕头上,眼望一侧,就好像他昨晚姿势没动过一样。

"用手我也能自己起来。"他淡淡道。

素锦抖开了怀里的毛毡,低低道:"公子是怎么了,是奴婢哪儿做得不好?"

她有时只晓得沈洵不高兴了,却并不能时时刻刻明白他的情绪从何而来。

沈洵眼内似有笑意,想起了什么,"没人比你做得更好了。"

素锦低头道:"还觉得奴婢失了职,才导致公子日常的失落。"

沈洵挑起她下颌,微微眯眼:"你哪儿看出我失落了?"

素锦双手握住颈边他的手,指骨更分明,她不由道:"公子又瘦了。近来饮食多有改善,可公子仍日食欲不振,奴婢那些药物多少还是影响了公子的胃口,奴婢更左右为难。"

沈洵反握住她手,把她拉到身边:"马上清明节到了,老太太想让我也跟着回河间给先祖上香,到时我希望能带着你,就怕老太太不同意，不管怎样，你一定好生把自己看顾好。"

素锦抬眼慢慢看了看他，轻笑："那这几天里奴婢就多给公子行针，弥补到时候的缺憾。"

"缺憾？"沈洵眼中黯了黯。

素锦拿来他的衣袍，抖开来，手却忽然不动了，"公子，你闭上眼睛。"

沈洵转脸看她："又要像昨晚一样跑了？"

素锦低头笑起来："昨儿奴婢又是怎么得罪公子了，我就说呢，公子还是闭眼吧。"

沈洵两手撑着要起来，眸光落在素锦身上微亮，有些无力笑道："起码你跑的时候我还能追你。"

不至如昨晚一般，只能眼睁睁看她跑出去。

素锦有些怔忪，拿着衣服一时没找到话说。沈洵笑了笑，伸手把袍子拿了过来。

他把被子推开，两手就自己穿衣。穿到了一半，冷不防被素锦一把捂住眼睛，眼上的那只手还在颤抖。

沈洵目不能视，感觉敏锐，就觉得那软玉温香渐渐到了自己身上，另一只冰霜柔荑圈在他脖颈上，他两手当即就松了衣服，箍到了美人纤腰。

"不许睁眼。"素锦声音打战，一边埋首于他胸前。

荔儿扒着窗户往里看，眼珠子瞪出来七八回了，赶紧下来大呼小叫跟阿久比画，"公子爷在亲素锦呢……"

阿久打她一下："你怎么老爱干这种事，臊不臊得慌。"

荔儿如何不臊，都是二八芳华妙龄少女，脸皮子薄着呢，都火烧火燎地离了院子。"你除了会推到我身上，你自己不也赖着不想走吗……"

阿久只想撕了那蹄子的嘴。

315

前院耽误了传饭，的确因为一片愁云，早被沈东岩说出来的那些话，吓得魂不附体的何夫人，连中饭都没顾得上吃，就回家跟何守权通风报信。

何守权这些天早就悬着心，此刻不管真假得到亲家公的话，当场也是蒙了。他早知自己这官当得特意，可毕竟这些年也兢兢业业，起码像是坐稳了半边椅垫。沈东岩带来的话直如一盆凉水浇在了他头上。

何夫人哀号，和何守权两个人在屋中商议了半日，沈东岩没必要诓他们，怎么也是半个亲家，正因为没可能，夫妻俩心才如掉进深渊般无望。求爷爷告奶奶都行不通了，任凭再去求哪个受宠幸的红人，也不可能改变万岁爷的意思。

看着为官五年来也算是积攒不少的家业，何守权只能咬咬牙，当晚就忍痛磨墨，含泪写下了请辞的书函。何家乌云密布，毫无选择的情况下，在第二天早朝上，何守权意气凛然地跪请告老还乡。

朝野震动，有近半数官员都惊讶不解地看何守权跪在殿中，全然不解何意。只有高坐龙椅上的孝宗微笑里带着高深莫测，没说准，没说不准，就看着何守权跪得佝偻的背，孝宗温和轻柔地说了几句抚慰之言，在何守权紧绷的身影中把朝给退了。

听着执礼大太监喊着退朝，何守权觉得恶汗濡湿了衣裳，仿佛还在梦里没醒来般。直到身边有下朝的其他大人拍了拍他，喊了两声"何大人"，何守权才恍然惊醒过来。

孝宗留着他的请辞书，没给批复，也没给何守权任何留下的保证。就是这么介于两难之间，何守权晚上回家，都浑噩不知所以，何夫人看他乌纱帽还在，忍了一天的眼泪又落下来。

何守权睡了一夜囫囵觉才明白一个道理，现在是当一天官，就赚一天，他的前程绑在万岁爷的手指间，说不准哪天落马归家。

沈文宣很是体贴地日日极早回家，极少在外面过夜，何钟灵在他面前也不能哭得太多，多数还是能维持平日的微笑温婉。可丈夫睡在身旁，她却一点没能睡得更踏实，现在她夜里也极多梦，惊醒之后通宵辗转难眠，再看旁边沈文宣睡得人事不知，她心中更生出几分凄凉感。

何钟灵绞着丝帕目光幽幽，既然上天都已经给了他们何家荣耀，有什么理由再收回去？所有挣扎和不安都浮现于隐藏在黑暗中的脸上，夫妻真正同床异梦，再不是他爱她的温婉，她依赖他的包容，一切都变味了。只有何钟灵自己知道，她有多需要这个家世，噩梦的内容甚至都是她有多依赖她是何家千金的身份，怕，怕到浑身痉挛中，如果这一切都没有了，她也就不是现在这个她了……

早上就仿佛重头来过般，何钟灵如常起来，送沈文宣上朝后，她就坐到妆台前上妆。喜鹊和红扇一个擅于画精妆，一个擅长盘乌发，不消盏茶功夫之后，铜镜中一个美貌妇人就跃然于前。

"穿我那套紫红色的。"不等红扇去拿，何钟灵就看着半开的厨门，淡淡吩咐。

红扇把她那套紫罗兰云丝月华裙拿了出来，这是绣云坊手艺最好的师傅在今年开春时刚做的，料子也只此一件，极为珍贵。

何钟灵本就生得娇柔妩媚，平时她总尽量打扮得高贵华丽，主要是显出她少夫人之身份。今日不再蓄意遮掩，挑着符合自身气质的衣服来穿，艳色自然提高了不止一层，那一点媚便像从骨子里渗出来的。

何钟灵并没怎么端详自己，她抿了抿两片红唇，透过铜镜看着身后两个丫鬟："你们都是跟着我陪嫁的，其实论理，当初都是存了让你们做滕妾的念头。但进府至今，你们还是个丫头身份。这些日子，心里可有一丝怨过我？"

两个人都跪下来，"奴婢断没有半分这样的想法，正因为是跟着夫人陪嫁过来的，奴婢们心里才绝没有二心，只有夫人才是奴婢们的主子。"

何钟灵眼里闪过笑意:"其实你们要愿意,今晚我就可以把你们引荐给少爷,我也愿意同你们做伴。"

两个丫头互相看了一眼,都跪着没有动弹。"奴婢们伺候惯了夫人,这辈子也只愿跟在夫人身后,请夫人成全。"

何钟灵似乎叹了一声:"一辈子跟着我,能过得好吗?"

喜鹊没有吱声,红扇趋前低声道:"夫人好,我们才能好,这世上为奴为婢的,大抵是跟主子绑死,断没有主子不好,奴婢还能好的。"

何钟灵眼中夹笑:"你是个好的。"

两位眉清目秀的丫鬟均低眉顺眼跟在她后面出了门,何钟灵手里握着一把团扇,看着万里浮云,手中摇着,似极为闲适地向东行去:"许久没有和二公子相见了,前段时间贺家公子在府里住了那么久,都没有传出动静。这可见啊,错过了二公子,指不定就错过了多少精彩事呢。"

沈洄修长的手指捧着素锦的柔荑,细细摩挲上面薄薄的茧子,"你夜来惊梦,有没有为自己配点安神的药?"

她神色清淡地笑了笑:"奴婢已经惯了,午后都会再睡上一会儿,公子不必忧心。"

沈洄眼中含着担忧,终究还是没再说话。

两人心里都明白,任是安神的良药,也治愈不了那样的梦魇。

素锦主动轻松地笑道:"清明要到了,往年老爷夫人都不在家中,今年夫人都来说过了,公子恐怕想不去都不行。"

沈洄拂了拂她额前的碎发:"我也是心有余力不足,可我……唉,我也还不知道,留在府中也没什么不好。"

素锦把自己的手拿出来,轻笑了一下:"公子能去还是去吧,多拜拜先祖，也是表达后人的一片孝心。"

沈洵的目光只望着她，跟没听见似的。二人亲昵无间有过，耳鬓厮磨也有，最脸红心跳的时候永远都是两人各怀心事地眸色相交，带出无限绮思和缱绻。

半晌她才忽然惊呼一声："公子还没穿衣……"

忙将手里的衫子抖开了，扶了沈洵手臂为他穿衣，无微不至沿腰理好了，又扣好了腰间带子，驾轻就熟地把一只矮凳放到床脚，让沈洵能踩着阶梯下来。

不由就想起贺言梅在这时候酸溜溜说的那一句话，沈洵过着真个比那闺阁姑娘还要精细的日子。吃穿用度讲究得什么似的，一点不像是过了九年避世的日子，比人在外面风吹雨打的不知道多舒服。

素锦半扶半抱把他安置在了轮椅上，沈洵这时才松口气，擦了把额上的汗珠。现在的天气暖得实在快，素锦伺候得虽然好，但穿衣下床沈洵也要用上十分力，才不至于使她一个娇小的女子过于受累。

"公子今天读什么书？"素锦拿了一个小枕头垫在他的后腰，就是寻常的这么一个小动作，当时被同样躺在床上的贺大公子看见，非常嘴贱地说了一句话，称伺候爹娘都没这么伺候的。

沈洵一贯好脾气，听了他那句话，当时脸色也黑了。他望着高高的书架："读《鹊桥仙》。"

素锦颇有些意外，半晌也自失一笑，把书本拿给了他。

这时门外响起石凳倒地的轰隆声。

"哎呀夫人可使不得，咱公子还没起呢！"骤然这一声是荔儿的声音，仿佛故意扬高了，怕屋内听不见般。

她这状似提醒的喊声，自然引起了素锦沈洵的注意，两人一时在屋内都静下来。

与此对比一个极突兀婉转温柔的声音响起来："那就烦请姑娘去通报一声吧，说何晚晴有事要见公子。"

荔儿大眼中盛满惊奇神色，却不影响她口出大胆言论："少夫人见谅，咱公子睡的时候，我们是不打扰的。"

红扇、喜鹊非常默契地对视了一眼，适时道："是要我们夫人在这里等吗？"

这话就有双重意思了，说谦虚是谦虚，说压迫它也隐隐含了些压迫的意思在里面。何钟灵还是很突兀又安静地站在那里，脸上带着微笑。

荔儿从没跟这传说中的少夫人正式对过阵，可以说她不知者无畏，也可以认为她初生牛犊不怕虎，她挺了挺胸膛："少夫人不知有何重要的事，在院中等恐怕不便，奴婢愿意代为转告。"

何钟灵弹着火红的蔻丹，温言轻声："这都日上三竿了，你家爷一般什么时候起身？"

荔儿道："这可说不准了，爷反正无事，想什么时候起就什么时候起，所以奴婢才说夫人可能要好等。平时大厨房送来的饭菜，咱们都还要在小厨房里热过一遍，连累公子时常吃不到新鲜东西。"

红扇、喜鹊站在何钟灵后面，都听出这话里面的意思。要是没封了东府小厨房，人家公子爷还能吃得舒坦些，这天天美其名曰大厨房伙食好，到了人这里简直就十分不方便。

这东府一个小小二等丫鬟，竟敢当着少夫人面指责她的决策。

要是在平时，两个丫鬟肯定第一时间站出来，为何钟灵正名。免不了要舌战一番，但今天连何钟灵都与平时态度不同，她们自然也要斟酌了。

所以任凭荔儿口舌之利，也没人回击她半句。

何钟灵非常动人地笑起来，在于这笑非常美，将十分都发挥了出来。荔儿是个女人，面对同样是女人的笑，如此明艳，骤然心里就没了底。

何钟灵的声音也略略提高："妾身找公子，确有重要的事，所以，"说到此，顿了顿，接着又道，"还请公子一见。"

荔儿眼瞪了瞪，想要说什么，那头阿久和花期早就愣住了。两人看着只带了两个丫鬟来的何钟灵，这是怎么个意思？鉴于以前何钟灵出现，即使她不出现，印象中和她沾边的都没好事，不怪丫鬟们看见她感觉怪异，实在是前车之鉴犹在，拿不出明确态度来面对这个名正言顺的少夫人。

屋里素锦有些不知所以道："奴婢要不要出去？若少夫人看见，恐怕会多想。"

沈洵倾听着外面，不代表他就不讶然，他看了眼素锦，"你是我的丫鬟，何用怕他人多想。"

素锦不好再说，此刻外面荔儿的声音又响了起来，终于一本正经道："少夫人，您这是干吗，公子正歇着，吵醒公子怎么好呢，要是不紧急，您改日再来如何？奴婢一定第一时间为您通报。"

何钟灵哂笑，同样不咸不淡回了一句："不紧急我来干吗呢？"

可是任谁都是想不明白的，她一个府中夫人找别院公子能有什么要紧事？越到后来越让人惊疑不明。

素锦急急又道："那奴婢推公子出去吗？"

沈洵微微皱着眉心，终于淡道："我们不出去了，开门让她进来吧。"

素锦立刻就整了整头面，扣紧了袖口，匆忙跑出门去，不顾荔儿看过来的目光，在何钟灵面前福了福："不知夫人这时候到了，委实失迎，公子在里间等着了，特请少夫人进屋。"

何钟灵目光在她身上停留了片刻，但听这恭顺如往昔的声音，她就彻底忘不掉这丫头。然而也只是片刻，今日，到底与往日不同。

她就绽开笑容，非常疏离而有礼道："有劳了。"

素锦一路把她引进去，沈洵已经离开卧室，来到了外面非常宽敞的隔间外，在茶水桌旁，他遥遥迎上了何钟灵的目光，在她进门的一刻就喊道:"大嫂。"

何钟灵笑容不改,月华裙的边缘拖在半高的门槛上,静如流水,缓缓走到了屋子中间。

素锦连忙拖过椅子,和沈洵距离不远不近,为何钟灵看座。

沈洵看着她的动作,眉心几不可见地微微皱了一下,面上表情仍维持淡淡的温和礼貌。何钟灵的目光自然而然在他身上溜了一圈,心中一万次感叹,真是上苍也夺不去的光彩。

"二公子,许久不见。"她眉眼淡笑,轻柔温和地说道。

许久不见这话,用在老友身上是最平常没特点的话,亲人之间要经年不见,勉强用用也还行。可此时此刻此地,这话就跟刚才她的人来一样,显得有些怪异了。

沈洵也温言回答:"大嫂客气了。"

何钟灵知道她眼中这位公子,似乎表情对谁都是一样,她也不介意,悠悠就在椅子上坐下了,就叹一声:"今日我这趟来,兴许二公子要怪罪妾身唐突了,也如刚才说的,实在有事,不然也不欲登门,叨扰公子静修。"

沈洵还是温和中带着客气:"大嫂见外了,刚才没立刻出门迎接才是失礼。有事不妨直说。"

何钟灵眼中浮现出缕缕白雾,丝丝凝视渐低道:"有事相求,就不知二公子肯不肯帮了……"

沈洵看着她,似乎停了片刻,轻言道:"大嫂的事,能帮的必定不会推辞。"

何钟灵缓慢地说完了一句话,见他这样回答,微微就笑了笑:"公子确然磊落,倒是晚晴一直小家子气。唉,主要此事事关重大,晚晴只怕还要再小气一回,能不能请公子屏退左右?"

她直接把闺字晚晴都带了出来,素锦在门前迅速抬了抬头,连她眼中都不能再有平静。哪有这样的事?屏退左右,简直闻所未闻。

她不能沉默，立刻就要出言提醒何钟灵，以她少夫人的身份，和沈洵相处本就不应该了，遑论独处，要果真屏退了左右，留他们在房中传出去还不知掀起多大风浪。

这简直触了禁忌的底线。

可沈洵非常及时的一记眼神，生生止住了素锦喉咙里的话。她抿了抿双唇，只能忍着不曾出声。

沈洵双手交握，柔和地一笑："大嫂究竟什么事？"

何钟灵眼含波光，心里知道他是不可能顺应要求，这本也在意料之中，她低头轻抿起薄唇，停顿片刻后，便挥了挥手，将自己带的丫鬟遣了下去。

荔儿等看见，脚步一抬立刻就要进来，多少有些不可思议地看着何钟灵。

她自己将姿态做了，就一语不发地自顾沉默，就像在酝酿什么样的大情绪，却迟迟没有下一步。

沈洵幽深眸子动了动，道："荔儿你去把门关上吧。"

荔儿脸色变了，艰难地看着他，这，这，小叔子跟嫂子一个屋里处着，本来就够不妥，连门都关起来了岂不是大大的严重？

她第一次在门边磨蹭了起来，没有遵从沈洵意愿。

过了会儿，倒是素锦突然默默投了个眼神给她，荔儿心中一凛，这才不情不愿离开了房间，将两扇门关起。

这也算不动声色给何钟灵面子了，没有把丫鬟全打发出去，实在是因为不可能的事。但关起了门，此处就也算个隐闭空间，何钟灵再有难言之隐，也该说了。

何钟灵轻叹了一声："二公子到底心细如发。"

素锦尽量让自己透明，她待在屋中，却不能明确妨碍到另外两人，沈洵留她在屋中，其用意彼此相知。

沈洵碰了碰自己手边的苦丁茶，素锦会意，立刻上前给何钟灵也烹上了一盏清茶。沈洵方道:"大嫂慢慢说。"

何钟灵拉出袖子里的手帕子,轻轻点了点眼睛下:"如今我也不怕二公子将我看轻了,今日我既来就是顾不得什么了,还请二公子……"

接下去发生的事,终于让人明白为何她要求遣出下人,连她自己身边的丫鬟都不让待。何钟灵大出人意料的,忽然就屈膝,直直自椅上滑了下来,跪倒在地面上。

"还请二公子,无论如何救救我何家,妾身来世结草衔环也定报答公子大德!"她凄然泪流出,仰望着沈洵字字说道。

事情转变得如此之快,如此出人意料,素锦捧着热茶的手一抖,几乎都要尽数倾倒而出。那一袭裙裳美丽高贵的沈家少夫人居然这样就跪下来,此刻情景怎不叫人咋舌不已。

看得出连沈洵一瞬间都惊住,何钟灵往前跪了有段距离,此刻与他就比较近了。他条件反射般把手伸出,幸好刚刚反应过来就立刻克制住了。手掌握起放到一侧,那边素锦已是飞奔过来,抓住何钟灵的手臂:"使不得夫人!您是我们公子的长嫂,怎么能对公子行这样的大礼呢!"

沈洵几乎同时开口:"大嫂,快别……"

何钟灵却未曾顺从素锦的搀扶,她继续语调绵柔,轻泣地注视沈洵:"公子不答应,妾身不能起来。"

这话实在是太倔强,几乎也在逼着沈洵般,素锦拽着她只觉得力气根本没用,此刻听她如此言辞更是只有放弃了。

她心中叹气,拿眼角瞥着沈洵。沈洵彻底将手中的茶推到一边说:"在能力内的事,我定然不至推辞,大嫂根本不必如此,何况您……何出此言呢?"

素锦在何钟灵旁边跪了下来:"夫人这是要陷我们公子于不义中了,公子身有残疾,更无功名在身,夫人的娘家贵为二品尚书,此时夫人却跪在这里求公子施援手,岂不让公子糊涂?"

她一个丫鬟在何钟灵这夫人身份面前也只能作此姿态，何钟灵用手帕拭泪，间或看了眼素锦心里转过百种念头。

这丫头次次说话均出人意表，言辞锋利着实不似普通奴婢，对主人维护之心甚重。

何钟灵已是仰起脸，泪垂双颊低低说："如今晚晴的父亲已是枉担着二品的名声，不上朝堂早多时了。二公子是深居简出不知道，此事老爷跟你大哥都无能为力，毫无办法。逼不得已只能求二弟了……"

这句二弟喊得意切深沉，素锦知道在这种境地下，沈洄肯定说不了话，她暗地咬咬牙只得再道："夫人求错了，若连老爷与大少爷这样身在朝堂为官之人都无办法，公子也只能更加是有心无力。还请夫人不要再跪，起来说罢。"

她能不跪着说话也能让人少受些冲击，可何钟灵一副伤心过度的模样，听到素锦质询她找错人，她便眼含着希冀，终于说道："但二公子与贺家嫡孙是那般的密友，只求你在贺公子面前能周全几句，此事倘若能得贺家在朝堂上襄助我父，定能化险为夷。"

这样的话让身旁的素锦直接愣住了，真是想不到少夫人竟是抱着此种想法而来，大胆得有些不可思议。沈洄把轮椅推前几步，到底还是上前扶她了，手托在她的肘部时就说："嫂子我虽与贺公子有交，但只是泛泛，您先起来，坐下来我们好好再说……"

沈洄当然不会多用力拉她，便只是那么个动作，然而何钟灵至此也没有就势起来，于是沈洄的手就微微僵住，收回也不是。

何钟灵又顿了顿凄然道："二公子这是不答应了？如若公子也不肯相帮，我父真是危矣！"

其实便真如她所言两人是密友，对于朝堂之事，也断没有什么私交可讲的。何况贺家那样的家族，越是大家族，规矩越多，公私很分明的。

何钟灵明显便是不懂朝堂倾轧，权贵间彼此人心隔肚皮的相处之道，只是要同她解释，却也难。

素锦垂首在一旁，沈洵沉默着，看何钟灵一袭艳容失魂落魄，妆都有些败落。他半晌道："大嫂所求我一定尽力而为，但贺言梅我只能说，贺家现在，还轮不到他做主。"

此话是实实在在的，更别说贺柳前段时候出的那事，贺阁老正考察这位孙子呢。就算沈洵同他说了，贺言梅也同意了，但他的话哪还会有从前管用。

但何钟灵眼内似乎一点也不在意这些，她眼里就亮起了微光，仿佛喜极而泣道："只要二公子愿意代为向贺家说话，妾身也必不会再有所求，在此先谢过……"

眼看她身子一晃，似乎又要滑倒，素锦立刻抓住了她："夫人，还是快起来吧！"

然而何钟灵不知是脚软还是怎的，刚徐徐要站起，忽然脚踝一颤冷不防又栽下去。这次素锦没能拖住她，沈洵用双手迅速握住了她双臂，让她得以重新站起。

素锦已高声叫道："快伺候少夫人！"

门外候着的红扇、喜鹊鱼贯而入，两人一个拉一个胳膊搀扶着何钟灵，何钟灵冲着沈洵展露微笑："真要谢谢二公子。"

沈洵微微颔首："夫人客气，交代的事定会尽力。"

就是丫鬟进门这短短时间，何钟灵脸上的泪已是擦干了，衣裳也整理整齐，丝毫不会叫人联想起她刚才的举动。在丫鬟的搀扶下，她转身步履轻柔地即将步出门外。

"大嫂似乎落下东西了。"谁知沈洵随即在身后说了一句话。何钟灵脚步微顿，身子扭过来，看见沈洵将她刚才掉落的手绢拿起，轻声道："大嫂刚才不留意，绢子滑掉了。"

何钟灵立即笑容浮现，趋前几步接了过来："实在是我粗心，倒显得二弟愈发细心。"

两丫头垂眸低首，都往地上看。何钟灵又回去，这才出了院子扬长而去。

沈洵手指按了按眉心，听素锦一旁道："公子刚才应该等少夫人出去了，再差奴婢把帕子送去才是。"

闻言他顿了顿，道："终究是落到我这儿的，再叫你去不妥。"

帕子的事不管叫她或者叫其他丫头特意再追出去送给何钟灵，都显得刻意了，这样欲盖弥彰反而极易落人口实。沈洵大大方方当面说出来，看似不太好，其实要比单独再叫丫头送去好得多。

素锦多少有些心中不虞，她过去靠在沈洵身边："公子真要为了这去找贺公子？"其实问了也白问，她也清楚沈洵是什么样的人，在任何情况下他说出的话都不会是搪塞，即使方才迫得他答应，他也会言出必践。

沈洵看了看她，抓了素锦的手，轻声道："对不起，我得给贺胜写信，你帮我磨墨好吗？"

素锦根本无法拒绝，她只能随着沈洵来到书桌旁边，凝眉低落道："公子也不必急在一时，贺公子现在人在不在家中，能不能接到信都两说，您虽然答应了，难保少夫人回头再觉得您敷衍。"

察觉到自己说完话后沈洵的目光就停留在她的脸上，素锦遂闭口不谈了。沈洵微微用力把她扯到了腿上，淡笑道："我倒极少看见你动情绪了。"

素锦不言语，一方面又想再站起来。"别动。"沈洵忽然严肃道，双手一收竟从她头上揪下一根白发。

素锦吃惊，看着那根细细的发丝从沈洵手间滑落，沈洵的表情刹那也极为难辨。他看向她蹙起眉心："素锦，你……"让她心里也打了个突。

随即便要从他身上下来，谁知她猛一动竟让沈洵腿上传来阵阵刺痛,他一时没控制住表情,便低呼了出来。

素锦落地后立刻就蹲下检查他的腿:"公子刚才有感觉了?!"

沈洵只觉痛感稍纵即逝,喘了口气之后就平顺多了。素锦脸上有些许惊喜,两手都按在他腿上,当先就想掀开他衣裳看看。

被沈洵抓住手,温暖带点战栗的温柔,他笑道:"现在已经没感觉了,晚上再替我检查吧。为我磨墨。"

第30章　官家千金

红扇一语不发跟在后头，到底还是喜鹊大胆些，鼓足勇气问道："夫人刚才是？"

何钟灵冷冷一笑："刚才是什么，关门说话，还是手绢落下了？"

喜鹊眼内神色变幻，有些拿不准夫人的意思是单纯询问还是想让她们都装没看见。是以没法再抖机灵，只能怏怏地跟在后头。

"他连夫人的手绢都不要，看来不会太尽心帮助您。"红扇努力猜测着她的想法，小心道。

何钟灵看样子心情也不是太好，面色一直淡淡的，对两个丫鬟或多或少试探的话语也不热心。"古人还有三顾茅庐呢，这求人办事哪有一次就成功的。"

将两个跟随的丫鬟都说得哑口了。

何钟灵拖曳着华丽的布裙，回到了归雁园，幸好她也不再要丫头伺候，红扇和喜鹊就都退了出来。两人方才虽然跟了这么一趟，但到东府的发展却不由自主叫她们从心底捏一把汗。

喜鹊见只有红扇在旁，且也异常沉默，终于忍不住地道："我是越来越弄不懂咱夫人的想法，我怎么觉得，有些害怕呢？"

红扇这时瞧她一眼，眼底深得如墨，看来也不平静，但她仍低低告诫了喜鹊一句："别忘了才先都发过誓了，快收起那些想法。"

发誓归发誓，架不住喜鹊看着何钟灵的做法心惊。话一打开就再也收不住，她声音更低却也更急切道："我是说如果夫人想，不把我们带去不是更好吗？"

到底没敢红口白牙说出来，饶是这样红扇仍如被蜇了一下瞪她："夫人有心来找二公子，带我们来不过是做个见证，到时就算老太太或者大少爷问起，也没人诬赖到夫人。"

喜鹊索性把头低下不露出表情："我瞧那二公子是个聪明的，就怕到时出什么事来。"

红扇咬着牙道："你顾虑的那些都没用，咱们做奴婢的，这辈子也就这样了，到时候我们是荣是辱，都还捏在少夫人手心儿呢。"

两人对望一眼，身为低贱的奴婢，哪还有什么选择余地呢。

何钟灵自个拔下了头上的金钗，毫不怜惜地扔到了梳妆台角落里。她紧握手指，又拿出抽屉中何夫人的信展开。

近日她时常去信，何夫人也是频繁来信，何夫人每次的语调都担忧得大同小异，可主旨其实还是向何钟灵报平安，上次何守权主动请辞的表现，似乎真的得到了孝宗的怜惜，一直都不曾再提罢官相关的事了。并且朝堂之上，孝宗还主动问起何守权的奏本。

一切似乎都揭过去了，看似平静如初。

但何钟灵随即就把信揉成一团，似乎，看似，通篇都是不确定的字眼，何家分明还是在惶惶不可终日。这不是她需要的，她只想何家，再如以往一般屹立不倒。

何钟灵还有另外一层越来越重的心思，还是那个透着古怪的素锦。

那丫头几次说话，都显出股与她身份不相符的感觉。而在今日，她反驳自己的几句话中，隐约倒透着对官场之事很是看透，实在不像大字不识的粗浅奴婢。

何钟灵眸光益发沉郁，她心思颖慧，官奴这个词从她心上绕一圈，克制不住就冒出一个大胆之极的想法，只需要看着全家从老太太往下，对此事莫名怪异的态度，那个丫头素锦，很可能也是个落难千金。

想法冒出来是怎么止也止不住的，何钟灵绞着手上的帕子，官奴的事沈家没一个人愿意提起，但她有她的方法。

她倒是想知道，那丫头到底是哪家官府千金。

想到这，她不再迟疑。唤了喜鹊进来，悠然地吩咐她："去给我上市集买几张上好的烫金请帖。"

几位曾经的闺阁好姐妹，如今都是各府年轻的少夫人，重新聚到一起，品茶赏景好不休闲。

有些事不管怎么小心打听，总有被发现的风险，结果反而会招致外界更多猜疑。而女人们在一起就大不同了。衣袖飞扬笑语间，什么事儿都能知道。

而且这些都是朝中起码三品以上的家眷，什么事，她们心里没有个小九九。

只是何钟灵也没有想到，她会那么顺利就得到她想要的。

言谈间自然都挑着热闹的话题聊，其中一个闺阁姐妹就掩嘴一笑："晚晴啊，要说现在城里最热议的人物之一，就是你家的二公子了。"

如在湖心投了一颗小石子，众夫人之间都泛起了一波涟漪。

何钟灵忽然明白了，这些深居简出的夫人们会这么热心地跑来捧她的场，岂不和她的心态一样，多半也有想套点消息的意思。

于是她唇边的笑也变成莫测，表情的变化更激起了其他女人的好奇心。

女人的好奇心为什么会深重，因为越无聊，就越需要在别人的事情中找到乐趣。

她决定以不变应万变，佯装饮茶道："这我就不知了，城外的事也传不到府里来。"

其余夫人果然各自笑着,眼神交流一番就接连说开了:"晚晴许久之前给你家宝贝儿子办满月酒的时候,我家夫君不也陪坐了吗,回去的时候就跟几个友人在家中讨论了,说沈二公子文章做得是极好,想不到啊,没多久沈大人也被召回了京城,为了这事,我那位公爹还猜测,可能万岁爷心中,还没忘记沈公子呢!"

那夫人摇着团扇,十分优雅地说完一篇话。何钟灵心里一突,她是真不知道沈洵在京城的人眼中是怎样的,此刻更有三分保留。一边不带任何表示地半开玩笑:"怎么就忘不了了?"

头戴金步摇的裙装夫人低低用扇子压在脸上,闷声失笑道:"咱皇上是个性情中人呢……唉,我都忘了,晚晴你是近几年才搬到京城住的,不知道真不奇怪。皇上要是不宠幸沈家啊,真没有哪家敢厚着脸皮跑出来说自己是宠臣了……"

"所以说还是晚晴会嫁啊,"先前的女子笑盈盈道,"果然刚嫁过来,沈家又得回圣宠了。"

步摇夫人转过头来:"九年前的事男人们总不愿意提,其实在当年呐,以年家跟沈家的关系,沈家竟然半点也没有被牵连,几乎是奇迹了。要不是圣宠,哪能有这样的好运?"

何钟灵终于适时找到了开口机会:"沈家与年家有什么关系?"曾手握重兵的年氏一族,犯的案震惊天下,她倒也不至于一无所知。

在繁盛的花园旁,尹夫人有些吃惊地回首看着她,似乎觉得她怎么能不知道:"年将军的女儿年惜玉,曾经和沈公子是有婚约的啊!"

每当晡时,文进服侍沈洵沐浴完毕之后,他就可以下工回家了。素锦也只有等这时候,才会去为沈洵做她的事。

她进去的时候,沈洵竟也没在轮椅上,桌子上竟还放着一盆冒着热气的热水,不由疑惑:"公子已经洗过身子了,还要热水干吗?"

沈洵直立起身:"过来。"

素锦犹疑着,耳根有些微红:"公子现在不想用针吗?那奴婢先去打水洗个头,回头再来。"

在沈洵面前,素锦多少还是有点她的私心。女为悦己者容,今日在她头上取下一根白发,她也是微微不自在的。

眼看沈洵还有别的想做,她此刻就想赶紧离了这里。

可沈洵已经支撑着自己坐起来:"你过来,我帮你洗。"

素锦蓦地怔住,沈洵在桌下摆了个小木凳,抬起自己的腿放在上面,他身形就固定住了。

素锦因他的动作,眼睛有些发涩:"公子这是干什么?"

沈洵揉了几下腿,感怀道:"都这么多年下来,偶尔也想像普通人一样坐在板凳上面。"

素锦不由自主就走过去:"让奴婢来帮您。"

话还没说完,沈洵一只手拦住她腰际,另一手就抱住了她肩膀把她放到自己双腿上。手指轻不可觉地刮过她鼻端:"今天我帮你,你躺好了。"

素锦觉得还没回神已经躺在了他身上,他手指伸进她头发里,再一滑动,拉开了她绑发的绳结。一头乌发就垂到了热水中,沈洵弯身抄起热水,顺着她额头一路流淌到了发梢。

素锦仰躺着,看着外面擦黑的天色,真正面色泛起潮红道:"公子快放开奴婢。"

沈洵嘴里发出轻声:"别动。"素锦有些发愣地看着他半敞的胸膛,近距离一时感到压迫,她立时闭上了双眼。他的手指却轻轻在头皮上滑过,极轻柔地穿过一丛丛密发之间。

她喉咙里一下极艰涩干哑,说道:"公子怎么能为奴婢做这种事情?"

沈洵仿佛笑了笑："我能为你做任何事。"

一句话把素锦说蒙了，他却毫无所觉，继续细致地为她揉着乌发，又微微松了她领口，沾湿的手指不经意滑过她的颈动脉。

素锦对经脉穴位有特殊的敏感，心脏禁不住紧迫起来。眼闭着时其他感触就会很明显，几次都想推开了沈洵，自己起来，却总差一抬手的勇气。

沈洵倒像是很会服侍人，那厢又抄起一把水，握着素锦耳后的发就梳向了后面。素锦忍不住扭动一下身子，他另一手就立刻托在她腰上，停顿住道："弄疼你了？"

素锦再睁眼，眼里就有一层雾气。

"公子快些吧，奴婢还要为您施针呢。"半晌她才极低地说了一声。

说不上怀着什么情绪，素锦浓密的发漂在盆里像是倾倒了满盆的墨汁，沈洵默默用手指穿梭其间，没再找到一根白发。

这时候的她无疑像传闻里那些冠绝京华的美人一样动人，花一样的年纪，散发醉人芬芳。沈洵手心握着她一缕发丝，由不得失神。京城里，其他这个年纪的女孩子，都在干吗？几乎大部分，都是嫁做新妇了，即便待字闺中，也只等着艳阳花开的天气，披着嫁衣离开家门。

然而他怀中的女子……沈洵垂下眼睑，拿起毛巾，细致地沿着她发尾擦干。

素锦不等沈洵帮她擦完整个头发就匆匆起身了，她面色有些微微的不自然，也不顾发上还滴着水。

沈洵凝眉："不把水擦干，当心着了凉。"

素锦摇头，已经过去把沈洵的轮椅推了过来："让奴婢扶您。"

其实方才满室红烛火，怎不是良辰美景。但世上的事哪怕占据了地利人和，不在曾经的那个时候了，只能叫两个曾经靠近的人，也无可奈何。

他眼底掩过深深的失望:"我又不是什么也不能为你做,你何必这么抗拒。"

素锦的手颤了颤,眼眸也垂下:"行针的时候,公子不要打扰奴婢。奴婢若是分心,也会影响到公子。"

沈洵看她即便不愿面对,也依然熟练地取出银针,自火上走过:"素锦,我一直没问你,你的针法,是跟谁学的?"

素锦闻言,针尖明显也一顿,但她神情些微变化之后,却转身道:"只要公子相信奴婢,奴婢是不会把生疏的技艺用在公子身上的。要是以后有人问起,您就说奴婢是天生会的。"

不愿提起的往事,只能真的是太久前的往事了。沈洵目光追随着她:"难道你也曾随……去过西北?"

素锦已经半蹲在他腿边,又抬头认真看了看他,以一种医者般严肃的态度道:"公子,不要打扰奴婢。有任何话,都等之后再跟奴婢说。"

沈洵靠着椅背拧了拧眉心,如果说有什么事是他在朝夕相处中都束手无策的,就是素锦的心结。好比你有通天的本领将一个死囚救出牢笼,却没有办法把他的心也从绝望里拉出来。

素锦头发上还飘着微香,少女犹在画中,她却已经一丝不苟拿着长针做扎人肉的事儿了。

花期抱着毯子进来,看一切已经如常,桌上的水显然已被用过,就问道:"奴婢想问问,今天谁为公子守夜?"

今日只进行了基本的简单走穴,所用时辰还不及方才洗发的长。素锦收针站起,低眉就回道:"近日奴婢身子不适,恕不能为公子守夜。"

说着行了一礼就慢慢退出门外去了。花期哑然,看了看沈洵,便将毯子放在矮凳之上轻言道:"前两日阿久荔儿都守过了,今日就让她们去睡,奴婢为公子守吧。"

沈洵眉眼已带了倦意:"辛苦你了。"

花期暗暗吐了一口气,走到里面去为沈洵铺床,看他床上还铺着厚厚的垫子,现在天气热得快,恐怕夜间已是燥了。阿久和荔儿两个粗心人,只怕根本没想到这点。

她便把那层垫子揭起来,把床上重新理好了,这才去服侍沈洵宽衣歇息。

院里桃花开尽,缤纷花雨就落在廊前,由于沈洵坚持等到时辰自己上床休息,花期便不好意思再劝。因为之前沈洵也曾做过一两回,她们便十分放心了。

沈洵还给了花期一杯茉莉花茶,花期受着自家公子照顾,一下就感动起来。喝完茶没多久,她就歪在毯子上睡着了。

看花期睡得香,沈洵就把自己床上的薄毯也拿来,盖在了她的身上。随后,他摇着轮椅,推门缓缓出去了。

今晚天有些阴,连月亮都没有,星星的光芒都很微弱。空旷微凉的院子,沈洵往自己印象中的方向走。东府五脏俱全,有下人专门住的地方,本来几个丫鬟爱睡在一处,不过东府就是房间多,丫鬟们一人睡一间都足够。

这时,几个丫鬟屋里的灯也都是灭的。漆黑一团,沈洵在院内待了会儿,就来到素锦门前。里面的人似乎睡得不安稳,四下静谧中仿佛就听到一声不太顺畅的低吟。

沈洵推门的手于是顿了一瞬,直到房内传来另一道不安稳的呼吸,他指端一弹门就在他面前开了。

屋内有股淡淡的陈旧木屑味,是年久失修的房子的气味。除此外屋内一切都是简洁的,简洁得不该是个女子的闺房。

沈洵望着床帐内的人影,不难看出那就是素锦,他心内掠过不安,微微靠近了才看见,素锦一截藕臂露在床外,此时,手指居然紧紧抓着一侧被单。

沈洵晃亮了火折子，想去掰开素锦的手，但睡梦中人的手哪容易掰开，她纤细的指骨都紧握到发白，他试了几次都没成功。被单都被她攥得变形，看着指尖应该都陷在肉里了。

沈洵眉头皱着，便开始唤她，手一边抚摸着她握成拳的手，一边叫她："素锦？"叫了几声，素锦却仿佛受惊般，浑身轻微地动了动，接着便发出极重的喘息声。

这是被梦魇住的人。

基本被魇得太深的人，很难中途被唤醒，只能深深沉在梦境里或轻或重受着折磨。沈洵深知这一点，掌心轻轻滑过素锦的睡颜，一手抓起她紧攥不放的拳头，放到唇边轻轻碰了碰。

素锦连双眼都是紧紧闭着，她浑身都在极用力地紧缩，看着这样的景象会从心底发出寒气。

就好像心里有根绷得很紧很紧的弦，紧得呼吸都不畅，拼尽全身力气都在绷着它。

的确有一丝冰凉之感在沈洵心底，他还想试试，便去拍素锦的脸颊，启唇再唤道："惜玉，是我。"

薄被下，素锦身子刹那间似痉挛般动了几下，面容呈现痛苦之色，并慢慢屈膝想缩在一起。她完全被梦中情绪左右，在跟着梦境发展走。

沈洵不仅心凉，连四肢都凉。他看着渐渐熄灭的火折子，灰烬从他手里掉到了地上。一如他看着她时心中的感觉一般无二致。

他脱去外衣盖到她身上，手掠过她颈端，竟也是冰凉的仿佛没有温度，若不是他指尖下，还能感受到一下一下地轻跳，他简直没有收手的力气。接着他将中衣也解开了，两手按在扶手上，便踩着台阶站起来，又沉重地坐到了床沿。

脱去靴子，便在素锦身边躺下了，床帐缓缓飘落下，沈洵拉下了素锦的被子,她身体蜷缩着,衣裳便不好解开。他张手就抱住她,开始亲吻她额头。

密密的吻雨点一样落在她身上,素锦渐渐开始不受控制,手指抓过了沈洵的手臂。沈洵却不管她如何不舒服,一意搂紧了她徐徐缠绵。

良久,他来到她耳边,低声道:"你梦到了什么?"

素锦眼帘始终紧闭着,连唇都开始泛出白色。沈洵含住她耳垂,手往后探,拉下了她的里衣。

娇嫩的肌肤贴在身上感觉就变了一层,立刻沈洵便更好地控制了她。顺着她光滑的藕臂,轻轻松开了她握着床单的那只手,并攥到了他手心里。

他的喘息声也变了,素锦这时从喉咙里溢出一声闷哼,腿无意识朝上一弓,坚硬的膝盖就抵到了沈洵身上。有股疼痛蔓延,他皱皱眉,他的腿就跟靶子一样不能动,无奈稍微抬起身,用手将素锦的腿握住,少女的腿纤细,他大掌一握,竟然也就捏住了大半。

活色生香。沈洵几乎不能把持,他定睛看着素锦,"现在看来我的顾虑都是错的,我今夜就要了你,如何?"

缓缓将她双腿挂在腰间,他重又吻住了她。不知是否因为从位置上改变了,素锦比刚才顺从多了,是不是她的梦里终于也开始趋于平和。

素锦眼闭着,脑海里似乎一大片的桃树都在落花,地上满眼都是艳红艳红的桃花瓣,艳红欲滴叫人睁不开眼。因为艳色春光,溺人醉人,让人骨酥筋软,她便由最初的迷醉迷惘,变得惊恐起来。

沈洵能感到她愈见急促的呼吸,他不知是好是坏,落下的亲吻便更柔软。看着她已是十分乖顺,脸色都越来越平和,最后如同泛着光泽的瓷玉。

搂着她的腰,沈洵挣扎了半晌,终于还是放弃了。用衣裳盖住她艳光逼人的身子，留恋地咬了一下她的耳垂。或许他也需要解渴了，一些……不破身的解渴法子。

素锦蓦然深吸一口气，如受什么惊般睁开紧闭已久的双眼。因为冲击力，她一时分不清真实梦境，如刚才梦里漫天飞舞的桃花香，清俊雅极的玉树公子躺在身侧，笑意满怀，隐如桃花一样吹过的话语："你在梦中，可有跟男子欢爱？"

距清明的前几个晚上，就像老天都在伤感，连续几天夜里都阴雨交加。沈府少夫人何钟灵，就像精神受到了重压一般，忽然开始整夜都无法安寝。沈文宣没在旁，就只能是数遍惊醒为她守夜的丫鬟，每次在床上的她，焦躁之意弥漫着全身。

这天晚上又是，原本安静的屋里猛地响起花瓶碎裂声，将半睡半醒间的喜鹊惊了起来。喜鹊匆匆披着一件衣服，手里掌着灯就赶了过来。"夫人！夫人！您怎么了！"

何钟灵两眼无神地坐在那里，就好像夜夜有双看不见的手折磨她的意志，让她变得恍惚。

喜鹊几乎不敢直视她，低头道："夫人……"

何钟灵仿佛没看见她似的，双手抓着锦被，唇边似乎在笑又似乎不像，透着瑟瑟寒冽冷意，就像自言自语："有些人有些事，真是可笑极了！"

喜鹊看她的样子，实在不像是身体无碍的人，待要说出请大夫，又实怕激怒了她。于是站在床边瑟瑟颤抖，灯笼也照得她脸色发青。

何钟灵冷冷凝望着她："怎么，还怕我吃了你？"

喜鹊抬起头望着她，片刻哽咽着说："夫人，您一定是病了，奴婢差人去请个大夫，好歹看看您吧？"

何钟灵神色冷沉仿佛情绪已经降到了冰点，就在喜鹊眼泪都要下来的时候，她忽然有所转变，连眼里的光彩都变过来，咬着牙就发出痴笑："大夫，对，就是大夫！"

她一直咬牙切齿地在笑，都不知道到底笑什么。喜鹊只能如蒙大赦一样抬头："夫人，您同意请了？"

何钟灵下巴扬了扬，神情略显倨傲道："是要把大夫请来，不过，不是给我看。"

喜鹊越发被弄糊涂，但这种情形下，她半个字也不敢吐。刚才她已经是顶着大险说了那么几句话，再要说下去，只怕就算以她的身份也待不下去了。

前面任如何的暴风雨夜，到了清明这一天，天高万里一片碧空如洗，淑云夫人早已雇了三辆马车等候在外面，只等去香山祭扫。孝宗也罢朝一天，所以包括沈东岩都能一同前去。

东府院子里忙成一团，这里下人最少，平时围着沈洵伺候很够用，但一旦要准备各种行程前的琐碎东西，人数就很显然不够用了。

花期扭身招手："公子的贴身衣物一定记得能多带就多带，这次待上几天还不好说呢，一定一定准备足足的！"

荔儿脚程飞快地抱着衣服走进来："夫人不是说待三天就应该能回来了吗？咱带的这么多一定用不上的！"

花期把衣服接过来就开始装包："夫人也只是大概说了，最近天气多变，如果因变逗留了香山数日，咱公子东西不够用怎么能行呢？"

荔儿咬着手指道："我想跟着公子去伺候。"

花期的动作就慢了慢，看了她一眼道："这次是去祭扫先人，只怕不会带下人的。要是能一同跟着，我也是愿意能更好地伺候公子。"

荔儿忍不住叹气。素锦默默地把药分成几小包，替沈洵掖好袖口后，就塞到他手里："公子记得按时服药，要用温水，就算山上环境不便，公子也要想法取井水烧了，莫要不服药。"

沈洵目光柔和，语气更柔和："我会的。你毋须太担心了。"

花期拉了拉荔儿的衣袖，朝她送了一眼，两人便退了出去。虽然时辰无多，离开时还是半掩了房门，先去忙着准备剩下的物事。

许久不曾多愁善感，却因为这个特殊的日子，素锦眼圈也禁不住泛红。她背过身为沈洵整理应带的东西，这点动作却被沈洵看出，在身后默然不语地看着她。

等她终于没什么可整理的了，回过身，沈洵眸露柔情，她心里一时触动，就在他椅旁跪下，打开双臂环住了他的腰。

沈洵手指划过她脸颊，心里莫名的也有些伤怀，俯身在她耳际轻语："几天而已，很快过了。"

细想往年，两人好像真从未有一日分开……

素锦明白，就算花期几个能有人同去，以她的身份也是绝对没可能的。她揉着眼就笑道："兴许就是阴雨天，情绪总爱受影响，公子放心去吧。"

越这样沈洵仿佛越难舍下，他望着素锦几次想说什么，终究还是没说。

前头淑云夫人已经派人来催，再不上路天就要晚了。不能再耽搁，沈洵拉起素锦的手做最后告别，温言道："你好好的。"

素锦一下有些止不住的酸涩之意，她及时克制了，那头沈洵已经被花期荔儿两个送出了东府，一会儿就看不见了。

素锦也觉得自己今日情绪有些怪异得不受控制，她都许久没这样对自己失控过了。抹着眼角，默默转身走了回去。

门口老太太也是等了一会儿了，看见沈洵的身影姗姗来迟，她不高兴道："我就主张该让洵儿出去走走，憋在府里能长出花来？又不是姑娘家，偏还来得这么慢，就那样不乐意出府去？"

淑云夫人就笑道："娘别说了，洵儿这不是来了吗？"

头一回，府里几大主子齐全，花期和荔儿大气都不敢出，低眉顺眼谨慎尊礼地站在沈洵后面。淑云夫人自己一府主母,身带诰命,这次也没带什么下人,和沈东岩两人也就只让一个小蛮跟着。

但到底亲娘疼爱,在沈洵残疾的腿上看了几圈,淑云夫人就挥手特许,让花期也跟着进山伺候沈洵。

花期面现喜悦,忙谢了恩。

三辆马车,沈文宣自告奋勇想一路照顾沈洵,被淑云夫人慈母之心挡了,她自己亲自带着沈洵坐一辆车,沈东岩和沈文宣一辆,小蛮和花期两个丫头就坐最后一辆。

浩浩荡荡出发,掀开马车一侧门帘,最后朝沈府的大门望了眼。

淑云夫人坐在他旁边,意味深长地露出笑:"这就舍不得了?"

沈洵慢慢地放下门帘,半响方道:"我就怕她一个人会有什么不好。"

淑云夫人噗地笑出来:"你也是太谨慎了。自己的家里,又不是龙潭虎穴。"

沈洵深深看了母亲一眼:"毕竟儿子从没离开过。"

淑云夫人抬手抚了抚他手臂,作为安慰般。等马车渐渐加快,飞驰起来后,她道:"这么多年该忍都忍过来了,几天的时间,我想老太太不会怎么样的。"

沈洵淡淡一笑,却看出仍是有些心不在焉的。

走了个最大的主人,东府丫鬟们心里的归属也一下就散了。院子中有种说不出的寂寥感,阿久抱着一怀的东西笑嘻嘻从厨房里走出来,还是她一贯的没心肺模样,见到素锦就说:"公子让给你留了这个,让我看着你晚上一定喝一杯再睡。"

那是用于安神的洋甘菊,在这个季节基本很少见到,阿久抱来的还是很大一丛,她看素锦发愣就眯眼笑道:"是公子让文进去很远的山上采到的,采了许多天才收集起来。"

素锦扯起嘴角,才露出一抹称之为笑的表情。不知道谁曾在她耳边说过这么一句话,若这世上有一人为你好,真心的好,便是全天下都与你为敌,你也会是最幸福的。

因为在这个纷扰红尘,有太多人经历了一辈子,也没能有一个真心相待之人。那日后到了生命尽头都是孤孤单单的,太可怜了。

素锦露出温和笑意,如往常一样轻快说道:"这公子爷走了,大厨房都不知道还给不给咱们做饭了。"

阿久咯咯笑:"不怕,公子爷给了我好多银子,我可以去街上买食材,咱们自己搭伙。"

荔儿好不容易从前院两脚跑了回来,睁大眼有些重重忧虑道:"刚才在门口,老太太和少夫人吩咐我,说,让素锦姐姐午后,去她的院子里呢,我,我……"

素锦脸上的笑意就收了收,阿久眼里一点一点溢出不能置信的目光,"干什么,我们爷刚走,就不让我们安生了?"

荔儿都快哭了:"我怎么知道呢,这,素锦姐姐怎么了?"

主子要你倒霉,哪还有什么怎么了。阿久刚才还一片好心情,现在却沉着脸把洋甘菊掷到了地上:"咱就不去,能怎么样,我阿久一辈子只认公子爷一个主子,旁的人也别命令我,荔儿,你去把门给锁了,除了公子爷,这东府的地面谁都别想来!"

阿久性子刚烈,可一个丫鬟,却又怎么真能和正经主子对抗。素锦眼露哀伤,脸上淡笑道:"可不能说这种傻话,府里都是主子,公子爷在也不兴让你这样讲的。"

荔儿眼泪汪汪,好像已经面临什么大敌一样:"素锦姐姐别去,行不行?"

越是身边人这样的表情,素锦越沉默,良久她才道:"叫我去不过问话。你们也别想多了,阿久,劳烦你弄些东西给我们吃吧。"

阿久豁出去道:"姐姐去外面躲几天吧,躲到公子爷回来就没事了,这些银子拿去,我跟荔儿两个又没犯错,我倒要看看她们能怎地我们！"

素锦安静道："没用的。"老太太和少夫人的性子，哪有丫鬟是不清楚的。这种意气的话，说了也白说。恐还招祸。

荔儿真恨不得刚才什么都没说，撕了自己这嘴。"我们是不会让姐姐去的。"

素锦的神情淡淡的："我不去，你们都跟着倒霉，就算等公子，也得有人完好无损地等着才行。"

第31章 请女入瓮

平时，沈洵就像顶在东府上空的一片天般，即使安静如斯，有他的地方丫鬟们也能随心所欲。可一旦他不在了，所有人，就像屋顶失却了最重要的房梁，地方还是那个地方，每个人却都没了主心骨。

失魂落魄，无处抓着。

荔儿年龄最小，平时其他人也多容让着她，此刻当场就忍不住哭出来："我好想公子爷啊……"

素锦其实一样食不下咽，却仍勉强吃了碗饭，放下筷子忍泪扭脸道："你们就在府里好好待着吧，我先过去看看。"

过去看看，何曾能有这般轻巧。

阿久忽然抱住了她手臂，一贯泼辣不怕天地的人都含了泪珠，道："素锦姐姐，不管老太太问你什么，你都不要说。"

有时候，刀山火海反而不可怕，最怕的反而是身边人绵绵情意，那足以将人的一颗刚石心，化成绕指柔。

素锦好容易拿开她的手，冲她强笑一下："没事的，都别多想啊，晚上我就回来了。"

这句话不说还好，阿久有些无力地放开她，素锦这才在两位同伴的注视下，徒步走出了东府。

半道上，有几个一直朝她望的丫头，素锦只做没看见，目不斜视沿着道路走。她拿出袖子里的香囊看了看,素锦于针绣活一道并不精通,但几年来偷闲学的手艺算得上中等。这香囊便很精致,所选的材料皆属上等。

素锦连续几个晚上噩梦时,索性都爬起来通宵做了这个小香囊。利用的都是春回大地,洒落在院里的繁花晒干后选用。

她心里不禁呢喃,公子,奴婢忘记把香囊给你了呢。走到一棵梨树下,她便把香囊遗落在了枝丫上,然后方继续朝前。

老太太的翠松园此刻也开了许多花,总领院内的老太太心腹大丫鬟秋宁,已经换上了烟色罗裙立在门口,看见素锦一点也没有意外之色,就像专等素锦到来。

门口除了秋宁,竟也没有第二个人。这更显得事情奇异,透着神秘诡异。

素锦的神色仿佛都习惯了,微微垂下眼眸。

秋宁说道:"姑娘很守时。"

没料到她还会与自己说话,素锦也微微一愕,随即唇边掠过淡淡一笑。秋宁的态度是温和的,就似不偏不倚,正踩在中间的那根线,没有任何偏见,或者袒护在里面。

甚至是有些善意的。

秋宁竟也面露微笑:"老太太说,如果太阳离开了正中,姑娘还不出现,就要派人去请姑娘。"

素锦眼神沉了沉,还是道:"老太太如此厚待我,奴婢不知怎生报答。"

秋宁笑了一下,像是很仔细地打量素锦,打量了片刻后,就诚恳道:"我知道,姑娘是谨言慎行的人。"

素锦不知如何接话,诧异地看了她一眼。

秋宁居然再次向前行了几步,绕到素锦身侧,忽然用轻微的声音说道:"但我要提醒姑娘,人就是再谨言慎行,也总有过不去的坎。"

素锦眼色也变了变,再次凝眉低语:"多谢姐姐。"

退了几步,秋宁眼里掩过叹息。这才侧过了身,"姑娘这便进去吧。"

厅内居然还点着香,很宁静纤柔的感觉。但老太太脸色依然是永远不变的古板,旁边,何钟灵桃花一样总带着笑意的面孔,此刻都淡淡的。

素锦在门前跪下:"奴婢叩见老太太。"

老太太冷言冷语:"没规矩的样子,没见着还有少夫人吗?"

素锦再开口:"奴婢……"

"不必了,"何钟灵皱皱眉不等她说完就打断了,淡淡道,"孙媳也不在意这个。"

素锦便没有吱声。

本就是主子们传唤她来,如今身为主子的老太太和少夫人像是集体失了声,各自端着茶杯,都不知为何均不说话。这种情况下对奴才们压力是最大的,不明白主子为何意,简直能使人愈发惶恐不安。

一般情况下便是主动问主子一句原因,也是正常的。可素锦没有开口,老太太两人不说话,她跪在地上就更顺从安静。

何钟灵转过头看向老太太,话中含着淡淡嘲讽:"我就说她一直是懂规矩的奴婢,您看那事,没准真是我们冤枉了她。"

口说是冤枉了,她的语气却讥笑十分明显。

老太太这样的暴脾气,居然没有立时就发作,口气很生硬道:"你有什么想问的就问,我看着呢。"

何钟灵就看向素锦,轻笑:"那我就问你,素锦,你知道自己做了什么错事?"

就像一个挖好的陷阱,等着素锦去钻。可身处其中,无力感就油然而生。她也只能按部就班地恭顺叩首回答:"奴婢不知错在何处,请老太太少夫人给予示下。"

老太太坐在椅上的神情冷硬如石，何钟灵淡淡看着她，问了句："你会弹琴吗，素锦？"

素锦眼眸低沉，面对这个不知何故的问题，她的头深深埋下去："婢子不会。"

风马牛不相及，这不知怎么激怒了老太太，手上的茶杯摔出去碎裂在素锦脚边，差一点就砸到她。不知老太太有意给个警告还是仅仅力气不够，她恼恨道："问这些劳什子做什么？直接让她交代出来，该送出府送出府！着实养不起这祸害了……"

何钟灵的目光比老太太还要深沉，素锦不理眼前的碎茶杯，她能明显感觉到少夫人和前两次的感觉不一样了，有种怪异。

出府两个字，让素锦受到了今天的第一惊。她心思终于飞快转动起来，有这么严重？老太太大费周章地让沈洵跟随出府，排除了一切外人在场，究竟是出了什么事？

她跪在地上眸内光芒流溢，她仅是有坏事的预感，却也猜不出这事是什么。

何钟灵弹了几下纤细的手指，终于不再兜圈子，冷冷淡淡开口道："素锦，你明明犯了天大错误，让你自己承认，你却一点不知悔改。只能说你今日，无论结果是什么都是你咎由自取。"

素锦猛然抬头，咬紧牙关徐徐道："请少夫人明示。"

何钟灵不再客气，连珠炮发语："陈大夫是京中名医，要让他出诊，每次都有记录在册。你数度拿陈大夫作为幌子，说是请他进的东府，给二公子诊的脉，并且是他开的药方。可是除了二公子那次人尽皆知的高烧不退，陈大夫应该说从来没有踏进过沈府地界一步，你就是谎称瞒报，追究起来根本是居心叵测。此事有没有冤枉了你，素锦？"

素锦缓缓将头埋到最低，闭上了眼。冥冥中不知道是不是在等这一天，总要来，就像她生命里其他的永远躲不过的祸。

老太太厉声道："我要不同晚晴说这事，晚晴要不细心去查，我就被你糊弄一辈子了！我倒要问问你，你屡次做的这些幌子究竟什么目的，你要干什么？"

素锦身已起汗，咬紧牙关不出声。

老太太忽而冷冷道："不肯说？你以为你不说，我就不知道？你从我这里骗取的药材都用作什么了？"

此时，就算承认她把药材卖了，都比承认另一个要好。素锦唇齿微颤，衣袖下的手指握成拳。

何钟灵凉凉说道："药材素锦姑娘肯定是没有卖的，如常给公子爷服用了，孙媳确然在东府内闻到过药味来着。"

素锦总算懂了，老太太和少夫人的对话，就像是预先编排好的，只是说给她听的。猜度着她的所有反应，步步犹如棋盘上将尔一军。

老太太怒不可遏，狠狠一掌击在桌面上，杯盘震动："说，是谁给你的胆？告诉我是谁给你的胆坑害我的孙子！"

素锦低垂的头终究抬了起来，她眼里波光莹莹，与老太太怒火的眸子正好相对，低哑无奈道："您不会认为，还有人指使奴婢吧？"

居然像是承认了，这么轻易地，在几句话间，还没用到逼供那一步，她就好像承认了般说出这样话来。何钟灵眸光跳了跳，总有点不由自主，盯在她不加修饰的面庞上。

"来人！"老太太拍着椅子叫道，"叫刑司的衙役过来！越快越好！"

素锦眸内越来越模糊，挥之不去的水雾渐渐增多。她得晚上回去，晚上，却是如何回得了呢？

刑司深渊牢狱，老太太如何能叫那里的粗鄙汉子直面于府中女眷面前，而是那样的地方虽然少，也还有女衙役。

何钟灵好整以暇坐在侧首，这院里的下人们，已是被遣下去许久，壶内的水早已凉了。女衙役虽然是个女人，可是五短身材，打远处目光扫过去，丝毫看不出女人的特征。这深渊里出来的人，一身都脱离世俗了。

屋里仿佛一下都森冷不少，连正午的阳光都照不进来。

随着那目光呆滞的女衙役，缓缓站在了素锦旁边，袖子中还拖着条泛着冷光的链子。那人双手抱拳，声音也是冷冰冰的："小的见过老夫人。"

素锦忽然深吸口气，十分卑微地匍匐到底："老太太，奴婢知罪了，求老太太饶恕。"

老太太一下子眸光豁亮地紧盯着素锦，素锦的声音有些微微地发颤："老太太，请您原谅奴婢的一时糊涂，奴婢愿意就此改过，终身服侍老太太左右，弥补奴婢的深重罪过。"

话语诚恳又带着哽咽之意，是极为打动人的。

何钟灵的眸光凝住了，她极意外，这丫头居然会求饶，她真是小瞧她了。

老太太怒极了，依着桌边不住抚胸："一时糊涂？你竟然还能说得出这种话？你是真被猪油蒙了心呢，还是就觉得我老太婆蠢笨好骗？这么多年呐，那么多药材，你全都擅做主张灌进了我孙子的肚子里！你是差点就害了他的命啊！你这个女人！我沈家待你不薄啊！你怎么就能这么样！怪道他那几次高烧，我们都懵懂不知不曾当回事情，如今我们都是被你蒙在了鼓里！你真是好恶毒的心呐！"

素锦的求饶，换来老太太更加滔滔的深恶痛绝的一番话。何钟灵唇角微微扬了扬，几不可见的眼尾翘起。

素锦不断叩头，声音轻微地求道："老太太，奴婢只是想为公子好，熬制的那些药，也多是补药，求老太太……"

老太太怒喝："你还拿这种话诓我！"

素锦仰起脸，目光且柔且怜："老太太，您是最慈悲的，求您，奴婢愿意赎罪，让奴婢跟着您吧？"

跟着老太太，自然就再见不到沈洵，以她之前和沈洵的种种耳鬓厮磨，能主动下这样的决心，等于也一下子彻底断了老太太心病了。

老太太悲愤道："我再慈悲，也饶不了你了！我一把老骨头，经不起你的伺候！"

"老太太……"素锦眼中含泪看着她。

老太太冲衙役一扬下巴，居高临下道："你还等什么？有什么家活都拿出来吧，这丫头是个戴罪身，即便绑到你们刑司大殿，那也是免不了棍棒苦刑的！"

女衙役冷冷地说："那就恕罪了，场面不好看，恐会冲撞了夫人们精贵的身子。"

老太太比她笑得还冷："你只管做，我们受得住。都说家贼难防，咱们现在审的就是她！"

女衙役压根没有再废话，她随身背的那只宽大布袋中，哗啦啦取出一串木夹，只容一指。老太太和何钟灵虽没见过这些刑具，但是戏本子总是听过的，牢狱里审问犯人的手段，据说有一项就是专门夹犯人的手指，其疼痛程度，十指连心自然是痛不欲生。

素锦只看了一眼，就浑身一哆嗦，她颤声道："老太太，求您，请不要动奴婢的手，奴婢愿意其他地方受刑都可，只请老太太，留奴婢一双手罢！"

不料她会如此苦苦哀求，老太太胸间气息一凝滞。

何钟灵眯起了眼："都到了这地步，以后怕也没指望了，你还要手干什么？"

倒不是她说凉薄话，一个丫鬟欺瞒主上，都被用了私刑，何谈以后。

老太太想到了什么，脸色就更沉："你这手要不要，也没什么分别了。"

这丫头那么拼命想保住手，一副还不死心的样子，难不成不见棺材不掉泪，还想以后坑害她的孙子！

素锦呼吸都急促起来，她胸口起伏高低，随后她流下泪："今天是清明，老太太也看在祖宗先人的面子上，不要让奴婢见血。"

这话可能比刚才所有的话都管用些，老太太眼里神色变深了些，何钟灵也闭口，淡淡扫了一眼她。

女衙役把刑具扔在了地上，冷然说道："要不见血，也有很多种办法可以用。"

老太太眼眸抬了抬，见血是肯定不会吉利，夹手指不能用，她也想知道这个从刑狱中出来的女人有何手段。

女衙役麻利地又取出另外一项刑具，那张没有表情的脸直对着素锦，正好和素锦幽幽的眼眸对了一下。刑牢中的衙役看守心都极硬冷，不管对方是什么样的人，她都不会手软，都遵从这个原则。

女衙役只略等了一会儿，老太太与何钟灵都不说话，她就直接做下去了。她的手心有厚厚的茧子，触摸在素锦稚嫩的脚踝上，十分疼痛难忍。素锦闭着眼，认命地随她摆弄。

女衙役抬起素锦的脚，把她的鞋子脱了，剩光脚的时候，便给她穿上了一双灰暗色的软鞋。这鞋乍看，只是普通的鞋，灰蒙蒙的，毫不起眼。但是在脚的四周，都有鞋带穿着，鞋带系得很紧。

等素锦两只脚都穿上了这种鞋子，女衙役就面带寒霜地道："请老夫人端一盆炭火来。"

周围下人被遣了下去，但不代表老太太一个使唤的人都没有，老太太微微朝门口叫了一声，不多时，就有秋宁端着一盆还在燃烧的火盆进来，随后老太太又示意，秋宁将盆放到了素锦的旁边。

秋宁不动声色地给了素锦一个眼神，又惋惜沉默地走出了厅内。地上素锦开始变得格外安静，似乎从此时起，她不再抱有任何希望似的。

女侍役将素锦架起来，脚下踢了几下火盆，她用一个铁架子抵在素锦的膝盖处，这样她的两双玉足，便都高悬于火苗之上。

火苗偶尔窜高，直接都能烧到她的鞋子。"这是刚宰杀的牛皮做成的软鞋，火烧不透，但是却不会隔绝温度。"女侍役用一种绝对冷静的语调缓缓陈述着那双鞋的用处。

素锦正是在水深火热之中。脚底传来的灼痛感几乎让她克制不住呻吟，被架在火上烤是什么感受，直比不上下一刻痛快死了要强。素锦脸白如纸，和刚才极尽卑微求饶相比，这时的她一声都没吭，则更叫人齿冷。

可是，既然是天牢刑司里出来的人，苦头当然不止这点。片刻，她就查出了不对劲。素锦觉得自己的脚，渐渐地，不止传来火燎的极痛，脚上的鞋子似乎像活了一般，拼命收缩起来。这种紧缩感如此清晰，甚至都排除了错觉的可能性。

看着侍役如修罗一样沉郁的脸，素锦隐约觉得，事情她已经完全控制不了了，都能清晰地感觉到脚趾在蜷缩，整只脚的骨骼都被鞋子挤压得开始变形。老太太与何钟灵也都投以奇异的眼神，在几双目光注视下，女侍役开始平铺直叙："刚剥的皮还有水分，火越烧越干，最后一般会收缩到只有原来一半大。"

原来的一半大，老太太等人也都吸口冷气。刚才她们都亲眼见过鞋子大小，本身就是很紧地穿在素锦的脚上，此刻再一收缩，那到底是什么样的痛楚。

素锦此刻，觉得自己逐渐像死去般，她已有许久许久没有体会过这般的疼痛，她的心都被挖去了一块。此刻她就如身在噩梦中，不知道能不能像原来一样有醒来时。

老太太最深的那根神经，就是沈洵，平时可以小心翼翼永远不碰，但是如果碰过了，那她立马就会像被踩了尾巴的狐狸，对所有沾惹她不痛快的人，都恨不得烧一把火。何钟灵根本不消多说什么，素锦自掘坟墓，太岁头上动土，那就是板上钉钉会着老太太的道。

何钟灵认真地看着，见这纤柔秀美的女子满面苍白，眉宇间那股若有若无的淡淡神色，此刻好似乌云盖顶，变得没有生气。就算她刚刚求饶了，也不像极度害怕，更好像在无奈徒劳地争取，最后才无力回天地回归死水样的宁静。

女衙役忽然抬起素锦的脸，看了看后说："她好像昏过去了。"

桌上燃着一炷香，此刻，正好烧掉了小半截。"能挺到现在，她也算意志坚定了。"女衙役说着，拎起了旁边的水，毫不留情泼到素锦脸上。

被冷水一激，素锦竟然也没能立刻醒。女衙役利落伸手掐住她的人中，狠狠几下下去，素锦便有了反应。她呛咳着睁开眼睛，这简单的动作她也仿佛用尽了力气，睁开后两眼依然朦胧，似乎根本看不清眼前。

谁都能看得出来了，她极度虚弱，恐怕也受不住别的刑罚。

女衙役将素锦扶起来，耷拉下眼睛："一个丫鬟的身子，倒挺娇气的。"

老太太沉声道："那怎么办？"

女衙役抱了抱拳："现在就看老夫人想不想继续用刑了，小的听吩咐，若要继续当然可以。"

老太太看了何钟灵一眼，何钟灵把眼睛转开，叹了口气。老太太就冷冷开口："这只用了一样罢了，后面难不成就得供着？"

闻言，女衙役终于做出一个类似于恭顺的俯首动作，话说得冰冷生硬："不过这用刑，也可以循序渐进。老夫人不必急。今天虽然只用了一样，但小的还是挑拣了一个厉害的，用力过猛才使她很快晕厥。明天，自可以从轻到重，小的保证她不会再昏过去。"

听见这番老练的话，老夫人不再犹豫，一挥手道："先把她关到柴房去！记住，不许任何人靠近！"

所谓柴房都不是正经的地方,只是大厨房内一个废弃不用很久的小柴房,墙角堆的稀少柴火都是湿的,外部的皮已经霉得烂掉,整个空间又小又冷。

听见外面落锁声,素锦靠在墙壁上,抱着膝盖尽量缩在一起。日薄西山落,素锦看着那微小的阳光,此刻的沈洎,许是也刚刚在香山落了脚。

素锦饥寒交迫,勉强合上眼,催促自己睡着。关押她一个弱女子,老太太还派了两个壮汉把守门口。

夜里,只听有人一声声,不停在耳边唤她:"姑娘……"

素锦睁开眼睛,那弯腰看她的人竟然是秋宁。

秋宁眉眼里都是惋惜,理开一床厚厚的毛毡就盖在素锦的身上:"姑娘,这毯子你盖在身上,尽量保留些体力。"

素锦看着她,此时柴房的门只是微微掩着,外面好像也无动静。素锦张开嘴,嗓子泛着沙哑:"恐怕会连累您,您还是把毯子拿去吧。"

秋宁微笑道:"没事,我已跟他们说过了,没人会外传的,你尽管放心。"

素锦迷蒙的目光盯了她良久,慢慢开口:"谢谢姐姐。"

秋宁眼底的惋惜就更重,过了片刻方才说道:"奴婢人微言轻,也帮不了姑娘,只能姑娘自己珍重了。"

素锦微微垂下眼:"已是十分感谢了。"

目送她走远。秋宁今年已是十八了,跟在老太太身边至今没有婚配。只说一生愿意奉献给老太太,老太太心眼里最疼的也属她独一份。可她却也难得是个眼明心亮的人。

东府两个丫头,都惊怕得流出眼泪,心底仅存的希望都湮灭。"素锦真可怜,我只怕,只怕她熬不过公子回来!"荔儿抹着眼泪。

阿久也流下泪,但是她神情就要咬牙切齿:"现在已不是素锦能不能熬到公子回来，而是老太太她们！会不会让素锦等！"

荔儿听了这话更心灰意冷："我只是不明白，素锦不过就是伺候了公子几次，难道她们不愿意公子碰女人吗？"

阿久咬了几次唇角，目光森森地就道："哪会像你想的那么简单……肯定内有别的文章在，素锦姐姐才会成为老太太的眼中钉……"

荔儿几乎瞬间转脸定定看向她："你这话什么意思？难道你还知道些什么？"

阿久脸发白，目光也飘移不定："我也是许多年前，不留神听说的风声。还是素锦刚进府那时，有人说，她是某官家的女儿……后来落了难，才到这儿。"

东府中谁都隐约听说素锦是官奴，但丫头们心思单纯，哪有人会深想。大家同样都是为奴为婢，对她们来说，本没差异。

"荔儿你来得晚几年，所以不知道。当初素锦八岁进府，之后都与我们在一块，公子爷也从未教过她识文断字。若不是自幼饱读诗书，她怎么会懂得这些呢？若不是曾经千金之体，哪家女儿，会去学习这些？"

阿久分析得入木三分，直让荔儿眼目圆瞪、手足发软。

阿久最后有些哀伤凄然："咱们这些人中，数素锦伺候得最尽心，数她最辛苦不过，老太太作为公子爷的祖母，难道就见不得人对公子爷好吗？"

"完了！老太太定是故意这样做的，我们难道就没有办法了……"荔儿苍白着脸坐到了地上，想明白后自己被自己吓住了。

阿久撕着帕子，反倒眸光越来越豁亮："我倒是知道一个人，如今是能救素锦的。"

荔儿泪眼婆娑："你说的是谁？"

微暗中阿久脸上浮着好似迷惘不确定："只不过咱也不知道，这个人能不能指望。"

这一夜注定不平静。

香山的环境清幽，各种取用肯定比不得府里，花期犯了好大的难，才把沈洵住的地方收拾得好了一点。可眼看简陋的屋舍，她还是各种不舒服。出门去叫沈洵休息，已经月上中天，沈洵仰头看着星空，却一点想进屋的心思也没有。

他刚刚服用过素锦的药，掌心不时地用力摩擦着双腿。

花期担忧道："公子都这么晚了，您就歇下了罢。"

沈洵眼底仿佛藏着隐忧，一点也没有听进去花期的话，头顶的缺月光泽淡冷，映得他的神情更忧虑。

花期看他一直摩挲腿，就说道："公子早些休息，身子才会好。您可不能大意。"

沈洵忽而轻轻道："花期，不若你扶我起来一下。"

花期吃了一惊，立即道："这万万使不得，夫人就在隔壁休息呢！今晚您就先休息，好不好？"

她能跟来伺候沈洵，自然是极力劝导。沈洵两道眉微拧，拍拍扶手："你不扶我，我就自己来了。"

花期吓住了，忙就伸出了手。抓住沈洵臂弯，他就开始费力地挪动身体，另一手撑着扶手，好像极力想在两腿上用力，踩着踏板。他身子撑起来些，一半是花期在用力，一半是另一手努力撑住轮椅，只看到他腿抖动了一下，之后就软绵绵的没有着力点。

花期脑门冒汗，讶异地看着沈洵的作为，只坚持了一小会儿后，两人都力有不逮，沈洵重新跌回椅子上。终究还是不行。

沈洵揉了几下膝盖，叹了声气。花期擦了一把额头道："公子，还是奴婢去准备些水，您洗过就睡吧。"

但方才已说半山腰上，热水属于奢侈物，哪有好弄的，花期努力了半天，便是想烧水，也没个像样的锅子。折腾几个来回才勉强生火，弄了小半盆热水。她灰头土脸地端过来给沈洵，不禁抱怨一句：

"这山上真是什么都没有……"

说话间居然有只雪白的鸽子咕咕飞落在墙头,沈洵抬头看了看:"还有些信鸽在山林中。"

"又不能烤来吃。"花期把水放在他脚边,抬手脱靴子。看见沈洵神色,她就轻笑:"奴婢知道,公子在担心家里的阿久、荔儿,还有素锦呢。"

沈洵看着她笑了笑,还没开口,花期道:"其实我才不担心她们呢,阿久那人精,谁能欺负的了她。荔儿那嘴就更不说了,气死神仙。素锦就比她们都要聪明了。"

一边替沈洵洗脚,又抬起头冲他笑了笑。

沈洵面色柔缓,温和道:"谢谢你的宽慰。"

花期有些不好意思地微笑:"是公子爷心善,时刻想着奴婢们,也是奴婢们的福气。"

素锦迷糊醒来时,她身上的毯子已经不见了,两个壮汉打开门架起她,回到了昨天的厅里。老太太换了身衣服,脸板着,一句废话也没说就道:"开始吧。"

旁边的人刚刚把老太太的膳食撤下去,又端水给老太太漱口。然后等何钟灵也用手帕擦擦嘴角,下人们便带着残羹剩菜一阵风退出去。

女傧役看了一眼素锦,道:"最好是给她喂些水,省得半途上她又会因脱水而昏过去。"

老太太之前根本没想让素锦沾水米,但既然是喝水更好,她当然不会舍不得几口水。

秋宁亲自进来,端水至素锦唇边,喂她喝了几口。那厢她脸上,就恢复了一些血色。

老太太皱眉:"别磨蹭了。"

女傧役抖开链子,把素锦双手就锁在了身后。素锦眼里含了一些水雾,何钟灵差点以为她要如昨天一样求饶。

但毕竟没有,反之,今天素锦安静得多。

第一项是冰床,衙役将素锦束住手脚,把她放到寒床之上。这一项都看明白了,睡在冰床上,刺骨的冷气不断窜入身体里,无异于最大酷刑,但寒气又能保持人的清醒,绝不会发生晕厥。

何钟灵觉得心跳都在不断加速,在旁看着,她目光就不由自主转了过去。

酷刑最痛苦的,永远是受刑的人不知道还有多久,在仿佛漫无止境的煎熬里,熬尽最后一丝气节。许多英雄豪杰,都在这样的刑罚下埋骨。

素锦在冰床上,足足等三炷大香都烧完了,才被抬下来,透心冷,冷入脊骨。

衙役解开了她身上的锁链,但此时她已是没什么力气了。又来人给素锦喂了几口水,把她拉起来,衙役把两个铁环样的东西套到她手上。同样的有丝线,被握在两边来辅助的家丁手里。

"这比夹手指又不同,十指连心,其实一般人一会儿也就受不住了。但手腕是要害,没有手指敏感娇嫩,犯人受着时间也就更长一些。"她自然就将素锦当作犯人,素锦极低落的眼眸中,也绽出一道光亮扫向她。

两边家丁咬牙开始用力,何钟灵看老太太眉宇中隐有激动之色,心内不由惜道,这老太太心硬起来,还真不是一般人能比的。

老太太拍案指着她道:"曾经你害得我跟我儿母子分离了那么多年,今天,就要你一并都还回来!"

说者无心听者有意,何钟灵眸光刹那一跳,基本在同一时刻指尖陷进了手心中。这手腕夹夹松松,给人喘息余地,又是无休止的间断折磨。素锦虚弱无力,仿佛只是撑着一口气在。就算听人谩骂,她的神色也木然得没有反应。

刑罚如此漫长，老太太连午饭都是在大厅里用的，连上昨天，已经用掉了两日时间，淑云夫人如果行程未改，留给老太太的也只有明日一天。素锦一整天又是粒米未沾牙，脸苍白得惊心动魄。

女侍役盯着她看了良久，又看看偏西的日头，冷冷道："请老夫人示下，接下来是继续慢慢用刑，还是用一重刑了结。"

老太太眸光几乎有些阴沉了，她的脸在一整天阴霾笼罩下，有些未及爆发的余威。她沉沉道："重刑，能有多重？"

女侍役同样阴沉着脸，一字字开口："想要女子身不再完整，又不伤及性命，可以滚钉板。"

老太太浑浊的眼内居然也眸光明灭，何钟灵在心底暗自吸口气，等着看她裁夺。

而外面忽然传来令人胆裂的一声嘶叫："老夫人……"

将在沉思中的老太太和何钟灵，都唬了一跳。

几乎话语落的同时，风一般卷进一个人来，穿着门房的衣服，扑通就跪下。还没说话，被打断的老太太暴怒，劈手茶杯就砸上那人的脸面："大胆！没眼色的东西！女眷内院也是你能闯的？！"

那门房张皇地抬着脸，丝毫也不顾脸上的茶水，惊恐道："贺侍郎已到院外，急切请见！"

第32章　母凭子贵

素锦一张脸颊被汗水濡湿，她下意识撑开一双眼，看见满屋子的人，神情瞬间变化。

那门房也就只来得及匆忙报了一句，后面贺言梅已经施施然来了。一样的银丝云履，袖底流金。

"刚进来的时候，我说这沈府内院，怎么连个把守的人都没有，在下一路走，也没看见半个人影。"风流袅娜的话语，伴着他似笑非笑的口气飘向前方。

何钟灵首先站起来，目光骤然转变，要说她最忌惮和不想亲近的人非这人莫属。

说这闹得满城风雨的贺家公子，阁老亲自奏请皇上给的特批，据说连早朝都没上了，前阵子外面传他被软禁了数月光景。

没想到，实在没想到他神不知鬼不觉在沈府现身。他本人就够微妙的了，还偏偏撞在这么微妙的时候。

老太太惊骇过后，良久，才冷硬地出口："侍郎大人。"

贺言梅极为亲和有礼地抱拳，那形容风貌跟他被软禁前真是半点也没差，眉眼弯弯笑得深切："不敢，老夫人抬爱了。"

说话时，他朝那女倚役似有似无地扫了一眼。

女倚役神情微动，手心攥紧链条，扑通就跪倒地上，冰块一样的声音响起:"小的参拜侍郎大人。"

贺言梅的声音淡淡的,就没有刚才那么殷切有礼了,"这是谁呀,我刚听说刑司里跑了一个傤役,看这身装束,难道就是跑到住民家中了。"

女傤役仿佛石头刻成的脸色,居然也抖了抖,她诧异抬头道:"小的是奉司里的命令来的,并非跑出来,大人请明察。"

贺言梅淡淡道:"我没什么明察,你也不是我属下,回头自己去请京兆尹开堂吧。"

女傤役脸上白了白,尽管如此,却再没有说话。京兆尹也不过是个四品官,手底设刑司,刑司里傤役身份属最低,也没有资格和一部侍郎再行多嘴。

一旁老太太似乎看出什么,忽然冷道:"贺公子,你虽然贵为侍郎,但老身却不必怕你。"

贺言梅又挂上笑,看向她道:"我懂,如老夫人这样的人,又哪里需要把人放在眼里。"

一席话让何钟灵也心稍定了定,无论多大的官,毕竟最大的用武之地还是在朝廷。

"就算我沈府内院无人看守,也不是无人之境,贺公子无视门房拦阻,强行闯入,恐怕老身也要您给一个解释了。"老太太字字诛心,眼睛逼向贺言梅不动。

贺言梅换上一副极谦和柔静的神情,"老夫人,我今晨听说有刑司的傤役被请去设堂,这私人设堂呢,不是没有,京城不少大户,都爱把傤役请去家里动私刑。不过这种连菩萨都下凡普度众生的时节,傤役们已经闲了许久了。如今不仅被人请了来,还是贵府上,就不得不叫在下好奇了。"

老太太却是有些愠怒了,她的掌面落在桌上:"怎叫荒唐!便是请了刑司的人来设堂,又触了哪条法律,贺公子是否也该约束自身,我沈府不是让公子好奇的地方!"

何钟灵悄悄呼吸几次,这逆转的,本来贺言梅出现就让人意外极了,怎奈老太太几句话,居然就似握牢了局面一般。

贺言梅看着她,片刻后微微地勾了勾嘴角:"在下,自然不能因为好奇,就打断老夫人您了。然而,在下能不能多嘴问一句,这位被行刑的姑娘,犯了什么事啊?"

不等人反应,他已向前走了几步,来到素锦跟前绕了半圈,有些惋惜地开口:"这人还是沈洵的侍女,我就更想知道了,究竟是何大错,她成了这样子?"

这句话就有些不好接了,沈府后院一个扫地的,都不会不晓得贺侍郎跟沈二公子甚厚的交情,这会儿素锦的模样绝对不舒服,老太太眸光沉了沉,也没有说话。

素锦慢慢撑起半边身体,这时候便没有人上来挟制她了,她渐渐跪直了,就朝贺言梅看了一眼。就这一眼,不包含什么,可她开口说了一句话,让所有人包括贺言梅心颤,她说:"贺公子,你救救奴婢。"

"贺公子,你救救奴婢。"

仿佛魔音穿过,老太太跟何钟灵都如同被重重打了一拳,贺言梅脸色一下软了,还半跪下来扶住素锦双肩,叹道:"哎呀,如花似玉的一个人,都知道我是最怜香惜玉的了,跟我说你到底犯了什么错,不过要实在是弥天大错,我也无能为力。"

素锦望着他的眼,没直面回答他的问题,又抬起两只手握住他腕间,再次道:"贺公子慈悲,请一定让奴婢出去。"

何钟灵眼中火在烧,终于忍不住轻轻啐了一口:"呸,不要脸。"

贺言梅没有收回自己的手,反而淡淡道:"少夫人这话,说的有失身份了吧。"

何钟灵忍住心火,咬了几口银牙,说道:"侍郎你才是真正有身份的人,这奴婢都把你的手拉住了,你还不觉得这样不要脸吗?"

贺言梅转过了头,微微看着她哂笑:"我认为就是一个奴婢,也不会无缘无故去拉男人的手,若非真有所求,这世上所有女人都甘愿洁身自好。"

那目光仿佛能盯到人心深处,何钟灵暗暗一惊,后退半步。

老太太眼睛里好像已经藏了一把剑,冷笑说道:"老身能不能问一问,是谁耳目灵通,通知的贺公子到来?"

贺言梅这时看了素锦一眼,站起身拍了拍衣服下摆,余光处朝窗外看了一眼:"在下虽然声名狼藉了些,也不忍看弱女蒙难,至于我,老夫人可能就不知道了,我一贯耳目灵通。"

老太太眸里光芒收敛了几次,也是忍到无可忍,再度开了口:"那老身也就说了,这丫头犯的是家法,严肃的家法,我就是要设堂审她,这丫头本身的罪孽,都够她死千百次的了。不是我沈府,她这条命也留不到今天,我私下设堂,其实即便真的要走她命,也远比她真正该受的刑罚,要轻得多了。我也不怕你亲自去问这丫头,我沈府是不是对她有天大恩情,是不是她今生今世也还不完?!"

这话明里暗里隐喻的实在太多,何钟灵心里的情绪又有了剧烈波动,而素锦听完这番话,脸色只略微苍白了一些,并没有露出过多的反应。

贺言梅眼睛里深沉玩味了点:"既然如此,她还为何要求情?"

老太太神情几变,最终也只是说:"那只能是她忘恩负义了。"

"老夫人,"贺言梅忽然淡淡抬眸,"人与蝼蚁是有区别的,敢问她有什么罪孽?"

老太太怎么也没想到他真能问到这步,当即眼里就震撼极了,贺言梅眯起眼,静静等着她回答。可是这样的事,既是拐弯抹角都要暗示,又怎能摆明了摊到桌面上?

老太太瞬时陷在心里的极度纠缠中呆若木鸡,何钟灵眼睛一瞬也没有离开她的脸，半刻钟过去，一屋子人等来的，也只是最后老太太恨入心扉的重重一叹。

贺言梅笑了笑，"既然没有罪孽……不错，家有家法，但再严厉的家规，我看这位姑娘受过的罚，也足够抵偿了。像这样的刑，放在官府大堂上，都属于重的了。还请给在下一个薄面罢。"

最后他才仿佛轻叹地道，望着老太太，抱一抱拳。何钟灵已是几乎控制不住情绪，怒火已经要把她整个人吞掉一般，他贺言梅的面子，谁敢不给。

正如瘦死的骆驼比马大，他声名狼藉，过些时日，人们总有淡忘，遗忘之后，他还是阁老的承嗣后人。一切根本不曾改变。

老太太从牙齿里挤出话："贺公子不是在逼人吗？"

贺言梅又淡然道："我这人其实好相与，你许了我面子，我给你一分谦让，不动干戈最是和睦。"

老太太抬手抚摸着头，喘了几口大气。这时候，有眼色的人都知道该唤侍女们进来服侍了，可何钟灵直直看着贺言梅，他回以目光，目光中仿佛含了些别的。

何钟灵心怦怦跳，五分紧张四分茫然，还有一分惊惧。今天，在这堂上，她到底没敢与贺言梅有过多冲突，选择了避让锋芒。

秋宁居然能适时地进来了，她看了一眼老太太，默默道："要不要让奴婢，帮忙搀扶素锦姑娘回去？"

整座院子都被清空了，留下的全是心腹下人，想叫别人搀扶素锦都不可能了。素锦浑身是伤，贺言梅动嘴皮子能救她，却动不了手。

老太太半掩住的眼睛里全是恨，没有什么比她此刻更能明白，哑巴吃黄连的滋味了。

贺言梅甩开了扇子，看着一屋子精彩纷呈的女人，也不知想到什么，眸底添了抹不相宜的异色。老太太面如土色："贺公子，你搅了我府中的事，便是洵儿以后，也不会再与你相交。"

老太太没有什么能拿来威胁人的了,人不站在那种高度,永远也理解不了当事人的处境。贺言梅广袖流风,一言不发地跟了出去。

在别人眼中,能得贺公子一笑,是多奢侈。何钟灵焦急地看老太太被扶了进去,就脸色不佳地追着她们离开大厅。

两位女眷相携而去,贺言梅自然落了后,他在路边攀折两朵梅花,后面的脚步声就近了。

"少夫人还有何事?"他含笑扭身。

何钟灵脸色尴尬地面对他,观察他神色,终于道:"大人刚才如此维护那丫头,就没有想过一种可能,也许她真是钦犯之身呢?"

贺言梅没有惊讶也没有发怒,手握梅花依然是那个翩翩浊世公子,他看了看她,"这话就严重了,夫人很确信吗?"

何钟灵变了变色,低声道:"妾身只是怕,大人袒护了不该被袒护的人。"

贺言梅目光在她身上停留了有一会儿,才轻笑:"她是不是钦犯,其实跟我也无关。说到底只跟她主人有关。"

何钟灵慢慢道:"原来贺公子一点也不在意吗?"

贺言梅忽然看了她一眼,说道:"少夫人自幼不识风雨,这许多犯了事的人呐,大牢里那些钦犯,起码有半数,都是不值得那些罪的,这其中又有半数,也许是根本不需要收监的。但他们既没有犯错,同时又犯了最大的错。"

何钟灵聪慧,眼珠转了一圈:"贺公子在跟我打哑谜?"她周身犯冷,哪怕她只能听懂一分,也听不出善意来。

贺言梅将梅花脱手,看着这个女人,已经没有站下去的必要了,开门见山宣判最后的谜底:"令尊之事,恐怕再无回转。"

说罢这位风流公子再也没有留恋地转身离开,何钟灵力气被抽空,世界剩下空净,她瘫软了。

花期皱皱眉,在急风细雨里站了一会儿,才走进屋。

她点燃烛火,抖了抖大氅说着就给沈洵披上:"公子快穿上,这样的天最冻人,您的腿脚受不住。"

沈洵问她道:"今日有水吗?"

花期就叹息:"我们这两天吃的斋菜,都是只有寺院的伙房里才能烧,除了吃饭时间能沾点热气,别的时候根本别想。取过了井水,就算想借火也难。"

沈洵看着桌上拆开的药末,目光定了定道:"那就直接用井水服用罢,你替我拿来。"

花期本想说使不得,可是看了看沈洵神情,丝丝的不忍就在心中。素锦一句嘱托,沈洵是无论如何都会听从的。没有办法她就单独到后山汲水,谁知这一去,回来就看不着沈洵了。

沈洵在桌上翻着半本残书,思绪却飘远了,都不曾注意到,有人悄悄进来,又悄悄地想要缩回头。

就在这当口,他发觉了,眸光一动:"你是谁?"

那探头探脑的是张很陌生的面孔,瑟瑟缩缩的,看见被发现,也一下子就惊在了那里,捏着衣角忸怩地看向沈洵,似乎想走,却又不好再走。

"公子……"那人终于不情不愿,低头走上前。

沈洵皱了皱眉:"我怎么没有见过你?"

那人咧开嘴笑了笑,却有些难看。这才发现他的脸很年少,与身上灰溜溜的衣服丝毫不称,但看他衣服裹着的身形,还能认出是个小和尚呢!

打扮得这么怪异,又不像寺院的人。那人终于跪着道:"小的是府上的奴才。"

沈洵眸子里不知是何表情:"怎么会,你也不是夫人带来的人,怎么跟得过来?"

那人脸憋得通红,好像一句话也说不出了,但沈洵的目光就在上方看着，无形的压力仿佛让他透不过气，最终扛不住地说道："小的是老太太指派过来的。"

沈洵随手将残本置到了桌上："老太太指派的？你莫要胡说一个字，我从未在老太太身边见过你，你又是在府里干什么的？"

那人至此已如竹筒倒豆："小的、小的只是在花房做事，看护花木的花匠。那晚，是老太太突然找到了小的，这才让小的……随公子爷来的。"

沈洵下意识轻吸了口气，再看他时神色仿佛就没有善意了。"你就跟着我们的马车来，让你随了我，说要做什么没？"

那人有些流汗，本就是个粗使下人出身，城府不够，被一逼问什么都能说出来。他像是觉得自己犯了大事，连连磕头说道："请主子不要怪罪，小的是奉老太太之命，来看着公子有没有再服药，如果真有，就让小的尽量阻止公子。"

淑云夫人可巧，晚上看天色有了变化，也担忧地过来看望沈洵。可一推开门，里面别说沈洵，一个人影也没瞧见，她就顿时急了，马上把所有人都喊了起来，睡着的也全部都惊醒，这大晚上的，风大雨急，沈公子能去哪？

一共就家中的几个人，并二三个下人，都摇头说不知道，淑云夫人首次震怒道："最好张大眼看好了，要是公子有什么闪失，都仔细着你们！"

花期抱着汲来的井水从外面跑进来，望见一屋子人和淑云夫人的脸色，立马也怔了，淑云夫人看见她，急急就问："你看见公子了吗？"

花期一听心就沉下去，她忙答："奴婢从后山一路来的，没看见啊！"

淑云夫人恨声开口："找，给我分开方向，都去找！"

找是可以找，但拢共就带了这么多仆人，再分开找，又能分到哪去。淑云夫人浑身都在发抖，一看外面那天气，她就完全不能冷静。沈东岩也要打伞出去找，对一旁沈文宣道："宣儿，你看着你婶子，我去找找洵儿。"

淑云夫人掩着脸坐到椅子上，盯着茶壶好像在发呆。

沈东岩好容易才从角落里找到一把破了的油纸伞，正要打开了出去，身旁淑云夫人哽咽喊了他："老爷。"

沈东岩叹气："洵儿这孩子，也这般大了，怎么还能做这种惹人不安的事。"

这话就像灵光，莫名其妙提醒了淑云夫人。她目光闪了几下，"洵儿不会的，他一向是个理智的人，少有能让他不顾后果就离开的事。"

沈文宣这时道："二弟会不会回去了？"

一言捅破了窗户纸，淑云夫人眼神急闪，对沈东岩失声道："老爷？！他那个身体，怎么能自己走呢？"

沈东岩眸光凝沉，紧握伞柄："追，立马带一辆马车沿路去追。"

若说半个时辰前，还是细雨如丝，这半个时辰间雨水就是越来越急，就在说话时候，迅猛的风都将屋顶刮过了阵阵巨响。淑云夫人心惊抬头："这样的天气赶路，马车本根也走不了啊？"

连马车都不能走的恶劣情况，自然就更担心沈洵，害怕之情是一层层叠加，止都止不住。

沈东岩当机立断："走不了也得走，他去不了哪里，只能是这个选择。香山的别处他也不可能待，现在唯一的办法就是追下山。"

沈文宣沉声道："侄儿愿去。"

淑云夫人含泪道："我不能在这等下去了！就算用双脚走，我也要走回家去，我一定要亲眼看见我的儿子！"

沈东岩重重地把雨伞一摔，看着门外眯眯道："这背后肯定有人搞鬼，丫鬟都不在的时候，洵儿怎么可能突然离开？"

淑云夫人心里何尝不明白,可是此时根本计较不了这个。她握着手帕擦去眼底泪痕,也恨恨地道:"这不是在家里,查不出是谁,要被我知道了,我无论怎么都要把人撵了!"

　　一直温柔慈善的人,若是撂出狠话,愤恨比谁都深。

　　沈氏每个人,都是经过大风浪的人,平静下都有烈火心肠,就差一把燃火,那种冷硬就能出来。

　　冷夜风流过,谁是归人。

　　素锦躺在床上,发了半夜的高烧,忽然开始梦呓。

　　荔儿急得直哭,根本没有好办法。她手心的帕子不住地换,换了十几块,都没能把素锦滚烫的温度降下来。随着时间长,居然还愈加严重起来。

　　起先是一声声儿地叫,盼望她醒过来。素锦身体一直是最好的,几年来从来没有大病。谁想越是这样,病起来越是人事不省。

　　将袖中一只白净的瓷瓶递给守在床头的荔儿,贺言梅轻轻道:"这是金疮药,你擦在她身上有伤的地方。"

　　荔儿接过去,眼睛红红的:"这药只能让素锦身上伤好了,可没办法给她退烧。"

　　贺言梅沉默摇了摇头:"那我就无能为力了。"他转身撩起帘子走了出去。

　　荔儿擦了擦眼泪,开始给素锦上药。这一上药忍不住更加哭,从手指包括脚底心,没有不需要涂药的地儿。这金疮药灵验,却抵不过这些伤口曾经带来的剧痛。

　　素锦梦呓的内容越来越混乱不堪,她的嘴唇都干得流血,旁人却喂不进水。只能眼看她不停地说话,说些让人揪心的混乱话。

　　荔儿再次朝外面哽咽着说:"贺公子,您不是会武功吗?您就没有办法吗?"

　　贺言梅摊开双手,轻叹道:"我的武功这时候也起不了作用,我不是她的药。"武功有所救有所不能救，素锦心脉没断，浑身筋络都正常，这让内里雄浑的英雄都无用武之地。

荔儿失望地垂下眼眸，重新投放在素锦身上，眼看阿久又送来十几块湿毛巾，两个同伴只能相对泪眼。

素锦忽然嘶声道："公子……公子……"叫得无助又凄惶，眼角都流下了一行泪。

荔儿再也忍受不了抱着素锦大哭："我也想，姐姐，我跟你一样想啊！"

阿久整张脸也湿透了，她趴在桌上抽泣。贺言梅倚在门边看着外面急雨，无奈地想走也走不了，听着屋内的动静，他蓦地苦笑起来。

素锦情况却骤然严重起来，她仍不清醒的脸上，表情都开始变得十分痛苦，痛苦到两个丫头都顾不上哭泣，站起来就开始同时安抚她。素锦呼吸如同受到了阻碍般，又急又重，甚至时而有间断般安静，这种异样情形，将几乎所有人都吓到面如土色。

两人一迭声地唤着她，半刻也不敢稍停："素锦、素锦，公子爷就快回来了！天快亮了素锦！天亮了公子的马车就能回来！"

不去想任何的延期，可能的耽误，她们唯有寄希望于此。

阿久趴在床头，泪眼蒙眬地低声对着素锦的耳畔："明天就是说好的第三天了，素锦，我们相信公子，他一定能回来的。"

贺言梅到了后面，几乎竖起耳朵仔细倾听纱帐内的每一句话，这些宛若低吟唱诵的话语，盖过了滂沱的风雨声，让他久久沉思。沈洵，你就有这么大魔力，让人着了魔一样相信你。

何钟灵连夜回了家，在凉风中更悲怆地敲着尚书府门，门童开门后，被大雨淋湿的何钟灵一身狼狈，门童都没认出来这是他们府中出去的大小姐。

何夫人晚上失眠已成为惯例，喝了许多汤药都不见好，正在辗转反侧的时候，听见动静立刻就起了身。

来到待客厅中,何钟灵已经坐在椅子上发呆,有些失意的样子。

何夫人迎上去:"女儿,这寒天冻地的,你怎么这时候来了!"

何钟灵抬起头,响起轻飘飘没着落的声音:"娘,我们何家是真要败了罢。"

何夫人一见到女儿的样子,就揪心起来,只见何钟灵平常丰盈娇俏的脸庞,已如枯槁。再听到了她说的话,何夫人更加悲从中来。

不需要再有多余的掩饰,母女连心,她仿佛看透了一般,跌坐在椅上,了无生气道:"终究是命里无时莫强求,何家是到头了,你爹也是一样,走到头了。"

何钟灵眼里仍含着碎芒般的锋利,在幽暗死气的眼里深处,若隐若现。

母女沉浸在相似的绝望里,下人们仿佛都被这一层绝望笼罩,个个的面无表情。良久,何夫人看看何钟灵,露出了宽慰一般的笑。

上前拉住她的手,何夫人含着泪,笑叹道:"晚晴,你终究还是有指望的,别太怕了。如今看来,当初你嫁去了沈家,却是极为幸运的。我们家现在虽然不再中用了,可你已经是沈家的人,依附于沈家,沈家现在蒸蒸日上,晚晴你依然是尊贵的不能匹敌的。你又生了个儿子,这就更是得到眷顾了,等到日后,母凭子贵,你一辈子都会在沈家立稳了脚跟,所有人都会尊你是唯一的正夫人!"

何钟灵意味不明地说道:"您的意思是,就算夫君日后娶妾,对我同样没有威胁是吗?"

"我就是这个意思,"何夫人脸色微微不自然,仍笑着说,"当然,若是姑爷疼你,不肯另娶是最好了。"

何钟灵满脸都是阴霾,不知在想什么。越是这样何夫人忧虑越深,顿了顿她又问道:"丫头,你还有何心事?"

何钟灵眼光闪得更厉害。"依附沈家,就能保证平安了吗?"

何夫人吃惊:"那总比我们何家强!女儿,你可不能再像以前一样了，对沈家的态度，你一定要变。"

何钟灵咬着牙，自顾凄然一笑："我还不够摇尾乞怜吗？莫非母亲要女儿以后都这样终日朝不保夕？"

何夫人流泪："你这是什么话，该说的我刚刚都给你说清了，女人出嫁之后，不管娘家如何，必须以夫为天。你好歹都生了个儿子，怕什么，你是正经的夫人，只有你给人不痛快，你怎么会过得不痛快？"

何夫人想到自己还没有儿子，这话说得就更殷切。

何钟灵恍恍惚惚的，颤着声就道："娘，你也别骗我了，你告诉我为什么爹就非得下台？"

何夫人本来一直耐心地说，此时也急躁起来："君威难测，你说这话是作死吗？"

谁敢揣摩圣意，君要臣死，臣也只能打落牙门和血吞，怎么还能去问原因。

何钟灵一下子站起来，脸色有些奇异泛红："娘，你知道现在街口巷尾，都在怎么说我们吗？说尚书这个位置，只有何家是个傻子，才来接这个烫手山芋，如今是掉脑袋的大祸。就跟那年家一样，到死都不会落个好结果！"

何夫人手抖着，几乎控制不住就要摔在她的脸上了。"谁容许你说这些话的？！晚晴啊晚晴，你是成天以为自己聪明，却说着糊涂至极的话！你可知道你这一番话传出去能惹出多大的事？年家是年家，我们是我们，年家的那位将军，只当了堪堪三天的尚书。你说出这样一番话来，质疑君王策，明日你就看着何家罪加一等吧！"

何钟灵脸上血色褪尽："终究是他家风水不好，不讨皇帝的喜欢，他年家倒霉，却又牵连我何家，只能说天作孽，不能活，如今就是在迁怒爹爹罢了。"

何夫人照着她脸骂："再多说一句，你就给我赶紧离了这门。"

何钟灵眸光霍亮，映着她惨白的脸就更惊人："娘，我们不能坐以待毙，那原来年家的孽种，至今可能还留在沈家！你叫女儿如何安枕高卧？"

何夫人知道她这些话，不可能是真的听街头巷尾的人说的，这样的大事，京城百姓的口比酒坛口塞得还紧。虽然有些话能当八卦一样传，但像她们今晚说的这事，有关国体，是个寻常百姓都不会乱说。

但还不等她问何钟灵究竟从哪听来的这番话，就又被惊住了："什么年家的孽种？你说话是越来越不过脑子了！"

何钟灵冷笑起来："怎么是女儿不过脑子，世上就没有不透风的墙，到现在娘还不知道年家跟沈家的关系吧？那年惜玉既然是沈家二郎的未过门妻子，他悄悄护住了她又有什么稀奇？九年前沈家来了个身份不明的官奴，一直被沈二当个宝贝一样供着，娘还在说女儿没脑子？"

何夫人两眼阵阵发黑，脑子里一下子就浮现出赴宴之时看见的那美貌非常的少女，震撼太深刻，呼吸几欲停顿："你是说……不，不可能，不会的！"

何钟灵拉住她的衣袖："娘，她就在女儿身边，像一根毒刺一样！您不能这么对女儿，是与不是，您一定要帮我验一验才行！"

……

沈府，夜寒风急，老太太惊怒交集，半夜又犯了头风，躺在床上根本说不利索话。

贺言梅待了一整夜，实在要走，留下了一瓶药就赶紧朝着沈府的大门奔去。

可是一拉开门，他登时又愣在那里。

门口是浑身湿透了的沈洵，蜿蜒而下的头发还在滴水。不知道他是经过了怎样的漫长奔波，他的手掌心上，都是血肉模糊，看了直叫人触目惊心。

车轮上混着血和泥水，根本分不清两者。

沈洵目光暗沉："人呢？"

贺言梅退后一步，舌头绕起来："什、什么？"

沈洵上下看他，又问道："你在这，她人呢？"

贺言梅都不敢相信自己的眼睛，被问得又无从开口，忽然沈洵身体一歪，眼睛缓缓闭上，一直握着轮椅的双手，也渐渐无力摊开来。

贺言梅上前，当先就迅速点了他一个穴道，把他抱在了怀里。一夜冰凉的雨水浸泡，沈洵身上却十分火烫。

"快点，赶紧去把本城最好的大夫请来你们府里镇着！"

门房箭一样冲了出去，贺言梅又走不成，只得带着沈洵足尖点地重新冲回院子里。

阖府都震惊，所有下人严阵以待在两个院子周围。淑云夫人的车架随后就跟来了，见此情形，她差点又要背过了气。

陈大夫这次背着药箱来看诊，还带了个不苟言笑的门徒。上次的三个女主人，这次只得一个，他例行公事打了个招呼，并不想多言。

并不消多费唇舌问，只看家中的一片惨淡，连贺言梅这个外人都站在边上一脸讳莫如深，淑云夫人的眼泪就再也止不住了。在厅内坐下来，她的呼吸怎么也顺不过来，脸色更是直转蜡黄。"这次，多亏了贺公子鼎力相助，在此谢过了。"

贺言梅连忙客气："应该的，夫人脸色不好，不如也先让大夫看一看吧？"

真的要谢贺言梅的远见，把大夫请到家里实在很对，眼看一个接一个都不太好，要真没有大夫在，今番这一遭变故委实要命。

陈大夫立刻就道："夫人，要不老夫先给您开一剂压惊的汤药，您先吃着？"

其实他也是怕，这病来如山，万一再倒下一个，他恐怕也顾不过来。

淑云夫人又连拍了几下胸口："大夫，你只告诉我，家里这几个人情况都如何了？"

陈大夫迅速写了个方子交给丫鬟，这才捋胡须说道："令公子是感染风寒，加上劳累，并不碍事。老夫人那边稍微严重些，主要还是年纪大了，兼且情绪不稳才导致的。这位年轻姑娘，则最严重了，老夫也不敢保证，她能不能快醒。"

淑云夫人只消掀开被子，朝素锦身上看一眼，就转过脸去。素锦现在是身上涂了药，连衣裳都暂时不能穿，淑云夫人此刻忽然有种悲从中来之感。

她捂住嘴，眼泪就滴在枕头上，沈东岩那边看过沈洵就赶过来，见状立即就扶住她道："洵儿这次是太乱来了，不过所幸是有惊无险，夫人宽宽心。"

淑云夫人靠在沈东岩身上，过得半晌，她就低低啜泣道："老太太，她这做的事情，这是要洵儿和我们的命啊！"

第33章　眼中拔刺

那个惹事的家丁，在香山被淑云夫人揪出来，狠狠拷问了一通之后，没敢再回去沈府，在半道上就早跑了。

这回子是老太太大夫人全得罪了，阵仗前所未有，没有见过。还连累得尊贵公子受了大罪，再仁慈的主人也不会饶恕他的。

淑云夫人平生头一次，在沈东岩面前哭断心肝，就连九年前沈家遭遇天大的变故，淑云夫人都没掉一滴眼泪，一肩扛下来。但这次，她却仿佛没了任何顾忌，等一回到房间，就朝着沈东岩拼命抹眼泪。

正因为稀有，所以这眼泪才贵重。沈东岩半生颠簸，早年还去过西北，直至官至二品，也算是个铁汉男儿。偏偏铁汉男儿，最难过的就是柔情美人关。

在以往，也有情绪低落垂泪时，他只要稍稍说两句，淑云夫人就破涕为笑，但今次无论他怎么劝说，妻子都没给他半分面子，他都要以为淑云夫人故意为难他般。

"夫人！"他又拖长声音叫了声。

淑云夫人白了他一眼，朝一侧扭过了身。沈东岩内心叹息，在她对面坐下："要不，我再去找娘说一说？"

淑云夫人沉默，沈东岩看着她只接连叹气："你打算一辈子都不说话了？那我现在就走，省得还碍你的眼。"

"说，你就去说吧！"淑云夫人终于气急败坏，抹着眼泪道，"老太太自己都在床上躺着呢！我们能去说什么？是要别人背后说我闲话，心狠到跟老人家过不去？"

沈东岩心里根本不好受，他道："夫人，那你如今是想怎样？"

淑云夫人由着性子狠狠生了一场气，待想想后就深深无力。和许多年前一样，这种恨而无力的感觉十分痛苦。她也就是生生闷气，沈洵是她的心她的肉，分别了那么多年，再一见面，感情就像那洪水收也收不住。

"如今，我眼瞅着惜玉那孩子，可怜见的，她的命就像老天爷都在跟着作对一般。事情被弄成这副模样，倒不是我们怎样了，而是洵儿，他心里受不得住呢……"

沈东岩眸光急剧收缩，他攥起了手半晌开口："其实，终究也算我们，好心，却没办成好事。"

沈洵是昏迷了几个时辰，到半夜就醒了过来。花期守着床头，含泪就笑道："公子爷可好些了？"

夜凉如水，屋内安静得很，沈洵掀开被子用力撑起了身体："我去看看素锦。"

花期满脸焦急，站起来伸手抱住他手臂："公子您紧着些，让奴婢来帮您！"

只随便披了件衣裳，沈洵两只手上，还裹着不少层的纱布。花期知道没有选择，唯有尽心地帮他推着轮椅，去往素锦所在的地方。

素锦被几个丫头擅做主张挪到了厢房，这儿也有隔间，荔儿已经睡了，阿久还在素锦的床头打盹。看见沈洵来立马就清醒了，眼里有激动有不安："公子爷？"

离开了几日，恍如隔世一样。没有谁比经历过的人更能体会度日如年的滋味，他用露出的半个手掌把轮椅摇到床边，看的时候都是用力的，但他也是眨了几下眼睛，才把眼里那层遮挡物给清干净了。

素锦当然还是睡着，脸上红潮没褪，呓语暂时不说了。沈洵下意识伸手，想去探探她的额头，但一看到自己手上的纱布，手就收回来。

"素锦，我回来了。"

就这么平平淡淡，沈洵目光柔和地看着她，说得也很平淡，但旁边的两个丫鬟，不约而同鼻头一酸，都难以自制地想流泪。

尤其是沈洵也是唇部苍白未退，一动不动凝视素锦的样子。有些时候阿久也说不上来是为什么，只是看着公子和素锦在一块，就觉得多般配的一双人。

"公子，要不要我们出去？"阿久冲口就说出来。

花期还在担心沈洵的身体，加上素锦两个人都有伤在身，她仍想留下照顾。

但沈洵已同意了："去吧。"

两个人出去后，沈洵的疲惫就外露，他盯着素锦的目光都不如方才坚定不移，带着一种忧伤。很多时候不是多么激烈的感情，就是相依相伴中带出的羁绊才最难割舍。

素锦好像有感应，脸上的红潮竟褪了些，这样看着就好了很多。

他终于用手碰了碰她脸，低低道："对不起，我来晚啦，惜玉。"

太多年，有太多话，日夜相对的两个人，仍是没有说出来。这种感觉不是绝望，是没有希望，像极了咫尺天涯的路，静里生哀凉。

沈洵牵着她的手，静静道："那，我就在这里守着你，等你醒过来为止。"

老太太头风发作，这是个大事，可家里发生的事却也让她不能安心，始终憋着气，就觉得浑身都疼。秋宁怎么劝都不中用，老太太眼睛里还如喷火一样，闹了半宿，直到天亮也没好睡。

秋宁唉声叹气，拎着水壶准备给老太太换茶，迎头在门口，就碰上了淑云夫人。

淑云夫人端庄地笑着:"老太太怎么样了?"

秋宁自是实说了,对着大夫人,本就没什么话能瞒着。淑云夫人听了,眯起眼,只点头轻轻笑了笑:"老太太是需要有个人好好开解她了。"

秋宁眼珠一转,听这话就不对味。但她没多问什么,福身之后,轻轻告辞道:"奴婢先去准备晨茶,请夫人自行进去看老太太吧。"

淑云夫人颔首:"你忙你的。"抬脚就进去了。

进最里屋,撩起帐子直直来到跟前。老太太空闭着眼,根本没有睡意,听到动静立刻就睁眼了。淑云夫人又站了一会儿,才缓慢坐下,喊了声,"娘。"

老太太病中又不糊涂,儿媳妇跟往日比,态度是很有不一样的。她就冷笑道:"怎么,那小贱人向你告状了?"

淑云夫人在心里深深叹了叹,都说江山易改,最难移本性,她当了沈家媳妇二十几年,和丈夫自是琴瑟和鸣,和老太太表面上也从没红过脸。可并不代表,她不了解老太太这个人。

"锦儿那孩子还没醒呢,娘,都这时候了,您何必说这种话呢?"这一句,就表明这些天的事,她什么都知道了。

老太太冷哼:"没告状就好。"说罢又转脸,不再说话了。

淑云夫人看着她掉下来的半截被子,幽幽道:"娘,您也别怪媳妇心狠,您这么病着,实在应该好生休养,但有些话,是早不说晚不说,如今就是拖出事来了。"

没等她再酝酿好,老太太就又来了:"我就知道你护着那丫头,等她把咱们沈家害苦了,你也这么护着她!有时候我真不明白,洵儿还是不是你亲儿子?就这么让那小妖精祸害了……"

淑云夫人目光直闪,也不退让道:"那么娘可知道,洵儿淋了一夜的雨,就为了赶回家见素锦?"

老太太眼里都迸出青芒来:"你再说一遍?洵儿他怎么了?"

淑云夫人也极力缓和激动的情绪,忍泪一句句道:"洵儿是不是我儿子,娘实在不需要费心。这么多年,媳妇其实并没有求过什么,娘并不喜欢年家,一直不喜欢惜玉。但就像俗话说的,再冷漠,人心也总是肉做的,沈年两家,年幼订婚,如果说洵儿和惜玉之间有爱,那一定是这几年中形成的。洵儿是什么样的身子?娘,您做这些事情以前,没有想过您的亲孙子,会有何反应吗?"

老太太眼里流出泪,只不住地喃喃:"他就是糊涂,跟你一样,那孩子就是糊涂……"

淑云夫人恳切道:"娘!不是他糊涂!想想年家人受的罪吧!惜玉再怎么说也是孩子,您便是分出哪怕一丝的疼爱,又能怎么样呢?但对于两个孩子来说,都是极重大的。您是洵儿的亲祖母,这么多年,他能不愿意亲近你吗?可看您啊,娘,您怎么能当面背后两样做人,故意孤立惜玉的时候,再去折磨她,洵儿怎么能接受,我们又怎么受得了?"

老太太嘴唇开始发抖,看着她半晌没出声,良久道:"句句字字,还是为那丫头说情的,年家怎样,左右也不是我沈家害的!我已是够瞎眼的了!这么多年任她在府中横行,她现在是要下药害我的孙子!我还不能惩治她了?"

淑云夫人接连深吸了好几口气,才能平静心气跟老太太说话:"左不过一句话,将心比心,娘,您看谁不顺眼了,本是正当,但您又知不知道当日年家,是如何倒的?年衡阳带兵十年,当日皇帝说他拥兵自重,早有猜忌,还是把他召回京城,提拔做了兵部尚书。彼时夫君下朝回来了,还说可能万岁爷是怕群臣寒心。可谁知,提拔不过是个踏板,仅过了三天,还是将年衡阳革职拿办了。理由是年衡阳推荐的淮南总兵,曾是麾下部将,万岁爷觉得他还是有谋逆之心。一句话功臣就成了阶下囚,也所以,何家现在才危……从来没有谁害了谁,谁拖累了谁,娘,您还不明白?万岁爷要是有了猜疑心,沈家一样会完蛋！"

十年拥兵，建立了什么样的功勋就不说了，这样的功勋，在帝王眼中都不值一提，沈家这一点讨好，这一点奉承，又能起得了什么作用？

老太太对年惜玉拔不掉的眼中刺，无非就是一个，永远觉得是年家，拖累了沈家不得不在全盛的时候，自甘隐退了下来。在老太太眼中，若没有当年那场动乱，沈家应该早就能一品加身，腾达显贵于京城内外。

老太太眼珠子险险瞪出来了："左不过就是他年家害了我！你还在说什么？啊？说什么？你不要忘了，在你离开家八年，是我保护了你的儿子！正因为那小妖精现在什么都没有了，才紧抓着洵儿！你到底糊涂至什么样了？"

将所有人都想得用心险恶，淑云夫人吸口气震惊地接不上话。

那头，沈东岩竟沉着脸走进来。"娘的这一番话语，让做儿子的无地自容。想当年我去到西北，险恶的地界，人生地不熟差点没能保命。衡阳不计较我一介布衣，甚至还与我结拜，并订下婚约。试问，当初我沈家无权也无势，衡阳却贵为一方的将军，他夫人怀孕，生出来的女儿什么样的郎君找不到，怎么就偏偏选中我家洵儿？惜玉这孩子寄养在我沈家这么多年，我们没能将她当小姐一样金尊玉贵地捧着，已经是我们万分对不起年家，对不起她爹了。更别提事到如今，娘，您能说出这等忘恩负义的话，儿子却做不出背信弃义的事！"

老太太手指晃动着，眼白向上翻了翻，过了好久才能出声道："我问你，你究竟是要你的儿子，还是心疼那个丫鬟？"

沈东岩唇边动了动，眼神一时激越了起来："我就说白了，我就算对不起洵儿，也不能够对不起惜玉！她是我结拜兄弟的唯一女儿，我就是再怎么也要护了她！"

淑云夫人看了看丈夫，转过头没有作声，这时候就不该她说话了，既然儿子和亲娘已经正面对上了，那后面的发展只能看谁强硬了。

老太太翻身向床内侧睡了，粗重的喘气声连连响了几次方罢，沈东岩向门外高叫了一声："秋宁，伺候老太太！"

秋宁无声而迅速地就进来了，看见沈东岩罕见地阴沉下脸，心里诧异得不行。这位老爷和善惯了，从未如此。

沈东岩拧着眉："老太太身子不爽利，你们的汤药一定要按时伺候到了，再去请陈大夫过来看看，什么病因？"

秋宁答应了。

沈东岩主动偕同淑云夫人离开了。淑云夫人不时看他几眼，自家夫君的性格还是如以往，平时纵然万般好一旦强起来就谁也挡不住。

年家是沈东岩一块心病，像是一直长在沈府血肉里的东西，不由让淑云夫人含泪想起，当年的盛况下沈年两家的订婚。

两家有婚约的消息刚一传出的时候，就有无数纷语猜测不休，权势滔滔的年家为何会与一介名不见经传的家族订亲，而当时年衡阳坐拥几千精骑兵，对这样的流言却一笑置之。

那样的豁达，雅达高洁的一个人，连淑云夫人都是拜服的。

后来英雄末路，再联想到自身儿子后来的遭遇，她这女流之辈都在想，这个天下，或许就是天妒英才。

到了门口，一眼看见何钟灵乖顺地站在门外面。她笑盈盈地："媳妇给夫人老爷请安。"柳风浮动她衣裙，端的皓齿动人。

淑云夫人下意识顿了顿，朝她看去，眯了眯眼问道："晚晴从家里回来了？"

何钟灵垂首淡笑："是呢。赶来给老太太请安呢。"

淑云夫人来到她身边，正巧赶上何钟灵朝她福身见礼，她赶忙就双手托住了："晚晴就是孝顺。"

何钟灵仰头微微一笑："还是夫人柔善，在您手下才一片融洽。"

淑云夫人和颜悦色，柔声对她道："这些天我们都不在家，老太太又气怒伤身，你怎么也没跟着劝劝？"

何钟灵拢了拢耳后的碎发，动作轻柔缓慢，她笑笑说："夫人有所不知，媳妇怎么能不劝，只是老太太有时候坚持，贵为长辈，我也只好退而求其次了。"

这声退而求其次说得既勉强也为难，淑云夫人的神色不动声色就冷下几分，她笑着拍了拍何钟灵的手，道："你先进去吧，老太太也醒着。"

何钟灵告辞就进屋里。淑云夫人有些淡淡地看着，她心里这么一细想，这几天的事情实在不像是老太太一个人的手笔，这么多事若说都是老太太临时想起来，几乎说不过去。另外再想法把他们弄出府，思虑缜密之处倒很像这位孙媳妇的处事风格。

沈东岩出了门拔脚就直往东府走："我们去看看惜玉。"看来跟老太太的一席话反倒调动了他的弦，让他想着往兄弟女儿的地方去。

淑云夫人立即道："老爷，现在看只怕不妥吧，先不说总归是打扰了她休息，此刻，洵儿一定是陪在了身边的，你去，只怕反搅扰了他俩……老爷看是不是？"

她极少会叫沈东岩老爷，除了在外人前，当面叫一般都是态度郑重。

沈东岩果然住了脚，片刻叹道："洵儿那身体，他自己都该在床上好生休息才是。"

淑云夫人张口就道："你看，他要是不因为守着惜玉，今儿还轮到你说这番话吗？"

不得不感叹心细始终及不上发妻，沈东岩就不再说了，转变方向又回了自己的院子。

淑云夫人怀着心事，但她想不到何钟灵生变的缘由是什么。这个孙媳太入老太太的眼，虽然很年轻，她也得承认何家女是很会做人的。

"也许老爷应该给阁老府上去信一封,此次包括此前,已是多番麻烦贺家儿郎,恩情怎么都是舍不掉的。老爷应该表示心意。"

沈东岩道:"我也正有此考虑,夫人真是心细人。"

陈大夫就重点看顾素锦,一应的用药饮食,都巨细无遗。他想起雪夜铿锵面对他的小姑娘,强硬得仿佛要把他压下去,他不得不有一种医者相敬的感觉。

"这位姑娘身上的伤已经好得差不多了,高烧也已经镇住,顺利的话晚上应是能醒了。"

他背起药箱,在门口忍不住朝沈洵道:"公子,容老夫多问一句,您的腿最近可还有不适?"

沈洵扫了他一眼,淡淡地就回道:"多谢大夫的关心,我并无不适。"

陈大夫略略颔首,眸光也垂下:"那就好,那就好。"

沈洵将花期准备好的纹银奉上:"这些是这次的诊金,连日来劳累陈大夫奔波辛苦,请一定笑纳。"因为有三人份的诊金在内,给得足足的。前面也都给过了几次。

陈大夫拿着诊金却再次驻足,望向沈洵:"老夫的药,不知公子还吃不吃了?需不需要老夫再为公子诊查一番?"

沈洵轻轻道:"不必了,近来我确实没感到异样,想来已是好了。就不劳大夫再费心。"

陈大夫便没什么话好说,拱了拱手告辞而去。沈洵来到素锦跟前,看见她确实已退下了高烧,心中大石总算落下一半。

妙手大夫的话信服力很高,晚间素锦真的醒过来,喜得荔儿尖叫几声,跳了起来拍手。苦尽甘来,守得云开见月明,姑娘们都很欣慰。烧水给素锦擦了擦身子,阿久又按方子熬了碗姜汁水给她服用。

这下终于是见好了,沈洵又摸了摸她双手,除了湿漉漉的汗水,不再热得烫人了。

素锦眼睛盯着沈洵,细细绵绵地悠长,阿久等人均无声地出去了,素锦就撑起身,张开手圈住了沈洵的脖子。

沈洵抓住她手:"你先下来,别扭了腰。"

素锦这才松手,沈洵换了个方位,往前去将她揽在怀里。之后一声都没吭,伏在他身上她有些过于安静。

沈洵终是先开口了,嗓音柔柔的带些绵丽:"这次真是我思虑不周详,没能想到发生的许多事情,还使你受了难以想象的委屈。我对不起你。"

素锦神情安静,倒像一点都不在意这些。她默不作声地摇了摇头,伏在他身上好一会儿,眼角余光才瞥到他手上缠的纱布,优柔问道:"公子的手怎样了?"

两个人之间还有什么不明白的,即便她在那个时候曾以为可能再见不到了,这种心情也不会再对他吐露半个字。而沈洵对她遭遇的,一眼之下也是心知肚明。把自己的手往袖子里收了收,沈洵抬眸道:"惜玉,你三番地在沈家受辱,我的作为有限。这些年你待我的心,比我护你的多。我空占着把你带出火坑的名,此后也没更深扶持你。今时今日,我也就在你面前立下保证,不会有下一次,同样再发生这样的事!"

绵柔悠长的话语在耳边回旋,素锦泛起血丝的脸酡红,她挺起身子凝望沈洵:"公子不必说这些的。"

这样的保证,足够让她浑身都充满暖意。

沈洵眸子里闪着幽深光泽:"我应该说,并且真的应该说到做到。"

素锦眼里有雾气,她放松全身如慵懒羊羔般卧在了他身上,感到掌心内肌肉在轻颤,仿佛有着深深知觉的小兽,让她同样产生雀跃感。她抚摸下的这双腿,分明温热又有活力,血液跳动着,无比欢腾。

有些满足地渐渐闭起眼,她呢喃着说道:"贺侍郎能来得那么及时,也与公子有关吗?"

沈洵垂着眼,手从她鬓发上滑过:"我只给他去了封信,也许,是丫头们叫的。"

又过一会儿,素锦像是睡着了般垂下首,呼吸声更加的平稳。

想到往事,沈东岩不无感叹。他很少作此情思,都是被老太太勾起了无数回忆。想当初沈家发迹,多少还是依赖了年家的,初到京城脚跟没有站稳,却因为跟年大将军的一桩婚事,而被京城人津津乐道。在关系网下,多少权贵也都在那时,提携过沈家。

沈东岩想到自己一介寒门书生,最后能入主翰林院,皆是亏了年府帮衬良多。

感情最怕回忆,越回忆,就越有种难以割舍的感觉。这么多年压着就压着,也没觉得什么,可是经不起这样的回想和推敲。

旁边淑云夫人的声音遥遥道:"我在想宣儿那媳妇,我原来看她玲珑八面的,是个会讨巧的人。如今倒觉得她心思实在有些复杂的样子,倒是我看走眼了。"

沈东岩皱了皱眉,开口道:"依我看宣儿这事就做得不妥当,他媳妇什么样,他不清楚?"

淑云夫人陡然一下没有说话,在这事上,沈文宣表现得比何钟灵还要明哲保身。他是什么事、什么话都事不关己。

淑云夫人略微皱眉,叹息着说:"家里这么大的事,本来她可以从中劝和,她又一向得到老太太青眼,说话必然管用。可她一味地只说是老太太吩咐,半点不往自己身上揽。"

这只能说明何钟灵确实会说话,沈东岩一贯不想掺和这些女眷的事,觉得失身份,继子的媳妇虽然常见面,但在他心里并没留下多少印象。

沈东岩才从回忆里拔出来,不免意兴阑珊的,淑云夫人看在眼里，想来因为今日的连续变故，他也是心累了，她便对这个话题表过不谈了。

素锦面对沈洵的话，久久没有回过神来。或许她从没希望过，能得他这样郑重其事的保证，每一次，这些年在他身边的每一刻，他望过来的眼神把整个人都点亮，所以让她安然过来了。

如果以主人的身份，他的第一次出现便足够温暖了，或许每个落难的女人，期待着能有一个人从天而降，伸出手将自己拉出绝望。那是每个人心中藏着的英雄，但命运有时无情，不是每一个女人，都能那么幸运地遇到属于自己的英雄。即使他坐着轮椅时，看着那么羸弱，他亦是彼时的惜玉最大的希望。

沈洵像极了古书中上善若水的境界，让她无从得知，他究竟为了她，还是他本就这么温暖不能比拟。

此时素锦还是垂下了脸，沈洵在旁道："你来帮我看看腿。"她满腹心事，而他这么多年信仰的是她的笑容，对他可以赴汤蹈火万死不辞。

他拍了拍，素锦便无法不微笑，但伸出去的手是虚软的，沈洵便抓住它放到腿上。

正情浓，动静自远方传了进来，"外面有人来了？"

老太太自个儿身子没好利索，却挣扎着硬是起来了。里里外外的人看着，屏气敛声都没说半个字。不知她是在撑给谁看，一脸的郁气凝结。

午后就过来请沈洵去一同吃午饭，派了秋宁来，老太太诚意十足。

可东府里外的人，就没么赏光了。秋宁毕竟曾有一层模糊的恩情在，进来时并不畏缩，俗话说心无亏心事，不怕腰杆挺不直。

丫鬟们鼻子里哼哼两声，花期先迎了出来，秋宁就笑道："这家里的地方，也就公子爷这府中，丫鬟姐妹们都天不怕地不怕，最有骨气。"

她这话说得实在直白无遮，花期尴尬笑了笑，半晌还是出言道："今早阿久已经去市集上，购买了大量食材回来，小厨房已重新开了，公子也说，不再去前头用饭，一切还是照往年的例子，姐姐就这么回禀老太太吧。"

意思表达得再明显不过，秋宁微微一笑，心里来之前就有的几分数，算是彻底实现了。人说最不能摸虎须，这位公子爷的虎须，就被老太太摸着了。

她也说出了之前就思量好的话："不是一家人，不进一家门，在一个屋檐下，公子爷怎么都要考虑，如何对待老太太这个亲祖母。除非公子真的笃定，日后都不再面见老太太，那么少吃一两顿饭，当然没什么要紧。可公子若不是这么想的，那就要把态度摆明确了。"

花期心中一咯噔，秋宁自然不是省油的灯，不管她曾帮过谁人，她的心始终还是最忠于老太太，老太太的吩咐她想方设法都会去周全。

既然抬出了老太太是沈洵祖母，院里的丫头就更有异议了，阿久扛着锄头，实在忍不住哼一口。先前姐妹们就都是顾念着，那老太太好说歹说是公子爷祖母，不看僧面看佛面，这才事事顺从忍着，但这回谁不是亲眼看着素锦是遭了多大罪呢，现在再对老太太，是半点尊敬也无了。

荔儿和她双双鼻孔朝天，对秋宁不撒一个眼色。

秋宁不恼，认真看着沈洵的房门，如前几次一样心无旁骛。如果她能被几个丫头撵走，那她第一次来的时候就被撵走了。

花期也笑笑道："姐姐是个聪慧人，有这功夫来东府，其实更应该劝一劝老太太。"

秋宁眼望门扉，轻言道："老太太年纪大了，要去改变一个近古稀的人的思想，是不容易做到的。再说，如果真的觉得老太太该劝，以公子的身份和立场,才是最适合劝老太太的人。"

阿久也把花锄放下,三个丫头都瞪大眼看向这边。花期垂头,再给她十年时间,也练不出这样的气势。秋宁要不是丫鬟,都有些戏本子里女将军花木兰的感觉。

一声淡雅的声音从窗栏里传出:"老太太跟前的姑娘,果然都非同一般。"

就在声音落下没多久,门扉打开,沈洵摇着轮椅出来。秋宁一眼瞥见他受伤的双手,这让老太太差点咽气的坏消息。

亲情与期望的回馈,很少能对等。

秋宁敛起衣袂行了个标准的礼,在那瞬间曼声道:"奴婢叩见公子爷。"

清晰听见自己的声音,秋宁不得不说各自有无奈,哪怕将两个亲人推到对立面,同样判断不了对错。

"我正要与老太太谈谈,将东府还恢复到以前,独立而居,彼此都不相扰。"

秋宁仔细看他眉眼,平淡没有愤怒,于是道:"这就要看公子怎么去说了。"

饭菜准备得十分丰盛,老太太脸色蜡黄,可仍强撑着精神。

席间沉默地吃完了前半段,淑云夫人眼观六路,开口道:"素锦还好吧?能不能下地了?"

她刻意说得这般严重,但老太太脸色变了变,到底没有发作。本就打着跟孙子和平共存的算计,尽管她心里对一个丫头不以为然,至少面上不再敢露了。

淑云夫人为素锦说的那些话,老太太不是没听见,什么千金落难云云,可怜可叹,只是到不了她心中罢了。进了她沈家门,就是她沈家的奴婢,休要再提昔日高贵的话,拿往日和今朝对比,又是什么心思?

这世上有人发迹，就有人倒霉，风水都是这么转的，难道她年家昔日不可一世，就不许今日沦为奴婢了？

老太太不是不讲理，而是，她素来只愿意讲她自己的那套理。

淑云夫人也是聪明女人，多年来避开锋芒，都是因为这原因。如果各自讲各自的理，讲到天边去也讲不清。

放下筷子，沈洵开口了："祖母，这段日子东府打开门禁后，许多事来来去去，先时期望的那点方便也不曾有。主要手下人难免互动往来，有不规矩的地方，也带累祖母烦心。所以孙儿想，日后东府还是自给自足吧？"

虽然像在询问般，但最后的语气明显带了叹息，让老太太的脸终于挂不住了。

"洵儿！"

何钟灵明显心不在焉，这段怪异的时日，仿佛也把她的灵巧磨光了，再不巧笑嫣然，脸上只挂着淡淡的表情。

老太太尽管生气，但由此带来的身上疼痛，却让她没办法大肆发作，半天才憋出道："你不就是为了你那丫鬟，同我生气。"

淑云夫人道："洵儿一向护短，他心疼手下丫鬟不是一两天了，娘却这般做事，让洵儿在他院子里，连个人都护不住，还怎么面对姑娘们？更别说这人，还是洵儿喜欢的……"

真是句句戳心，老太太撂了筷子，转头又想走，末了还回头来了一句："除非你一辈子不想见我了，你就回你的东府，自给自足吧。"

秋宁到底深谙老太太心，说的话和此番如出一辙。

恶娘亲到底还有孝子，沈东岩也离席起身，亲手去搀扶住老太太，送她进后院歇息。

餐桌上就剩四人空坐着，淑云夫人看着沈洵柔声道："洵儿你也别急，这事总要慢慢来。"

老太太种种的态度突然就表达得很明白了。她不是不知道素锦曾是千金之躯,她不是不知道素锦身世堪怜,只是她说了,既然成了她沈家奴婢,那谁也不能在她面前摆小姐的谱。

何钟灵垂下筷子,轻柔开口:"媳妇也去了,夫人和公子慢用。"她安宁得好似不存在,都不曾再去看沈文宣,就拉动衣裙,扶着丫鬟的手掌离开厅堂。

走路的脚步有些虚浮,唇角带着没有温度的笑,既然她何家都没指望了,她还管其他弯弯绕绕做什么?这些小吵小闹此刻听在她耳里,连激起她笑的欲望都没有。

沈文宣也拉动椅子站起退出了:"我去看看晚晴。"

淑云夫人愁云满面,接连叹气:"这也不是个办法,你们还年轻,多的是自己的日子,难道就一辈子在府里不出门了?"

她欲言又止,明显还有话没说。

而且,她还在想,如果,有一丝希望,沈洵的腿脚能好起来,她们沈家,就能重新有变了。

沈洵看着她的眼睛:"素锦今番不是第一次受罪了,过去我都没多加作为,如母亲所说,我还在顾虑良多。所以多多少少,我让她承受了些委屈。但那只是委屈,远不能如此过分,既然都这么过分了,我有什么理由让她再无条件容忍?又有什么理由,能够改变老太太的想法?"

淑云夫人受到波动,闪出一丝泪花来:"洵儿,万般都能做,不能不孝,你还是再想想其他法子罢。"

沈洵抬眼,有些深刻地看进母亲心底,"儿子带着素锦离开,这样的其他法子,母亲愿意吗?"

"胡闹!"淑云夫人啪的将筷子掷下,严肃看着他,"你想都不要想,为了你,娘可以疼爱素锦,但绝对不会为了任何东西而失去你!你给我记着这点!"

沈洵眼睑下垂,盖过眼底的疲惫。

素锦在房里研究针法，在脑子里一遍遍地过。她的生命里没有其他事情可做，围绕着这一片天，就已经过了快十年。院里的对话她全听见了，却也只和没听见一样。她的血都已经冷了，如果不学着隔绝自己，她根本不知道这么多年是怎么活过来的。

别看她好像用尽了力爱着沈洵，可是有种幸福，是旁人怎么努力，都无法给予的。他和她其实都是，有时候承受的太多，怎么能够不累。而失去了旁人眼中所谓的一切，她目前能做的，只有想到最好的法子，治好沈洵的腿。

绮罗纱帐仍未变，仿佛还停留在新婚之夜。沈文宣努力了半晌，才走进去，拥住何钟灵的双肩，低声附耳："晚晴，不要再如此。"

若说沈文宣对何钟灵没有情，那是假的，只不过在曾经，现在这份情有多少，就值得推敲了。

可是现在的何钟灵，曾经一心扑在他身上，觉得他就是一切的何钟灵，已经没有精力去揣度他了。何家的一切就像伴了她很多年，如影随形的东西，以为很平常很普通，完全忽略了的东西，突然从周围从身体里抽离，干净得无声无息。

"那你回答我一个问题，"何钟灵离开他，坐在红锦软榻上，幽幽仰望着他，穿着月华璃裙像一具失了魂的美艳躯壳，"我什么都没了，为什么别人还能幸福着，别人能苦尽甘来，为什么？"

第34章　窝藏钦犯

不管老太太妥不妥协，愿不愿意妥协，最后也只得妥协。最终的结果，除了妥协她其实也不会有第二个选择。

要是有人支持她还好，现在整个家里，包括夫人和老爷，都是站在沈洵那边。这种独臂难支的情况恐怕老太太怎么都没想到。

谁都清楚，老太太妥协只是时间的问题。

淑云夫人和沈东岩这几天也都没去打扰老太太，饮食出行，都刻意地避开了。夫妇之间也都默契地做好了商量，都知道要给老太太空间，她自己想明白了比什么都强，毕竟是家中长者，他们这些晚辈总要给她留下些面子。

现在沈府中，多数都是盼着顺其自然，但总有人会产生不一样的想法，何钟灵依然有孝心，次次亲身服侍老太太吃药。

可是东府中所有人，自此后都没再踏出过府门。一开始还有人来，但是即使是淑云夫人和沈东岩那边派过来的人，沈洵也都铁了心没让进。挡驾三次，东府的门庭，就一如之前的九年间一般清静了。

素锦悄无声息地下地，踩着棉袜，渐渐来到沈洵的轮椅边。

"奴婢想给公子尝试一种西域的药，公子意下如何？"

沈洵淡淡一笑："你试吧。"言语中却大有意兴索然感。

素锦看了他一会儿："公子常常都不见笑了。"

沈洵微愕，盯她一眼道："是吗？"

随后他顿了顿，似刚刚注意到她的话："如果是西域才有的药，你如何也能配出来？"

素锦抬头默默看了他一眼："奴婢自然是没有这个本事，这药，其实是经贺公子之手弄来的。"

沈洵眸光一收，既然是神通广大的贺言梅，就没有任何不解了。

素锦垂头道："奴婢知道这种药的功效和配方，对公子而言正是对症下药的上品，奴婢自己没法配出来，但既然是贺公子的话，药的品质定是比奴婢的好。"

沈洵低头沉吟似的念出来："贺言梅……他还说什么？"

"贺公子给药的时候也警告过，"素锦沉沉地低声说，"这药可能有多有用，就能有多伤害身体，双刃剑，可能治好了一种病，因为药物的伤害，可能身体反而更不好。"

静默了片刻，沈洵反倒露出了笑，道："这些话也不过是说说，也不能真的就不用，你该做什么就做你的。"

素锦目光绵柔而沉静："是。"

少说也是七八十岁的人了，何钟灵就这么看着她，就发觉她脸上木木的没有表情，其实也可怜。

但是久病床前，无孝子，老太太这病，是她从内到外都食古不化了，现如今是儿子儿媳妇彻底不理她。

或许，又是她该再劝慰劝慰的时候。

她就走上前，笑着："老太太想什么呢，这凡事啊，就该自己宽心，您别这么着闷坏了啊！"

老太太转动着眼珠看她："你还来做什么，这家里头，是没我说话的份儿了。别再连累了你。"

何钟灵顿了顿，笑道："老太太呀，您是自己的心里，想不开……

甭管您怎样,孙媳待您这心啊,总是一样的。"

老太太其实多日来不言不语的,内里已经是憋得受不了,不然她的脸色何至于一天天不好,搁谁也受不住这样的憋闷。

眼前有个人主动来引着她说话,她涕泪横流话就开了闸:"我是不中用啦,耗尽了心血,养的两个儿子,一个早去,一个就成了如今这模样,连孙子都是命途多舛哪……我这命,现在一家都对我冷脸,到底我落着什么了!"

老太太素来是个容易入戏的人,说着说着就动情了,正需要人唱和。何钟灵拿起手帕佯装拭眼泪:"老太太您操劳半生,实在怪不容易。"

老太太一想,也很辛酸,当然不容易。她这时候就没了话说,沉默下来。

何钟灵察言观色,抬起一双手来开始为她捏腿。还没捏几下,哪知老太太突然叹气,重重地说道:"罢了,我也不管了,管下去招人嫌,只怕我这条老命都得搭进去。"

何钟灵手下不由自主一顿,目光凝住,良久才敢稍稍开口:"老太太的意思是……指二公子的事?"

老太太眼底浑浊,刚才说话时的语气激昂义愤填膺不知为何也在不经意间流逝了,只剩下龙钟老态:"还能是什么,我算知道这个孙子就是个冤家!是上辈子讨债来的!"

看着她捶胸顿足的样子,明显老太太是真心悟了。

何钟灵停顿了好久,才仿佛回神般,脸上匆忙挂上有些干涩的笑意,"老太太说二公子和他身边的人,虽然是说了,可心里,都是为了爷好,这才说得恳切了,这要换了陌生人,老太太当然不至于操这份心了!您可千万别因此就沉默了……"

哪知老太太只是摆手,根本不认真去听她说的,言道:"我是不管了!凭他怎么高兴就怎么去做,我再也不管了!"

何钟灵缓慢直立起上身，正色说道："老太太，您不能不管，您现在管，也是为了公子爷好，正所谓最爱的是亲人，最恨的也是亲人，要是现在连您都不管了，还有谁能把公子从歧途上拉回来呢？老太太，您眼前的阻碍只是暂时的，您的良苦用心等公子爷真得着了好处，他也会明白的！相反您现在撒了手，整个家里，就再没人能干涉，您说，您以往那些个精打细算，不是都功亏一篑吗？"

她言辞恳切目光深切，句句都去敲老太太的心，老太太眼底骤然亮动几下，似有动摇，可她望着虚空望了一会儿，那点光就又暗淡下去，她叹气道："罢了罢了，我终究，有心无力！他是好是歹我也再没了力气去管，就随他去吧……"

何钟灵眼中的急切一闪而过，张口道："可是老太太……"

"你也甭说了，"老太太蓦地睁眼，看住她说道，"现在是东岩和他媳妇当家，我也不想再让家宅不宁，以后你也别对东府多伸手了，一切能闭眼就闭眼吧。"

何钟灵深藏的眼底，除了惊愕还是惊愕，她死死抠着手，面上冷沉得像块冰。

老太太偏偏还问，皱眉从枕头上抬起来："你可听明白了没？"

何钟灵用力才挤出笑容，忙答应道："孙媳自然明白了……"

从老太太房里出来，她脚步有些不稳，扶着门前的柱子，也许她想不到，即使是食古不化的老石头，也会有软化的一天。她有些恼恨地捶了一把，走路忍不住虚浮起来。

担惊受怕了这么久，可是她何家，毕竟还没有丢官罢权。

自从经历过一番折磨，素锦不是没有感觉的，自那次后她就十分畏寒，春日暖阳的天气，但只要稍稍进了一点风，她有时都要受不住咳嗽两下。因此配药熬药，她都是在沈洵的暖阁里进行。

她明显心不在焉，用烧火棍拨弄着炉子内的炭。

"你怎么了？"沈洵格外注意她，自然就看到了，摇着轮椅来到她跟前，细问，"药配不出来？"

素锦眼里有一丝笑，看了看他："每到给公子试新药的时候，奴婢就有不好的预感。"

沈洵语塞了一下，片刻就开口："你这身子总不见好，定是心重了，往后你都同我一处，凡事也别想深了。你总要想着，还有我。"

这算是难见的恳切之语，素锦垂下眸，笑了笑轻言道："公子，让奴婢看看你的手。"

揭开纱布，沈洵的皮肉基本长好了，连疤痕都极淡，只要再过上两天肯定再无大碍。她的手刚摸上去，沈洵就握住了。"你总这么放松不下来，让我都无法面对你。清明之事终归是我的错，你万不能陷进去，我回来你总说千好万好，可我次次瞧着你实在都不好。素锦，你怎么对我用药我都不在乎，只求别让我瞧见你这般心事重重，能不能告诉我你在想什么。"

素锦见他又道歉，自回来以后他总这般。她也无法回答他，只能慢慢软下腰，脸贴在他摊开的掌上。

沈洵轻轻道："倘若你都不好了，你如何让我好？"

素锦唇角勾起来："奴婢会把药配出来，公子会好的，奴婢，也会跟着好的。"

"那就别理会什么预感了，你可曾见过我言而无信？不管再有什么难的，我都答应过你，这次你的不好预感一定不会成真。"沈洵凝望着门外的夜色，掌心搁在她头发上低吟般说道。

十五月圆的时候，沈洵开始试药。

东府无数的眼睛，都盯得密实。这次比过去几年加起来的时候，都要谨慎得多，也因为，这次的药性比以前用的都要猛烈。古语说的那些破釜沉舟之言，壮士断腕，需要的勇气和决心。其中决心为最，沈洵不是一个瞻前顾后的人，所以当他答应的时候，素锦也没有再多说一个字了。

选择有时候是不分对错的，是平淡平凡安宁过一生，还是拼一把波澜壮阔的前景，可能危机四伏。

不同的人不同选择，性格决定一生。

"公子，无论怎么样，奴婢都会待在您身边的。"素锦说这话的时候是握着他的手，在沈洵将睡即睡的时候说的。

沈洵露出一丝笑："那你可要做到。"

素锦为他掖了掖被角，点燃一炉香，回首轻轻呢喃："公子后不后悔，奴婢替您做的这些决定？"

沈洵目光变得柔和起来，凝望她道："你知道我的答案。"

素锦便细细抿唇笑了笑，上前攀着他胳膊，将一枚定心丸塞入他口里："公子，我们是一起的。"

沈洵可能会睡上几个时辰，虽然在他旁边看顾着，但没有人出声。香配合菊花最有安神功效，这时候素锦的细腻就表露无遗。

只要她何家还一日有权，她就没有办不到的事。何钟灵昨晚梦醒的时候，就想明白了这一点，想明白了，她就起床开始了写信。写了一封又一封，送给了她爹，送给了京城她认识的亲贵密友，直至天亮，她的信还没写完。

既然那女人是罪臣之女，那她何家没准还能因而立上一功。

何钟灵眯起她的眼，握笔的手自是不由得攥得紧紧的。

素锦眉头一皱，有些微微地忧心，她便起身也写了两封信，让阿久一封递给妙手堂的陈大夫，一封送到了贺府上。

为了给沈洵求稳，除了她，她总还想再请一个有名望的大夫在这里镇着，不然，她实在不能踏实。

至于贺言梅对此事是否关心，她也想只尽到告知的义务。毕竟这次的东西是从他手上拿来的。

晚上淑云夫人就过来了，对于儿子她耳聪目明，府中就算所有人都自发忽视了东府，她也不会，所以知道了情况她就来了。

淑云夫人面上喜忧参半，将素锦带到屋里，拉着她手："孩子，我就问你，这次你用这方法，洵儿有几分危险？"

素锦默默就跪下了："夫人，奴婢就是自己死，也不会让公子有事的。"

淑云夫人赶紧将她拉起来，又叹道："许多话儿我也不多说了，你们两个孩子之间的事，我管了恐怕又嫌我多事，我也没那本事阻止。但……洵儿是我唯一的孩子，你也是我心头肉，我始终指望着你们……"

素锦悲从中来，更加觉得自惭形秽："夫人对奴婢的大恩，奴婢下辈子都不会忘的。"

淑云夫人赶紧抹抹眼泪，收拾起情绪强笑起来："别说这样的话，哪有什么大恩，我就在这守着你们，什么时候平安无事了，我什么时候再走。"

有她在此，谁都能更安心。素锦深深对她磕了个头，才捂着脸步出了房门。

在沈洵身边的时候，他也问起谁来了，素锦就告诉他："羡慕公子有个好母亲。"

沈洵怔了怔，手轻轻抚上素锦若有神伤的脸："这里也是你的家。"

素锦笑了笑，淑云夫人待她，就算不是视如己出，别家一些性情内敛的主母对待女儿，也不过如此。何况又有沈洵这层关系在，淑云夫人在素锦心里，理应更亲。

她出了一小会儿神，除了陪伴沈洵，如此漫长的时间也没别的事可做。她的思维飘得远，不由自主就道："可惜我在这里安然度日，爹娘远在边疆苦寒地，又不知过的什么日子。"

沈洵眸子里闪了闪，年家流放边疆多少年，素锦都沉默得没有提他们一个字，好像连她，都忘记了曾经的那个家族。

可为何在这样一个晚上，她竟提起来了？

在开始的三天，每晚用过了药的沈洵，还算正常，昏睡几个时辰，会清醒得极早。好像有什么在他身体里躁动，这药都是罕见的苦褐色，味道倒是与颜色不相符的清淡。

可是到了后面，早晨看沈洵两颊如火，到底还是如预期起烧了。

淑云夫人就急得不行，她几次要转到床前去看，素锦竭力地安慰她，和她相比，东府的丫头们经历过前几次风波，都还比较扛得住，皆是小心翼翼地服侍在跟前。

屋漏偏逢连夜雨，过一会还真天色阴下来，豆大的雨点就飘落人间。素锦于是就赶紧劝淑云夫人去卧床休养，以防一会子风疾了，连路上都不好走。

这种暴风雨的天气，看大门的门房的日子，都不好过。大家裹紧了夹衣，正躲在两侧的小屋里，烤着火，眼看三更都打过了，统共三四个门房挤在一起，都在昏昏欲睡。

哪知会传来敲门声，起先一个看门的还以为听错，到后面三四个人都听见了，于是立刻抖擞起精神，撑伞迎风出去开门。

当门打开一条缝，看见外面一个人提着灯笼，还以为是谁来了。

等到慢慢门全部打开，再借着灯光往外看，连门房的手心都惊出了冷汗。外面乌压压的竟全部是人，并非原先认为的夜色凝重。

门房吓得倒退："不知各位……"

外面那人仿佛眯眼笑了笑，打灯笼的人就往旁边让了让，有个戴着官帽的人从软轿中下来，在仆从护送下来到了沈府的门口。

有人上前亮出了腰牌："看见了吗？是枢密使大人亲临。"

沈府的门房使劲了揉眼睛，就差一屁股坐在泥水里。

另一人打着伞冲过来，挥舞着双手道："将另一扇门也打开，枢密使大人有要紧事进去办!"

这么威严的阵仗,门房们哪见过这种世面,沈府一向门庭清冷,他们的眼界中见过的最高的也就是自家老爷和夫人罢了,当即都脚软。

根本反应不过来,更别提敢阻止,那位穿着深蓝官服的枢密使已经随着随从进入门里,并且长驱直入沈府内院。

最先惊动的是老太太,天色云变,官府本可直接拿人,但要不打扰到别人,实在不可能。

深更半夜明火执仗,所过之处,估计没人还能睡得着。

老太太拄着拐杖出门,在她心里,仿佛骤然看到沈府多年前差点降临的灭顶之灾,当她出门亲眼看见官兵的阵仗,就两眼骇住了。

"等等!"她先是双手颤抖,接下来浑身都不受控制地激动颤抖起来。

秋宁的脸色也变了,拍着她后背拼命给她换气。

枢密使立刻就注意到了这边,他踱着方步,慢慢走过去,以他的身份已是十分礼貌地微微示意了一下,然后捋胡须道:"本官公务在身,夜深叨扰了老夫人,请老夫人海涵。"

老太太指尖轻颤,抬起指向他:"这到底是要做什么?难道现在当了官,便可随随便便地想什么时候闯入别人家中,就什么时候闯进来?天子脚下,几位大人谁能给个说法?"

枢密使顿了顿,才道:"老夫人还请息怒,本官绝不是有意扰民,本官手上有密旨,是以今夜只有得罪了。"

没想到连密旨都出来了,老太太的脸现在和脚下的地面一个颜色。如果不是秋宁一直死盯着,只怕她站都要站不稳。

"大人稍等,我、我要叫我儿出来!"老太太上气不接下气,敲着拐杖可劲吩咐下人,"来人呐!人呢!去叫老爷!"

被叫的人顶着风雨跑出去,哪还有人敢吱声说半个字,枢密使一扫院子里的人，突然之间也没有再开口了。所有人怀着一颗惊恐莫名的心紧张地盯着他们，直到沈东岩匆匆地来了。

小厮拼命举高了伞，却显然跟不上沈东岩的大步流星，大片的雨还是没能避免落在了他的衣袍上。

枢密使终于开口了，拱手招呼道："沈大人。"

沈东岩靴子上还沾着泥水，就匆匆双手抱拳："霍大人！"

枢密使霍大人放下手，道："既然沈大人来了，希望我们好好地办正事了。"

沈东岩抬起头看他，闪着目光道："不知霍大人，究竟所为何事？"沈东岩官场滚打多年，他心知能让堂堂枢密使不惜深夜到访的事情，定是相当严重的事，但他却一点准备都没有。

枢密使轻轻开口："不瞒沈大人说，这次却是要找令公子。还需请沈大人带路。"

雨虽然大，风虽然急了些，老太太又年事已高，但两人的谈话，还是一字不漏地传到了她耳朵里。拐杖应声落地，秋宁闻声乍然抬头，心里狠狠吃了一惊。

沈东岩震惊、不解、害怕，过后他终究还是按捺住了。大庭广众下，枢密使也很通情达理，说话隐晦，这样的话题显然已不适合深谈。

沈东岩以他全部的克制力压下了脸上的神色，他深吸了口气，抬手向前指引道："大人请。"

枢密使微微颔首，朝身后带来的人略略示意，那群齐整的带刀侍卫就跟着朝前走。

老太太坐在地上就哭起来："他们找我的孙子要做什么？为什么要找我的孙子……"

沈东岩一路上都在想原因，很显然他可能想到了，但是却无法确认。平素在朝堂上，大家都是和气的同僚，现在并肩步行着，他心情却复杂得很。

沈东岩和这位霍大人也算是略有薄交，眼看走过前面的荒芜草地，就差不多到了东府。沈东岩再次拱了拱手，只如耳语般叹息问道："霍大人，敢问……"

霍大人虚抬了一下手，轻轻道："沈大人不必如此，说起来这事，也不能完全归责于令公子。主要是前几日，有人告到了京兆尹那，说，贵府上窝藏钦犯。"

沈东岩震惊："这可万万不可胡说……"

霍大人示意他冷静："是否胡说，沈大人少安毋躁。你我都是同朝为官，本官也知道沈大人不是那样的人，大人深获圣恩，这事想来恐有误会。"

刚听到最后几个字"恐有误会"，沈东岩心里就再也不能平静了。

至少不能够再如他表面，或者刚才一样平静。钦犯……这字眼太扎人，说到窝藏，他们家能窝藏谁？

想来霍大人也是看沈家深获圣恩，才肯透露了这么多的消息。说着就到东府门前，沈东岩首先上去敲开门，冷静下来对前来开门的小厮道："去喊你家公子出来。"

沈洵睁开眼，原本他已是睡得熟了，可是不知怎的突然就醒了。醒得非常彻底，这种感觉有些奇异，像是很久前就有过般。

听着外面哗啦的雨声，他下意识瞥向旁边，素锦还在熟睡中。

香气缭绕，本来是最安宁，最舒心的时刻。

"沈大人，你也不用太担心了，此事毕竟清者自清，谁也不能凭空就栽赃了这么大的罪名。等把公子爷叫出来问个清楚，自然就真相大白。"霍大人说着客套话，一边安慰同僚。

沈东岩只能应酬似的笑笑，所幸是夜色掩埋，才没将他一脸的晦气照出来。

原先东府根本没有看门的，几乎都是几个姑娘轮流看着。门口这个十二岁的小童子，还是几个月前刚从外面买来的。

童子敲门进去后，一众人就安静地等在了外面。尽管天气恶劣，官兵却都训练有素纹丝不动。

童子进去足有半盏茶光景，才出来了，仍是独自一个。

沈东岩本来就够紧张，这一看沈洵还没出来，当然马上就训斥小童："怎么回事？没把公子叫出来？"

小童赶紧就低头回话："回老爷话，公子醒了，只是……"

沈东岩看他说话吞吞吐吐，不由更加焦躁："只是什么？"

小童略略抬起头害怕地看了门前黑压压的人群，这才小心翼翼道："只是公子问，这样的动静，究竟是有什么事，又要捉拿哪家的犯人，半夜……需要半夜扰人清梦。"

霍大人眼睛眯起来，沈东岩有些怀疑耳朵出毛病似的瞪着眼，小童转达完了话，更吓得不敢抬头了。

沈东岩硬着头皮拱手道："哎，霍大人息怒，我家洵儿平素绝不是这样的脾气，他，他……"

霍大人眯着眼，半晌露出一丝淡笑，说道："请转告公子，本官要查的，正是九年前，年家失踪的孤女。"

周围所有沈府的人都警惕起来，气氛陡然凝重异常。沈东岩脸色不好，站在门前只不作声。童子一扭头重新进去了，此时的氛围已与刚才大不同，每个人心里都是异常复杂难测，谁都恍如在梦中般难信，今夜这一场兴师动众，竟是为了年家。

不多会儿，那童子又战战兢兢地出来了："公子说，这里不曾有年家孤女，大人恐怕查错了门。"

沈东岩愤然拂袖变色，更是脸苍白地微微摇摇头就道："我亲自去叫这没规矩的逆子出来。"

霍大人拦住了他，摸了两下胡须倒是不紧不慢，眯眼一笑道：

"沈大人不要生气,令公子半夜被人吵醒,肯定脾气不好。就是本官睡觉的时候,若是有人吵醒了我,我的脾气也难免暴躁。"

一品大员带着官兵守在门外,人醒了,没有立即起身迎接,根本已是大大的失礼于人前。还叫童子带来了这种话里带刺的语句,胆量之大,委实叫人不得不变色。

"大少爷到了!"

不知是谁喊了这么一声,又有一顶软轿落到了院外。轿里面,沈文宣大步流星地走出来,随后,何钟灵也下来了。

沈文宣面上也是一派严肃之色,这样的情形,任谁都无法轻松。见礼之后,他还没有开口,霍大人就打量着他开了口:"今夜搅扰得沈府上下都不能安静酣睡,倒是对不住沈少爷了。"

在场两位"沈大人",霍大人不能不做一些区分。虽然称呼沈文宣沈少爷,多少有些怪异,但在今晚却是最恰当不过的了。

沈文宣立刻道:"哪里,倒是霍大人半夜仍在勤勤恳恳为国效力,让我等惭愧。"

圆融的官场话顺溜就说出来,为国效力这顶大帽子就扣在枢密使的头上,霍大人呵呵两声,也没多言。

何钟灵身上披着烟色的大氅,在两个使女的搀扶下,晃悠悠地来到了跟前。从枢密使带着官兵从府中穿过,得到消息的人陆续都匆匆忙忙赶来了。每个人头顶都仿佛有片乌云,压得喘不过气来。

看着紧闭的房门,一时之间没人再说话。一个丫鬟忽然扑通跪倒地上,咬唇含泪道:"公子行动不便,自己并不能起身,方才定也不是存心。请让奴婢先进去服侍公子穿衣,穿好后公子定就会出来了!"

花期鬓发都还未梳,只简单披了一件袄子,脸上已楚楚含了泪水。

看了看她,沈东岩立刻转向霍大人,吸了口气道:"这确是我儿身边的侍女,要不,就让她进去吧?"

霍大人点头颔首，便道："那你就进去吧。"

花期立刻叩谢了，就站起来轻手轻脚开门，慢慢走了进去。

素锦也醒了，和沈洵的双眼对上，沈洵冲她做了个噤声手势。

外面三位朝廷命官，六部大臣，并一众紫衣卫，开始在淅沥雨声中交谈。霍大人闭目一会儿，双目发出亮光吩咐道："将火把都点起来。"

二十多盏灯笼都抬了起来，细细的雨丝，一时都清晰地明现在众人眼底。美丽的一条灯影，把小院渲染得亮如白昼。

沈东岩面无表情，院门瓦檐滴雨，霍大人悠悠道："有人说，府上有个叫作素锦的婢女，就是当初罪臣年衡阳的女儿。"

沈东岩微微吃惊，抬头道："这绝无此事。我是几年前看素锦孤身可怜，才买她进来的，绝不会是什么年衡阳的女儿！"

两位同僚互相望了望，都是无比真诚看着对方，霍大人先笑起来："本官这不是带人来查的嘛，我自然是相信沈大人，万岁爷毕竟圣明，一定不会冤枉一个好人的。"

沈东岩的冷汗仿佛都从衣服底下钻出来。

"吱呀"一声门打开，花期垂首从房内出来，霍大人自然看向她身后，那公子的形象让他有些意外。

沈洵穿衣一向讲究，即便是在这样的阴云雨夜。这么看着他，实在是和别的养尊处优的公子一样，放在身前的双手白皙但是分明无力。

怨不得京中人盛传沈二公子面若桃花，犹胜女子。那是绝迹了的盛唐浪漫，魏晋气度。

不止霍大人，所有人目光焦点都在沈洵身上。就算天天见面的沈东岩也凝了目。

沈东岩皱眉催促道："洵儿，这是枢密使霍大人，你赶紧见礼。"

一把柔淡清雅的嗓音很快就接上了："草民不良于行，恐怕不能向大人行礼了。"

片刻之后，霍大人笑呵呵道："方才还在讨论，吵着了公子的休息，不过今夜实在要事在身，只得叨扰了。"

沈洵静静抬眸："霍大人方才的话，我也都听见了。"

霍大人道："哦？"

沈洵抬起头，其实在眉眼间仿佛未睡醒般，仍旧恹恹的："请问霍大人，我为什么要窝藏年家的叛逆？"

没有想到这位公子一出来就开门见山，之前笑容可掬，一直跟沈东岩亲切和乐的霍大人，陡然目中射出精光："公子与那年家千金情深缘浅，曾在帝京传出一段神仙眷侣的佳话，虽说年家倒霉是自找的，但唯恐公子一时心软……"

这话首先听得旁边的沈东岩心内一咯噔，这霍文基，先时候他的表现还好像例行公事来的，此刻看他，分明就好似掌握了什么有利的证据，才在这如此的有恃无恐。

沈洵看了他一眼，咽了口唾沫慢慢道："霍大人这意思，我明白了。我为了一个女子，将全家百口人的性命，都拿过来系着？"

霍大人暗惊，一时也有点拿不准主意起来。越是这么轻慢的语气，越有些特别的感觉在理。

他有些奇异，这公子哥倒是咄咄逼人，他本是上门拿人，先时轻慢他还不算，此刻出来倒很有些反客为主的意思。

霍文基上下迅速打量了他几遍，这沈公子少年时惊才绝艳，遭过难后就深居简出。难道就因为这样，这脾气才不好？"公子什么意思？"

沈洵也在打量他："大人有证据吗？"

霍文基就哂笑了声，随后又收起来："那年家所有戴罪之人，都应该被远远流放出关，到蛮荒之地了。绝无一人敢私自留京，可是今日却传出，当年公子因私收纳了年家女儿在府里，这等抗旨大罪才让我等深夜前来。"

沈洵面上还是悻悻的神情，他看着霍文基："还是那句话，大人有证据吗？"

霍文基仿佛又被堵了一把，脸色已不如方才那么好："只要公子把你的丫鬟叫出来，让本官看一看就知道了。"

沈洵过了片刻，才又开口："大人连我的丫鬟姓甚名谁都知道了，看来那举报之人，还真是知道得详细。"

霍文基道："若只是空穴来风，便不会有此刻的兴师动众了。"

沈洵难得露出一丝淡笑："倒也是，只是这大庭广众，大人如何看一看我的丫鬟就能知道？"

霍文基也顿了顿，道："当年，所有年家不论老少身份，全部都被施以黥型，虽然女眷充为官奴后，为了避免日后被主人嫌，因此没在脸上刺字，但每个女子的身上，都同样被刺了字。那是火烧出来的印记，终其一生都不会消失的。"

沈洵双手渐渐交叉在一起，他微微看向一侧："大人想要搜身？"

霍文基的手也背到了身后，定定道："没错。"

这时才看到，那群官兵之中，还有两个女人在。沈洵半晌开口："大人真是想得周到。"

霍文基微微仰脸笑出声来："当然，公子若是觉得大庭广众搜身不便，可请我这两个女役去屋中，为公子的婢女搜一搜。"

霍文基是什么人，沈东岩就盯了他好几眼，当今宝殿上擢升最快的霍大人，是只精明的老狐狸，说话时就是笑面虎。特别他做过大理寺的职位，就更没有什么能越得过他。

"话说万岁爷最重视的，就是年家的案子，倘若兜兜转转快十年过去，居然还有年家的后人留在京城。这不管对于万岁爷，还是万岁爷的威信，都是很严重的违逆。"霍大人背着手开始踱步，"搜一搜身，大家都有好处。"

这要是不同意搜,根本和抗旨无异。谁敢违抗圣命。沈洵两只手扶着轮椅边,微微向前倾身,看着霍文基:"大人要搜,便断没有违背之理。只是,倘若搜不出什么来,又当如何?"

霍文基有些惊奇地看着他:"若没有,本官自然就走了。"

第35章　反将一军

枢密使的话是这么干干脆脆，应承的当真也算爽快，可是沈洵沉默着，却是迟迟不曾应承下来。

淑云夫人被两侧的婢女搀扶着站着，眼巴巴看着门前的儿子，浑身已是忍不住地轻颤。

心悬着，被他的沉默悬得更高。

霍文基再度幽深地道："万岁爷也说了，今夜若是无法彻查，遇到难处，可将公子等人再带回去审问。"

这话真是让人不惊都不行，何钟灵淡淡望向夫君和沈东岩那方，两个人均无甚表情。先前听传闻，万岁爷是多看重沈家啊，没想到事牵年家，这点恩宠突然就化成尘埃了。

竟然还能同意将沈家的人带回去再审问，这带回去，能带到哪，绝大部分可能恐怕就是应天府大牢了。

沈洵也不再避让，不偏不倚迎上他的眸光："今日既然已经到了这份上，再说什么都是徒劳了。大人非得搜一搜才肯，便搜吧。"

那两个女人，就从人群里出列，穿戴的皆是宫中衣饰，霍文基介绍道："这两个都是宫中三十年以上的教养嬷嬷，绝对公正无私，她们的话就是日后的铁证。"

包括淑云夫人，在夜风中，渐渐地身凉，腿也凉，连她都觉得，今夜，是沈府所有人难以逃脱的劫难。

沈东岩声音略颤起来："霍大人，这……这样好吗……"

霍文基将双手拢进了袖中取暖："令公子看来也是一心想真相大白，我们都一样，那就快快查明吧。"

沈东岩做不得声，他无力地闭上了眼。

就在这时，沈洄身后，始终一片深沉的门扉里，传出一丝亮光，一个纤瘦的身影，就从亮光中缓缓走出来。

素锦顺从地站到沈洄后面，头微微低着。她方才就已醒了，现在出来也是不得不出来。

"素锦。"沈洄轻轻叫了她一声，拉了她的手抬起头看着，"你就跟这两个人，让她们将你搜一搜。"

话音很轻，只见素锦微微点了点头。

霍文基从旁看着这两人，他心里产生一种堪称奇异的感觉，忽然觉得这深不可测的年轻公子，似乎有着什么心思，他谨慎地，目光闪烁了半天，缓缓开口道："听闻公子身边有四个婢女，不如一并搜了，也可以免除一切可能的后患。"

能有什么后患？沈东岩简直不相信自己的耳朵，他想训斥霍文基，却又没那个胆量。他们同朝为官，但在今夜，霍文基握着生杀予夺的大权，压着连他在内的所有人。

沈文宣眸内异常深沉，霍文基果然跟朝野那些人说的一样，性格多疑，非常慎重，他这意思，还怕沈洄会找人冒充婢女，李代桃僵，这样的情况下将素锦换成别人搜身也有可能。

他能想到他不认识素锦本人，要是沈家真弄个假丫鬟来冒名顶替，就蒙混过去了。

就是因为大权在握，这霍大人一步步逼得更紧，沈洄也再次退让了。

"好。"他说。

霍文基心底,暗暗松了口气。

"正好,今天在这里的所有人,都能做个见证。"沈洵的嗓音宁静中也透着平和,在风雨中,更能进到人的心底。

霍文基有种说不出的感觉,但他还是风度绝佳地微笑颔首:"自然。"

沈洵垂下眸,道:"霍大人怎么说,就怎么做,花期你去把阿久和荔儿都叫来,务必要配合。"

花期满心都是屈辱,她即使再不甘,还是依言照做了。她只来得及把事情,简单地告诉了阿久、荔儿,她们听后也是异常沉默,一言不发地来到沈洵身边。

四个丫头均是花样少女,一水如烟地站在沈洵边上,任谁都觉得分外风景如画。

丫鬟虽然是丫鬟命,可在东府的时候,谁不是顺风顺水过的好日子,哪有半分受过罪。如今平白叫人搜她们身子,她们心里怎么能是乐意的。

沈洵声线清冷:"风大雨急,大人既然决定要搜,就别耽搁时辰了。"

霍文基轻叹,挥一下袖子:"带她们进去,好好搜检。"

丫头们不敢违抗,两个嬷嬷一齐走过来,将她们拉到了旁边的屋里。素锦只来得及在混乱中回头看一眼沈洵,他拢袖坐在轮椅中,眸光异常清亮。

素锦再回首,已经被推进了屋,门卡呀关起来。一个嬷嬷严厉道:"把衣服全部脱了。"

荔儿听说要脱她们的衣服检查,早就脸红了,可她也没奈何,只能磨磨蹭蹭拉着腰带,解开来。

都是十四五的大姑娘,委实难为情。

屋里点了六盏大灯,两个人两双眼死盯着丫头们的动作,不放过一处死角。

素锦也揭开了外衣，露出里面的中衣。

后头嬷嬷却喝道："快一点！别磨磨蹭蹭！"

花期瞥见阿久翻了个白眼，看来在这些嬷嬷们眼里，谁都是钦犯的女儿，谁都跟十恶不赦似的。

给这么一催，荔儿的脸都要滴出血了，尤其在明知道外面有一群男人的情况下，即使在屋里，大姑娘也一样羞赧。

花期就算稳重也跟着红了脸，伸手把中衣也除了。

这样一来，就只剩肚兜了。本来她还在犹豫，难道，不会真的要她们一丝不挂吧？

她也下意识朝素锦看去，素锦面上一点表情也没有，她的脸，仿佛淡得像一张没有任何情绪的纸。

反正也逃不了一劫，阿久冷着脸，索性三下五除二除了衣裳，就那么扔在脚底下，荔儿被她影响，到底也磨蹭地脱下了。

嬷嬷们的目光只在她们三个身上扫了一圈，就回到素锦身上。

本来嬷嬷们重点盯的就是她，花期的心整个也紧张起来。

可她的手片刻也没有停顿，轻柔无声地就脱下了她的衣裳。

衣服像雪片一样，无声息地落在了地面上。

两个老嬷嬷睁大眼睛，此刻也惊叫一声，指着素锦的背："你！"

花期一看就惊住了，素锦背影清寒，肌肤极为光滑，柔嫩得不像凡人所有。

那烛光闪闪，照得好像连背上也泛着光泽，尤其素锦站在那纹丝未动，整个背部，就好像一整块美玉一般……

穿紫衣的嬷嬷厉声道："便是官家的女子，宫里的娘娘们，从小用药材养着，也绝养不出这样的肤色，说，你到底是什么人？！"

难怪嬷嬷们惊得话也不会说了，素锦怎会有这样的皮肤？

荔儿和阿久的眼睛瞪得绝对不会比别人小，虽说姑娘们算是一块长大的，但真是蹊跷怪异，她们从未在一个池子里洗过澡，要说到素锦的身子，她们也是破天荒头一回见！

没有人理睬嬷嬷们，她们也未敢再问，甭管是谁，只要素锦身上没有她们要找的"黥刑"标志，她们又能怎样？

荔儿慌忙拾起地上自己的衣服，抱在怀里，"既是搜、搜完了，总该可以让我们出去了吧！"

显然还不甘心，嬷嬷们的眼狠狠盯着素锦，那光滑的皮肤上，绝对没有任何一片不完好，连瑕疵都没有。

荔儿咬着下唇，就这么盯着她们。

外面的人的耐心也耗尽了，时间一分一秒过去后，有人主动敲门问："可曾搜完？大人在外等信。"

敲门声是警钟，丫头们飞快地穿好了自己的衣服，忙着去系腰带。素锦，同样地缓缓把衣服捡起，伸长胳膊慢慢套到了自己身上。

她的动作不可谓不优美，特别在这样的烛光下，肌骨夺目的光彩几乎能沉醉人的视线。美人如玉。

素锦穿好衣服，转过身，自己推开门走了出去。另外三个丫头回过神，当仁不让立马出了屋子。

两个嬷嬷先后面无表情出来。

沈洵淡淡开口："怎么样，我这四个丫头，你看她们哪个是年家的女儿？"

霍文基目光如电，盯着那两个嬷嬷："说结果。"

两个嬷嬷互相望了望，终究不敢隐瞒，垂手嗫嚅着："并未在任何一个姑娘身上，看到任何一点印痕。"

没看到任何一点印痕就包括所有，哪怕是一小块疤，都没有。

虽然都是丫鬟，但她们身上的皮肤，跟千金小姐也差不多。

即便是老狐狸，眼中也露出了惊疑，甚至也欠考虑地脱口而出："你们可看得仔细了？"

因他这句话，沈洵目光幽深地盯了他一眼。

两个嬷嬷低头肃立："奴婢们拿人头担保。"

霍文基也知言语有失，立刻道："按道理京门之中接案都十分慎重，若没有几分实情的事情他们也绝不敢上报，这件事……"

却不知他说给谁听，眼前事实既定，木已成舟，淑云夫人眼中也露出了狂喜中有些不敢相信的情绪。

沈家众人，多数人的心里都仿佛在鬼门关走了一圈，无人不是冷汗湿衣。

沈洵看向身旁的几个姑娘，语气柔和下来："今晚连累你们了，都去睡吧。"

荔儿娇气得眼泪汪汪，虽然没人能睡得着，但也没人想再留在这了。花期带领着她俩先扭身离开。

沈洵再看素锦，今晚他就像一个浑身都带着冷酷的人，面对她时突然都软化下来："你也去吧。"

素锦静静地垂下脸，抓着他轮椅边蹲下，却是将他腿上的衣裳向上盖了盖，然后转身，也默默离去了。

沈洵收回视线，淡淡看向门前。霍文基盯着他看，这个结果实实在在太出乎意料了，他始终觉得沈家这个年轻公子那俊秀的面孔下有什么，可是藏得太深，完全看不出来。

"霍大人。"

沈洵主动一叫，霍文基就回到现实，纵然今天有百般疑点，暂时也只能作罢。他想到刚才之言，淡笑道："如公子所说一样，既然真不曾搜出什么，本官暂时就先行离开，日后再加详查。"

沈洵目光淡淡扫在他脸上："霍大人，在下刚才说的话，并没有说完。"

霍文基道："哦？公子还想说什么？"他实在意外，既然他们主动都要走了，还会再节外生枝。

可是这个文弱的公子,好像突然整个人变得凛冽起来。他逼问道:"大人自然是搜完了,可是,我这几个丫鬟的搜身之辱,大人打算如何清偿?"

霍文基略有些震惊,看着他竟没作声。

沈洵幽幽道:"我的丫鬟,每一个都是清清白白的姑娘,大庭广众下,大人硬是搜查了她们的身子,这么多双的眼睛,这么多双的耳朵,女子守道,大人却是要她们日后的生活,怎么不受一点影响?"

这一番话震慑人心,几乎将泰泰然自若的霍文基,说得面上溃退。

他的拳也捏紧了,半天冷硬地说道:"本官带来的人,只是公事公办,为了侦办案情而来,怎会影响到丫鬟们的生活呢?"

沈洵清清冷冷:"大人是说,这上百位官兵,每一个都是聋子,都不曾听见,大人说没有影响,那么,哪一个清白的良家女子,会就这么让人搜身?"

其实,不管是沈东岩还是淑云夫人,他们都是巴望着这一伙官兵快离开才好。但沈洵这么寸步不让,实在让他们做梦也没有想到。

霍文基再度说不出话来。

他问得那么有道理,清白良家,如果被官府牵扯搜过身,那就再也不会是良家了。这根本和搜身的人是男是女没有区别。

"大人一句话要搜,自然是轻巧。"沈洵唇角露出一缕极淡的笑,"对霍大人来说,今夜搜过了,自然就结束了,可对于我来说,却是刚刚开始。"

当时这话起了奇异的波及效应,所有沈家人无一不为了自家公子的言语所震慑。在场之人,就是霍文基自己的带来的官兵此刻都难以置信。

霍文基忍耐许久终于发火:"公子必须为自己说的话负责任!"

"我也请了一个见证人,"沈洵不紧不慢地说道,"他方才也已来了。"

霍文基的脸已经毫不加掩饰地冷漠起来,倘若不是看在沈东岩还算他同僚的份上,他根本不会容忍这个黄口小儿数度地挑战自己的底线,既然这沈家少郎根本不在乎这点情面,他也不会再给了。

却闻一声朗笑,从头顶方向传来,"前日就有个刑司的衙役,闹得沈家不宁,今日更是阵仗大,枢密使亲自带领顺天府官兵前来,沈大人实在是忘了去法华寺里求一支签,看看沈家是不是凑巧赶上了不利的流年?"

先是一把绣梅花的纸伞,只看见一道雪似的身影飘落屋檐,笔直地落在伞影下。

真如一朵花自空中飘落般优雅,有人从伞下抬头,妍丽公子,浅笑嫣嫣。

霍文基呼吸暂缓:"贺大人?如此深夜,贺大人怎么会来此?"

"这里已经这么多观众了,多我一个也不多。"贺言梅笑得眼睛都眯起,"何况大人都在。"

几百双眼睛都看着,他偏偏就是做了回梁上君子,方才竟愣是没有一个人,想起往屋顶上看一看。

霍文基因此背过了手,颇有些不虞地转过脸道:"贺大人功夫好,朝野皆知,可也不该在这个时候开这种玩笑。"

"霍大人啊,"贺言梅一缕清发自他眼上滑落,遮住似笑非笑的玉颜:"今夜的戏唱得有些大了,大人倒是半分薄面也没给沈家留。"

霍文基露出一片肃穆之情:"查案办案,难道还有留情的余地?"

他岂止是没再给沈家颜面,眼前的贺大嫡孙,也没得他多少青眼相加。尤其他又出现得如此不是时候,如果他真是在房梁上偷听许久,未免有不将他百余部众放在眼里之嫌。

贺言梅用他那根修长手指,像是随意地弹动了几下伞柄,发出清脆的声响:"我就知道霍大人是刚正不阿,不过刚才的事,你就有所不知了,我却是知道一点的。"

霍文基就差没从鼻孔里哼出声来了，睨了他一眼："请教。"

贺言梅晃着他那把漂亮的梅花纸伞，女人一样的纤细手腕，已经伸出搭在了沈洵肩膀上："这位沈公子，素来有一副柔肠，在他跟前的丫鬟，虽然明说是丫鬟，可他都将她们看作亲妹妹无异，今晚几个姑娘都受此大辱，你让他如何装看不见呢？"

霍文基官威显露，一字一顿道："天下之大，莫非王土，率土之滨，莫非王臣。今日在场的每一位，都是大宋的子民，都是万岁爷的民众。本来就是奉万岁旨意，前来搜检疑犯，反而沈公子蓄意刁难，本官不想与他计较，已是在给面子了！"

"大人！"清亮的女声骤然从霍文基旁边响起，霍文基猛然闻声看着她，淑云夫人挣脱了丫鬟的搀扶，含泪盯着他道："从刚才到此刻，我儿从未说过一句不敬的话，大人的要求，他也都满足过了。不知大人从何而说的我儿'蓄意刁难'？这样的罪责，我们可完全担待不起啊！"

沈东岩惊怔不已，立刻回头低斥道："淑云！你不要再说话！"

良久，霍文基只能绷着脸："方才是沈公子阻止本官带人离开，本官也很想听听，沈公子有何见地。"

沈洵眸子像扇叶一样轻轻抬起："霍大人，在你面前在下只是一介草民。草民当然不能要求大人赔罪，但我的丫鬟，不能白白被人搜身。这件事，只有两个解决方案。"

霍文基真觉得今晚发生的事可以算得上一大奇闻，他想不到他亲身都能经历如此离奇的场面，听都没有听过。

沈洵口吻平平地道："第一，除非在这里的百余官兵，全都变作聋子。"

先不说官兵有没有成为聋子，反正在这句话之后，很多人都睁大眼成了木头。贺言梅的嘴边已经溢出了一声笑。好好的人，当然不可能变作聋子。

这个要求，简直是匪夷所思，又刁难至极。

霍文基重重地挥过袖子，这当口，若有所思地看了沈东岩一眼。这就是他的好儿子，百闻不如见面，霍大人今天是见识了。

贺言梅含笑道："我也比较好奇，第二个解决方案是什么？"

沈洵的手突然用力压住轮椅边缘，身体以缓慢坚定的速度挺直起来。"那就是霍大人，和大人的这些官兵，自此在生之年不能再踏入沈家的门。"

他就那么站着，说出了那句话，却让很多人都愣住了。贺言梅手疾眼快，在他双手即将离开轮椅的时候用力搀扶住了他："沈兄，你提前说一声，小弟我总会扶着你的。"

淑云夫人眼里泪花迸出，尽是不解和急怒："洵儿？你疯了吗？"攻心之下身体又直直跌倒身后丫鬟怀中。

几百双眼睛也都看着，想法亦然。霍文基在贺言梅和沈洵之间逡巡，不都说这沈家公子是个瘸子吗？怎么还是瘸得不够彻底？现在完全看不出是贺言梅扶着他还是他自己站在地上。

沈洵却不管有多少人投以异色，悠悠道："大人为国为民，理由正当，但焉知这世上很多，不是理由正当就可以做的。万岁爷自言爱民如子，我这几个丫鬟，也算是天子的女儿了，众人平等，希望霍大人给她们一个交代。"

霍文基顿了顿才终于道："本官知道，贺大人与沈公子，一向是好朋友。"

贺言梅摇着手指道："诶，就不要提本公子了。现在我不说话，反正我是沈公子请来，权作见证的。"

看他还有模有样起来，霍文基手指心吱吱响，亏得是个草民，还自称草民，还是一介布衣，竟敢就让朝廷命官以后不许再登入他沈家的门，这是怎么样的傲慢，又是何等的狂妄。

沈东岩忽然深吸口气，对着霍文基，深深地一揖到底："我代小儿，向枢密使大人赔罪。小儿多年来从未出过家门，目中无人，霍大人是君子遗风，请受在下这一礼。"

明眼人都看得出来，这沈家家主，是知道后果了。况且这里还有如此多双的眼睛，看得更是清晰。

淑云夫人泪垂衣襟，想说什么却也说不得一句完整的话了。

但当霍文基接触到沈洵目光的时候，他就知道再多的赔罪也是徒劳了。他于是只能对沈洵再说道："公子，但本官日后，会不会再登沈家的门，不是你说了算，也不是我说了算。即便今日没在公子房中，找到年家之女，那不代表，年家之女就真的销声匿迹了。所以本官还再不再登门，只有看万岁爷的龙意。而结果，恐怕也只能让公子失望了。"

沈洵的腿，似乎还朝前迈了一步，踏在了台阶边缘。让人实在就有错觉他即将要下来一般，"大人，咱们今夜的协议，都可以不必做许多假设。因为协议既成，日后再多的理由，大人都不能再来了。"

霍文基几乎脱口就要说出"你大胆"，实在是太难以相信，太不可思议，这个一阵风都能吹倒的羸弱青年，他凭什么说此大不敬之语？

几乎是咬牙切齿的，霍大人忘记了来的初衷，只一心地盯着他说道："本官还是那句话！公子要为出口的话负责！不只是你一人而已！"

面对这一句包含着威胁和冷酷的话，沈洵的面色除了看着更苍白一些，他的语气甚至都是一成不变的温润："我虽然说的话不多，但还是能负责的。"

苍白，是因为风雨。温润，也可以因为是虚弱。

但不管是哪一种，都改变不了这句话的力量。

霍文基缓缓背过手转身，"公子既然姓沈，说的话自然就跟沈家一样了。本官也不是胡搅蛮缠之人，今夜发生的事情，这里的官兵也全会变成聋子，另外，本官也不会再踏足此地，就算再有人来，哼，公子也不会看到本官了。"

贺言梅扶着沈洵在椅上坐下，忽然笑起来："我早就说了，霍大人是快人快语，难得沈兄也痛快啊。"

这里没人痛快，沈东岩自刚才就不再出声了，他脸上的神色和泥土差不多，不由自主的冷汗已是不再流了。但不知为何，他竟没有出声，包括廊下看不清表情的沈文宣。这里有两个位极人臣的人，已经让旁人连说话的机会也剥夺了。

对于事情会如此演变，估计没有人能料到。

霍文基心里早想好了一本奏，那内容如何写。他扬声道："收兵，全部出去。"口气中已有不耐烦。

贺言梅突然撑着伞几步追上来："霍大人等等，在下想问几个问题。"

霍文基重新回过身："贺大人又想问什么？"

贺言梅眼睛眯起的深处有着令人不太舒服的暗光："今夜引得大人不愉快，本公子也明白得很，也为大人不平。但到底，那位引起事情的始作俑者是什么人呢？"

霍文基凝起目光："贺大人问这是什么意思？"

贺言梅唇角勾起笑："那人不可谓心机不厚重，若此事真是冤枉了沈家，沈家刚刚从朝野上崛起，得回万岁爷青眼没多少时间，就有人如此险恶用心。这背后……说是朝堂上有哪只幕后黑手也不一定啊。"

而站在最黑暗处的何钟灵，一直靠在沈文宣肩头，她的目光闪烁不停，呼吸一声一声清晰又平稳。

霍文基与他对视了一会儿，片刻才拂袖旋身，哼道："贺大人想得太多了！"

看他走远，贺言梅却仿佛无所谓地笑笑，转身慢慢走回了屋檐下。

"你让我留着干什么？侍奉你送汤喝药吗？"贺言梅摇着扇子，半倚在沈洄床头轻轻叹道。

沈洄道："你不也说待在阁老府里，有人盯着你的滋味不好受吗？我让你留下来帮我看看这几日风吹的动向。"

贺言梅懒懒地睁眼："你以为你轰走姓霍的就完啦？就能敲那震什么了？你没听他走时威胁你那话儿吗？他若是真不再来了，肯定下次来的是更大的人物。这风还能怎么吹？你要我说只能有一个后果。"

沈洄看向他。贺言梅一下从藤椅上坐起来："我爷爷要来了……"

沈洄慢慢合上手："阁老半退隐朝廷已经十年了，圣意一定是让阁老在家中纳福，怎么会惊动他老人家。"

"你昨天那举动，在我眼里我都觉得你疯了。"贺言梅悠悠道。

绵长深夜，贺言梅还在沈府贵宾东厢歇息，府邸的大门突然被皇宫里来的一队侍卫闯开了。

走在最后的是个拿着拂尘，细皮白面的人。

沈东岩出入宫廷，却是认识的。所以他的腿才有点抖，声音有些软："刘公公您这是……"

刘喜白皮面上笑得皱起："咱家还能为哪般，无非是传旨呗！"

话音落，满堂的人几乎立刻就都跪下了。

此人正是皇帝身边的心腹大太监刘喜，他捧着圣旨站在沈家大堂中间，眼睛却眯着在跪下的人中溜了一圈。

然后也不知因为什么细声细气地笑了笑，然后才展开圣旨，嗓音尖尖，中气十足："陛下有旨，传沈家嫡子楼南即刻进宫！"沈家，还特意咬明了是嫡子，于是很多人脸上都不太好看。

淑云夫人惊慌不定，昨儿个惊悸还没消除，不知道皇上为什么好好地召见沈洄？她悄没声息地褪下了自己手上的镯子，俯身上前塞到了刘喜手心："公公，不知为何召见？"

刘喜半笑不笑的，把镯子又塞了回去："沈老爷，皇上是什么个意思，咱家是真不知道，要不怎么说，万岁爷的心比海底针还难摸呢？"

沈东岩点着头："是，是，是。"可是汗一下子就下来了。

尽管长夜漫漫，天气都没亮透，还带着寒意的庭院里，圣旨传到的时候，沈洇刚从梦中惊醒。素锦趴在他旁边睡着，他小心翼翼起身没惊动她，拿起一件床头的衣服就出来了。

沈洇一个人摇着轮椅从东府到了厅堂，他年轻的侧脸在阴影里若隐若现，淡淡的清冷。

刘喜眼见那人的轮椅逐渐接近，他走上前去，深深地一弯腰，低声道："沈公子，请吧。轿辇早就备在门外了。"

淑云夫人当场就道："我陪着去！"

刘喜还是满面笑意，客气有礼说道："这恐怕不妥，夫人，皇上说了，只召见沈公子一人，连丫鬟都不必陪同了。"

这等于一下子断了其他人随同一起进宫的路。

淑云夫人面容惨淡，似乎都料定此去不会有好结果般，刘喜走了，一个笑脸也没露。

一入宫门，就知道从前所见景物都沦为俗流了。

帝都繁华，何况宫城，天子内殿。供养的珍奇花朵浓艳飘香，却传来阵阵芙蓉暖香。一路连接着极尽精巧的回廊，金玉为地，兰花绕梁，遍身锦绣的宫女默不作声地走过。

刘喜亲自领着，在万福万寿殿中长驱直入，将他带到了一扇无人把守的门前。"公子自进去吧，万岁爷在里面等着呢。"

沈洇也没有抬头，这扇门的门槛十分之低，跟宫廷中惯用的高门槛相当不同。他的轮椅，便没受到什么阻力一样通过了。

虽然不能跪，他仍是深深俯身恭敬道："草民参见陛下！"

孝宗的声音从座上传下来："多少年没看见爱卿，还是一样的拘礼。"

此处很显然是很偏的一个地方，屋内灯光很暗，依稀见到有一人握着蜡烛，在慢慢朝前走来。

帝王的风仪，在小小的烛光里也展露无遗。

沈洵轻吸了口气，再度低下了头："草民惶恐，实在当不起陛下的'爱卿'两字。"

孝宗将烛台放到了一边的桌子上，总算笑道："往往越是怀才的人越是谦虚，你如当不起，谁当得起？况且朕说你当得起，你也就当得起。"

这天下都是皇帝一家的，他说的话当然是没人可反驳。

沈洵于是沉默，孝宗已是绕着他周身，走过了两圈，目中深沉悠悠道："听说你已是能站起，为何还要依赖轮椅？"

沈洵眼睑垂得很低，淡淡道："若无人身旁相扶，臣也是站不起来的。"

"听霍文基说，你对他很不敬。"孝宗脸上有了笑意，语气中却不像有指责，"这实在不像记忆中温润公子的所作所为。"

沈洵顿了半晌才说："陛下谬赞。"

孝宗开口："霍文基虽然脾气不太好，但他也不会轻易告别人状，他年老自重，朝中除了贺阁老，大都敬重他，可是前晚他是难得的气急败坏，昨儿一早，就进宫找朕痛批你。"

沈洵还是只能垂着眼睛，不愠不火地回话："草民惶恐，请陛下恕罪。"

看不管说什么他也还是这几句，孝宗改变了策略，单刀直入地问："你的为人，朕还是知道点的，你为什么要去得罪霍文基？他那个驴脾气，以后也不要想他会进你沈家了。这是不是正是你希望的?"

沈洵仿佛又被问住了,过了好久才答道:"草民是一时冲动,如果霍大人因此而不快,愿为此向霍大人致歉。"

孝宗似乎也忍不住笑起来:"你会一时冲动?我刚收到刑部的奏本,言之凿凿说你藏匿了年家的人,那头霍文基就在你那里碰了个钉子,你还说冲动,面对面你就给我这个交代?"

沈洵总算抬头,直视着孝宗,眼底却有种落尽繁花的怠色,那种感觉很微妙,仿佛他的眼睛里是极简单见底的,不藏污垢。

"一切都是误会,草民冤枉了,所以才会一激动之下,对霍大人出言不逊,草民恳请陛下开恩。"

孝宗跟他目光相接,看到他眼里不光有倦意,还有一点点的厌世。年纪轻轻,何至于就如此心灰意冷?

仿佛真受了极大的冤屈,否则哪来的悲观之情。

孝宗嘴角却噙着笑,不答也不问。他还能想起初遇这个人的时候,那时候也是孝宗最年轻的时候,还有一腔抱负,自命惜才爱才,恨不得天下所有能人也都被自己网罗过来。所以曾经还是少年的这人,一首《京华赋》就惊艳了他的眼,彼时,他是有想着重培养提拔面前这人的心。

而今这心,其实也还有。

孝宗终于开口:"再过半个时辰,朕就要去上早朝,所以朕希望在还没有人的时候,召见你谈一谈。"

他背着手走到窗边,却迟迟没有说话,正当沈洵想主动开口的时候,孝宗的声音传过来:"沈洵,其实你在想什么,朕大约也能猜出来。朕不是霍文基,他纵有千般怀疑,也始终不敢确定。但朕心里,是一清二楚的。"

沈洵不由自主朝他看去,孝宗却回身朝他一笑:"其实一个女孩子,朕也并不在意。若是用她能换得一名好臣子,朕是很愿意。"

动用了枢密使亲自搜检人犯，此刻却还能云淡风轻地说"其实不在意"。或许帝王心真是最善变的，任何人的命运说到底不过在他股掌间。

沈洵的手轻轻搭在轮椅扶手上，淡垂眼眸："草民从来没有做过窝藏人犯的事，陛下定能明察秋毫。"

孝宗笑意不变，他抬着步子向前走："沈洵，这所有的事情，朕真的都能不追究。霍文基也罢，朕只要一句话，这满朝文武没一个人会再去搜你沈家的一草一木的。"

"草民谢陛下隆恩。"沈洵几乎是立刻接口道。

孝宗微微愣了一下，随即笑得更开心："我知道你是个有想法的人，沈洵，你有满腹才华，不是应该在轮椅上终此一生的人。朕喜欢你，这种心情和原来一样，我想你也一样。"

沈洵握着轮椅的手泛出指骨的白，似乎用力了些，薄薄的肌理分明柔韧优美，这么多年的手不能提，养得娇贵的细腻皮肤。"草民已经是个废人，不能为陛下分忧。"

孝宗抬了抬手："这都不重要。"他居然来到了沈洵跟前，慢慢地蹲了下去，孝宗身材高大，沈洵坐在轮椅上，他蹲下也才刚与沈洵持平。

孝宗以一种很低的声线在沈洵耳边道："朕之诚心，是不作虚伪的。只要卿愿意，假以一二年……朕当许卿入阁拜相。爱卿考虑一下。"

连沈洵都忍不住愕然。他还没来得及看向孝宗，孝宗已然抽身离开，大步走向了门口朗声道："你稍候片刻，朕会叫刘喜再送你回去。"

第36章　知己翻脸

两个人坐在池塘边，对面是第一波荷花，旁人看着似乎也很惬意。

"距离皇上召见你，都过去三天了。"贺言梅朝他看了看，"我天天在这喂鱼，究竟什么情况，你倒是跟我说说啊？"

沈洵望着一池清水，淡淡道："我想请你帮个忙。"

这话说得实在很不客气，贺言梅不由诧异地："又帮忙？"

"这几日劳驾你帮了不少忙，"沈洵看向他，"我很感谢。不过这件事，的确还需要仰赖你。"

贺言梅眉毛都皱起来了苦笑："楼南啊楼南，你看我自己现在都是满身的忧愁，还怎么替你再分忧啊？"

沈洵却静静道："你的忧愁是什么我知道，这件事之后，我同样会尽我所能帮你的。"

贺言梅这下看出是真的震惊了："你说什么？知道？"

沈洵深深看了他一眼，话音像点水荡开涟漪："再多情的人也有收心的时候，你一时冲动做下的事情，只怕自己也在悔恨不已吧？"

若是仔细观察，会发现贺言梅原本闲适的两只手，骤然握紧，几乎掐进肉里面。

他有些面无表情地盯着沈洵："难道你看了我的信？"以前没有问过，可以说他不相信眼前人会做出这种事来。

沈泃淡淡道:"我没有,但你既然叫我去送信,我自然就会想了解得多一点。"

旁边正好路过的丫鬟,就惊恐地看到了一幕场景:

那个自见面就似乎始终笑容满面、和二公子勾肩搭背的贺公子,此刻,就怒气冲天地站在池塘边,手里还揪着二公子的衣领,正作势要打。过得一会儿,似乎还想将人扔到池塘里。

有丫鬟便吓得发出了尖叫。

不久以后,素锦迈着步子一刻没耽搁地从西厢赶来,她打眼看见两个人好像已经结束了冲突,没拉没扯,贺言梅负手而立,极罕见地拉长脸:"算我白认识了你,你竟然能使出这样的手段逼我。"

素锦闻言便吃惊地转向沈泃,见他神情淡淡,对贺言梅的话也不理睬。

素锦忙张口意欲补救:"贺公子……"

谁知贺言梅自顾自整理好了衣领,看都没看她一眼,就扬长离去。

若说这景象绝对让人摸不着头脑,谁也不知这两人好好地在河边为何能闹成这般。素锦在心里不由转过几个弯,贺言梅实在不像是会跟沈泃起冲突的人啊,结合他平时作为即便没肝脑涂地也定然是两肋插刀。于是她目光就落在了自家公子身上。

但以沈泃之脾性,对下人都宽和得不得了,他又哪里会是能逼迫人的人呢?素锦还是难以去相信。

正午过后,在三个精致炉子内填满了药材,内部点火冒烟后,将沈泃的腿放在烟上面进行熏蒸。这是最新颖的疗法,药物直接蒸着腿部,比喝药都快。

素锦还是问了:"奴婢能不能问一句,公子因为什么不可忍的事,要对贺公子不快?"

沈泃居然也顿了半天,才慢慢道:"今天差点被丢下池塘的是我。"

"我想贺公子不会轻易就那般对待公子。"素锦叹道,"公子为何要跟贺公子生了嫌隙。"

沈洵见她叹,就道:"你倒时常为他说话。"

素锦不禁摇起了头:"奴婢说的是眼下的事。"

"公子只看这些熏蒸的药炉子罢,都是陈大夫从医馆送过来的。倘若没有贺公子,陈大夫怎么会改变主意,同意给公子看病?对待贺公子的时候,公子像是就没了平时对下人的宽柔。"

沈洵静静听着,自失一笑,恰这时荔儿进来了,把午饭端了过来。素锦随口就问:"贺公子走了没?"

荔儿说道:"没走,还在厢房里住着呢。"

素锦真诧异起来,她以为以早晨闹的那般,他定然已经走了呢。没想到竟没有。

沈洵便微微一笑:"既然没走,随便什么时候,我再向他赔不是吧。"

素锦无言。

没想到荔儿却睁大了眼,说道:"听说今晨少夫人娘家被颁旨了,现在所有人都聚在前厅里,安慰少夫人不要想不开呢,这些都是午饭送来时前头人说的,让公子爷也尽快地吃完了前去。"

素锦开始还没明白过来,后来略有震动:"有这种事?"

荔儿挥了一下袖子,越说越起劲:"圣旨都在当然假不了,皇上赐何尚书黄金百两,让他告老还乡。"

该来的总是要来的,沈洵眸光微暗,没有说话。

这种事出来,对何钟灵的打击肯定很大,但她毕竟又是沈家的儿媳妇,清晨就在正厅内哭肿了眼睛,老太太、淑云夫人轮番安慰着她。东府几个到了前厅时,才发现只有他们没来了。

何钟灵虽然伤心过度,但既没有大吵,也没有大闹,坐在椅子上不时地掉泪。淑云夫人在旁柔声道:"晚晴,亲家公这正是急流勇退谓之知机,往后离了京城,还有大把好日子过呢!你自当为他开心。"

何钟灵软绵绵地就倒向了淑云夫人低泣出声:"娘……"

淑云夫人把她搂紧怀里:"我一样是你娘,你也莫伤心了,啊。"

何钟灵含糊答应了一声,但明显是悲伤无法自抑的声调不住传来。淑云夫人又道:"就让亲家公留在京城住几天,以后回了金陵老家,逢节日的时候你还能去看看他们,他们也能再来,其实离得也不甚远呢。"

四周丫鬟们捧着湿热的毛巾,一直在候着,淑云夫人不时地就要为何钟灵拭泪,老太太还吩咐人去煮了一壶的参汤,生怕她会伤心哭坏了身子。

沈洵只是远远地坐在大厅的一角看着,并不曾上前。荔儿伸长脖子张望着,遭遇不幸,放在谁身上都是值得悲伤的一件事。她心地纯良,虽然觉得那位少夫人平日对她们并不怎么样,但看着她伤透了心地流泪,荔儿也觉得有些可怜起来。

后来荔儿去院子里,看见素锦就忍不住叹气对她说:"要说这少夫人的娘家,其实也怪倒霉了。都是二品的大官儿了,还能有朝一日落马。"

素锦似想起什么,目光幽幽道:"哪怕位极人臣,一人之下万人之上,只要那在上的一人不高兴了,同样也是要倒霉的。"

荔儿伸着头有些神秘道:"可是不知道是谁说,这何尚书之所以会被贬下来,好像是被原来那位年尚书给牵累的。因为皇上看年尚书不顺眼,连带的也就看何尚书不顺眼了。"

素锦瞳孔收缩:"你从哪听来这些?谁说何家是被年家牵累的了?"

荔儿吐了吐舌头:"我哪还记得,不知是走哪墙根时听见的了。不过没想到何尚书真的下来了。"

要是荔儿仔细点就能发现素锦脸色不好,过了片刻,素锦才艰涩道:"荔儿,以后这种事别传了,那年尚书卸任都快十年了,怎么可能连累到何家呢?说这话的人定也是胡说的。"

荔儿嘻嘻笑:"我知道啦。"

安慰到了晚上,何钟灵也没能回转,奶娘把沈昭抱到她跟前,她也不闻不问。饭菜更是丝毫没动,参汤只勉强被劝着喝了几口。连淑云夫人都忍不住心疼叹了口气。

沈家人对何钟灵不可谓不好,大半夜灯火通明,仆从们彻夜不休守在房里,就为博少夫人一笑。

似乎圣旨很喜欢在这样暗夜未过清晨未来的时候下,也许万岁爷有特殊的癖好,刘喜这次不像上回排场大,只带了几个为他抬轿的轿夫,其余小太监一个没跟。

鉴于这次沈公子本人就在正厅内,刘喜笑得很暧昧:"陛下让奴才来询问公子,上次和公子说的事,公子考虑得怎么样?"

沈洵动了动嘴,还没说什么,刘喜就道:"陛下让公子进宫,无论公子考虑好了没有,陛下都要公子亲自给他回话。"

何钟灵也止住了低泣声,抬头望向这边。

满堂的人正不知如何是好,刘喜道:"这次陛下传的不是圣旨,是口谕,且只是给沈公子一个人的口谕,其他人可以不用跪迎了。"

仿佛还生怕错了,幸好这殿上暂时未有其他"沈公子"。何钟灵眼神幽幽地绞紧了帕子。

贺言梅抱着双臂倚在门外面,语气不经意地讥嘲道:"深夜蒙召圣宠厚重,我若像你这样受倚重,我根本不必求人。"

沈洵的目光像流水一样划过他脸,前边的刘喜点头哈腰笑道:"万岁爷怕惊动旁人,只让奴才坐了一顶轿子来;公子坐轿子去就行了,奴才自己走回宫。"

仿佛更印证贺言梅的话般,大厅其他人也都露出不同程度的表情。

见面还是在那个门槛很低的偏室中,又是早朝前这个万物幽静的时光,孝宗坐在椅子上看着他到来。

这时候却有人拼命敲门:"陛下,臣有急报!"

孝宗两道浓眉立时皱到了一起,脸色有些阴沉,他选择这个时候召见沈洵,自是有理由的,就是不希望被打扰,他身边的人都该知道这点。

沈洵低低地开口:"会在这个时候来求见陛下,事情一定相当重要。"

孝宗急促地朝门口说了声:"进。"

进来一个穿着黑衣的男人,跪在地上道:"臣死罪,是汴州的加急书信,太守在函中说上菱渠水患,已经初步形成了灾民规模,太守怕事情闹大,特让信使连夜来报!"

他身上的像是夜行衣,虽是敲了门,但他进来时一点声音也没有,沈洵想到了皇宫中一种神秘人物——大内密探。

显然,孝宗就算在这种看似密闭偏僻的小房间内,周围好似无人的环境般,但暗地中,其实也不知潜伏着多少高手。

孝宗良久却哼出一声,夹着不善的冷笑:"上菱渠水患,前些日子才来说边关加急报,我大宋,几时变得这么国体不稳了?!"

跪在地上那人感到如芒在背,他将头垂得更低,显得姿态也更虔诚些。

孝宗一转手,却把文书递给了沈洵:"洵卿,这件事你怎么看?"

沈洵将信接过,匆匆浏览了一番,方道:"信中表述的细节很详尽,太守的话应该是真言。一般若是有灾民,聚众之下,都会想要到天下最繁华之土,亦是权贵云集的地方。"

几句话将重点都点出了,换言之,一个稳固的国家绝不能有的就是灾民聚众。那是会动摇国本的事。

孝宗再度冷冷地看着地上的人,眼中不断积蓄的显然是怒火。

"此事朕都不用拿到朝堂去议，那些谏官，定然毫不犹豫对朕说，得民心者得天下，任何时候都要以救灾百姓、体恤百姓为第一。可是朕真的是想问问了……金国倘若此刻大兵来犯，守卫疆土的三十万雄师，还要不要粮草吃饭了？！"

"金国可汗与我们僵持已半年，最近更是不断派兵骚扰边境，倘若他们得知我国库空虚……"那人冷汗涔涔，说到一半说不下去了，"臣无用，无能……"

如是放到歌舞升平、百姓安乐的时候，有地方受灾，一定是头等大事，拨银赈灾。

可据方才那人所说，偏偏此刻的边境，也并不安宁。一朝国库，开支了那一笔庞大的军费，肯定就已经疲软了。赈灾，只能选一样。

连沈洵，都感到心有戚戚焉了。

孝宗脸色黑如锅底，所谓屋漏偏逢连夜雨，难怪这帝王为难。

其实，边境若有什么异动，普通百姓很难感觉到什么。照样柴米油盐安贫享乐。真正苦的，是那些将士们。除了大军真的打进来了，那才真是民不聊生。但若到了那一步，国，也就危矣。

正是因为百姓感觉不到，他们只关心自己那碗饭能不能吃饱，倘若朝廷袖手旁观，百姓心里，很难不有怨愤。

此时此刻，谁又能体会帝王的两难？

"洵卿，"孝宗鹰般锐利的眼眸再次扫向他，"你有没有两全之策？"

沈洵安坐在轮椅中，听到问话抬起了头："汴州距离金陵更近，百姓一定会途经金陵，与其京城的救援鞭长莫及，不如直接让金陵知府，偕同地方官员，直接在城内做好灾民的安抚工作。金陵富饶天下，物产之多连苏杭也不能企及，且地域广，只要官员们齐心，此事要办好并不困难。这样的话，就不需要动国库分毫了。"

孝宗的目光一直炯炯有神地看着他，他的确没有看错，此人绝对可堪大用。

地上那名黑衣密探几乎刹那闪现狂喜之色,他在心里顿时就赞出了声:公子妙策!

居然想到用地方官来安抚灾民,不取用国库分毫,这样还给了那些官员做出政绩的机会,简直是神来之笔!

半晌,孝宗才缓缓道:"我拟一道旨,即刻传往金陵。赐金陵知府吴宗伦九龙金牌,协助汴州太守一同赈灾,事后将论功行赏。"

"是。"密探一躬身消失在门外。

两件本应该是在朝堂之上,引起群臣激辩朝野震动的大事件,在早朝开始之前,竟已经静悄悄地解决完毕。

孝宗回转身:"解决完国家要事,该说说我们之间的事了。"

只见他又换回了寻常的称呼:"沈洵,你考虑得怎么样了?"

此刻天已有些亮了,屋内的三盏烛火幽暗,沈洵面上也带着晦暗之色,帝王的话是比金子还贵重的东西,眼前的人许他入阁拜相,等同于比天上落的馅饼还要诱人。

"陛下对曾经的年将军,也是这般许诺的?"他却说了一句任何人也想不到的话,脸上更是含着模糊淡笑,"待到霸业得成,便将这大宋半壁的河山赠予。"

孝宗神色倏然变了,没有说话。

沈洵望着他:"陛下是否曾说过,大好河山,你我共度的这句话?"

所谓帝王的恩宠,其实也是很不牢靠的东西。就好似包裹在外无限美好的糖衣,你不知道它会什么时候融化。都说帝王一诺千金,但帝王也是个普通人,他一生说出了无数的话,怎么能每一句都千金?

孝宗的神色在转变了无数次后,最终变得咄咄逼人起来。"朕喜欢你,但不代表你是什么话都可以说的。"

沈洵垂下眸子,避开了孝宗充满威严的凝视。

孝宗背着手开始在房间内踱步，寒着声音道："你知不知道，单凭你刚才那一句话，朕就足以定你的罪。"

沈洵牵扯嘴角："陛下既然是万乘至尊，许多裁度当然可以轻易下。"

"但朕却许多时候也得考虑后果。"孝宗目光亮得逼人，停下冷冷道，"不计后果做决定，朕也还不想做那昏庸之人。"

沈洵像是不知道该说什么，最后只得道："陛下是明君。"

孝宗声音陡然提高起来："你既然知道朕是个明君，有些要求，你也不该再提了。朕登基十五载，自认已是尽力了。对这江山和万民，朕亏欠的不多。余生也只望良臣伴驾，让这社稷在朕手里，至少是安康宁乐的几十年。"

对于任何一个真正怀才的臣子来说，孝宗，实在也算梦寐以求的那类君主了，即便不是十全十美，但历史长河里，又到哪里去找真正十全十美的帝王呢？

沈洵，也不得不承认，他无话可说了。应该说，他同样叹服。

看他不说话，孝宗却没有放过，慢慢露出冷笑："沈洵，你要知道，一个美人和一个贤臣在面前，朕是宁愿选择一个贤臣的。"

沈洵也苦笑道："草民相信。"

孝宗眼神愈发锋利如刀："可是你，沈洵，你能不能做到？还是说你打算为了一个女人，放弃你的大好前途，放弃朕？"

沈洵有些震动地看向他，这些话本就具有很强的煽动性，又是出自一个帝王之口，其力量就更深不可测了。沈洵被他深邃的眸子相吸，都有些说不出话来。

他在内心挣扎了好久，才终于勉强回复精神，张口欲要说些什么。

可是这当口，孝宗深深地看了他一眼，犹如叹息："楼南，你一贯是个极聪明的人，我话都说得这么明白了，你怎么还会犯糊涂。我都有点对你失望了，你为何不多想想，现在你有千般的想法都可藏于腹中，假以时日，当你真的成了朕的左膀右臂，这朝堂之上的官员，都听你号令，那时候，你还想做什么不成？"

这番话震动又要更大，沈洵这么多年生涯中还从未被人两次堵口，无法说出话。这委实是极大的诱惑，孝宗确然也说得明白得不能再明白了。

显然，沈洵的一切想法，他想要说的话，以及想要做的事，孝宗都早有数了。所以才会占据先机，将他想说的话全都堵在了喉咙中。

孝宗看他的目光里也隐含了所有知机，透着许久以前就已了然于胸的洞悉，沈家儿郎天纵奇才，唯一要命的就是爱上了年家的女儿。他想拔除的这个年家，让他跟他成了对立面。

沈洵嘴角不由得再浮起，与其说是笑意，更不如说是苦涩，今时今地，至少在这个房间里，他根本无法拒绝孝宗，皆因为身份的悬殊，他是九五至尊，他可以许以重利。

同样，沈洵也会为他说错的一句话付出代价。

他不能不答应，也不能答应。他只有……"陛下，请容臣再想一想。"

像是知道是他的缓兵之计，孝宗好整以暇地笑了笑："可以，但这一次，你只有一天的时间考虑。"

沈洵已经没有任何余地说话了，对所有他只能全盘接受。他今日的所求，甚至连出口的机会也没有，甚至以后，他也不用再开口。

因为一个重用贤臣的人，是明君，但听信臣子摆布的人，就是昏君了，孝宗已经说得很明白，他不愿意做昏君。

刘喜捏着嗓子道："公子回来了！"

沈东岩并淑云夫人知道消息，不敢怠慢慌忙就亲自迎了出来，刘喜皮笑肉不笑地说："沈大人大喜啊！"

沈东岩压制着情绪，维持脸上的场面笑："公公说笑了，不知何喜之有？"

刘喜哎了一声，才细长细气道："有公子这样的儿子傍身，可不就是最大的喜吗？"

二人更加不敢多言，沈东岩满脸堆笑地请刘公公进去吃一杯上好的春茶，刘公公却摇头晃脑地表示清廉。片刻，刘喜钻进轿子内晃悠悠地走了，沈东岩忙亲自带了沈洄进去。

此时天色也就刚刚浮起鱼肚白，沈洄却仍沉浸在刚出门时，孝宗说的几句话中。

她不是孤女吗？至多，朕可以给她一个身份，待治好你的腿后，将功折罪，让她再入你沈家的门户，堂堂正正地富贵一生。

只要你答应，朕可以随时拟旨。记住。

这是朕最后的退让。

皇帝这是什么意思？

就像是只隔着一层窗户纸的窗户，薄得能看见里面模糊的轮廓，却苦于看不清。似乎很清晰，却谁也不敢捅破它。

但沈洄却知道，皇上的意思，绝不会是他想的那意思。他于是一脸阴霾，偏偏在院子中遇见一脸嘲色的贺言梅，"面君回来了。"

沈洄略微看了他一眼，默默道："你跟我来一下池塘。"

贺言梅也是满目的晦气，这两日那翩翩佳公子似乎不见了，他收起了一切神色跟着沈洄走。

本来始终都很安静，但刚到水塘边上，就隔空伸过来一只手抓住他衣领，贺言梅愤怒的脸放大到极致："你究竟把她藏哪了？"

沈洄被他揪得回过神，握着他手腕咳出了声："你这样拉着我又有什么用，况且她也未必想见你。"

贺言梅脸上极少出现这样的表情，就好像一簇压制到边缘只等倾泻的火，可又因为某种原因不得不憋屈住了："这是我俩之间的事，你有必要插手吗？"

沈洄却不理他，沉沉问道："我上次同你说的事，你想得怎么样了?"

贺言梅毫不留情冲口道:"若是以往我还可能帮忙,你觉得你做了这样的事我还可能帮你任何事吗?"

"贺胜,不是帮忙,是合作。我这么做,也是在帮你。"沈洵的眼睛干脆盯着他脸看,缓慢而坚定道,"难道说,比起现在的结果,你更愿意看见那封信如约断送了她?"

贺言梅神情出现剧变,但那也只存在于一瞬间,他再次冷漠道:"总之你别指望用她来威胁我,我想你也清楚了,我能让你送信,就证明我不会让她做什么,从前没有,现在也不会。"

"你毕竟是娶了她。"沈洵慢吞吞,语不惊人死不休。

沈洵不动声色地看了看仍然在自己衣领上的手:"你若一点也不在意,也不用一上来就用这种方式逼问我。"

贺言梅几乎咬牙切齿地冷笑道:"那你呢?皇上叫你进宫都说什么了?那晚你骗过霍文基的眼睛招数妙啊,这世上,皇上知道的事情,我家老爷子就不可能不知道。他知道了,我就知道了。"

这话等于是在说,皇上知道了什么,他贺言梅也就差不多知道了。

沈洵皱了皱眉:"你是打算一直这么跟我说下去吗?像这样说?"

两人距离近得把对方表情都收入眼底,纤毫毕现,由此带来的就是越来越剑拔弩张的感觉。贺言梅也变凶狠了,"沈洵,算了吧,咱俩之间,你以为就你捏着我吗?你既然敢这么做,就不怕我也拿她来挟制你?"

双方拉锯中,贺言梅占据着优势,他只要手一松,真就会把沈洵送入池塘。

"你就不好奇吗?"这时候,沈洵淡淡地开口了,他盯着贺言梅串着火苗的双眼,"究竟我要找你办什么事,需要将你唯一的夫人都给请来。"

贺言梅眸光动了动,随后道:"我不想知道。"

沈洄就盯着他说下去:"素锦曾告诉我,有一晚上她去找过陈大夫,后来在路上,你故意让仆从驱马车撞向她。"

贺言梅只来得及吸口气,哂笑道:"真想不到她居然也会告诉你。"这件事,他的确曾以为素锦会守口如瓶。

沈洄的声音沉下去:"你借着抱住她的时候,曾经一瞬间拉开她的衣领查看,之后你却不肯承认。"

说完他就盯着贺言梅,贺言梅却松开他衣领,抱着双臂侧身站立冷冷不说话。沈洄就冷然道:"你所谓知道的事情,是不是就是指这件?"

他从来不怀疑贺公子手眼通天,霍文基今天才知道的事情,恐怕这位公子一回京那会儿,就打听出来了。甚至说不定更早些年,他贺家就留过一手。不然也不至于在大街上,就敢拉开素锦的衣裳求证。

素锦也不是糊涂人,贺言梅的种种行为她还是留下了心眼。

素锦或许不想让沈洄知道她曾夜半出门求医,但霍文基上门来过之后,她就没有理由再隐瞒了。

贺言梅笔直地站着,这时候他才像个孤傲公子,对沈洄不加眼色。

池上风荷吹尽,他才寒着脸说道:"皇上对你青眼有加,单看他召见你两次,却未传出别的话。这事就算知道了,连万岁都不点头,旁人还敢对你指手画脚什么?"

沈洄似有些不敢信地看着他:"贺胜,你真的想要我为此事做出牺牲?"

贺言梅瞳孔一缩,年少时的同窗结盟,诗画共话,还都在两人脑海中没有散去。有必要鱼死网破吗?沈洄只在传达这一个意思。

沈洄垂下眉眼,其实现在他不想同他论什么同窗之谊,只是贺言梅情绪突然间变得他也不认识,只能跟他扯了这么多不相干的。

贺言梅的脸上居然出现了他决不会出现的复杂神色:"我倒是,听说……皇上准你入阁拜相?"

沈洵默不作声，等于默认。

贺言梅脸上那种神情就有些爆发般："沈洵，你才多大？以你这种资历，二十来岁能让你入内阁议事就不错了，陛下居然还有意想让你拜相？"

这时候他还破天荒想到另一件事，想他贺家梅郎，那是如假包换无人能怀疑的天之骄子，也是个风流人物。他都没受到皇帝陛下这种待遇，说破天也就给了他一个礼部侍郎，凭什么？

沈洵避过他话锋，低声开口道："本来在陛下面前，我是想请他重审年家一案的。但他不动声色否决了我。"

"你……"贺言梅似乎艰难地都找不到话说了，"他怎么可能同意？你见过哪一个帝王，愿意推翻他曾经的决定？这也就是你，换了别人又是一个抄家砍头的命。你不就写过一篇京华策论吗？朝堂上这么多能人，惊才绝艳的臣子不计其数，沈洵，有时连我都怀疑，你给陛下灌了什么迷汤，万岁爷何至于偏偏就对你念念不忘？"

这一番夹枪带棒的话不仅没让沈洵发怒，反而让他露出一派真诚的目光来："有些事，现在不做，就后悔了。"

良久，贺言梅只冷冰冰来了一句："我不陪你一起疯。"就甩袖而去。

看他再次怒气冲冲走了，沈洵在池塘边待到了天明，朝池子里投喂鱼食。

在当天的早朝之上，以枢密使霍文基为首，联名十几位大臣奏本，要求严格搜索沈府上下，因为他们有理由怀疑上次要查的人是被以某种方式藏起来了。

孝宗在早朝上并未决策，将此事发回再议。

看出沈洵有心事，素锦就待在他身边陪他，"公子您现在尽量多练习走走，不要穿鞋子，地上奴婢都叫人整理过了，还铺了垫子。"

素锦瘦削的身躯就架着他，在地上一圈一圈地绕行。光脚走路的感觉有点类似于刚接触外界的婴孩的感受，这种刺激远远大于穿鞋子时候。长年的身残，沈洵的两条腿还很细，即使刻意将养了，也没那么快养回来，跟身体其他部分显得有些不太协调。

但即便这样，他还是顽强地练习，因为艰难，所以他几乎从不在淑云夫人等面前做过。

只有素锦，练习完一身汗，也都是素锦端来水替他擦洗。

眼看素锦拿了毛巾往他身上擦洗，沈洵下意识，手上的动作快过思考，立刻就握住了她手腕。

半晌，看见素锦吃惊的眸光，他才放缓了声音："你不用做这些。"

"公子你怎么了？"素锦低声道。

沈洵目光停在她柔婉浓艳的面庞上，略微恍然，那一瞬间他又想起孝宗的话，孝宗赢就赢在，他抓得住人的心，他抓住了沈洵的心，他那么爱素锦，相依为命多年，眼前有一个机会救她出苦海，他会眼睁睁放过吗？

"以后，你都不必做这些。"

素锦的眸内剧烈地抖了抖："公子？"

如果孝宗真的同意，让素锦再入沈家门户，并且还是"堂堂正正"，那只有一种解释，她的身份，一定不会再是年家后人了。

贺言梅那一番话或许隐约也包括了，漂白一个人的身份，对皇帝来说，其实也如翻翻手那般容易。

素锦没有想到沈洵对她说一句话后就离开房间。

"今晚你就歇在我这里，我出去一下。"

她从床边立起身："已经入夜了，公子还要去哪儿？"

沈洵微微侧脸，带着微笑："我还有些事情，就是入夜了才不安全，我会让人在门外守着，你记住哪儿也别去。"

这就更莫名了，沈洵从未强令她留在他的房里过。而他本人又要出去。

目送他出门,门外真的有两个人在,并迅速关上了门。素锦却不认识那二人,至少不会是沈洵里的。她在这里生活了近十年,就算最不起眼的下人她也认得。

这一觉素锦睡得特别沉,那杯茶因为是沈洵倒的,所以她不假思索就饮尽了。他的面容始终都是温柔的,目光如廊前的溪水软化人心。

连她都不知道睡了多长时间,潜意识里好像不止一夜。

极大的喧哗尖利声灌入素锦耳朵里,迫使她不得不醒转。她睁开眼,却看到好几个堆满了笑的脸,浮在上方看着她。

这些人都头戴珠花,看脸皆是中年的妇人,见她睁了眼,在瞬间一齐七嘴八舌佯装呼道:"哎哟,醒了醒了!醒过来了!"

说着几双手伸过来,似乎拼命要把她从床上扯起来,素锦被眼前的场景震在那儿,恍惚觉得自己好像还在梦里。

却发现根本没人给她思考的余地,周围的笑声夹杂着,那些女人的胳膊拿住了她身体各处,让她不能动弹。

混乱中,素锦按住被子,尽量冷静地注视着她们:"你们要做什么?"

这是沈洵的房间,不该会有人这么大胆地闯进来,加上这些妇人,她根本一个都不认识。

带头的妇人语出惊人,尖锐笑起来高声叫道:"表姑娘!"

素锦猛烈一惊,慌张抬起头,那些人手上抖开了耀人眼的紫霞霓裳,七手八脚就往她身上套衣服,挤满了笑往她身上贴,力气极大,待素锦直如砧板上的肉:"我说姑娘诶!您就快些穿戴起来罢!别磨蹭了!"

她挣扎了一番,张嘴便要叫唤:"放开我!你们是谁?"

那些人充耳不闻,还在拼命将衣裳往她身上套。突如其来受此待遇，素锦差点咬破了嘴唇。

直到一个人进来了。

素锦看着那个人，半天没有张开口，自然地安静下来。淑云夫人哀怜地看着她，目光透着疲惫，似乎也是一夜没睡。

"惜玉，你不要担心，这些人都没有恶意。"

沉湎于她悲伤的目光，和她出口叫的名字，素锦顿时没有反抗。

那些妇人仿佛心有灵犀般，互相看了一眼，俱都在那时收了手，一并退出了房门。

两目相对，素锦却忽然失声，忘记了话语。因为淑云夫人身上，穿的是诰命品级的流花裙。

"惜玉，你什么也别说，我先给你看一样东西。"

沉重的沙哑声音，一卷明黄的圣旨从淑云夫人袖中取出，她上前几步，缓缓地展开在素锦眼前。

这圣旨来得蹊跷，内容更是让人从身到心被抽干了力道。素锦的目光仿佛胶着其上全然无法挪开分寸，安静如她刹那间都如魔怔一般不受控制。

淑云夫人从头至尾观察她神色改变，脸上怜惜之情更甚。

其实，连她也不敢去断定，这所谓的"恩旨"，到底能不能算是一件好事情。

素锦失了魂，仿佛有泪，又仿佛无泪。开口时，她的声音仿佛都不属于自己的，"陛下十年来都未特赦我父，为何现在肯了？"

"这道圣旨是今早上才下达的，也是刚刚到我的手中。"淑云夫人几乎不敢与她相视，安慰的话也无从出口。

"洵儿，似乎也打算出仕了……陛下已经破例，恩准洵儿他参加今年的恩科。"

这两句话看似没什么联系，淑云夫人说完也是有些后悔嘴快了。看素锦，虽然平日都不声不响，但她一贯是个灵慧的姑娘。见她幽幽转头问:"公子回来了吗?"

"他还在宫里……"淑云夫人只能更加紧说道:"从今天起,你就是我沈家的姑娘,你属我娘家外亲,排行第九,你还叫柳惜玉。千万记得!"

素锦微微启口,眼中几乎模糊失明。

鬼使神差地淑云夫人也差点滴下泪来:"今天下午会从宫里面秘送几个女孩出来,以后就留下伺候你的。"

诰命夫人的表侄女进京投奔,自此后就在沈家落户,一个货真价实的尊贵小姐。

一切都解释得无比圆满,无比通顺。

突然间,比麻雀变凤凰还要奇妙的恩宠,并且牢不可破。素锦的嘴角连她都没知觉地浮了起来,好似是冷笑。

淑云夫人再也受不住地紧握住她的手:"待会儿那些命妇会来给你换衣裳,你一定要在中午前换好,乖乖的!"

接下来,大出她预料的,素锦竟努力弯腰,额头抵到了被上,声音轻如飘絮:"奴婢,谢过夫人……"

这声音竟是苍凉无比,就似没了生气般。她本什么也没说,可素锦的眼里却有着她不敢深究的东西。

淑云夫人一把抱住她,抬头轻哭道:"玉儿!以后你就是我的孩子!你再也不用受苦,我们所有人都会好好待你的,你千万不要想不开……"

素锦幽幽道:"我想见见他。"

淑云夫人定住,片刻松了手,更加低头:"恐怕不行。"

素锦垂下脸,让人看不清她的表情,只余声音渺渺:"再见一面……也不行吗?"

孝宗心情颇好地站在御花园边上,拍拍手,转身对沈洵说道:"这满京城的男子,只要不是你,玉树临风的王孙公子,朕可以随便她挑选。她喜欢哪个，朕都会下旨赐婚。"

沈洵身影单薄，独自在梨花树下，闻言露出一个几不可见的笑意："臣感谢陛下圣恩。"

注意到他不再自称是草民，孝宗更是笑了出来："只要爱卿能够体会朕心就好，若洵卿，自此后可以没有后顾之忧地专心为国效力，这些事，都算不得什么。"

沈洵顿了良久，方轻轻道："臣绵薄之力，难为陛下看得上，臣自当鞠躬尽瘁，效犬马之劳。"

声音隔着溪流传到孝宗耳中，只觉分外舒心，他再次笑起来，对一个帝王而言，能得一仰慕已久的美人和得一治国的良臣，当是最令他开怀的事了。

虽然两者都不易得，但过程艰苦，才更显得难能可贵。

孝宗虚眼端详着他，片刻悠悠一笑："其实，她若是自己不愿意选择，朕的心中，也有一个相当不错的人选，保管京城之上，再难以找到与他匹敌的俊郎了。"

沈洵轻不可闻地道："谁？"

孝宗站在溪流对岸，负手缓慢道："贺府梅郎。"

沈洵傍晚才回来，望着门庭，他没要任何人跟随，自己摇着轮椅无声地返回东府。

余晖撒在他身上，今日的沈府也是格外安静，走在道上没有任何一个人来打扰他。最后他似乎没有力气推轮椅了，抬头看到头顶高大的杨梅树，他扶着树干无力地靠在上面。

最后是文进找到了他，将他推着回了东府。正是梨花盛开的时候，如雪美景，正像去年今日此门中，失却了那张桃花面。

文进在他耳边说了几声才听见："公子，表小姐想见你一面。"

沈洵的手一下失控般地攥紧，他看了文进一眼，那一眼像是有些茫然，可把文进骇得不轻。

"告诉她……回去吧……"

文进头皮发麻说道:"表小姐说,她只要跟您说一句话就行了。"

沈洵指尖掐进了手心,抬头盯着文进,眼里发红:"不行!"

却已经有细碎的脚步声逐渐近了,穿着月华裙、碎花绣鞋,踩着旁人不敢惊动的步子,来到沈洵的身边。

"为什么不行呢?"轻如浮云,惜玉痴痴地盯着他问。

沈洵转过脸,看着面前这个面若桃花的美貌少女。不比他院里百花盛放逊色的繁华,她这样的装扮,他已经太久没在记忆里看见了。

惜玉拖曳裙角,无声地走过他面前:"哥哥是真不愿见了,还是假的?"

沈洵缓缓扶着额头,他数度启口,才能说出:"你有什么话?"

昨晚他走时,分明还是另外一个样子。此刻咫尺天涯,却仿似陌路两分。惜玉微微模糊了眼,垂头抚了抚眼角,道:"我是想问,哥哥以前说,我们在一块,再也不分开的话,还算不算了?"

沈洵不去看她。

别看这里四周静悄悄的,院子里,多少双眼睛在盯着他们两个。

惜玉看了他许久,太阳都彻底落山了,也没得到他回答。她才挪动脚步,嘴角带着一丝薄笑,挺身无声离开了东府大院。

第37章　峰回路转

要说沈家九姑娘，虽然名号传得突然了些，可架不住是块香饽饽引人注目。

求亲的人趋之若鹜，根本不愁找不到好儿郎，在京城数不上号、称不得才貌双全的公子哥，都不好意思上沈家的门。

这就好比，突然给人打开了一扇诱人的门一样，里面是沈家金闪闪的似锦前程。少时，京城为数不多的妙龄少女，在许配给沈二公子的时候，都吃了闭门羹。多少双权贵巴结的手，就止步在了沈府大门口。

一夜之间，沈家多了位如花似玉的姑娘！比起少得可怜的千金小姐，京城有无数的可以婚配的男子啊，又给了多少人以希冀。

更何况，沈家这位九姑娘，并没有什么毛病，还不像之前那位二公子，有些让人不敢说的缺陷。

据说九姑娘还十分美貌，知书达理，除却年岁大一些，似乎已十七了。但在沈家这块金字门楣前，这年岁就不算大事了。

京城的人，是盼啊盼啊，沈府门前，是遍布了各府的眼线，一根小草若是动了动，都能立刻传到打探消息的人耳朵里。

六月初九，好日子，宜嫁娶，出行。皇帝亲自赐婚，着贺府嫡长孙梅郎与沈府千金喜结良缘。隔月迎娶，赏珠玉百担。

城里就像一口煮沸的锅，滚沸了半个月才歇息。

到了两家真结盟这天，连万岁爷都罢朝了，是以文武百官的家眷们都得以上街，观赏这一场奇妙盛大的婚事。

淑云夫人在红绸长廊中穿梭，指挥着数不尽的丫鬟婆子，这里有大部分，都是孝宗从宫中派来的。"把那些都搬出去！布匹暂时堆到库房里去！"

她拉住一个丫鬟，忧心忡忡地问："看见公子了吗？"

那小丫鬟低着头："没，爷从早上就还没出来呢。"

孝宗大手笔赏赐了足够积压半院子的金银珠宝，越是泼天的富贵，越是扎得人心里难受。淑云夫人听说沈洵还在东府，不由失神了许久，半响后方抹了抹眼角，眼圈泛红推开素锦的房门。

有六个梳妆的婆子在屋里面，给素锦的脖子上套了沉重的项圈。火一样的红衣，裹在她清瘦的身上，看着有些陌生。

她那张无血色的脸，正好与那身嫁衣形成极强烈的对比。淑云夫人望在眼中，只觉一阵揪心之痛。

"玉儿……你还有什么想要的，都同娘说了罢。娘就是无论如何，也会想法子给你找来的！"

妆前，她的目光仍是注视着铜镜中，口中清幽道："多谢夫人，这儿已经有了如山的东西，我也再没有什么想要的了。"

淑云夫人心如刀割，盯着那些服侍的人，半天不知说什么，哽咽道："让我来给她梳梳头吧。"

那些婆子也精乖，讪笑着收起梳子，张口就道："已是梳理完毕了！没什么需要夫人再帮手的，夫人还是出去准备开始观礼吧！"

淑云夫人又看看素锦，只见她盯着铜镜中，似乎终于盯得倦了，一双眼睛缓缓合上。"是的，夫人，您出去吧。"

不知为何，听了这句话淑云夫人忽然有种无地自容的感受，她眼内涌泪，红着一张脸只得重新离开房里。

那些婆子互相看着，都笑着扶起了素锦："快吧柳小姐，您好福气，把这御赐的红盖头盖上，便跟我们出去了！"

婆子们只觉得素锦没有任何新嫁娘的羞涩惶恐之情，安安静静就随她们把盖头蒙在了脸上，这些宫里的嬷嬷也暗自松了口气。

府中除了一处角落，仍然是僻静的。佛堂中，一个身影跪在蒲团之上，一下下地敲击着木鱼。佛前长长的三炷香缭绕出烟雾，身影始终跪得挺直，手指下正捻动一颗颗佛珠。

清瘦的身影从帐幔后闪现出来，清幽的声音响起："老太太，您不出去看看吗？"

那身影一动未动，仍然虔诚地背诵着经文，木鱼声经久不歇。

秋宁幽幽地叹了口气，慢慢重新隐到后面，只觉得耳际的喧嚣浮华声，似乎真的离这佛堂，越来越远了。

要说孝宗这次，隆恩确实前所未有，重视程度把整座京城都惊动了。沈府周遭起码围了四五层，全部是宫廷的侍女、带刀侍卫，以及陪同送嫁的教养嬷嬷们。

出了院子，又围上了十几个人，簇拥着素锦向前行，周围自然也多了看热闹的百姓，眼中便尽是艳羡之色了。就算是嫁公主，恐怕也没有这般的盛大排场，怎不叫人瞩目。

孝宗倒真没有阻止这些人看热闹的意思，但也越是人群多的地方，越是戒备森严，十个人中总要穿插一个朝廷护卫。

淑云夫人忽然就有些生气，她还忍着泪，就冷笑："看陛下这样子，里里外外围得跟铁桶一样，还怕洵儿抢亲不成吗？"

沈东岩慌忙碰了一下她手臂，低声道："夫人，莫说此话！"

淑云夫人越发激动道："都逼到这份儿了，难道还不许说两句吗？"

沈东岩摇头叹息，却也只敢是私底下默默的，他站在大门之外，宾客来往还得笑脸相迎。现在惜玉就是他沈家的人，做不好就是自己没脸。

这当口一声锣鼓响,新娘子下台阶了。

喜娘搀扶着,这里距离迎亲的轿子还有十几步远,沈东岩迈步,正要带着素锦走完这一段路。等于是在沈家的最后一段路,上了花轿,就是人家的人了。

可是正在他准备上去的时候,抬眼看见门内缓缓出来一个身影,沈东岩的脚步就顿住了。

喜娘牵着素锦也停在了门口,这段路理应由女子的家人相送,方能护佑女儿日后一生的安定。

素锦在红盖头下,低头只能看见脚下的地面,红砖瓦铺就的台阶,她听见那人的声音,慢慢地接近她。

少顷,她盖头下出现了一只手,熟悉到刻骨的样子,外面温柔地道:"九妹,让我牵着你出去。"

素锦久久没有应他,周围看热闹的人也都隐没了声音,京城百姓们都睁着一双兴奋的眼,盯着台阶前的两个人。

淑云夫人都望向这边,脸上还维持着僵硬的笑,目中却全是不安。

可是那只手,还是坚定地伸在她眼前。仿佛还在过去的那些年,永远给予她缱绻期待。

素锦缓缓启唇,声音轻得像一片羽毛飘落在沈洵心尖上:"哥哥,请让我的夫君来。"

那只温柔以待的手,可以看到陡然变僵。

周围哗然。

谁都没有料到新娘子会说出这样一句话来,这简直太有悖常理,叫人合不拢嘴。但也因为这样,周围更没有人说话了,都等着接下来还有什么好戏上演。

沈洵仿似有些艰难地柔声问:"玉儿?"

谁知素锦还是坚定道:"请让夫君过来。"

新娘子还是这般固执,开始有人窃窃私语了,别说让未来夫君带着走路本身就不合规矩,这算什么。而且不少人都在看向贺府的那顶轿子,周围只有来迎亲的八个轿夫,那传说中的新郎官呢?怎么不见人来?

沈洵的脸色一下子变得难看,光芒晦暗下去。他的手只能无力地收了回去,看他那样子,淑云夫人几乎没忍住就哭起来。

沈东岩突然也有些后悔,刚才那一步他迈出去就好了,早知就让他来搀扶素锦走这一段路,也不至成如今这局面。

"行了,都让开!"一匹白马此刻忽然疾行了过来,映入眼帘的,是意气风发的新郎官,贺言梅胸前绑着一朵大花,脚一蹬就从马上下来。

俊郎就是俊郎,梅郎第一次穿大红喜袍,眉眼仍然挡不住的风流俊逸。他朝着素锦那里看了一眼,就笑着大步向前走了过去。

沈洵也沉默地将目光落到他身上,这么多人的比钉子还要深入的眼光,贺言梅居然面不改色,也能脚下丝毫不停顿地来到了素锦身边。

"夫人,还没过门,就这么给为夫面子。"

三个人互相站着对望着,贺言梅一声淡淡的笑语随风传进了盖头内。

百姓心里都在感叹,这贺家梅郎,自从上次洛阳名妓的事件,让他名声大臭之后,都以为他娶不到女人了,哪想到还能遇上和沈家这般奇妙的姻缘,世上的事真是难说啊难说。

不过瘦死的骆驼比马大,贺家公子再遭人唾弃,那也是一表人才啊,何况这次还是皇帝指婚,那些被富家千金嫌弃的面子里子,都赚个够本回来了。

贺言梅一撩起下摆,恭敬地伸出手:"夫人,请。"

只见那一直站着没有动作的新娘，真的神奇般伸出了手，搭在了他手心。

至此，至少来送嫁的沈家一行人，还有宫里派出来的许多人，都能松下了一口气。贺言梅挽着她走到了轿子前，轿夫立即撩开了门帘，素锦弯身坐了进去。

轿帘门放下，外面沉寂许久的锣鼓声乐终于盛大地奏响了。

八个轿夫一齐用力，缓缓抬起轿子开始前行。几百双的目光，都随着这铺陈的十里红绸锦缎，逐渐移动着。

贺言梅也重新骑上白马，在队伍中带笑前行。沈东岩夫妇不由得跟在后面走了几步，他们此时的心情，绝对与眼望着亲生女儿出嫁一样，甚至还要心痛不舍。

沈洵脸色苍白地坐在台阶前，此刻也不会有人注意到他。所有人的心思，都追随着那么一顶红轿而去了，包括他。

突然之间，让所有人都大吃一惊的，从沈家正门冷不丁冲出来一个人，朝着轿子就狂奔而去。"明明就是个奸臣之后！冒充什么千金小姐！充什么小姐！鱼目混珠！"

众人都被这显得撕心裂肺的声音震撼，待回了神，才发现骂人的是个女人，鬓发都已纷乱，耷拉下来在耳边，倒是貌美，只可惜此刻脸上的神色太过狰狞，让人纷纷都移开了目光。

沈东岩夫妇一看见她，立即脸色大变！

台阶旁，沈洵眸色骤然收缩，方才事发突然，何钟灵人就从他眼前跑过，他竟然也没能将她拉住。片刻，他只能一声厉喝："大嫂！"

何钟灵还要向前冲，对沈洵的话充耳不闻，她整个人的状态已经失常，始终指着轿子谩骂不休："你分明就是我们家里的一个奴婢！叛逆留下来的野种！凭什么欺骗天下人！还敢顶着小姐的身份出嫁！"

一阵似呜咽的笑声从她嘴里传出来，青天白日的，竟是笑得围观百姓毛骨悚然的。加之沈洵刚才对她的称呼，谁也没料到此人竟就是沈府的那位少夫人！

变故发生，贺言梅几乎立时勒停了马，一扫脸上微笑，喝道："还等什么？！不把人拿住！"

侍卫们一拥而上，何钟灵尽管出其不意，往前冲得再快也不是训练有素的带刀侍卫们的对手。还没到轿子前，已经被三个侍卫制住了，她拼尽力地甩手挣扎，其中一个侍卫在她膝弯处踢了一下，她便不受控制地跪到了地上。

人群中发出了唏嘘，何钟灵头上钗环，都在此时跌在了地面上。她有些僵硬地抬起头，扫了扫众人仍在冷笑："她就是贱人，年家留下来的野种……"

淑云夫人浑身发抖，白着脸色立时指着她大叫道："把她嘴捂住！"

那些侍卫也是木头，这种境地下竟然不懂祸从口出的道理，还任由何钟灵信口开河。但木头经过点拨，也终于用一块布塞住了何钟灵的嘴，她喉咙里发出呜呜的闷声，却也最终流了满脸泪，半句声也出不了。

贺言梅冷冷看着，这时候露出一丝笑，竟有些狠意。

沈东岩看见了，当下就冷汗从每个毛孔里透出。他面不改色，立即走下台阶，拱手向四周围观的百姓，朗朗致歉道："这正是家中长媳，疯癫已有些日子了，今日大婚以至看管不严，使她出来污了各位的眼睛耳朵，实在对不住了。"

这番冠冕堂皇的话说出来，起码是把面子上的事罩住了。听了这话，何钟灵眼泪流得更凶，围观的人看见她的形态，确实与沈东岩口中形容的"疯癫"也无差别。可是，总有些话，是用"疯癫"也遮不过去的。

她刚刚虽然只来得及说了几句话，却句句惊雷，特别是最后一句，连沈家夫人都变色要堵住她的口。百姓中眼明心亮者，多是人精，若说对此不多心，怎么可能呢？

沈东岩夫妇显然也知道了这一点，尽管亲自抱拳解释了一番，可沈东岩脸色却没有更好转起来。说出去的话就犹如泼出去的水，覆水自古难收，坛子口好堵，却堵不住天下悠悠众口。

他将沈府自己的家丁唤了几个来，都是孔武有力的莽夫。"你们速速将少夫人带回归雁园，在我和夫人回去前，一定要严加看管！"

贺言梅马上高坐着，看沈东岩已经下令，将何钟灵自行拖回到屋中。尽管他目中冰冷依旧，却也未再追究什么，手中拉起马缰，再度缓缓前行。

这事件发生的时间虽然短，自始至终，轿子里依然安静，里面的人对刚才咒骂的言词，似乎更不放在心上一般。

沈东岩走上前再度深深揖了一礼："姑爷，见谅了。"

贺言梅露出似笑非笑的表情，就在旁人猜测他会如何发作时，半晌后，他也挥手道："亲家公，好说。"

沈东岩露出笑，无数乐声又开始齐鸣，路人伸长了脖子在张望，脸上仍是兴奋难抑。繁华到梦幻的庞大送亲队伍终于缓缓驶出这条街，但许多人意犹未尽，却都还在不舍地望着，仿佛还期待能重新看到同样的绚烂。

淑云夫人紧绷的神经也随着队伍的消失，而终于疲累地松懈了下来。

过了半个钟头后，百姓们才逐渐散去。地上许多散落的礼花，有很多孩童奔跑着捡起来。看热闹的人此刻都产生了一种不虚此行的感觉，谁家娶亲能这么热闹呀，太有料了不是。这回去以后聊天，起码能有一个月都不会无聊。

淑云夫人走进了归雁园，却没有去看望何钟灵，而是来到尽头的书房，推开了沈文宣的房门。

沈文宣在书桌前，却是背对着，目光盯着什么也没有的墙壁，像是也在出神。

淑云夫人凝视他片刻："宣儿。"

沈文宣稍稍侧脸，声音似乎一点儿也不意外："婶母来了。"

淑云夫人缓缓走过去，目光却在这过程中变得哀伤，她最终停顿在沈文宣的身后："宣儿，今早临送嫁前，我还特意来提醒你，让你看住你的媳妇，为什么你没有？"

沈文宣似乎过了良久才叹息一声："她要离开，侄儿也拦不住。"

"是拦不住，还是不想拦？"淑云夫人定定望着他，唇角溢出一缕悲哀的笑，"我让你拦住她，这句话，或许还提醒了你吧？"

话音落下，沈文宣终于自桌旁转过了身，这一看之下，淑云夫人也暗惊，他正当壮年时候，鬓角处竟然都隐约见了白发。

他像是也在很认真地看着淑云夫人："婶母说的是指责的话？"

他既没承认也没否认，也一本正经地问起来。淑云夫人惊怔之下想到了许多年前的一些事，她于是更加明了，因此心中的悲哀之情也更甚了。

她几乎是含泪地注视沈文宣："宣儿，我曾对你讲过，我待你和洵儿都是一样的……洵儿若有什么，我也会给你。这些年我的做法，你是不是从来没有放在心上过？"

"也会给我？"沈文宣静静抬眼，眉头微微拧起。

淑云夫人手臂虚软，只得无力地撑着桌面勉强站立。她目光瞥向一侧，泪光晶莹，今日，让她伤心的事情，实在太多了。

沈文宣道："怎么会一样呢？婶母，其实不怪你，也不怪任何人。洵弟的天纵奇才，我是拍马也赶不上的。从小就是，他一直在家族里领先所有旁支，我也知道，无论我如何努力，得到的那些成就，在洵弟眼里也都算不上什么。"

淑云夫人几乎连话也说不上来："你！"

她的手指抬着，似乎想碰他，片刻仍是只能堪堪垂下来。心力交瘁的迹象是那么明显，声音饱含沉痛："你可知道，你今日纵容她一时，晚晴这一辈子也就算毁了！别说皇上不会放过她，可能会让她做一辈子的'疯癫'女人！你们夫妻的情分啊，百年修得共枕眠，你为何就能这么狠心？"

已经没有什么质问了，淑云夫人彻底把底牌揭了出来，她的确是当家主母，平日再怎么睁只眼闭只眼，还是能够看出端倪。

沈文宣又转过了身，将桌上的书一本一本理起来，却再没有说话。淑云夫人在背后看着他，彻底心碎了。

也许她今日才发现，她一直用命疼的孩子，以为自己已经带着他活在了阳光底下，蓦然转过身，却才恍然回过神，原来他根本还是在阴影中没有走出。

她脚步虚浮地走出来，扶着门框，也许今日这大宅院中，她们母子二人，正好是最绝望的两个人。

素锦坐在轿子里，起先还平稳，可是她只觉得到贺府这段路走了很久，到后来根本一点喧嚣的声音都听不到了。

可轿子还在走，但突然晃了一下，接着就有更多的晃动袭来，让她头晕的同时全然是迷惑。她双手抓着轿子两边，努力维持平衡。轿子外面也是沉寂，如果不是还能听到轿夫们整齐划一的步子，她甚至都怀疑连外面也没有人了。

但是轿子晃动得越来越厉害，她双手齐用都快控制不住身体了。她忍不住想掀开轿帘看看，外面到底怎么回事。

在又一次晃得滑下之后，她伸手想把门帘拉开，触手下去，浑身血液却都凝固住了。

她开始奋力去敲："你们要干什么？放我出去！"

这轿子外竟是多出了一层挡板，一层坚硬的，仿佛门一样的木板。手捶打上去咚咚闷响，但丝毫撼动不了。

素锦有些慌了，这挡板什么时候出现的，什么时候放下的，她一概不知道。在这轿子里她就心如死灰，可并不代表她感受不到周围的异常，何况眼下的境况，根本可以称为诡异了。

轿外竟然真的传进了声音："小姐，您别叫了，再忍一忍，也就快到地方了。"

那地方显然不会是贺府了，素锦略略喘息起来："你们要带我去哪？你们不是轿夫，你们是什么人？"

她又开始砸门："为什么要关着我？！让我走……"

门外顿了片刻，又叹道："小姐还是别叫了吧，小的们可以告诉你，这地方虽然你不知道，但你叫破了喉咙也是没有用的。您先别慌，就且安安静静地待着，别的也没办法，只能先到了地方您再说话儿罢！"

对方如此恫吓，素锦更是浑身泛冷意。连轿子上原来的小窗户，都被木板挡死了，此处显见得幽静，就算将她丢在此处，关一辈子，都是有可能的。

之后她又敲了几次门，外面却都不予理会，除了赶路沉重的脚步声，再也没有人响应她一句。

素锦勉力镇定，她的手不由自主缓慢伸向嫁衣的口袋中，嫁衣的袋子其实很细小，但若说还有什么能带的，那就是她的针。

一根细长的钢针，在医者的手中既能救人，也能杀人。轻喘了片刻之后，她做了从坐进轿子中那刻起就一直想做的事，她把钢针直立，对准手腕深扎了下去！

……

醒来的时候，全都是漆黑的。

她甚至不知道，是不是真的醒来了，她也不认为自己能醒来。

但她很明显躺在一张床上，即使周围漆黑，五指都不见，但是身体下的感觉,却还是又真实又温暖。而且就在她挪动的时候,从手腕上传来一阵剧痛,这痛楚让她很久都没有再动,躺在那里,也许是不愿意相信自己仍活着。

半晌她才用自己的另一只手去碰了碰,明显是纱布包着,接口也处理得很仔细。她那一下伤口虽小,但失血肯定不会少的。

身上所有的针都被收去了,她用没受伤的手,一点一点摸索,摸到了桌子、凳子,还有桌上的茶具,初步断定这是一间屋子,周围围住的是坚固的墙壁。

但为什么这间屋子里,没有一根照明的蜡烛,又有什么屋子会是这般黑。

最后,她只有摸到床边坐下,心里的感觉,已是再无法形容。

身上穿的,似乎也已不是嫁衣,她用力捏着衣服的质感,却只有陌生感。待在不知是何处的黑暗中,连流泪都没了欲望。

后来她十分疲乏了,腹中空空,她又摸到了桌上,而这时候,她居然摸到了水和食物……

她忽然浑身又颤抖起来,叫道:"是谁?!什么人?!"

没有声音回答,安静的就是一座活人的坟墓。良久,她又缓缓地坐下了,眸中带着湿意,慢慢地吃下了水和食物。

这座屋子小得连她的回声都听不到,不管是谁把她关在这儿,似乎不想她死,更不想放她出去。

她根据三餐数量来计算天数,居然都计算得忘记了具体天数。因为这些食物和水,根本不是按照规律出现的。

有时她的手就放在桌子上,在那儿等了漫长的许多时候,她根据判断足有一天的长度,可是那里却没有出现任何东西。

甚至在她离开的一转身的空当,再回头,居然又摆在了桌子上。

每天都是这样,不知道什么时候,桌上就出现了那些食物。那么诡异的,她根本听不到一点点声音,不管怎么努力,睁大眼维持着不睡觉,都无法发现,那些东西是怎么送进来的。

她摸了无数次,这个房间,没有窗户,没有门,完完全全是密封的。

绝望已经不能形容,这样在黑暗中,缓慢寂静的,流逝着时间,情绪似乎也在跟随着消失。后来她不找了,每次喝了些水,她就陷入漫长的睡眠,黑暗中,那些噩梦似乎都跟着模糊了,她睡得越来越深。

但是,终于有一次是不一样的。

她醒过来,发现小床上又躺了一个人,就在她身后,紧紧贴着她背上的肌肤。

滚烫热切真实的接触,长久的幽禁让她反应变得迟钝,那只大手已经开始游走,在她身体各处,像点燃的火,不客气地燃烧着她。

素锦开始反抗,可是背后那人高大的身体包裹住她,她的腿也被他紧紧压着,任由索求。

而那人,显然对她的身体十分熟悉,几处捏了几下,她就软下来。

接下来更是不受控制的,开始轻喘,不停地挣扎。到后来她不挣扎了,全然溺在那人怀里,微微张着口徒然呼吸。

那人身子传来的熟悉感,也让她浑身打战,她也没有机会去思考。

她甚至都不知道,他什么时候能站起来了。

太熟悉了,一切都不费力,她的衣裳被一件一件地除干净。

就在意志沉沦,最后即将迸发的时候,她忽然喉间哽咽,眼中涌上了泪,极小声地说道:"你若不是他,我立刻就去死……"

那人所有动作一下子都僵住了,半晌万物俱静中,仿佛也有艰涩的吞咽声,头抵着她的颈窝,传出同样压抑的一声:"你受苦了,对不起,我实在没有办法。"

素锦再也没忍住哭出来,她咬住脸前的胳膊,低微得有些泣不成声道:"你去哪儿了?"

那声音就算消失了千万年也不会错,带着温柔甜腻:"我在善后。"

她无声地哭,翻过身在他怀里,把她这一生的眼泪都流尽了。他拥着她在黑暗里,她受的苦实在太多,多到他这一辈子,都不会后悔这次的决定。即使决绝,即使再无回头,他的眼中不知是否也有泪,也许他们都是体会得太深了。

不怕天地间的光都褪尽了,都希望心里还留着一盏灯光,能够为对方指引。

……

尾 声

在洛阳的交界处,有一座小山村,民风淳朴。

有家姓方的农户,家里的女人就在这开了间乡野客栈。屋舍十分简陋,只是供过路的旅人暂时歇脚的。

那天都到了晚上,方吴氏坐在廊下看门,只见快马飞驰,从马上下来了一对年轻男女,从女子盘起的发髻上看,应当是一对夫妻。

果不其然男子说道:"在下与娘子连夜赶路,娘子已是不堪劳苦,身体虚弱,希望能在此暂住几天。"

方吴氏一见对方谈吐这么文雅,再看看那位姑娘,一张脸小巧苍白很是让人怜。倒似个未出阁的小姑娘,应当是新嫁之妇。

她站起来,立刻把人请进了屋,张罗收拾空房。

很少有人会一连盘桓数日,方吴氏还是尽条件所能地给予照顾,小夫妻较为寡言,男子温和,大部分时间会留在房中照顾娘子。间或上过几次街,优哉游哉的。

这样惬意让方吴氏略觉奇怪,此地不是富饶之地,两人不像普通留宿,却似在等什么人般。

五日后,真的又来了个人。和那男子一样的俊朗出众,只是脸上一直挂着笑,眉间自带股风流。

收拾了楼上一间小酒屋让他们坐着,两人开始说话。

那人还带了两坛子美酒，香气盖着盖子都传到一里外了。两个大海碗装着，各自豪饮了一口。

"你这招是真毒啊！这么毒的办法你都能想。话说回来，我以前怎么就没发现你原来是这么毒的人呢？"

虽说一句话里就连用了三个毒字去骂对面那人，那人嘴角却带着一丝笑看他，毫不生气。

"我在这里等，就是为了见你最后一面。"他轻轻说。

梅公子打开扇子："我现在感动是不是多余了，你不是为了等我，是为了等最后出关的令牌吧。"

楼公子微笑："我知道你不会让我失望。"

梅公子此刻深望了一眼："我知道你们这次去哪里，以后或许真的不能再相见。只是我还有一个疑问，实在不解。你就当我多嘴问了，关于她身上，怎么也去不了的那个黥刑印记，你究竟是怎么帮她弄掉的？"

本来有那个印记，逃到天下任何地方，都是没有用的，总会被人找出来，可是那唯一的印记都去除了，只怕真的再没有人，能够找到他们两个了。

黥字不再，曾经的残疾也没有了，还有谁，能再凭什么认出他们？

"不是我。我没有这个本领。"楼公子微微垂下了眼眸，隐约叹息。

看得出梅公子也吃惊："还能是谁？"

楼公子目望窗外："在这个世上，是个远比我更加爱她的男人，宁愿看她忍受生不如死的生肌痛苦，也让她重生了一回。"

梅公子震动，口中只抿出一个低微的形状："年将军……"

生肌骨，只有西域才能传出来的烈药，古人说玉骨再生，美人的骨头每一寸都是销魂的，焉不知在之前要忍受如何巨大的痛苦才能生出这一身销魂骨。

又叹息了一声:"他们父女,每一个都是让人佩服的。"

楼公子举起了碗:"劫后余生,苦尽甘来,小梅,我敬你一杯,也祝你日后美满平安。"

对方似乎被他这一声"小梅"呛到,颇为不悦地跟他碰了碰杯咬了咬牙:"算你机关算尽,算你狠。李代桃僵。我没被你害死,实在是走运。"

二人俱都今生最开怀地举杯,畅饮笑谈,珍惜今生这可能是最后一次的相会。

……

就在半月前的沈家池塘边。"我知道京城有能力在陛下的眼皮底下耍手段的,只有你贺家。在迎亲的时候,我要你帮我。我只想带素锦走,而你,只管娶你的新娘。"

贺言梅眼中露出不屑之意:"你那么有决心,随时可以带她远走高飞,还总想着连累旁的人干什么?"

沈洵声音冷静:"我即便要走,也要走得无后顾之忧。我不想走了以后,身后还招至一辈子没完没了的追捕。"

贺言梅似乎忍不住冷笑出来:"原来你什么都了解。"

"正因为辜负过,你就没有想过补偿?"沈洵反问了一句,顿时目光锐利。

贺言梅盯着他,似是终于明白了他的意思,却像看一个疯狂之人一样。

"你知不知道你拿什么在赌?万一陛下龙颜震怒,他曾经可灭过年家的满门。你怎么敢太岁头上动土,你疯了?疯到想玩火自焚!"

"正因为他做过了,"沈洵缓缓道,愈加冷静地分析,"一个明君,可能会犯错,但他不会犯一样的错。他也会顾忌别人的眼光,在迎亲那天,他让越多的人围观,之后他就越不可能追究。因为那么多双眼睛,亲眼看着花轿一路进了你贺家门,甚至进了你的屋,过程中不会有人眨眼,那么之后,他还怎么去怀疑,新娘不是新娘呢?"

孝宗越在大婚上戒备森严,之后他就越无法推翻既定的结果。正是因为一切都安排得滴水不漏,他还怎么有证据追究责任呢?

"你想过后果没有?"半晌贺言梅才能咽下唾沫,"万一,万一东窗事发了,你是走了,可我呢?难道你要我贺家满门都为了这事陪葬?"

沈洵目光深邃,缓缓看着他:"只要我没事,你就一定会没事。陛下不会按下这件事后,再主动把它掀出来。况且,这次恐怕也是你和她厮守终身的唯一机会。错过了,就只能是一辈子分开了。"

池塘清荷摇曳,这时吹过来一阵凉风,贺言梅也陡然打了个寒战。或许他一生中,都没有这么艰难过。

沈洵的声音也仿佛在做这一生最沉重的决定:"言梅,没有你的帮忙,这事儿成不了。"

番外　长相守

在那一场繁花铺锦的大婚之后，京城朝局陷入一种前所未有的宁静之中。

这宁静来自上位者的心情——孝宗的心情。

因为这一年选拔人才的大考，就在婚后的第二日在京城盛大开始，集结了无数的名流才子、天潢贵胄。

沈家二公子，也在其中。

沈洵看来是真心想要入仕了。

大试六天之后，轻易地夺了殿试魁首，辞藻惊华，耀了内外宫廷那些老臣的眼睛。举凡还能想起八年前那位惊才绝艳的少年郎的，都不由喟叹，昔年跌落泥尘的明珠，终于再一次绽放了光芒。

大宴群臣的时候，孝宗看着殿上的年轻人，怎么看怎么中意。

因为沈洵腿脚不便，更是许他上殿不跪，荣宠无双。

孝宗故意笑道："爱卿，这回朕封你做官，你总不会再拒绝了吧？"

九五之尊当着众人的面，说话意有所指，沈洵淡淡一笑，只见他低头轻声应道："陛下屡次厚爱，臣再推辞，就是不识好歹了。"

孝宗本就有心试探，听到此话，简直龙心大悦。

想他付出了那么多苦心，总算有了回报，这个固执的臣子，也终于知道低头了。

不过孝宗还没高兴完,就听沈洵在下方又说道:"只希望陛下,能恩准臣一件事情。"

孝宗很是大度地摆了摆手:"你说。"别说一件了,只要能得沈洵这个栋梁之材辅佐身侧,便是要什么孝宗也愿意的。

沈洵离席来到殿中央,敛眸低眉,"臣,自幼爱江南天地灵秀,陛下如要封官,恳请陛下赐臣,外放江南……"

在左右搀扶下,伴着话音缓缓屈膝而跪。

殿内随着这句话,变得落针可闻,孝宗的眸光从柔和急转直下变成深不见底的黑暗。犹不知过了多久,传来帝王喜怒不辨的声音:"京城有这么多职缺,为何偏偏要外放江南?"

沈洵目光一颤,便是低声说道:"臣的娘亲,便是来自江南。臣困居京城多年,一直向往我大宋国土的秀丽河山,恳请陛下垂怜。"

沈洵自腿疾伊始,便再也没有离过京城,本该是挥洒四方的年纪,却饱受了许多煎熬。如今终于得老天怜眷,唯一的念想,便是亲自看一眼繁花似锦的江南。怎不叫人感动?銮殿上那些老臣,个个都唏嘘起来,纷纷一脸动情:"沈公子要求如此简单,陛下定能满足……"

站在众位朝臣的立场,沈洵的这个要求简单极了,根本不算要求。也正因如此,他们根本就不会觉得孝宗能不答应。

而沈洵,在孝宗说话前,始终安静地跪着。

最终孝宗默许了沈洵的外放,但是却不曾封给一官半职,天子正当愤怒之中,让他再多给一点点,他都是不愿的。

不过沈洵无所谓。他天性对仕途淡泊,不恋权也不爱官。

收拾行囊之时,沈洵嘴角含着淡笑。江南,江南是素锦家乡之地。素锦,他答应过,不仅要带她走,更要走得堂堂正正,毫无顾忌地立足于天下间。

君子一诺，便要倾尽全力去兑现。

阿久几个丫头幸福得脸都红了，几乎就跪下对老天爷磕头。

没想到，没想到还能这么一直伺候公子爷，几个小丫头从进府那一天开始，就把能一直服侍沈洵当作毕生最幸福之事。而今居然还能跟着公子爷一路去江南，真真是开心得叫人晕过去。

尤其是荔儿，整个院子跑来跑去，不停高兴地大声叫喊，这要是不知道的人，还不知道这小丫头中了什么邪。

沈洵埋首在书桌前，独自一人收拾着包袱。

他没有注意到，有一抹艳影，迤逦前来，踏进了他的门内。

略显失神的何钟灵看着沈洵的身影，更加陷入了呆滞。他原就是俊丽的男子，此时便连那唯一可称为缺陷的残疾，也都没有了。他颀长的身影就立在桌案前面，微低头的样子，像是古画里走出来的谪仙。

沈洵好半晌才想起抬头，一看到她就愣了，片刻蹙眉道："嫂嫂？"

这称呼让何钟灵差点站不稳，她咬着唇，然后带着点模糊不辨含义的微笑："你这就要走了？"

沈洵放下手里的书，淡声回复："是的。"

何钟灵眼底陡然有光芒隐现："她现在已经嫁与他人不是吗？你又何须再放弃大好前程，甘愿外放千里？"

屋内暗影斜斜，沈洵垂头静默半晌，似乎听出了这话中，潜藏的万种深意，良久之后他低低地长叹一声："沈洵志不在此，蒙嫂嫂错爱了……"

就像是一声叹息一生伤，注定的梦碎无望。何钟灵看着他擦肩而过，跨出门外，用微弱的声音问："你，你能不能不走？"

沈洵脚步没有丝毫改变，仍坚定朝着大门而去。

何钟灵扶着门框，终于不管不顾吼出了声音："你就不怕你走了以后，这沈府宅院，都变成我和你大哥的？"

沈洵淡淡身影有一瞬的凝滞，稍后道："大哥若是想要，给他便是了。"

一片萧索的叶子从顶上飘落，待他们走了之后，这偌大的沈府空荡，就只剩下一座没有内里的空宅子了。

这样的沈府已经失去了它本身的意义，人们眷恋的是人，并非冰冷的四壁院墙。

这样的何钟灵和这样的沈文宣，是不会明白的。

绵延了数十天的沈贺两家涌动的暗流，在这同一天画上休止符。

只记得当晚，孝宗最后发难，星夜传召贺言梅入宫，厉色质问他所娶的是何人。

贺言梅只一口咬定，自己娶的是沈家九妹，乃皇上御赐婚配。

孝宗怒到顶峰，怒火足足能烧了九重深宫。可是贺言梅只是不停地叩头，沉默不语。

玉阶上血迹斑斑，贺言梅额上嫣红一片，最终孝宗掀翻了桌案，暴喝一声让人把贺言梅拖了出去。

帝王的雷霆之怒，只能在贺言梅的咬死牙关之中，无处宣泄。

贺言梅一生中，少有这么硬骨头的时候。

请问，有谁见过年家女儿长什么样，又有谁见过沈家九妹长什么样，既然大家都不知道，那你怎么辨别真假呢？

所谓世上的事，真真假假，假假真真，本就是混沌说不清楚。

很多年以后，一个落雪缤纷的深夜里，沈洵和素锦，也就是惜玉，聊起了当年这一段往事。

惜玉素手挽着香炉，将火炉烧得旺旺的，驱散了周围寒冷。淡烟袅袅中，她抬头，朝着沈洵遥遥一笑："有件事我一直想不明白，当日我明明坐在轿中一路向前，中途并未有人靠近，后来怎么就离开贺家了呢？"

沈洵抱着手炉，眯眼淡淡一笑："若是连你都发觉了，岂不是满京城都知道了？"

惜玉嗔了他一眼："就会卖关子，那时候，道路上都是陛下派出来的大内眼线，按理你不该有机会才对？"

沈洵眸内流光，思绪飘扬良久，方悠悠道："在路上的确是不可能有机会，但当时，贺胜的夫人，就藏身在贺府之内，与其说你们是在路上互换的身份，不如说，是在拜堂之前，瞒天过海。"

闻听此言，惜玉真是惊愕了。孝宗心思缜密，可百密一疏，谁又能料想到，已经进了贺家的门里，还能再出变故？

"当日你的轿子，直接又从贺家的后门抬了出来，这才一路送到我安排好的地方。"

惜玉怔怔地望着他，沈洵也柔柔看着她，屋内炉烟静静浮动，半晌，她笑了，沈洵也笑起来，惜玉道："喏，这可真真是欺君大罪了，想不到贺公子平时看不出来，居然真能有这样的魄力。"

欺君，可不是每个人都敢做的。

沈洵懒洋洋地道："他如今美人在怀，还有什么委屈的。"

惜玉往炉子里添炭火的手又顿住了，歪头问道："贺公子的夫人，你到底是用什么方法带来的？莫非，你竟真干了偷窥别人信件的事儿？"

见惜玉的神情一时间变得有些古怪，沈洵噎了一下，随后立即着恼地拍了一把她的脑袋："你焉能这么想我？"

惜玉没设防被他打了个正着，也有些委屈："那你倒说说，你既不知贺公子当初让你送什么信，等于什么事也不知道，你又是如何安排得了后面的这些事的？"

沈洵叹气地笑："惜玉，倘若我现在写一封信，不告诉你，但你知不知道我会写什么？"

惜玉眼珠一转："你昨儿才说夫人的寿辰快到了，写信想必就是……哎呀，是这样！"

到底是玲珑剔透的人儿，经点拨很快就懂了意思。

沈洵轻笑。他的确也不知道当初的贺言梅，在信上写了什么。但是，少年知己，知根知底，他却很了解贺言梅这个人。了解他关键时刻，会做些什么。

那时候，正是整个京城都在给贺言梅施压的时候，贺阁老那个时候，只要找到隐藏的这位女子，只怕会不留情地取了对方性命。

沈洵道："我若猜得不错，那封信，恐怕根本不是信，而是……一封休书。"

惜玉显见得吃了一惊，完全超出了她想象之外。沈洵已经继续道："贺胜这么做，当然最大的可能，还是想保护他的夫人不受阁老的压迫，但是情之所急，他却忽略了身为女人的想法。"

惜玉便幽幽道："若是公子爷送我一封休书，不管情由为何，我定是都没有勇气留在这个世上了。"

这便是有时候，女子与男子于想法上面的差异了。男人们总以为世事大不过一条命，可是对于胸有柔情千缕的女子来说，有些东西是宁愿舍命也要守住的。

听见惜玉的话，沈洵目光斗转柔情，深深地看了她一眼。

惜玉叹道："难怪你让花期送信不久，立刻就派了文进赶往洛阳，原来是为了这个事。"

想他贺家梅郎，多么聪明的人，文曲风流，用他自夸的话说，就是能让未婚少女神思不属，已婚少妇都要对他暗送秋波，昔年在太学的时候，一众少年同窗，谁能夺他风头。

能让贺胜动心的，绝非寻常歌妓，必是金玉火石、珠玉一样的女子，那封休书若真个送到她手里，怕只剩个香消玉殒的结局。

惜玉便问："那你既是早已将他夫人带来，为何又不早点告诉他？"

　　沈洵望着炉火，一时间眼底竟然有些促狭："贺胜这人心高气傲的，不叫他真正失去一回，他怎么知道珍惜。我料想他当时脑子一热，写了休书，过后肯定回过味来，他自己的夫人他最了解，料定夫人看见休书，很可能走上不归路，但那时候他要阻止已经来不及，只余满腔悔恨了……"

　　有了刻骨的悔恨之后，才有了后来在天子面前的宁死不屈。失而复得的喜悦，没体会过的人是不会懂的。

　　惜玉似是在轻轻叹息，透着袅袅炉烟，低低地笑："公子，你也实在是太坏了点……"

　　雪声簌簌，在静谧的夜里谱出一段诉不尽的华章，就像唱尽天涯的歌者，在婉转回味地歌颂沈府的这一段传奇。